» LA GAJA SCIENZA «

VOLUME 1399

UNA VITA DA SALVARE

Romanzo di
STEVE CAVANAGH

Traduzione di
FEDERICA GARLASCHELLI

LONGANESI

www.longanesi.it

ISBN 978-88-304-5248-0

Titolo originale
Thirteen

Questo libro è stampato col sole

Azienda carbon-free

Fotocomposizione:
Nuovo Gruppo Grafico s.n.c. - Milano

Finito di stampare
nel mese di maggio 2021
per conto della Longanesi & C.
a Grafica Veneta S.p.A.
di Trebaseleghe (PD)
Printed in Italy

UNA VITA DA SALVARE

Per Noah

RINGRAZIAMENTI

Come sempre, grazie a Euan Thorneycroft e a tutta la squadra della A.M. Heath. Nessun autore potrebbe desiderare agente migliore. Francesca Pathak e Bethan Jones della Orion hanno dato forma a questo romanzo con grande capacità: ringrazio loro e tutto lo staff della Orion, soprattutto Jon Wood per aver creduto in questo libro.

Grazie al mio coautore di podcast Luca Veste per avermi aiutato a non impazzire, per aver continuato a farmi ridere e per aver letto questo libro. A tutti i miei amici e colleghi. Grazie a tutti i librai e ai lettori che mi danno fiducia.

Un ringraziamento speciale a mia moglie Tracy, prima lettrice, prima opinione, prima di tutto. Perché lei è la migliore.

La beffa più grande che il diavolo abbia mai fatto
è stato convincere il mondo che lui non esiste.

dal film *I soliti sospetti*, sceneggiatura
di Christopher McQuarrie*

* La citazione originale sarebbe di Baudelaire, ma nel corso del tempo è stata saccheggiata molte volte. Grazie a Chris McQuarrie per avermi permesso di saccheggiare la sua versione.

PROLOGO

Alle cinque e dieci di un rigido pomeriggio di dicembre, disteso su un letto di cartone fuori dal tribunale penale di Manhattan, Joshua Kane stava pensando di uccidere un uomo. Ma non un uomo qualsiasi. Aveva in mente una persona ben precisa. Era pur vero, però, che di tanto in tanto, in metropolitana o mentre guardava i passanti in strada, Kane aveva pensato di uccidere un newyorkese a caso, senza nome, che quel giorno aveva semplicemente avuto la sfortuna di finire nel suo campo visivo. Magari la segretaria bionda che leggeva un romanzo rosa sul treno della linea K, o un banchiere di Wall Street che faceva dondolare l'ombrello ignorando le sue richieste di dargli qualche spicciolo, o persino un bambino che stringeva la mano della madre sulle strisce pedonali.

Cosa avrebbe provato uccidendoli? Cosa avrebbero detto esalando l'ultimo respiro? I loro occhi sarebbero cambiati mentre passavano a miglior vita? Immerso in quei pensieri, Kane sentì un'ondata calda di piacere diffondersi in tutto il corpo.

Controllò l'orologio.

Le cinque e undici minuti.

Ombre spigolose e imponenti inondavano le strade mentre il giorno stemperava nel crepuscolo. Kane guardò il cielo e si rallegrò nel vedere la luce attenuarsi, come se qualcuno avesse coperto una lampada con un velo. La penombra era proprio ciò che gli serviva. Osservando il cielo oscurarsi tornò a pensare all'omicidio.

Nelle ultime sei settimane trascorse per strada non aveva quasi pensato ad altro. Ore e ore di discussioni silenziose per decidere se quell'uomo dovesse morire o meno. Fatta eccezione per la risposta a quella domanda, tutto il resto era stato meticolosamente pianificato.

Kane non voleva correre rischi. Era il modo più saggio di comportarsi. Agire con prudenza era fondamentale per non essere scoperti. L'aveva imparato parecchio tempo prima. Lasciare in vita quell'uomo avrebbe potuto rivelarsi pericoloso. E se le loro strade si fossero incrociate di nuovo? L'uomo l'avrebbe riconosciuto? Sarebbe riuscito a mettere insieme i tasselli?

E se Kane l'avesse ucciso? Un lavoro del genere comportava sempre un gran numero di rischi.

Ma si trattava di rischi che Kane conosceva, e che era già riuscito a evitare parecchie volte.

Un furgone postale accostò al marciapiede, parcheggiando proprio di fronte a Kane. Il guidatore, un uomo ben piazzato che andava per i cinquanta con la divisa delle poste, scese dal mezzo. Preciso come un orologio. Si incamminò verso l'ingresso di servizio del tribunale senza badare minimamente a Kane. Niente monetine per il senzatetto sdraiato per strada. Né quel giorno né nelle sei settimane precedenti. Nemmeno una volta. E, preciso come un orologio, mentre il portalettere gli passava davanti, Kane si domandò se dovesse ucciderlo.

Aveva dodici minuti di tempo per decidere.

Il portalettere si chiamava Elton. Era sposato con due figli adolescenti. Una volta a settimana, quando sua moglie credeva che uscisse a correre, Elton si concedeva uno spuntino in una costosissima gastronomia, leggeva romanzi tascabili che comprava per un dollaro l'uno in un negozietto di Tribeca e ogni giovedì, con un paio di pantofole pelose ai piedi, portava fuori la spazzatura. Come sarebbe stato guardarlo morire?

A Joshua Kane piaceva vedere emozioni diverse prendere forma sul viso degli altri. Tristezza, dolore e paura lo inebriavano e lo esaltavano, come fossero le migliori droghe del mondo.

Joshua Kane era diverso dagli altri. Non c'era nessuno come lui.

Controllò l'orologio. Le cinque e venti.

Ora di entrare in azione.

Si grattò la barba ormai folta. Domandandosi se lo sporco e la puzza di sudore gli conferissero maggiore credibilità, si alzò lentamente dal cartone e si stiracchiò. Quel movimento gli portò alle narici il suo stesso odore. Nelle ultime sei settimane non si era cambiato né le mutande né i calzini e non si era fatto nemmeno una doccia. Ebbe un conato di vomito.

A quel punto cercò un diversivo alla propria sporcizia. Ai suoi piedi, dentro un logoro cappellino da baseball capovolto, c'erano alcune monetine.

Era gratificante portare a termine una missione, vedere la propria idea compiersi esattamente come la si era immaginata sin dall'inizio. Eppure, Kane pensò di movimentare un po' il tutto affidando qualcosa alla sorte. Elton non avrebbe mai saputo che un testa o croce stava per determinare il suo destino. Kane tirò fuori un quarto di dollaro dal cappellino, lo lanciò e, dopo averlo ripreso, lo tenne sul dorso della mano. Mentre la moneta girava nella condensa del suo fiato, Kane aveva deciso che se fosse uscito testa, Elton sarebbe morto.

Guardò la moneta nuova di zecca e lucente sulla sua pelle incrostata di sporco e sorrise.

A un paio di metri dal furgone postale parcheggiato c'era un carretto di hot dog. Il venditore servì un uomo alto senza cappotto. Probabilmente era appena uscito su cauzione e stava festeggiando con del cibo vero. Il venditore prese i due dollari dell'hot dog e indicò all'uomo alto il cartello sul pannello inferiore del carretto. Accanto alle immagini di salsicce grigliate c'era la pubblicità di un avvocato con un numero di telefono e una foto.

SEI STATO ARRESTATO?
ACCUSATO DI UN REATO?
CHIAMA EDDIE FLYNN.

L'uomo alto addentò il suo hot dog, annuì e si allontanò proprio mentre Elton usciva dal tribunale con tre sacchi di juta grigi pieni di posta.

Tre sacchi. Era la conferma.

Quello era il giorno.

Di solito Elton usciva con due sacchi di posta, o anche uno solo. Ogni sei settimane, però, di sacchi ne aveva tre. Quel sacco in più era ciò che Kane stava aspettando.

Elton aprì le portiere posteriori del furgone postale e lanciò il primo sacco nel retro. Kane cominciò ad avvicinarsi lentamente con la mano destra tesa.

Il secondo sacco seguì il primo all'interno del furgone.

Mentre Elton afferrava il terzo sacco, Kane affrettò il passo.

«Ehi, amico, hai qualche monetina?»

«No», rispose Elton lanciando dentro l'ultimo sacco. Chiuse la portiera destra e poi afferrò la sinistra per sbatterla come non avrebbe mai fatto se il furgone fosse stato suo. Il tempismo era fondamentale. Kane allungò la mano di scatto, con il palmo rivolto verso l'alto come per mendicare qualche soldo. La mano venne a trovarsi sulla traiettoria della portiera che si chiuse sul suo braccio.

Kane aveva calcolato i tempi alla perfezione. Sentì lo schianto del metallo contro l'arto. Stringendosi il braccio, emise un grido, poi cadde in ginocchio mentre Elton si metteva entrambe le mani sulla testa e sgranava gli occhi, con la bocca spalancata in un'espressione inorridita. Data la velocità con cui Elton aveva sbattuto la portiera e il considerevole peso della stessa, era praticamente fuor di dubbio che il braccio di Kane si fosse rotto. Fratture multiple, un forte trauma – un bel guaio.

Ma Kane era speciale. La sua mamma glielo diceva sempre. Gridò di nuovo. Gli sembrava importante fare un po' di scena: fingere di provare dolore era il minimo.

«Santo cielo, stai attento a dove metti le mani. Non avevo visto il braccio... tu... mi dispiace», farfugliò Elton.

Si inginocchiò di fianco a Kane e si scusò di nuovo.

«Credo che sia rotto», mentì Kane. Dieci anni prima, l'osso gli era stato sostituito quasi per intero con piastre, barre e viti di acciaio. Quel poco che restava dell'osso era pesantemente rinforzato.

«Merda, merda, merda...» disse Elton guardandosi intorno per strada senza sapere esattamente cosa fare. «Non è stata colpa mia, ma posso chiamare un'ambulanza», aggiunse poi.

«No, non mi daranno nemmeno un'occhiata. Mi porteranno in pronto soccorso e resterò su una barella per tutta la notte prima di essere spedito via. Non ho l'assicurazione. Però a una decina di isolati da qui c'è un centro medico dove curano anche i senzatetto. Portami lì», disse Kane.

«Non posso», rispose Elton.

«Perché?» domandò Kane.

«Non sono autorizzato a portare passeggeri sul furgone. Se qualcuno ti vedesse di fianco a me potrei rimetterci il lavoro.»

Kane fece un sospiro di sollievo nel vedere quanto Elton fosse ligio al regolamento del Servizio Postale. Ci aveva contato.

«Mettimi dietro, così non mi vedrà nessuno», disse.

Elton osservò la portiera rimasta aperta.

« Non so... »

« Non ruberò niente, non riesco nemmeno a muovere il braccio, per l'amor del cielo », disse Kane con un gemito cullandosi il braccio.

Elton esitò un istante. « Va bene, ma stai alla larga dai sacchi di posta. D'accordo? »

« D'accordo », rispose Kane.

E gemette quando Elton lo aiutò a salire, e lanciò addirittura un grido quando gli parve che le sue mani si fossero avvicinate troppo al braccio rotto. Poco dopo, però, si trovò seduto sul pavimento di acciaio nel retro del furgone postale e badò di emettere tutti i lamenti giusti per accompagnare il dondolio delle sospensioni mentre viaggiavano in direzione est. Anche se il retro era separato dall'abitacolo, e quindi Elton non poteva vederlo – e probabilmente nemmeno sentirlo –, Kane era convinto che la prudenza non fosse mai troppa. Nel retro non c'era illuminazione ma un po' di luce filtrava dal vetro del tettuccio.

Kane tirò fuori un taglierino dal cappotto e tagliò i lacci in cima ai tre sacchi di posta.

Il primo fu un buco nell'acqua. Buste normali. Il secondo anche.

Il terzo era quello giusto.

Le buste contenute in quel sacco erano diverse dalle altre e identiche tra loro. Ciascuna aveva una striscia rossa stampata in basso con sopra scritto in bianco: APRIRE IMMEDIATAMENTE. ATTO DI CITAZIONE IMPORTANTE.

Kane non ne aprì nessuna, ma le sparpagliò tutte per terra. Nel farlo, scartò quelle i cui destinatari erano donne e le rimise nel sacco. Trenta secondi dopo aveva almeno una sessantina di buste disposte davanti a sé. Le fotografò cinque alla volta con una fotocamera digitale. Avrebbe ingrandito le foto successivamente per concentrarsi sui nomi e sugli indirizzi scritti su ciascuna busta.

Completato il suo lavoro, Kane rimise tutte le lettere nel sacco e lo richiuse, insieme agli altri due, con le fascette nuove che si era portato dietro. Non era poi così difficile procurarsele, e per di più erano della stessa marca utilizzata dalla cancelleria del tribunale e dall'ufficio postale.

Avendo tempo a disposizione, Kane distese le gambe e guardò le foto delle buste sullo schermo della fotocamera. Da qualche parte lì dentro avrebbe trovato l'uomo perfetto. Lo sapeva. Se lo *sentiva*. Il suo cuore palpitava di entusiasmo. Era come una scarica elettrica che gli saliva dai piedi per arrivare dritto al petto.

Dopo il continuo fermarsi e ripartire nel traffico di Manhattan, Kane impiegò qualche istante a rendersi conto che il furgone aveva parcheggiato. Mise via la fotocamera. Le portiere posteriori si aprirono. Kane si strinse il braccio con la finta frattura. Elton si sporse all'interno del furgone e gli tese la mano. Tenendo il braccio accostato al fianco, Kane allungò l'altra e prese quella di Elton. Si alzò. Sarebbe stato così facile, così veloce. Non avrebbe dovuto fare altro che puntare i piedi per terra e tirare. Un altro po' di pressione ed Elton si sarebbe ritrovato a bordo. Il taglierino si sarebbe conficcato dietro la sua nuca con un movimento fluido, seguendo poi la mascella fino alla carotide.

Come se Kane fosse fatto di vetro, Elton lo aiutò a scendere dal furgone e lo accompagnò al centro medico.

Era uscito croce: Kane non avrebbe torto un solo capello a quell'uomo.

Ringraziò il suo salvatore e lo guardò allontanarsi. Dopo qualche minuto, uscì dal centro medico e andò a controllare che Elton non fosse tornato indietro per assicurarsi che tutto andasse bene.

Del furgone neanche l'ombra.

*

Molto più tardi quella sera, in tenuta da corsa, Elton uscì dalla sua gastronomia preferita con un Reuben sandwich mezzo mangiato in una mano e un sacchetto marrone con la spesa nell'altra. D'un tratto si trovò davanti un uomo alto, ben rasato e altrettanto ben vestito, che gli bloccò la strada, costringendolo a fermarsi nell'oscurità sotto un lampione rotto.

Joshua Kane si stava godendo la frescura della sera e la sensazione di indossare un bell'abito e di avere il collo pulito.

«Ho lanciato di nuovo la moneta», disse.

Kane sparò in faccia a Elton, si allontanò a passo svelto in un vicolo buio e scomparve. Quel genere di esecuzione, così rapida e semplice, non gli procurava alcun piacere. Avrebbe preferito trascorrere qualche giorno con Elton, ma non aveva tempo.

C'era parecchio lavoro da sbrigare.

SEI SETTIMANE DOPO

LUNEDÌ

1

In aula non c'era nessun giornalista sulle panche dietro di me. Nessuno spettatore nello spazio destinato al pubblico. Nessun familiare preoccupato. Soltanto io, il mio cliente, il rappresentante dell'accusa, il giudice, una stenografa e una cancelliera. Ah, sì, e un addetto alla sicurezza seduto nell'angolo che guardava di nascosto una partita degli Yankees sullo smartphone.

Mi trovavo al 100 di Center Street, in una piccola aula all'ottavo piano del tribunale penale di Manhattan.

Non c'era nessun altro perché a nessun altro importava un accidente di quell'udienza. All'accusa non interessava granché, e al giudice erano passate tutte le voglie non appena aveva letto i capi d'imputazione: possesso di stupefacenti e materiale correlato. Il rappresentante dell'accusa era un tale di nome Norman Folkes che lavorava da tutta la vita nell'ufficio del procuratore distrettuale. Gli mancavano soltanto sei mesi alla pensione, e si vedeva. Aveva il primo bottone della camicia slacciato e il suo completo sembrava risalire ai tempi della presidenza Reagan. La barba di due giorni sulle sue guance era la sola ad avere un'aria minimamente ordinata.

La faccia di Cleveland Parks, il giudice che presiedeva la seduta, ricordava un palloncino sgonfio. L'uomo appoggiò la testa sulla mano e si sporse in avanti sullo scranno.

«Dobbiamo aspettare ancora molto, Mr Folkes?»

Norm guardò il suo orologio e si strinse nelle spalle. «Chiedo scusa, vostro onore. Dovrebbe arrivare da un momento all'altro.»

La cancelliera sistemò rumorosamente alcuni fogli davanti a sé, dopodiché in aula calò di nuovo il silenzio.

«Mi consenta di dire, Mr Folkes, che lei è un avvocato di grande esperienza, e presumo sappia bene che se c'è qualcosa che non sopporto, sono i ritardi», disse il giudice.

Norm annuì. Si scusò di nuovo e si sistemò il colletto della camicia mentre le guance del giudice Parks cominciavano a cambiare colore. La sua faccia diventava sempre più rossa a ogni attimo che passava. Ma in ogni caso Parks non si sarebbe scomposto più di così. Non alzava mai la voce e non scuoteva mai il dito in segno di accusa: se ne stava semplicemente seduto lì a fumare di rabbia. Era risaputo che i ritardatari lo mandavano su tutte le furie.

La mia assistita, un'ex prostituta cinquantacinquenne di nome Jean Marie, si sporse verso di me. «Cosa succede se il poliziotto non arriva, Eddie?» sussurrò.

«Arriverà», risposi.

Sapevo che sarebbe arrivato. Ma sapevo anche che avrebbe fatto tardi.

Me n'ero assicurato.

Poteva funzionare soltanto con Norm nel ruolo di controparte. Avevo presentato la mozione per il ritiro delle accuse due giorni prima, verso le cinque di pomeriggio, quando il funzionario responsabile degli elenchi era già andato a casa. Grazie alla mia esperienza pluriennale, avevo una buona idea della rapidità con cui la cancelleria avrebbe sbrigato le scartoffie e fissato un'udienza. Con tutto il lavoro arretrato dell'ufficio, probabilmente non avremmo ottenuto un'udienza prima di oggi, e la cancelleria avrebbe dovuto fare i salti mortali per trovare un'aula libera. E di solito le mozioni venivano esaminate intorno alle due del pomeriggio, ma né l'accusa né la difesa avrebbero saputo in quale aula presentarsi fino a poche ore prima del giorno convenuto. Nessun problema, in apparenza. Durante la mattinata Norm sarebbe stato occupato con le sue udienze preliminari e io con le mie. La prassi era chiedere al cancelliere dell'aula in cui ci trovavamo di controllare sul computer e di comunicarci in quale aula si sarebbe tenuta l'udienza per la nostra mozione. Una volta avuta la conferma dal cancelliere, qualsiasi avvocato dell'accusa avrebbe preso il cellulare e chiamato il suo testimone per dirgli dove farsi trovare. A parte Norm. Lui il cellulare non lo usava. Non si fidava di quegli aggeggi. Pensava che emettessero onde radio nocive di ogni genere e tipo. Dal canto mio, mi ero assicurato di incontrare Norm nel corso della mattinata, durante le udienze preliminari, e di comunicargli il luogo dell'udienza del pomeriggio. Ma quanto al suo testimone, Norm si sarebbe aspettato che facesse esattamente ciò che avrebbe dovuto fare lui se io non gli avessi comunicato il numero dell'aula: controllare dove presentarsi sul tabellone.

Il tabellone si trovava nell'ufficio 1000 del tribunale, la cancelleria. All'interno dell'ufficio, insieme alle persone in fila per pagare le multe, c'era una lavagna bianca con l'elenco dei processi e delle mozioni in programma per la giornata. Il tabellone serviva per comunicare a testimoni, poliziotti, procuratori distrettuali, studenti di legge, turisti e avvocati dove si stava svolgendo l'azione giudiziaria all'interno dell'edificio in un dato momento. Un'ora prima dell'udienza per la mozione, ero salito nell'ufficio 1000 e, dopo essermi assicurato di dare la schiena al cancelliere, avevo individuato la mia mozione sul tabellone e cancellato il numero di aula, sostituendolo con un altro. Un trucchetto. Nulla a che vedere con le lunghe e rischiose operazioni alle quali ero stato dedito nei miei dieci anni da artista della truffa. Pur essendo diventato avvocato, ogni tanto mi concedevo un ritorno ai vecchi tempi.

Considerati i tempi di attesa di un ascensore in tribunale,

avevo immaginato che il mio diversivo fosse sufficiente a far ritardare il testimone di Norm di una decina di minuti.

Il detective Mike Granger entrò in aula con ben venti minuti di ritardo. Sulle prime non mi voltai quando sentii le porte aprirsi alle mie spalle. Mi limitai ad ascoltare il suono dei passi di Granger che avanzavano sulle piastrelle, quasi a tempo con il rapido tamburellare delle dita del giudice Parks sul banco. Ma poi sentii altri passi. E non potei non girarmi.

Un uomo di mezza età con indosso un abito costoso entrò in aula al seguito di Granger e si sedette in fondo. Lo riconobbi all'istante, con quel ciuffo biondo sulla fronte, la chiostra di denti di un bianco televisivo e il pallore di chi passa tutto il suo tempo al chiuso. Rudy Carp, di professione avvocato, si occupava sempre di casi che facevano gola ai media; lui stesso compariva con una certa frequenza su Court TV o sulle copertine dei giornali, e meritatamente, considerate le doti di cui dava prova in aula. Una vera star nel giro degli avvocati.

Non l'avevo mai incontrato. Frequentavamo mondi molto diversi. Rudy andava a cena alla Casa Bianca due volte all'anno. Io mi limitavo a bere whisky con il giudice Harry Ford una volta al mese. In passato avevo un po' esagerato con l'alcol. Ora non più. Una volta al mese soltanto. Due drink al massimo. Avevo tutto sotto controllo.

Rudy fece un cenno di saluto nella mia direzione. Io tornai a guardare verso il banco della giuria e vidi che il giudice Parks stava fissando il detective Granger. Quando mi girai di nuovo, Rudy salutò un'altra volta. Soltanto allora mi resi conto che stava salutando me. Ricambiai, mi voltai e cercai di concentrarmi. Non avevo la più pallida idea di che diamine ci facesse nella mia aula.

« È stato gentile da parte sua raggiungerci, detective », disse il giudice Parks.

Mike Granger era il perfetto ritratto del poliziotto di lungo corso di New York. Dopo aver fatto il suo ingresso in aula con passo spavaldo, si tolse l'arma dal fianco, sputò la gomma da masticare e la schiaffò sulla fondina, che lasciò poi sotto il tavolo dell'accusa. Non era consentito portare armi in tribunale. I rappresentanti delle forze dell'ordine avrebbero dovuto consegnare le armi alla sicurezza, ma di solito gli agenti del tribunale chiudevano un occhio con i poliziotti più navigati. Eppure persino loro sapevano che era fuori discussione portare un'arma sul banco dei testimoni.

Granger cercò di spiegare il proprio ritardo, ma il giudice Parks lo interruppe scuotendo la testa. *Risparmia il fiato per quando sarai sul banco.*

Sentii Jean Marie sospirare. Dai suoi capelli ossigenati cominciavano a fare capolino le radici scure e vidi che si portava le dita tremanti alla bocca.

«Non preoccuparti, te l'ho già detto: non tornerai dentro», dissi.

Per l'occasione si era messa un nuovo tailleur pantalone nero. Oltre a starle bene, la faceva sentire un po' più sicura di sé.

Mentre cercavo di tranquillizzare Jean, Norm aprì le danze chiamando Granger sul banco. Dopo che ebbe prestato giuramento, Norm riassunse i punti salienti dell'arresto di Jean.

Passando all'angolo tra 37th Street e Lexington, quella sera Granger aveva visto Jean fuori da un centro massaggi con un sacchetto in mano. Sapeva che aveva vecchi precedenti per prostituzione. Si era fermato e, dopo essersi presentato, le aveva mostrato il distintivo. A quel punto sosteneva di aver visto *materiale per l'uso di stupefacenti* spuntare dal sacchetto di carta marrone di Jean.

«Cos'era questo materiale per stupefacenti?» chiese Norm.

«Una cannuccia. I drogati la usano per sniffare. L'ho vista benissimo perché spuntava dal sacchetto», disse Granger.

Il giudice Parks non si stupì, ma alzò gli occhi al cielo. Per quanto avesse dell'incredibile, negli ultimi sei mesi il NYPD aveva arrestato e trattenuto per possesso di materiale per l'uso di stupefacenti almeno cinque o sei afroamericani proprio perché trovati in possesso di cannucce, di solito infilate in una lattina.

«E allora cosa ha fatto?» domandò Norm.

«Ho ritenuto che il possesso di quel materiale fosse un indizio sufficiente ad autorizzare una perquisizione. Dal momento che Ms Marie ha precedenti per spaccio, ho perquisito il suo sacchetto e ci ho trovato la droga. Cinque bustine di marijuana. Così l'ho arrestata.»

Sembrava proprio che Jean dovesse finire in prigione. Il secondo reato di spaccio in un anno. Niente libertà vigilata stavolta. Probabilmente si sarebbe beccata da due a tre anni. Anzi, mi tornò in mente che era già stata dentro per lo stesso reato. Dopo l'arresto era rimasta in carcere per tre settimane prima che riuscissi a convincere un garante a farsi carico della sua cauzione.

Avevo chiesto a Jean dell'arresto. Lei mi aveva detto la verità. Jean mi diceva sempre la verità. Il detective Granger si era presentato da lei in cerca di un po' di divertimento sul sedile posteriore dell'auto. Jean gli aveva detto che aveva chiuso con le marchette. A quel punto Granger era sceso dall'auto, le aveva strappato il sacchetto di mano e quando aveva visto l'erba all'interno aveva cambiato musica: le aveva detto che se da quel momento in avanti non gli avesse dato il quindici per cento dei suoi incassi, l'avrebbe arrestata seduta stante.

Jean gli aveva risposto che pagava già il dieci per cento a due agenti di pattuglia del Diciassettesimo distretto, che a quanto pareva non stavano facendo il loro lavoro. Quei poliziotti conoscevano Jean e non avevano problemi a lasciar correre. Nonostante i suoi trascorsi, Jean era una vera patriota. Vendeva soltanto erba americana al cento per cento, che arrivava dritto dalle fattorie autorizzate dello Stato di Washington. I clienti di Jean erano per la maggior parte anziani, che con la marijuana combattevano i dolori dell'artrite o cercavano sollievo dal glaucoma. Erano clienti regolari, e non davano problemi. Jean aveva detto a Granger di sparire, e così lui l'aveva arrestata, inventandosi una storia.

Ovviamente non potevo dimostrare nulla di tutto questo in tribunale. Non avevo nemmeno intenzione di provarci.

Mentre Norm si sedeva, io mi alzai, mi schiarii la gola e mi sistemai la cravatta. Poi, con i piedi posizionati alla stessa larghezza delle spalle, bevvi un lungo sorso d'acqua. Me la stavo prendendo comoda, come se avessi intenzione di torchiare Granger per almeno un paio d'ore. Sollevando una pagina del fascicolo poggiato sul mio tavolo, rivolsi al teste la mia prima domanda.

« Detective, nel suo rapporto lei sostiene che l'imputata teneva il sacchetto nella mano destra. Sappiamo che si trattava di un grosso sacchetto di carta. Difficile da reggere con una mano sola. Deduco che lo stesse tenendo dalle maniglie in alto. È corretto? »

Granger mi guardò come se gli stessi portando via tempo prezioso con domande stupide e banali. Annuì e all'angolo della sua bocca apparve un sorriso.

« Sì, teneva il sacchetto per le maniglie », rispose. Poi guardò il tavolo dell'accusa con aria sicura, come a dire che era tutto sotto controllo: capii che Norm e Granger avevano discusso dell'uso lecito delle cannucce in maniera piuttosto approfondita in vista dell'udienza. Granger era ben preparato. Si aspettava di dover sostenere una lunga diatriba con me per stabilire se la cannuccia fosse stata usata soltanto per bere una bibita e bla bla bla.

Senza aggiungere un'altra parola, mi sedetti. La mia prima domanda era anche l'ultima.

Vidi Granger studiarmi con sospetto, come se avesse la sensazione di essere appena stato alleggerito del portafoglio ma non potesse esserne sicuro. Norm confermò di non voler riesaminare il testimone. Il detective Granger lasciò il banco e io chiesi a Norm di darmi i tre reperti.

«Vostro onore, il reperto numero uno è il sacchetto. Questo sacchetto», dissi sollevando una busta per le prove trasparente e sigillata che conteneva un sacchetto di carta marrone con il logo di McDonald's sul davanti. Mi chinai e presi il mio sacchetto di McDonald's. Alzai anche quello per avere un confronto.

«Questi due sacchetti hanno esattamente la stessa dimensione. Si tratta di un sacchetto profondo cinquanta centimetri. Me l'hanno dato stamattina quando ho preso la colazione», dissi.

Posai entrambi i sacchetti e presi il reperto successivo.

«Questo è il contenuto del sacchetto dell'imputata, sequestrato alla mia cliente la sera dell'arresto. Il reperto numero due.»

La busta per le prove sigillata conteneva cinque sacchettini di marijuana. Messi insieme, non avrebbero nemmeno riempito una ciotola per cereali.

«Il reperto numero tre è una cannuccia standard di McDonald's, lunga venti centimetri», dissi alzandola. «Questa è una cannuccia identica che ho preso stamattina.» Sollevai la mia cannuccia prima di appoggiarla sul tavolo.

Infilai l'erba dentro il mio sacchetto di McDonald's e lo mostrai al giudice. Dopodiché presi la cannuccia e la lasciai cadere in verticale nel sacchetto con una mano, tenendo le maniglie con l'altra.

La cannuccia scomparve.

Porsi il sacchetto al giudice. Lui lo guardò, tirò fuori la cannuccia e la lasciò cadere nuovamente all'interno. Ripeté il gesto alcune volte, e sistemò persino la cannuccia in verticale nel sacchetto in cima alle bustine di marijuana. La cannuccia rimaneva sotto il bordo del sacchetto di una decina abbondante di centimetri. Lo sapevo perché anch'io avevo fatto più volte la stessa prova.

«Vostro onore, mi rimetto alla stenografa, ma stando a quanto mi sono appuntato, in riferimento alla cannuccia il detective Granger ha dichiarato: *L'ho vista benissimo perché spuntava dal sacchetto*. La difesa ammette che sia possibile vedere la cannuccia piegando e abbassando il bordo del sacchetto. Tuttavia il detective Granger nella sua deposizione ha confermato che la mia assistita teneva il sacchetto per le maniglie. Vostro onore, ritengo che il detective Granger sia stato colto con le mani nel sacchetto, se così si può dire.»

Il giudice Parks alzò una mano. Aveva sentito abbastanza. Si girò e rivolse l'attenzione a Norm.

«Mr Folkes, ho esaminato questo sacchetto e la cannuccia con gli oggetti effettivamente rinvenuti collocati al suo interno. Ritengo impossibile che il detective Granger possa aver visto una cannuccia spuntare dal bordo del sacchetto. Su questa base, non sussiste motivo fondato per la perquisizione effettuata, e tutte le prove raccolte di conseguenza sono inammissibili. Compresa la cannuccia. Sono a dir poco preoccupato per la moda che sta dilagando tra alcuni agenti di classificare le cannucce e altri oggetti innocui come materiale per l'uso di stupefacenti. In ogni caso, non ci sono prove per giustificare un arresto, quindi respingo tutte le accuse. Sono sicuro che avrà parecchie cose da dirmi, Mr Folkes, ma non servirà a niente. Temo che sia decisamente troppo *tardi*.»

Jean mi gettò le braccia al collo, rischiando di strangolarmi. Le diedi qualche buffetto sul braccio e lei mi lasciò andare. Probabilmente una volta vista la mia parcella, la smania di abbracciarmi le sarebbe passata. Il giudice e le due funzionarie si alzarono e uscirono dall'aula.

Granger se ne andò rabbiosamente, facendo segno di spararmi con il dito indice. Non mi importava, ci avevo fatto il callo.

«Allora, quando pensi di presentare ricorso?» dissi a Norm.

«Non in questa vita», rispose lui. «Granger non arresta pesci piccoli come la tua cliente. È probabile che ci sia sotto qualcos'altro di cui io e te non sapremo mai nulla.»

Norm prese la sua roba e seguì la mia cliente fuori dall'aula. Restammo soltanto io e Rudy Carp. Lui stava applaudendo con un sorriso sulle labbra che sembrava sincero.

«Congratulazioni! È stato... notevole», disse Rudy alzandosi. «Ho bisogno di cinque minuti del tuo tempo.»

«Per cosa?»

«Voglio sapere se vuoi essere il mio braccio destro nel più grande processo per omicidio che questa città abbia mai visto.»

2

Kane osservò l'uomo in camicia scozzese aprire la porta del suo appartamento e starsene lì, talmente sbigottito da non riuscire nemmeno a fiatare. Vide la confusione impadronirsi di lui e si domandò cosa gli stesse passando per la testa. Era sicuro che all'inizio avesse creduto di essere davanti al suo riflesso, come se qualche burlone avesse suonato al suo campanello per poi piazzare uno specchio a figura intera davanti alla porta. Una volta capito che non c'era nessuno specchio, l'uomo si grattò la fronte e fece un passo indietro, come cercando di raccapezzarsi. Kane non gli era mai stato così vicino. L'aveva osservato, fotografato, imitato. Lo squadrò dall'alto in basso, soddisfatto del suo lavoro. Kane indossava la stessa identica camicia dell'uomo sulla porta. Si era tinto i capelli dello stesso colore e, grazie a una spuntata, una rasatura e un po' di trucco, era riuscito a riprodurre la sua stessa identica stempiatura. Anche gli occhiali con la montatura nera erano identici. Persino i pantaloni grigi avevano la stessa macchia di candeggina in basso sulla gamba sinistra, a una decina di centimetri dall'orlo e a cinque dalla cucitura interna. E anche gli scarponcini erano identici.

Kane si concentrò sul viso dell'uomo, il quale impiegò tre secondi a capire che non si trattava di una burla e che non stava guardando il proprio riflesso. E tuttavia abbassò lo sguardo sulle mani per controllare che fossero vuote. Nella destra lungo il fianco, Kane aveva una pistola silenziata.

Approfittando della confusione dell'uomo, gli diede uno spintone al petto e lo costrinse ad arretrare. Entrò nell'appartamento, si chiuse la porta alle spalle con un calcio e la sentì sbattere contro il telaio.

«Corri subito in bagno. Sei in pericolo», disse.

L'uomo alzò le mani e mosse le labbra nel tentativo di dire qualcosa. Qualsiasi cosa. Ma dalla sua bocca non uscì alcun suono. Si limitò a percorrere il corridoio in retromarcia fino al bagno, fermandosi soltanto quando, con i muscoli posteriori delle cosce, toccò il bordo della vasca di porcellana. Con le mani alzate e tremanti, mentre lo smarrimento faceva a gara con il panico, scrutò ogni singolo centimetro di Kane.

A sua volta, Kane non poté fare altro che studiare l'uomo nel bagno e notare le sottili differenze fisiche. Ora che lo vedeva da vicino, si accorse di pesare sette o otto chili in meno. Il colore dei capelli era simile, ma non identico. E poi c'era la cicatrice, piccola, appena sopra il labbro superiore, sulla guancia sinistra. Sulle foto scattate cinque settimane prima, Kane non l'aveva vista, e non l'aveva vista nemmeno sulla foto della patente archiviata alla motorizzazione. Forse la foto della patente era stata scattata prima che si formasse la cicatrice. In ogni caso, Kane sapeva di poterla riprodurre. Aveva studiato le tecniche di trucco di Hollywood; con una soluzione acquosa di lattice ad asciugatura rapida si poteva ricreare quasi qualsiasi cicatrice. Annuì. Una cosa che aveva azzeccato era il colore degli occhi: combaciava alla perfezione con quello delle lenti a contatto che aveva scelto. Pensò che forse avrebbe avuto bisogno di aggiungere delle macchie più scure intorno agli occhi, e magari di schiarire un pochino la pelle. Il naso era un problema.

Ma un problema risolvibile.

Non perfetto ma neanche malaccio, pensò.

«Ma che cosa sta succedendo?» domandò l'uomo.

Kane tirò fuori un foglio piegato in due dalla tasca e glielo lanciò ai piedi.

«Raccoglilo e leggilo ad alta voce», disse.

L'uomo si chinò sulle gambe vacillanti, raccolse il foglietto, lo aprì e lo lesse. Quando rialzò lo sguardo, Kane aveva in mano un piccolo registratore digitale.

« Ad alta voce », disse.

« P-p-prendi tutto quello che v-v-vuoi ma non farmi del male », disse l'uomo coprendosi la faccia con le mani.

« Ehi, ascoltami. La tua vita è in pericolo. Non c'è molto tempo. Qualcuno sta venendo a ucciderti. Stai tranquillo, sono un poliziotto. Sono qui per prendere il tuo posto e proteggerti. Perché pensi che sia vestito esattamente come te? »

Sbirciando da dietro le dita, l'uomo guardò di nuovo Kane, strinse gli occhi e cominciò a scuotere la testa.

« Perché qualcuno dovrebbe volermi uccidere? »

« Non ho tempo di spiegare, ma quest'uomo deve credere che io sia te. Ti porteremo fuori di qui, al sicuro. Ma prima ho bisogno che tu faccia qualcosa. Vedi, ti assomiglio, ma non parlo come te. Se leggi il biglietto potrò familiarizzare con la tua voce. Devo imparare a imitarne il ritmo, il suono. »

L'uomo cominciò a leggere ad alta voce, esitante, incespicando sulle prime parole, il biglietto che gli tremava nella mano.

« Fermati. Rilassati. Sei al sicuro. Andrà tutto bene. Adesso riprova, ricomincia da capo », disse Kane.

L'uomo prese un respiro e riprovò.

« Quel vituperabile xenofobo zelante assaggia un goccio di whisky ed esclama: alleluia! » disse con un'espressione confusa. « Che roba è? »

Kane fermò il registratore digitale, alzò la pistola e la puntò alla testa dell'uomo.

« Si tratta di un pangramma. Mi serve per farmi un'idea di come pronunci tutte le lettere. Mi dispiace. Ho mentito. Sono io l'uomo venuto a ucciderti. Credimi, mi sarebbe piaciuto passare più tempo con te. Avrebbe reso le cose più facili», disse.

Un proiettile esploso dalla pistola trapassò il palato dell'uomo. Era una calibro 22 con silenziatore. Niente foro di uscita. Niente sangue o cervello da ripulire, nessun proiettile da estrarre dal muro. Un lavoro pulito. Il corpo dell'uomo cadde nella vasca.

Kane appoggiò la pistola nel lavabo, uscì dal bagno e aprì la porta d'ingresso. Controllò fuori. Aspettò. Non si vedeva nessuno. Nessuno aveva sentito alcunché.

Di fronte alla porta d'ingresso, dall'altra parte del pianerottolo, c'era un piccolo locale di deposito. Kane aprì la porta, prese il borsone da palestra e il barattolo di soda caustica che aveva lasciato lì, rientrò in casa e tornò in bagno. Se avesse potuto uccidere l'uomo e spostare il cadavere, avrebbe completato l'opera altrove, e in modo molto più efficiente. Le circostanze però gli avevano imposto di agire diversamente. Non poteva rischiare di spostare il corpo, nemmeno a pezzi. Durante le sue cinque settimane di sorveglianza, Kane l'aveva visto uscire dal suo appartamento non più di una decina di volte. Non conosceva nessuno nel palazzo, non aveva amici né familiari, non lavorava e, soprattutto, non riceveva visite. Kane ne era certo. Tuttavia l'uomo era conosciuto nel palazzo e nei dintorni. Salutava i vicini nell'androne, chiacchierava con i negozianti, cose di quel genere. Conoscenze superficiali, ma pur sempre contatti. Kane quindi doveva assomigliargli sia nell'aspetto sia nel modo di parlare e doveva mantenere il più possibile inalterata la routine dell'uomo.

Con un'ovvia eccezione. Quella routine stava per cambiare in modo davvero straordinario.

Prima di occuparsi del corpo dell'uomo, Kane doveva occuparsi del proprio. Si prese un momento per studiargli di nuovo la faccia, da vicino.

Il naso.

Oltre a essere piegato verso sinistra, era più spesso di quello di Kane. Probabilmente se l'era rotto alcuni anni prima e non se l'era fatto sistemare a dovere perché gli mancavano l'assicurazione, i soldi o la voglia.

Kane si spogliò in fretta, piegò ordinatamente gli indumenti e li portò in soggiorno. Prese un lungo asciugamano dal bagno, lo mise sotto il getto d'acqua calda del lavabo e lo strizzò. Fece lo stesso con un asciugamano per il viso.

Arrotolò quello più lungo fino a formare un cilindro ben stretto di una decina di centimetri di spessore, poi si appoggiò l'asciugamano più corto sul lato destro della faccia, assicurandosi che gli coprisse il naso. L'asciugamano arrotolato era abbastanza lungo da permettergli di avvolgerselo intorno alla testa.

Prese poi la maniglia della porta del bagno con la mano destra e se la avvicinò alla faccia fino a quando il bordo della porta gli toccò il dorso del naso. L'asciugamano avrebbe assorbito l'impatto dello spigolo vivo, in modo che non gli lacerasse la pelle. Inclinò infine leggermente la testa verso sinistra e si appoggiò la mano sinistra sul lato sinistro della faccia. Sentì i muscoli contrarsi contro il palmo della mano, spingendo il collo all'indietro. Ciò significava che l'impatto non gli avrebbe fatto girare di scatto la testa verso sinistra.

Kane contò fino a tre, aprì la porta e poi fece il movimento inverso, sbattendosi lo spigolo contro il dorso del naso. La testa resse il colpo. Il naso no. Lo capì dallo scrocchio dell'osso. Poteva basarsi soltanto sul suono, visto che non aveva provato alcun dolore.

L'asciugamano intorno alla testa aveva impedito alla porta di procurargli una frattura dell'orbita. Il sanguinamento oculare provocato da quel tipo di lesione avrebbe reso necessario un intervento chirurgico.

Kane si tolse l'asciugamano dalla testa, sollevò quello per

il viso e li lanciò entrambi nella vasca sopra le gambe dell'uomo. Si guardò allo specchio, poi osservò il naso dell'uomo.

Non ancora.

Afferrandosi entrambi i lati del naso, Kane lo girò verso sinistra. Sentì un crepitio, il rumore che producono le ossa quando si frantumano. Come una manciata di cereali da colazione ben avvolti dentro un tovagliolo e sbriciolati. Si guardò di nuovo allo specchio.

Niente male. Anche il gonfiore avrebbe aiutato. Avrebbe potuto coprire l'inevitabile livido intorno al naso e agli occhi con il trucco.

Dopodiché indossò una tuta resistente agli agenti chimici che si era portato nel borsone insieme ad altri oggetti. Spogliò completamente l'uomo nella vasca da bagno. Quando aprì il coperchio del barattolo di soda caustica, nell'aria si alzò una nuvola bianca; era in polvere, concentrata. L'acqua calda nella vasca scorreva veloce, e nel giro di poco raggiunse una temperatura molto alta. La pelle dell'uomo cominciava ad arrossarsi per il calore. Volute di sangue fluttuavano e danzavano come fumo rosso nell'acqua bollente. Kane prese tre cucchiai di soda caustica e li gettò nella vasca.

Quando fu piena per tre quarti, chiuse l'acqua. Dal borsone tirò fuori un grosso telo di gomma, lo srotolò e lo appoggiò sopra la vasca. Poi ve lo fissò con lunghi tratti di nastro adesivo.

Conosceva moltissimi modi di sbarazzarsi di un cadavere senza lasciarsi dietro alcuna traccia. E quel metodo di eliminazione si era rivelato particolarmente efficace. Si trattava di un processo basato sull'idrolisi alcalina. La cremazione liquida distruggeva completamente pelle, muscoli, tessuti e persino denti. La soda caustica in polvere, mescolata alla giusta quantità di acqua, era in grado di dissolvere un essere umano in meno di sedici ore. Dopodiché non sarebbe rimasto altro che il liquido verde e marrone, del quale Kane si sarebbe liberato svuotando la vasca.

Per ridurre in polvere eventuali residui di denti e ossa, scoloriti e friabili, sarebbe bastato schiacciarli con il tacco di una scarpa. Kane sapeva che il posto perfetto per sbarazzarsi della polvere di ossa era una grossa scatola di detersivo. Mescolare ossa e sapone sarebbe stato un gioco da ragazzi, e a nessuno sarebbe mai venuto in mente di andare a cercare proprio lì.

L'unica cosa rimasta nella vasca che gli avrebbe richiesto lavoro aggiuntivo sarebbe stato il proiettile. L'avrebbe gettato nel fiume.

Un lavoro pulito, proprio come piaceva a lui.

Soddisfatto dell'opera, Kane annuì e uscì nel breve corridoio dell'appartamento. Accanto alla porta d'ingresso chiusa c'era un tavolino con sopra un mucchietto di posta aperta. In cima, con la banda rossa orgogliosa e sgargiante sulla carta bianca, Kane vide la busta che aveva fotografato settimane prima. La convocazione a fare parte della giuria.

3

Vidi una limousine nera parcheggiata in Center Street proprio davanti al tribunale. Sul marciapiede, l'autista stava tenendo aperta la portiera posteriore. Rudy Carp mi aveva invitato a pranzo, e io avevo fame.

La limousine era a un paio di metri da un carretto che vendeva hot dog, con un cartello pubblicitario attaccato al pannello inferiore su cui campeggiava una grossa foto della mia faccia. Come se avessi bisogno che intervenisse il cosmo a ricordarmi la differenza tra me e Rudy. Non appena salimmo sulla limousine, Rudy rispose a una telefonata sul cellulare. L'autista ci portò in un ristorante su Park Avenue South. Non ero nemmeno in grado di pronunciarne il nome. Doveva essere francese. Rudy riagganciò subito dopo essere sceso. «Adoro questo posto. Fanno la miglior zuppa di porrandello di tutta la città.»

Non sapevo nemmeno cosa fosse un porrandello. Ero piuttosto sicuro che non si trattasse di un animale, ma assecondai Rudy e lo seguii all'interno.

Il cameriere si mostrò premurosissimo e ci accompagnò a un tavolo appartato, lontano dal trambusto dell'ora di pranzo. Rudy si sedette di fronte a me. Era un locale da tovaglia e tovaglioli, con le note di un pianoforte che risuonavano dolcemente in sottofondo.

«Mi piacciono queste luci. Fanno molta... atmosfera», disse Rudy.

Le luci facevano così tanta atmosfera che fui costretto a ricorrere alla luce del cellulare soltanto per leggere il menu.

Era in francese. Decisi di ordinare lo stesso piatto di Rudy e stop. Quel locale mi metteva a disagio. Non mi piaceva ordinare da un menu che non indicava i prezzi accanto ai vari piatti. Non era il mio genere di ristorante. Il cameriere prese la nostra ordinazione, ci versò due bicchieri d'acqua e si allontanò.

«Andiamo al sodo, Eddie. Tu mi piaci. Ti tengo d'occhio da un po'. Negli ultimi anni ti sei occupato di un paio di casi degni di nota, come il processo David Child.»

Annuii. Non mi piaceva parlare dei miei vecchi casi. Preferivo che rimanesse tutto tra me e il cliente.

«E hai avuto un certo successo in alcune cause contro il NYPD. Abbiamo fatto i compiti. Sei un vero talento.»

Il modo in cui pronunciò la parola «compiti» mi indusse a pensare che fosse al corrente di qual era la mia reputazione prima di sostenere l'esame di abilitazione. Sui miei trascorsi da truffatore, però, non esistevano altro che voci di corridoio. Nessuno poteva dimostrare un accidente, e mi piaceva così.

«Saprai di quale caso mi sto occupando al momento», disse Rudy.

Aveva ragione. Come avrei potuto non saperlo? Vedevo la sua faccia al telegiornale tutte le settimane da quasi un anno. «Rappresenti Robert Solomon, la star del cinema. Il processo comincia la prossima settimana, se non sbaglio.»

«Fra tre giorni. Domani ci sarà la selezione della giuria. Vorremmo che facessi parte del collegio di difesa. Con un po' di preparazione, potrai gestire alcuni testimoni. Penso che il tuo stile possa rivelarsi molto efficace in questo caso. Ecco perché sono qui. Se accetti il ruolo di secondo difensore, un paio di settimane di lavoro ti frutteranno un mare di pubblicità gratis. E possiamo offrirti un onorario a forfait di duecentomila dollari.»

Rudy sorrise rivelando i denti perfetti e sbiancati. Sembrava il proprietario di un negozio di dolciumi che offriva a un ragazzo di strada tutto il cioccolato gratis che fosse riuscito a mangiare. Era uno sguardo benevolo. Più restavo in silenzio, più per Rudy diventava difficile tenersi quel sorriso stampato in faccia.

«Quando dici *possiamo*, a chi ti riferisci esattamente? Credevo che al timone dello Studio Carp ci fossi soltanto tu.»

Lui annuì. «È così, ma quando si tratta di star di Hollywood accusate di omicidio, c'è sempre un'altra parte in campo. Il mio cliente è la casa cinematografica. Mi ha chiesto di rappresentare Bobby, ed è lei a pagare la fattura. Cosa ne dici, ragazzo? Non vuoi diventare un avvocato famoso?»

«Mi piace tenere un profilo basso», replicai.

Lui ci restò male.

«Forza, è il processo per omicidio del secolo. Che ne dici?»

«No, grazie.»

Non se l'aspettava. Si appoggiò allo schienale e incrociò le braccia. «Eddie, qualsiasi avvocato di questa città ucciderebbe per avere un posto al tavolo della difesa in questo processo. Lo sai anche tu. Si tratta dei soldi? Qual è il problema?»

Il cameriere arrivò con le due scodelle di zuppa, ma Rudy gli fece segno di allontanarsi. Avvicinò la sedia al tavolo e si chinò in avanti, appoggiandosi sui gomiti in attesa della mia risposta.

«Non voglio essere un ingrato, Rudy. Hai ragione. La maggior parte degli avvocati ucciderebbe per avere un'occasione del genere, ma io non sono come la maggior parte degli avvocati. Da quanto ho letto sui giornali e visto alla televisione, credo che Robert Solomon abbia ucciso quelle persone. E non ho nessuna intenzione di aiutare un assassino a farla franca, a prescindere da quanto sia famoso o ricco. Mi dispiace, la mia risposta è no.»

Rudy aveva ancora stampato in faccia il suo sorriso, ma

ora mi stava guardando di traverso, muovendo leggermente la testa su e giù.

«Capisco, Eddie. Perché non facciamo duecentocinquantamila tondi?»

«Non si tratta di soldi. Non difendo i colpevoli. Mi è capitato di farlo parecchio tempo fa. E ho scoperto che costa molto più di quanto i soldi possano comprare», dissi.

Rudy si illuminò in viso e mise da parte il sorriso. «Ah, in tal caso non c'è problema. Bobby Solomon è innocente. È stato incastrato dal NYPD.»

«Sul serio? Puoi dimostrarlo?»

Rudy rimase in silenzio per un istante. «No, ma credo che tu possa riuscirci.»

4

Kane fissò lo specchio a figura intera davanti a sé nella camera da letto. Nei bordi, tra il vetro e la cornice, erano infilate decine di foto dell'uomo che si stava lentamente dissolvendo nella propria vasca da bagno. Era stato Kane a portarsi quelle foto. Aveva bisogno di un altro po' di tempo per studiare il suo bersaglio. Una foto, l'unica che fosse riuscito a scattargli da seduto, stava catturando la sua attenzione più delle altre. Si vedeva l'uomo lanciare briciole agli uccellini da una panchina di Central Park. Aveva le gambe accavallate.

La poltrona che Kane aveva portato dal soggiorno era una decina di centimetri più bassa rispetto alla panchina della foto, e Kane stava facendo una certa fatica ad azzeccare l'angolazione esatta delle gambe. Lui non le accavallava mai. Non gli era mai parso comodo né naturale, ma Kane era un perfezionista quando si trattava di trasformarsi in un'altra persona. Era fondamentale per la buona riuscita dei suoi piani.

L'arte mimica era un talento che aveva scoperto a scuola. Quando Kane impersonava gli insegnanti a beneficio del resto della classe durante la ricreazione, i compagni si sbellicavano dalle risate. Kane non rideva mai, ma gli piaceva stare al centro dell'attenzione. Gli piaceva il suono delle risate dei compagni, ma non riusciva a capire per quale ragione ridessero, né il rapporto tra le loro risa e le sue interpretazioni. Ogni tanto comunque le faceva. Lo aiutavano a integrarsi. La sua infanzia era stata un susseguirsi di trasferimenti: una nuova scuola, in una nuova città, quasi tutti gli anni. Sua madre perdeva un lavoro dietro l'altro per colpa della salute o dell'alcol. Poi il loro quartiere cominciava a riempirsi di annunci con le foto di animali domestici scomparsi.

Quello di solito era il momento di cambiare aria.

Kane aveva sviluppato la capacità di imparare a conoscere le persone in poco tempo. Era bravo a farsi nuovi amici, e la pratica non gli mancava. Le imitazioni gli servivano a rompere il ghiaccio. Le femmine della sua classe smettevano di guardarlo strano per qualche giorno, mentre i maschi lo coinvolgevano nei loro discorsi sul baseball. Nel giro di poco Kane aveva aggiunto al suo repertorio personaggi famosi e membri del corpo docente.

Si raddrizzò e cercò di nuovo di mettere una gamba sopra l'altra nello stesso identico modo della fotografia. Polpaccio destro sopra il ginocchio sinistro, piede destro teso. La gamba destra gli scivolò sul ginocchio, e Kane si maledisse. Si prese un momento e ripeté il pangramma che aveva fatto leggere all'uomo prima di piantargli una pallottola in testa. Pronunciò le parole, dapprima sottovoce, poi alzò gradualmente il volume. Riascoltò la registrazione più e più volte. Con gli occhi chiusi, attentamente. La voce registrata avrebbe potuto essere migliore. Si sentiva ancora la paura. Alcune parole erano deformate dai tremiti che provenivano dal fondo della gola dell'uomo. Kane cercò di isolarle e le ripeté con sicurezza, provando come sarebbero suonate senza quella nota di paura. La voce sul registratore era piuttosto profonda. Kane scese di un'ottava e bevve del latte mescolato a panna intera per ostruirsi le corde vocali. Funzionò. Dopo un po' di esercizio, riuscì a sentire quel suono dentro la sua testa, e fu sicuro di poterlo replicare, o almeno di andarci molto vicino anche senza riempirsi la gola di latticini.

Dopo un altro quarto d'ora, i suoni sul registratore e le frasi pronunciate da Kane non si distinguevano più. Stavolta, quando portò il polpaccio destro sopra il ginocchio sinistro, la gamba rimase lì.

Soddisfatto, Kane si alzò, andò in cucina e tornò al frigorifero. Quando si era versato il latte, aveva visto alcuni ingredienti che gli avevano fatto venire un'idea. Bacon, uova, formaggio spray, un panetto di burro, dei pomodori dall'aria molliccia e un limone. Stabilì che bacon e uova, magari con un po' di pane fritto, l'avrebbero aiutato ad assumere calorie a sufficienza. Doveva mettere su qualche chilo per arrivare a pesare quanto la sua vittima. Tutto sommato, probabilmente avrebbe potuto cavarsela anche mantenendo il suo peso e imbottendosi la pancia, ma l'approccio di Kane a queste cose era metodico. Se quella sera stessa avesse potuto avvicinarsi anche solo di un chilo al suo obiettivo consumando un pasto grasso e abbondante, l'avrebbe fatto.

Trovò una padella sotto il lavandino e si mise a cucinare. Mentre mangiava, lesse alcune delle riviste di pesca sparpagliate sul tavolo della cucina. Soddisfatto, allontanò il piatto. A seconda della piega che avrebbe preso quella serata, era possibile che dovesse aspettare fin dopo mezzanotte per mettere di nuovo qualcosa sotto i denti.

Sì, questa sera potrei essere molto indaffarato.

5

Quella zuppa di porrandello era proprio valsa l'attesa. Sapeva di cipollotto, aglio e olio di oliva. Non male. No, per niente male. La conversazione si era interrotta appena Rudy aveva permesso al cameriere di portare i piatti. Mangiammo in silenzio. Dopo essermi assicurato che avesse finito, posai il cucchiaio, mi pulii le labbra con un tovagliolo e rivolsi a Rudy tutta la mia attenzione.

«Credo che tu sia tentato da questo caso. Magari vorresti qualche dettaglio in più prima di decidere, giusto?» disse lui.

«Giusto.»

«Sbagliato», replicò lui. «È il caso più scottante che la Costa Est abbia mai visto. Fra un paio di giorni dovrò tenere la mia arringa d'apertura di fronte a una giuria. Sto lavorando a questo caso sin dall'inizio, e ho fatto i salti mortali per mantenere il segreto sulla linea della difesa. L'elemento sorpresa è essenziale in un processo. Lo sai anche tu. Ora come ora non sei un avvocato assegnato al caso. Qualunque cosa ti dica in questo momento non è protetta in alcun modo dal segreto tra avvocato e cliente.»

«E se firmassi un accordo di riservatezza?»

«Non varrebbe nemmeno la carta su cui è stampato», rispose Rudy. «Potrei tappezzarmi la casa con gli accordi di riservatezza che ho fatto firmare. Sai quanti hanno retto? Così pochi che probabilmente non potrei nemmeno pulirmici il culo. Questa è Hollywood.»

«Quindi non mi dirai niente di più sul caso?»

«Non posso. Posso dirti soltanto questo: sono convinto che il nostro uomo sia innocente.»

La sincerità può essere simulata. Il cliente di Rudy era un giovane attore talentuoso. Sapeva come recitare per le telecamere. Rudy però, pur con tutta la sua spavalderia e la sua notevolissima capacità di persuasione in aula, non poteva nascondermi la verità. Ero con lui da mezz'ora soltanto, forse poco più. Ma quell'affermazione aveva un che di naturale, come se ci credesse davvero. Mentre parlava non vidi alcun tic fisico o verbale più o meno consapevole. Le parole fluivano senza alcun inciampo. Se avessi dovuto scommetterci, avrei detto che Rudy stava dicendo la verità: credeva che Robert Solomon fosse innocente.

Ma non bastava. Non per me. E se Rudy si fosse fatto abbindolare da un cliente manipolatore? Del resto, stavamo parlando di un attore.

«Guarda, apprezzo davvero l'offerta, ma devo...»

«Aspetta», mi interruppe Rudy. «Non dire subito di no. Prenditi un po' di tempo. Dormici sopra e fammi sapere domani mattina. Potresti cambiare idea.»

Pagò il conto, ci aggiunse una mancia degna di una celebrità e uscimmo dal ristorante. L'autista scese dalla limousine e aprì la portiera posteriore.

«Posso lasciarti da qualche parte?» chiese Rudy.

«Ho parcheggiato su Baxter Street, proprio dietro al tribunale.»

«Nessun problema. Ti dispiace se lungo il tragitto passiamo per 42nd Street? C'è qualcosa che vorrei farti vedere.»

«Va bene», risposi.

Rudy volse lo sguardo fuori dal finestrino e, con il gomito appoggiato al bracciolo, prese a sfiorarsi delicatamente le labbra con le dita. Pensai a tutto ciò che mi aveva detto. Non impiegai molto a capire come mai Rudy volesse coinvolgermi in quel caso. Non ne avevo la certezza assoluta, ma c'era una domanda che avrebbe chiarito la questione una volta per tutte.

«So che non puoi rivelarmi dettagli, ma dimmi solo una cosa. Dubito che nell'ultimo paio di settimane sia comparsa per magia una prova così importante da poter dimostrare che Robert Solomon è stato incastrato dalla polizia, no?»

Per un attimo Rudy non disse nulla. Poi sorrise. Sapeva cosa stavo pensando.

«Hai ragione. Non ci sono novità a livello di prove. Anzi, non ci sono state novità di nessun tipo negli ultimi tre mesi. Quindi suppongo che tu abbia capito tutto. Non prenderla sul personale.»

Se fossi stato ingaggiato per inchiodare il NYPD, sarei stato l'unico avvocato della difesa a gestire i testimoni della polizia. Sarei stato io a gettare fango addosso ai poliziotti. Se avesse funzionato, bene. Se la giuria l'avesse presa male, io avrei preso un calcio nel sedere. Rudy avrebbe avuto il tempo di spiegare ai giurati che ero stato ingaggiato soltanto una settimana prima, e che qualsiasi mia accusa contro il corpo di polizia non arrivava dal suo assistito. Avevo fatto tutto di testa mia, ignorando bellamente il copione. In quel modo, Rudy avrebbe mantenuto buoni rapporti con la giuria indipendentemente da cosa sarebbe successo. Ero un membro della squadra sacrificabile: un eroe o lo zimbello di tutti.

Scaltro. Molto scaltro.

Alzai la testa e vidi Rudy indicare fuori dal finestrino della limousine. Mi sporsi in avanti e seguii la traiettoria del suo sguardo fino al cartellone che pubblicizzava un film di fantascienza intitolato *Il vortice*. I cartelloni su 42nd Street non erano certo a buon mercato. Anche il film sembrava essere una superproduzione. In basso c'erano i nomi dei protagonisti: Robert Solomon e Ariella Bloom. Come tutti quelli che avevano acceso un televisore negli ultimi dodici mesi, anch'io avevo sentito parlare di quel film. Era una scommessa da trecento milioni di dollari con Robert Solomon e sua moglie Ariella Bloom. L'arresto per omicidio di un ragazzaccio di Hollywood in ascesa aveva garantito una copertura mediatica di massa, frenetica. In quel caso le vittime dell'omicidio erano due: il capo della sicurezza di Bobby, Carl Tozer, e la stessa moglie di Bobby, Ariella Bloom. All'epoca degli omicidi, Bobby e Ariella erano sposati da due mesi. Avevano appena girato la prima stagione del loro reality show. La maggior parte degli esperti sosteneva che sarebbe stato un processo più eclatante di quello di OJ e di Michael Jackson messi insieme.

«Quel cartellone è comparso la settimana scorsa. Per Bobby è tutta pubblicità, ma il film è chiuso in un cassetto da quasi un anno ormai. Se Robert venisse condannato, resterebbe in quel cassetto. Idem se fosse scagionato dopo un lungo processo. Perché il film possa arrivare nelle sale in tempo utile – e perché la casa cinematografica possa recuperare le spese – l'unica speranza è dimostrare al mondo intero che Robert è innocente. Bobby ha firmato un contratto molto remunerativo per altri tre film con la casa cinematografica, che punta tutto sul *Vortice*. Dobbiamo assicurarci che Bobby sia in grado di onorare quel contratto. In caso contrario, la casa cinematografica rischia di perdere parecchi soldi. Milioni, per l'esattezza. La posta in gioco è alta, Eddie. Abbiamo bisogno di un risultato definitivo a nostro favore, e in fretta.»

Annuii, distogliendo lo sguardo dal cartellone. Forse a Rudy stava a cuore Robert Solomon, ma di sicuro non quanto i soldi della casa cinematografica. Come si poteva fargliene una colpa? Era un avvocato, dopotutto.

Tutti i cartelloni delle edicole su 42nd Street riportavano la notizia dell'imminente inizio del processo.

Più ci pensavo, più mi sembrava che quel caso fosse un incubo. La possibilità che ci fosse un conflitto tra la casa cinematografica e Bobby non era da escludere. E se il ragazzo avesse voluto dichiararsi colpevole o patteggiare con il procuratore distrettuale... e la casa non gliel'avesse permesso? E se fosse stato innocente?

Lasciammo 42nd Street e svoltammo in direzione sud, verso Center Street. Pensai a ciò che avevo sentito ai notiziari riguardo al caso. Sembrava che due agenti di polizia avessero risposto a una chiamata al 911, nella quale Solomon diceva di aver trovato la moglie e il capo della sicurezza morti.

Solomon aveva aperto la porta di casa agli agenti, che erano saliti al piano di sopra.

Sul pianerottolo del secondo piano c'era un tavolo rovesciato con di fianco un vaso rotto. Il tavolo era davanti a una finestra affacciata su un giardinetto recintato dietro casa. Su quel piano c'erano tre camere da letto. Due erano buie e vuote. Anche la camera principale in fondo al corridoio era buia. Dentro quella stanza avevano trovato Ariella e il capo della sicurezza, Carl. O ciò che ne era rimasto. Erano entrambi nudi sul letto, morti.

Solomon aveva addosso il sangue della moglie. L'ufficio del procuratore distrettuale sembrava essere in possesso di prove scientifiche in grado di dimostrare senza ombra di dubbio la colpevolezza di Solomon.

Caso chiuso.

O almeno così pensavo.

«Se non è stato Robert a uccidere quelle persone, allora chi è stato?» domandai.

L'auto svoltò su Center Street e rallentò davanti al tribunale. Rudy si spostò in avanti sul sedile. «A noi interessa chi *non* è stato. Robert è stato incastrato dalla polizia. Una trappola da manuale. Ascolta, so che è una scelta difficile. E capisco il tuo punto di vista morale. Prenditi la notte per pensarci su. Se decidi di essere dei nostri, chiamami. A prescindere da quello che sceglierai di fare, è stato un piacere», disse allungandomi il suo biglietto da visita.

Quando la limousine si fermò, strinsi la mano a Rudy e l'autista scese per aprirmi la portiera. Dal marciapiede, guardai l'auto allontanarsi. Non avendo mai visto il fascicolo, potevo solo ipotizzare che i poliziotti avessero concluso che Robert era l'assassino, e che ce l'avessero messa tutta per assicurarsi che fosse condannato. Di solito i poliziotti vogliono soltanto togliere di mezzo i cattivi. Più grave è il reato, maggiori sono le probabilità che manipolino le prove contro il sospettato. E questo non è legale. In un caso specifico lo si potrebbe forse considerare giustificabile dal punto di vista etico, ma in realtà è bene che i poliziotti non manipolino mai le prove, perché in caso contrario nulla potrebbe escludere che poi lo rifacciano con una persona innocente.

Di poliziotti ne conoscevo parecchi. Poliziotti onesti. E quelli che manipolavano le prove in modo da supportare la loro tesi erano più odiati dai colleghi onesti che dagli avvocati difensori.

Svoltando l'angolo verso Baxter Street cercai la mia macchina. Una Mustang blu. Non c'era. Mi guardai intorno. Poi vidi che un ausiliario del traffico la stava caricando su un camion a pianale aperto.

«Ehi, quella è la mia macchina!» esclamai correndo verso il camion dall'altra parte della strada.

«Allora avresti dovuto pagare il parcheggio, amico», disse l'ausiliario grassoccio con l'uniforme bluette.

«L'ho pagato», replicai.

L'ausiliario scosse la testa, mi allungò un biglietto e fece segno verso il braccio meccanico che in quel momento stava depositando la mia macchina sul veicolo. Sulle prime non riuscii a capire cosa stesse indicando, ma poi lo vidi. Sotto il tergicristallo del parabrezza c'era un sacchetto di McDonald's dal quale spuntavano almeno trenta o quaranta cannucce. Sul sacchetto di carta marrone c'era una scritta in pennarello indelebile nero. Quando le gomme toccarono il pianale, mi issai sul veicolo e presi il sacchetto. Il messaggio era:

SEI IN RITARDO.

Lanciai il sacchetto nel cestino poco distante, tirai fuori il cellulare e composi il numero stampato sul biglietto da visita che mi aveva consegnato Rudy.

« Rudy, sono Eddie. Ci ho pensato. Vuoi che cerchi di inchiodare il NYPD? Nessun problema. Voglio leggere il fascicolo in qualità di avvocato di Robert, ma a una condizione. Se dopo aver valutato il caso giungerò alla conclusione che Robert sia colpevole, potrò andarmene. »

6

In qualsiasi altro momento dell'anno avrei impiegato dieci minuti a piedi per andare allo Studio legale Carp. Il mio ufficio, che a insaputa del proprietario mi faceva anche da appartamento, si trovava in West 46th Street, vicino a 9th Avenue. Mi avvolsi la sciarpa intorno al collo, mi strinsi nel cappotto e poco prima delle cinque e mezzo mi incamminai. Avrei avuto tutto il tempo per fermarmi a prendere una fetta di pizza ai peperoni e una bibita lungo la strada. Il sole era già tramontato e sui marciapiedi cominciava a formarsi uno strato di ghiaccio. Non dovevo correre se volevo arrivare tutto intero. La mia destinazione era il numero 4 di Times Square. Un grattacielo leggendario ed ecocompatibile un tempo noto come Condé Nast Building. Quarantotto piani interamente alimentati a energia solare. Le persone che ci lavoravano bevevano soltanto caffè biologico equo solidale e tè kombucha. Qualche anno prima l'editore di riviste Condé Nast si era trasferito al One World Trade Center, e lo Studio legale Carp ne aveva occupato gli uffici.

Alle sei e cinque entrai nella hall. Trenta metri di piastrelle lucide separavano l'ingresso e il banco di accoglienza rivestito di marmo bianco. Il soffitto altissimo era fatto di file su file di pannelli di acciaio brunito piegati in modo da evocare la corazza di una grossa bestia.

Se Dio avesse avuto una hall, sarebbe stata molto simile a quella.

Accompagnato dal ticchettio ritmato delle mie scarpe, mi diressi verso il banco di accoglienza. Guardandomi intorno non vidi nessun divanetto o poltrona. Chi doveva aspettare, stava in piedi. Tutto quel posto sembrava concepito per farti sentire piccolo. Dopo quella che parve un'eternità, arrivai al banco e comunicai il mio nome a un uomo magro dalla pelle rosata con indosso un abito che sembrava stritolargli il petto da fringuello.

«La stanno aspettando?» domandò con un accento britannico.

«Ho un appuntamento, se è questo che intende.»

Le sue labbra si curvarono in un sorriso cordiale, almeno nelle intenzioni. Per la verità sembrava che il magrolino avesse appena messo in bocca qualcosa di sgradevole e che si stesse facendo in quattro per non darlo a vedere.

«A breve qualcuno sarà da lei.»

Lo ringraziai con un cenno del capo e mi misi a vagare lentamente per la hall. Il telefono che avevo nella tasca della giacca cominciò a vibrare. *Christine*, apparve sul display. Mia moglie. Da un anno e mezzo abitava a Riverhead, dove lavorava in uno studio legale di medie dimensioni. La nostra figlia dodicenne, Amy, si era ambientata bene nella nuova scuola. La rottura si era consumata nel corso di molti anni. Tutto era cominciato quando avevo esagerato col bere, ma la goccia che aveva fatto traboccare il vaso era una serie di casi che avevano messo in pericolo la mia famiglia. Un anno prima, io e Christine avevamo pensato di rimetterci insieme, ma c'erano ancora troppi rischi, non potevo permettermelo. E prima dovevo chiudere i conti con una vecchia vicenda giudiziaria. Avevo pensato di mollare il lavoro diverse volte, per via di quella storia, ma poi c'era sempre stato qualcosa che mi aveva trattenuto. Prima di attaccarmi alla bottiglia, avevo commesso lo sbaglio di fidarmi di un cliente e farlo scagionare. In seguito si era scoperto che era sempre stato colpevole, e che io sotto sotto lo sapevo. E dopo l'assoluzione, quell'uomo aveva fatto del male a qualcuno. Quella vicenda continuava a tormentarmi, giorno dopo giorno. E ogni giorno io cercavo di rimediare. Se avessi mollato il lavoro, se avessi smesso di aiutare gli altri, sapevo che probabilmente sarei riuscito a tirare avanti bene per sei mesi, ma poi avrei ricominciato a sentirmi quel peso addosso. Il senso di colpa era un tatuaggio che pesava cento chili. Fintantoché avessi lottato per clienti nei quali credevo, avrei continuato lentamente a liberarmi di quel peso. Ci sarebbe voluto tempo. Speravo e pregavo che Christine sarebbe rimasta ad aspettarmi in fondo alla strada.

«Eddie, hai impegni domani sera? Preparo le polpette, e Amy ha voglia di vederti», disse Christine.

Che strano. Andavo a trovare Amy nei weekend, e non ero mai stato invitato durante la settimana.

«A dire il vero può essere che stia per accettare un nuovo caso. Qualcosa di grosso, ma qualche ora libera posso sicuramente trovarla. Cosa si festeggia?»

«Oh, niente. Facciamo alle sette e mezzo?»

«Ci sarò.»

«Che siano davvero le sette e mezzo, però. Non le otto o le otto e mezzo, va bene?»

«Prometto.»

Non mi invitava a cena da parecchio. La cosa mi rendeva nervoso. Volevo che tornassimo a essere una famiglia, ma il mio lavoro portava guai di ogni genere sulla porta di casa nostra. Da anni ormai mi scervellavo alla ricerca di un modo per passare a qualcosa di più tranquillo. I casi di cui mi occupavo portavano sempre guai. E la mia famiglia non se lo meritava. Ultimamente la sensazione di dover fare quel passo era stata più forte che mai. Mia figlia stava crescendo, e io non potevo vederla diventare donna perché non ero lì con lei.

Le cose dovevano cambiare.

Un'eco di passi attirò la mia attenzione. Girandomi, vidi

una donna bassa dal viso accigliato in tailleur nero, con i capelli biondi tagliati in un caschetto grintoso che si muovevano a tempo con il rumore dei suoi tacchi.

«Mr Flynn, mi segua, prego», disse con un accento che celava una traccia di tedesco.

La seguii fino a un ascensore che ci stava aspettando. Pochi attimi dopo arrivammo a un altro piano. Altre piastrelle bianche conducevano a porte di vetro con sopra scritto STUDIO LEGALE CARP.

Dietro le porte si apriva un centro di comando.

L'ufficio era enorme, completamente open space fatta eccezione per due spaziose sale riunioni con le pareti di vetro sulla destra. I monitor dei portatili illuminavano le facce dell'esercito di avvocati di Rudy seduti a ogni scrivania. Nemmeno l'ombra di un foglio. In una delle sale riunioni vidi un gruppetto di persone in abiti eleganti indicare dodici persone in abiti civili. Una finta giuria. Alcuni dei maggiori studi legali testavano le strategie da adottare in aula organizzando simulazioni dei processi con tanto di giuria, composta perlopiù da attori a corto di lavoro, tutti ben pagati nonché adeguatamente intimoriti dai voluminosi accordi di riservatezza che si vedevano costretti a firmare. A differenza degli avvocati, gli attori tendevano a spaventarsi facilmente di fronte agli accordi di riservatezza.

Nell'altra sala riunioni vidi Rudy Carp seduto da solo all'estremità di un lungo tavolo. Fui accompagnato all'interno.

«Accomodati, Eddie», disse Rudy indicando una sedia accanto a sé. Mi tolsi il cappotto, lo lanciai su una sedia e presi posto al tavolo. Non era grande come quello della sala riunioni principale. C'erano nove sedie: quattro per lato e una a capotavola per Rudy. Quando gettai uno sguardo dall'altra parte della stanza, vidi un mobiletto traboccante di premi. Statue, statuette e cristalli di varie istituzioni prestigiose. Immaginai che Rudy facesse sedere i clienti da quel lato del tavolo in modo che avessero dritto davanti agli occhi i trofei sistemati sopra l'armadietto. In parte si trattava di pubblicità, ma ero anche sicuro che il suo ego rivestisse un ruolo non indifferente.

«Ti ho preparato il fascicolo. Potrai portarlo via e leggere quello che ti serve entro domattina», disse Rudy. La bionda si avvicinò, prese un sottile portatile grigio metallizzato dall'estremità del tavolo e lo piazzò di fronte a Rudy. Lui lo girò e me lo spinse davanti.

«Tutto ciò di cui hai bisogno è sull'hard disk. Purtroppo da questo ufficio non può uscire nemmeno un foglio. Ci sono giornalisti che ronzano intorno al nostro staff. Dobbiamo usare la massima attenzione. Tutte le persone che lavorano al caso hanno un Mac sicuro. Sui nostri computer, la connessione Internet è disabilitata, in modo che ci si possa collegare alla rete soltanto tramite un server protetto da password situato in questo ufficio. Prendilo», disse.

«Preferisco leggere su carta.»

«Lo so. Anch'io, ma non possiamo rischiare che anche una sola pagina di questo fascicolo arrivi ai giornali prima del processo. Spero che capirai.»

Annuii e aprii il portatile, dove una casella mi chiedeva di inserire la password.

«Per adesso lascia perdere. Voglio presentarti qualcuno. Ms Kannard, sarebbe così gentile?» disse Rudy.

La donna che mi aveva accompagnato si voltò e uscì senza dire una parola. Picchiettai le dita sulla superficie in rovere del tavolo tirato a lucido. Volevo mettermi al lavoro.

«Cosa ti fa pensare che Robert Solomon sia stato incastrato dalla polizia?»

«So che ti darà sui nervi, ma non voglio dirtelo. Se lo facessi, ti influenzerei. Invece voglio che ti faccia da solo la tua idea. In questo modo, se arriveremo entrambi alle stesse conclusioni, mi sentirò più sicuro nel sottoporre la questione a una giuria », disse. E mentre pronunciava la parola « giuria », per un attimo guardò la simulazione del processo che si stava svolgendo nella sala riunioni accanto a noi.

« Okay. Come procedono le simulazioni? » domandai.

« Non bene. Ne abbiamo completate quattro. Tre verdetti di colpevolezza e una giuria non unanime. »

« Con quale ripartizione di voti? »

« Tre non colpevoli. Durante i colloqui successivi al processo, i tre giurati in questione hanno dichiarato che i poliziotti non li hanno convinti, ma che non li ritenevano nemmeno corrotti. Ci stiamo muovendo su un filo sottile. Per questo abbiamo deciso di farlo fare a te. Se cadi, cadi soltanto tu. Noi continuiamo senza di te e ripariamo il danno. Chiaro? »

« L'avevo immaginato. Non mi importa. In ogni caso, non ho ancora deciso se ci sto. Devo leggere il fascicolo. Poi prenderò la mia decisione. »

Prima ancora che finissi la frase, Rudy si alzò. Aveva lo sguardo fisso sulla porta. Due energumeni in cappotto nero di lana stavano venendo verso l'ufficio. Capelli corti, mani grosse. Collo taurino. Ne arrivarono altri due. Stessa stazza. Stessi capelli. Stesso collo. Seguivano un uomo piccolo che indossava occhiali scuri e una giacca di pelle. Uno dei giganti aprì la porta di vetro dell'ufficio di Rudy, entrò e la tenne aperta. Quando il ragazzo che stavano scortando fu entrato, l'uomo della sicurezza se ne andò, chiudendo la porta.

Da quel che ricordavo di aver visto sul grande schermo, pensavo che Robert Solomon fosse più o meno della mia stessa altezza e corporatura. Un metro e novanta per ottanta chili. L'uomo davanti a me sarà stato alto uno e settanta e sembrava pesare quanto un braccio di una delle sue guardie di sicurezza. La giacca di pelle penzolava su spalle strette ed esili e, nei jeans attillati, le sue gambe sembravano due stuzzicadenti. I capelli scuri gli ricadevano in faccia e grossi occhiali da sole gli coprivano gli occhi. Si avvicinò al tavolo tendendomi una mano pallida, ossuta.

Io mi alzai e la presi con delicatezza per timore di fargli male.

«È lui, Rudy?» chiese, e d'un tratto lo riconobbi. La sua voce era decisa e melodica. Non c'era dubbio: si trattava di Robert Solomon.

«È lui», confermò Rudy.

«Piacere di conoscerla, Mr Flynn», disse Solomon.

«Chiamami Eddie.»

«Eddie», ripeté lui, quasi per vedere come suonava. Mio malgrado provai un piccolo brivido quando pronunciò il mio nome. Quel ragazzo veniva annunciato come il prossimo Leonardo DiCaprio. «Chiamami Bobby.»

La stretta di mano, se non altro, era salda. Sincera addirittura. Prese una sedia accanto a me e ci accomodammo tutti. Rudy mi piazzò davanti un documento, chiedendomi di leggerlo e firmarlo. Diedi una rapida scorsa. Un mandato di rappresentanza legale piuttosto rigido che mi vincolava alla riservatezza. Mentre sfogliavo le pagine, sentii Bobby, seduto alla mia destra, togliersi gli occhiali e passarsi le dita tra i capelli. Era davvero un bel ragazzo. Zigomi alti, occhi azzurri e accesi.

Firmai l'accordo e lo restituii a Rudy.

«Grazie. Bobby, soltanto per tua informazione, Eddie non ha ancora accettato di lavorare al caso. Leggerà il fascicolo e prenderà una decisione. Vedi, Eddie è diverso dagli altri difensori. Segue un... ecco, credo che codice sia una parola troppo forte. Mettiamola così: quando Eddie avrà finito di leggere il fascicolo, se crederà che tu sia colpevole, se ne andrà. Se riterrà che tu sia innocente, potrebbe aiutarci. Modo strambo di gestire uno studio legale, non trovi?» disse Rudy.

«Lo trovo fantastico», rispose Bobby. Mi appoggiò una mano sulla spalla, e per una manciata di secondi restammo a fissarci. Senza dire una parola. Ci guardammo e basta. Ci stavamo studiando a vicenda. Bobby voleva sapere se dubitassi di lui. Io invece ero in cerca di segnali, ma stavo anche scrutando i suoi occhi. Non smisi di pensare nemmeno un attimo al fatto che era un bravissimo attore.

«Capisco che hai un tuo modo di lavorare. Vuoi leggere il fascicolo. Mi sta bene. Le prove dell'accusa non contano. Non per me. Non sono stato io a uccidere Ari. Non sono stato io a uccidere Carl. Il colpevole è un altro. Io... li ho soltanto trovati. Nudi nel mio letto. Continuo a vederli. Ogni volta che chiudo gli occhi. Non riesco a togliermi quell'immagine dalla testa. Cos'hanno fatto ad Ari? È... soltanto... cielo. Nessuno dovrebbe morire in quel modo. Voglio vedere il vero assassino in tribunale. Ecco quello che voglio. Se potessi, starei a guardarlo mentre brucia per ciò che ha fatto.»

Per quanto triste, è un dato di fatto che persone innocenti vengano accusate di un reato. Il nostro sistema giuridico si basa su questo meccanismo. Succede ogni stramaledetto giorno. Avevo visto abbastanza persone innocenti accusate di aver fatto del male ai loro cari da saper distinguere chi dice la verità da chi mente. I bugiardi non hanno quello sguardo. È difficile da descrivere. Ci sono tristezza e dolore, ma anche qualcos'altro. Rabbia e paura, senz'altro. E da ultimo, un senso bruciante di ingiustizia. Mi erano capitati così tanti casi di quel tipo che riuscivo quasi a vederlo guizzare nell'angolo di un occhio come una fiamma viva. Qualcuno uccide la tua famiglia, il tuo partner o un tuo amico, e tu finisci sotto processo mentre l'assassino è a piede libero. Non esiste niente di più terribile. Ed è lo stesso sguardo, in tutto il mondo. Un uomo innocente, colpito da un'accusa ingiusta, è uguale in Nigeria, in Irlanda, in Islanda e via dicendo. Chi ha già visto quello sguardo non lo dimentica. È raro vederlo. Quando c'è, è come se quella persona avesse la propria innocenza tatuata in fronte. Immaginavo che anche Rudy l'avesse visto. Ecco perché aveva voluto presentarmi Bobby. Sapeva che avrei visto quell'innocenza, e che questo avrebbe influenzato la mia decisione più della lettura del fascicolo.

Bobby Solomon aveva quello sguardo.

E io sapevo di doverlo aiutare.

7

Trascorsi una mezz'ora buona in compagnia di Bobby. Il caffè gli sciolse la lingua, e io ne bevvi due tazze mentre ascoltavo. Proveniva da una famiglia di contadini della Virginia. Figlio unico. Sua madre se l'era filata con un chitarrista conosciuto in un locale quando lui aveva sei anni. A quel punto erano rimasti soltanto Bobby, suo padre e la fattoria. Da bambino si era adeguato a quella vita senza troppe difficoltà, ma le aveva voltato le spalle una volta scoperto che era anche possibile aspirare a qualcosa di diverso. Era successo un sabato pomeriggio, quando aveva quindici anni. La sua ragazza prendeva lezioni di teatro, e Bobby, che aveva confuso gli orari, era arrivato alla saletta dell'oratorio circa un'ora prima della fine della lezione. Invece di aspettare fuori, aveva deciso di entrare.

Quel giorno aveva cambiato ogni cosa.

Bobby era rimasto senza fiato. Non aveva mai visto nessuno recitare prima di allora. Non aveva mai pensato al teatro e al suo potere. Era strano, visto che era sempre stato un appassionato di film. Tuttavia non si era mai soffermato a riflettere su come venissero prodotti o su come fossero scelti gli attori. Finita la lezione, aveva cominciato a tempestare la sua ragazza di domande, smanioso di scoprire di più sulla recitazione. La settimana successiva si era iscritto al corso, e sei settimane più tardi aveva avuto il suo primo assaggio di teatro sociale. Non c'era più possibilità che tornasse alla fattoria dopo quell'esperienza.

«Mio padre ha fatto qualcosa di molto speciale per me. Il

giorno del mio diciassettesimo compleanno ha venduto alcuni animali e mi ha messo in mano mille dollari. Cielo, pensavo che fossero tutti i soldi del mondo. Non ne avevo mai visti così tanti. Erano quasi tutte banconote da dieci e cinque dollari, sporche di terra e chissà cos'altro. Veri e propri soldi da venditore di bestiame, capisci?»

Davo per scontato che Bobby fosse milionario. Forse addirittura multimilionario. Eppure gli brillavano gli occhi quando parlava di quel mazzo di banconote datogli da suo padre.

«Ho piegato quei soldi per bene e ne ho infilati metà nel portafoglio e metà in tasca. Poi mio padre mi ha detto che mi aveva comprato un biglietto dell'autobus per New York. Caspita, stavo vivendo il giorno più bello della mia vita. Ma anche il più brutto. Sapevo che mio padre cominciava a essere in là con gli anni. Non poteva gestire la fattoria da solo. Ma a lui non importava. Voleva soltanto assicurarsi che avessi la mia occasione, capisci?»

Annuii.

«Ed è stato proprio grazie a mio padre che ho avuto la mia occasione. Per sette anni ho fatto il garzone e il cameriere, tentando tutte le audizioni possibili. Me la cavavo. Ottenevo meno della metà dei ruoli per i quali mi presentavo. Poi un giorno mi sono trovato nel posto giusto al momento giusto, ed eccomi catapultato a Broadway. Quei primi due anni sono stati difficili. Mio padre si è ammalato e io facevo avanti e indietro. È riuscito ad assistere al mio debutto. Mi ha visto interpretare il ruolo principale in uno spettacolo di Broadway. Dopodiché è rimasto ancora poco in questo mondo. Se n'è andato senza sapere che avevo ricevuto una chiamata da Hollywood. Sarebbe stato contento», disse Bobby.

«È riuscito a conoscere Ariella?»

Bobby scosse la testa. «No. L'avrebbe adorata.»

Chinò la testa. Deglutì. Mi raccontò la storia.

Si erano conosciuti sul set di un film. Una produzione indipendente intitolata *Ham*. Una storia di formazione. Non avevano girato scene insieme, ma dopo essersi incontrati per caso sul set, avevano cominciato a trascorrere insieme tutto il loro tempo libero. A quel punto Ariella aveva già interpretato qualche ruolo minore in alcuni film commerciali. Aveva davanti a sé una carriera che sembrava sempre più promettente. Quella parte nel film indipendente era il suo primo ruolo da protagonista, e Ariella contava che avesse un successo inaspettato tale da diventare il suo biglietto da visita. E le cose erano andate esattamente così. La sua stella nascente si era trascinata dietro anche quella di Bobby. Non avevano impiegato molto a diventare la giovane coppia del momento. Oltre a ottenere il ruolo dei protagonisti nel film di fantascienza, avevano firmato un contratto per una serie di reality.

«Le cose non avrebbero potuto andarci meglio», disse Bobby. «Ecco perché tutta questa storia non ha senso. Ero felice con Ari, andava tutto alla grande. Ci eravamo appena sposati. Se ne avrò modo, durante la mia testimonianza chiederò all'avvocato dell'accusa perché mai, secondo lui, avrei dovuto uccidere la donna che amavo. È assurdo.»

Si abbandonò sulla sedia e cominciò a sfregarsi la fronte, guardando in lontananza. Non dovetti sforzarmi granché per trovare una decina di motivi per cui qualcuno nella sua posizione, benché fresco di matrimonio, avrebbe potuto uccidere il coniuge.

«Visto che potrei lavorare al caso, Bobby, sappi che prendo ogni incontro come un momento di preparazione al processo. Se ti sento dire qualcosa di inadeguato, quindi, te lo faccio notare in modo che tu non lo ripeta in aula. Mi sono spiegato?» dissi.

«Certo, certo. Cos'ho fatto?» domandò lui raddrizzandosi sulla sedia.

«Hai detto che avresti chiesto qualcosa all'avvocato dell'accusa. Tu non sei lì per fare domande, ma per rispondere. È a questo che servono le testimonianze. La cosa peggiore che possa succederti se fai una domanda del genere è che l'accusa ti dia una risposta. Potrebbe dirti che hai ucciso Ariella Bloom perché avevi ottenuto da lei tutto ciò che ti serviva, che non la amavi, che ti eri innamorato di un'altra e che non volevi un divorzio complicato, che avevi scoperto che lei si era innamorata di un altro e non volevi un divorzio complicato, che eri fatto, ubriaco, che sei stato colto da un raptus di gelosia, o che lei aveva scoperto il tuo segreto più oscuro... »

Mi fermai. Non appena pronunciai la parola *segreto*, gli occhi di Bobby si animarono e vagarono per la stanza prima di posarsi sulla mia faccia.

Rimasi turbato. Credevo che quel ragazzo mi piacesse, ma adesso non ne ero più così sicuro.

« Non voglio segreti tra noi. Lo stesso vale per te, Rudy », disse Bobby.

Io e Rudy stavamo per dirgli di non raccontarci nulla che potesse compromettere la sua difesa, ma era troppo tardi. Prima che potessimo fermarlo, Bobby ci disse tutto quanto.

8

Un mese prima, Kane aveva impiegato una giornata intera per accaparrarsi il parcheggio prescelto. Inizialmente era riuscito a trovare un posto lì vicino, e ci era rimasto fino a quando il parcheggio che voleva si era liberato. Dopo averlo occupato, vi aveva lasciato la macchina. Adesso sedeva al posto del guidatore della sua station wagon a bere caffè bollente da un thermos. Sapeva che ne valeva la pena. L'autosilo di Times Square era di fronte al Condé Nast Building. Parcheggiando all'ottavo piano e occupando uno dei dieci posteggi sulla sinistra, si aveva una visuale piuttosto buona sul lato opposto della strada. Abbastanza in alto da vedere ciò che succedeva per strada e alla stessa altezza degli uffici dello Studio Carp, che sembravano essere illuminati ventiquattr'ore al giorno. Con un piccolo binocolo digitale, Kane aveva osservato il collegio della difesa prepararsi al processo. Aveva osservato Rudy Carp provare la sua arringa d'apertura e ricevere suggerimenti dagli avvocati dello studio, e aveva persino osservato due simulazioni del processo.

Soprattutto però, Kane aveva osservato Carp e il consulente per la selezione della giuria disporre fotografie plastificate formato venti per venticinque su una grossa lavagna in fondo alla sala riunioni. Erano le foto dei possibili giurati. Alcune erano cambiate di settimana in settimana in base alle modifiche apportate dagli avvocati nel tentativo di trovare la giuria ideale per il processo. Quella sera erano stati svelati i dodici giurati definitivi.

Kane aveva anche origliato le riunioni strategiche tenutesi

nel fastoso ufficio privato di Rudy Carp. Dopo pochi giorni soltanto di sorveglianza, un rapido esame dell'interno dello Studio Carp con il suo binocolo gli aveva dato l'idea giusta per far arrivare una microspia nell'ufficio. Qualche rischio c'era, ma non eccessivo. Kane aveva osservato Rudy prendere il pacco dalla sua segretaria, aprirlo ed esaminare il trofeo. Un groviglio di metallo ritorto fissato a una base di legno incavata. Su una placchetta di ottone era incisa la scritta RUDY CARP, AVVOCATO DELL'ANNO. AGAE.

Stando al biglietto di accompagnamento, quell'AGAE era l'Associazione dei giovani avvocati europei. C'era anche l'indirizzo del mittente. Una delle prime cose che Kane aveva sentito dal microfono nascosto nel finto trofeo era stato Carp che dettava un biglietto di ringraziamento da inviare alla casella postale di Bruxelles aperta da Kane.

Dal suo punto di osservazione nel parcheggio dall'altra parte della strada, Kane aveva guardato la segretaria di Carp sistemare il premio insieme agli altri.

Erano passate tre settimane. Adesso mancavano due giorni al processo e Kane si sentiva sicuro di sé. Le simulazioni si erano concluse con verdetti di colpevolezza. Gli avvocati della difesa non facevano che bisticciare. Bobby Solomon sembrava sempre di più un uomo sull'orlo dell'esaurimento nervoso totale. E come se non fosse abbastanza, la casa cinematografica non era contenta e stava facendo parecchia pressione a Rudy. Hollywood voleva che Solomon fosse dichiarato non colpevole, e fino a quel momento i soldi non erano riusciti a comprare quella garanzia. I dirigenti della casa cinematografica non riuscivano a spiegarsi cosa stesse andando storto.

Kane non avrebbe potuto essere più soddisfatto.

Poi aveva visto i dodici giurati definitivi scelti dalla difesa. Non era detto che finissero sull'elenco finale, e benché la foto dell'uomo di cui Kane aveva assunto le sembianze fosse comparsa diverse volte sull'elenco, quella sera non c'era.

Avrebbe dovuto farsi carico personalmente di apportare qualche modifica all'elenco dei giurati.

Mentre rifletteva sul da farsi, vide l'avvocato dall'aria giovanile nell'ufficio di Carp. Gli era stato consegnato un portatile e aveva firmato un mandato. E adesso eccolo lì, a parlare con Bobby Solomon. Un nuovo avvocato, al quale Solomon stava raccontando la storia della sua vita. Cercando di manipolarlo. Di fargli prendere a cuore il suo caso.

Kane si spinse le cuffie nelle orecchie e ascoltò.

Flynn. L'avvocato si chiamava così.

Una nuova parte in causa. Decise di indagare su Flynn più tardi. In quel momento non aveva tempo. Tirò fuori il cellulare, un apparecchio usa e getta da due soldi, e chiamò l'unico numero memorizzato.

Rispose una voce familiare.

«Sto lavorando. Dovrai aspettare.»

L'uomo aveva una voce profonda, sonora. Una voce che esprimeva autorità.

«Non posso aspettare. Anch'io sto lavorando. Stasera dovrai tenere d'occhio i movimenti della polizia. Andrò a fare visita a un amico e non voglio essere disturbato», disse Kane.

Tese le orecchie in cerca di eventuali tracce di resistenza o riluttanza. Erano entrambi consapevoli della natura della loro relazione. Non si trattava di una società o di un collettivo. Era Kane ad avere il coltello dalla parte del manico. Era sempre stato così, e così sarebbe sempre stato.

L'uomo non replicò. Quella breve pausa bastò a irritare Kane.

«Dobbiamo fare un discorsetto?» disse.

«No. Ti ascolto. Dove hai intenzione di andare?»

«Qua e là. Ti mando un messaggio più tardi con l'indirizzo», rispose Kane prima di riagganciare.

Era prudente. Valutava i rischi di ogni mossa. Ciononostante, a volte la vita lo coglieva in contropiede. Sbarramenti sulla strada verso la sua meta. Nella maggior parte dei casi riusciva a sbrigarsela da solo, ma ogni tanto aveva bisogno di aiuto da parte di qualcuno che potesse accedere ai database o avere informazioni non disponibili ai comuni cittadini. Si trattava di contatti utili, e l'uomo in questione si era dimostrato un valido aiuto.

Non erano amici. Kane e il suo uomo non conoscevano quel genere di rapporto. Quando parlavano, l'uomo fingeva di pensarla come Kane e si professava devoto alla sua missione. Kane sapeva che erano tutte balle. All'uomo non importava un accidente dell'ideologia di Kane, gli importavano soltanto i suoi metodi: il semplice atto di uccidere, e tutti i piaceri associati.

« Non voglio segreti tra noi. Lo stesso vale per te, Rudy... » stava dicendo Solomon. Kane lo sentì benissimo, in cuffia, dopo la breve telefonata. A quel punto si concentrò sulla sala riunioni. Carp dava le spalle alla finestra, e Kane non riusciva a vederlo in faccia. Flynn era seduto a destra di Carp, ma anche lui non stava guardando verso la finestra, dal momento che era girato verso Bobby Solomon. Kane si sporse in avanti e ascoltò.

9

Non esistono casi difficili. Esistono soltanto clienti difficili. Me l'aveva insegnato il mio mentore, il giudice Harry Ford, parecchio tempo prima. E aveva ragione, come si era visto più e più volte. Mentre me ne stavo seduto su una sedia di pelle accanto a Bobby Solomon, mi tornarono in mente le parole di Harry.

«Io e Ariella avevamo litigato la sera in cui è stata uccisa. Per questo sono uscito e mi sono ubriacato. Io... io... volevo soltanto che lo sapeste. Nel caso saltasse fuori. Avevamo discusso ma, santo cielo, non l'ho uccisa. La amavo», disse Bobby.

«Perché avevate discusso?»

«Ari voleva che firmassi il contratto per la seconda stagione di *The Solomons*, il nostro reality show. Ma io mi ero stufato di stare sempre sotto le telecamere, ovunque fossimo, dappertutto. Era... troppo. Mi spiego? Non ce la facevo più. Abbiamo litigato. Niente mani addosso, quello mai. Non le avrei torto un capello. Ma ci eravamo messi a urlare, Ari era molto arrabbiata. Le ho detto che non avrei firmato. Poi me ne sono andato.»

Si appoggiò allo schienale della sedia, gonfiò le guance e si appoggiò le mani sopra la testa. Sembrava sollevato, come se si fosse tolto un peso dal cuore. Poi arrivarono le lacrime. Lo studiai attentamente. L'espressione sulla sua faccia gridava: *senso di colpa*. Se fosse per la durezza delle sue ultime parole alla moglie o per qualcos'altro, non riuscii a capirlo.

Rudy si alzò, allargò le braccia e fece segno a Bobby di andare da lui.

Si abbracciarono.

«Capisco, capisco. Va bene? Non preoccuparti. Mi fa piacere che tu me l'abbia detto. Si sistemerà tutto», sussurrò Rudy.

Quando finalmente si sciolsero dall'abbraccio, vidi che Bobby aveva gli occhi lucidi. Tirò su col naso e si asciugò la faccia.

«Va bene, credo sia tutto, per stasera», disse Bobby. Mi guardò e allungò la mano. «Grazie per avermi ascoltato. Mi spiace di essermi lasciato prendere dall'emozione. Guarda, mi trovo proprio in un bell'impiccio. Sono contento che mi aiuterai.»

Mi alzai per stringergli la mano. Anche stavolta la sua presa fu sorprendentemente salda. La tenni stretta e mi presi un momento per studiare Bobby da vicino. Aveva ancora la testa china. Gli tremavano le mani per la tensione. Nonostante le guardie del corpo, i vestiti alla moda, le mani perfettamente curate e la ricchezza, Bobby Solomon non era altro che un ragazzino spaventato dalla minaccia di una vita in prigione. Mi piaceva. Gli credevo. Eppure continuavo a vedere un filo di dubbio che penzolava lì, da qualche parte. Forse era tutta una messinscena. Una farsa, per convincermi. Quel ragazzo aveva talento. Non c'erano dubbi. Ne aveva abbastanza da fregarmi?

«Prometto di fare del mio meglio», dissi.

Lui mi appoggiò la mano sinistra sul polso e mi strinse forte la destra.

«Grazie. Non chiedo altro», disse.

«Grazie a te, Bobby. Per stasera basta così. Ci vediamo domani mattina in tribunale per la selezione della giuria. L'auto ti aspetterà fuori dal tuo hotel alle otto e un quarto. Vai a dormire un po'», intervenne Rudy.

E con ciò, Bobby ci salutò e lasciò l'ufficio. Fu subito avvolto in un bozzolo di guardie del corpo; non volevano correre alcun rischio. Lo scortarono fuori dall'ufficio a passo di marcia, in una falange di lunghi cappotti.

Mi girai verso Rudy. Ci sedemmo.

«Allora, da quanto sapevi che Bobby e Ariella erano in disaccordo sul reality show?»

«Sin dal primo giorno», rispose Rudy. «Immaginavo che il cliente si sarebbe aperto prima o poi. Pare che tu gli abbia fatto l'effetto giusto. Si è confidato all'istante.»

Annuii. «Sei stato bravo a recitare la parte. A fargli credere di essersi tolto un peso. Così si sentirà più sicuro.»

Rudy si rabbuiò, osservò il tavolo e unì le dita. Dopo un momento alzò la testa, prese il portatile dal tavolo e me lo porse.

«Le prove contro Bobby sono schiaccianti. Ma c'è una possibilità. Una possibilità remota. E io farò tutto il necessario per volgere la situazione a nostro favore. Guarda le prove e vedrai cosa abbiamo per le mani.»

Presi il portatile e lo aprii.

«Non è normale uccidere due persone a sangue freddo. Soprattutto tua moglie e un uomo che conoscevi bene. È raro che qualcuno senza precedenti violenti perda la testa in quel modo. Risulta che Bobby abbia avuto disturbi mentali? Se non ci sono trascorsi violenti nella sua storia clinica, potrebbe valere la pena di presentare la sua documentazione sanitaria.»

«Non useremo la sua documentazione sanitaria», disse Rudy in tono categorico. Premette un pulsante sul telefono. «Ho bisogno di un trasporto sicuro», disse.

C'era una nota strana nella voce di Rudy. O non gradiva la mia opinione su quella parte del caso, oppure stava nascondendo qualcosa. Comunque, immaginavo che non fosse nulla di troppo importante, altrimenti l'accusa l'avrebbe già scoperto e usato. Lasciai perdere, almeno per il momento.

La schermata principale sul portatile chiedeva di inserire una password. Rudy scrisse qualcosa su un post it e me lo allungò.

«Ecco la password. Ci assicureremo che torni nel tuo ufficio con il portatile senza correre rischi. Se non ti dispiace, chiederò a un membro della nostra squadra di sicurezza di accompagnarti.»

Pensai alla temperatura gelida e al tragitto di ritorno fino al mio ufficio.

«L'uomo della sicurezza ha anche una macchina?»

«Certo.»

Guardai il biglietto. La password era «NonColpevole1».

Chiudendo il portatile, mi alzai e strinsi la mano a Rudy.

«Sono contento di averti nella squadra», disse.

«Avevo detto che avrei letto il fascicolo prima di decidere», replicai.

Rudy scosse la testa. «No, hai detto a Bobby che l'avresti aiutato. Gli hai promesso che avresti fatto del tuo meglio. Sei già dei nostri. Gli credi, vero?»

Non mi sembrava molto utile nasconderlo. «Sì, penso di sì.»

Ma non sarebbe la prima volta che mi sbaglio.

«Sei come me. Lo capisci quando hai davanti un cliente innocente. Lo senti e basta. Non avevo mai conosciuto nessun altro in grado di farlo. Prima di stasera», disse Rudy.

«Io non sono Bobby Solomon, Rudy. Non devi fare il leccaculo con me. So che l'hai fatto venire perché volevi che lo conoscessi. Volevi che lo guardassi negli occhi. Che mi facessi un'idea di lui. Che prendessi quella decisione. Sapevi che gli avrei creduto. Mi hai fregato. E anche se non credo che sia un assassino, non posso avere la certezza che non ci stia fregando entrambi.»

Rudy alzò le mani. «Colpevole, vostro onore. Questo però non cambia il fatto che ci troviamo davanti a uno scenario da incubo: un uomo innocente. Sì, è un ottimo attore. Ma è impossibile farsi scagionare da un'accusa di duplice omicidio semplicemente recitando.»

Le porte dell'ufficio si aprirono. Entrambe. Anche così, quell'uomo dovette girarsi di lato per entrare. Sembrava alto più o meno come me. Calvo. E largo come quell'accidenti di tavolo. Pantaloni neri e giacca nera allacciata fino al collo. Incrociò le braccia davanti al busto, unendo le mani. Immaginavo che avesse cinque o sei anni più di me e un passato da pugile. Le sue nocche ricordavano le gomme da masticare dei distributori automatici.

«Lui è Holten. Si assicurerà che non succeda niente né al portatile né a te», spiegò Rudy. Si abbassò, recuperò una valigetta di alluminio da sotto il tavolo e la appoggiò sul ripiano. Holten si avvicinò, ci scambiammo un saluto cordiale e lui andò dritto alla valigetta. Aprì i ganci, alzò il coperchio e sistemò il portatile in uno spazio sagomato. Lo guardai chiudere la valigetta e tirare fuori un paio di manette dalla tasca del cappotto. Si assicurò il polso alla maniglia della valigetta, la prese e disse: «Andiamo».

Ringraziai Rudy e, appena prima che uscissi dalla porta con Holten, lui mi diede un ultimo consiglio. «Quando leggerai il fascicolo, ricordati ciò che è successo in questa stanza stasera. Ricordati come ti sei sentito. Ricordati che questo ragazzo è innocente, e che lo sai. Dobbiamo fare in modo che rimanga tale.»

10

Kane aveva interrotto il collegamento con la microspia subito dopo la confessione di Robert Solomon. Chiusa la station wagon, si era spostato sulla Ford grigia. Ora, dietro il volante, guardava la rampa di uscita dell'autosilo. Quel punto strategico offriva una visuale della strada sottostante abbastanza buona da permettergli di individuare con facilità i grossi SUV neri utilizzati dallo Studio Carp per gli spostamenti.

Il motore della Ford girava al minimo.

Senza distogliere lo sguardo dalla strada davanti a sé, Kane si allungò sul sedile del passeggero e aprì il vano portaoggetti. Tirò fuori la Colt calibro 45 ed estrasse il caricatore. Le sue dita trovarono la scatola dei proiettili. Quando reinserì il caricatore, un lieve schiocco riecheggiò nell'abitacolo, seguito dal clic del meccanismo che portò la prima pallottola nella camera di caricamento.

Una Corvette rossa sfrecciò sulla strada.

La Colt trovò una nuova casa nella tasca interna del cappotto di Kane. L'orologio segnava le sette e un quarto.

Dovrebbero uscire da un momento all'altro, pensò Kane.

Indossò un paio di guanti di pelle attillati. Adorava il profumo della pelle. Gli rammentava una ragazza che aveva conosciuto tempo addietro e che indossava sempre un giubbotto di pelle nera da motociclista, maglietta bianca e blu jeans. Kane ricordava i suoi riccioli neri, la carnagione chiara, la risata convulsa, il sapore delle sue labbra. Più di tutto, però, ricordava la giacca di pelle dall'odore travolgente. E il sangue che, dopo essersi depositato sopra cominciava gradualmente a essere assorbito, come se la giacca si fosse messa a bere, con un sorso lungo e lento.

Kane strinse le mani intorno al volante.

Ascoltò il rumore del guanto sul volante, pelle contro pelle. Pensò al fruscio prodotto dalla giacca della ragazza mentre agitava le braccia nel patetico tentativo di respingerlo. Non aveva gridato. Nemmeno una volta. Aveva aperto la bocca, sì, ma non ne era uscito alcun suono. C'era stato soltanto il tintinnio della cerniera della giacca e il rumore della pelle che sbatteva contro altra pelle mentre lei dimenava le braccia contro di lui. Per Kane quel suono aveva quasi la dolcezza di un sussurro.

Uno stridore di pneumatici sulla colata di cemento colorato. Un movimento di fari. Kane si voltò e vide un pickup scendere la rampa dal piano superiore dell'autosilo. Non voleva che gli ostruisse la visuale. Uscì dal parcheggio e si diresse verso la rampa di uscita. Si fermò. La telecamera lesse la sua targa. La sbarra cominciò ad alzarsi. Kane avanzò lentamente sulla sua Ford.

Mentre si avvicinava alla strada, un SUV nero gli passò davanti e si fermò fuori dal Condé Nast Building. Kane guardò a destra. Poi a sinistra. Via libera. Si immise sulla strada con la massima lentezza per non attirare l'attenzione. C'era abbastanza spazio da superare il SUV parcheggiato, ma Kane aveva altri piani. Si fermò dietro il veicolo e, con un sospiro di sollievo, vide Flynn e il gorilla della sicurezza dello Studio Carp uscire dall'edificio e dirigersi verso il SUV. Studiando la coppia, ebbe la sensazione che, fisicamente, l'avvocato non fosse meno pericoloso della guardia. C'era troppo buio per vederli in faccia, ma Kane ne osservò le movenze. Le guardie del corpo di Bobby erano così tante che era difficile capire quale fosse quella che lo stava scortando in un determinato momento, considerato poi che si assomigliavano tutte, sia in termini di corporatura sia per il modo di muoversi. E anche in questo caso la guardia dello Studio Carp di scorta all'avvocato appariva nell'oscurità come un colosso tozzo e tutto muscoli che procedeva con un'andatura rigida. Flynn invece sembrava un ballerino. O un pugile. Sempre in perfetto equilibrio. Sicuro di sé. Era alto, in forma. Sicuramente era abituato ad allenarsi quand'era più giovane. Sì, Flynn aveva un portamento da lottatore.

La guardia aveva una di quelle valigette. Una valigetta con dentro un portatile. Lo studio aveva misure di sicurezza rigidissime sui portatili. Non c'era modo di hackerarli da remoto o di accedervi senza usare una delle password individuali degli avvocati, che cambiavano tutti i giorni. Con un po' di tempo a disposizione, Kane sarebbe anche riuscito a craccare la password, ma prima doveva procurarsi uno di quei computer. All'insaputa dello studio. Aveva metodi, contatti e vie per accedere alla sede dello Studio Carp. Nessuno di questi però era in grado di fargli avere un computer per il tempo necessario senza destare sospetti. E con le telecamere di sicurezza che scrutavano ogni millimetro delle scrivanie, era impossibile portare un computer fuori dall'ufficio. Ma Kane doveva assolutamente mettere le mani su uno di quei portatili, dal momento che contenevano il fascicolo Solomon. Il pensiero di entrare in possesso dei documenti del caso gli scatenò brividi di elettricità che gli fecero rizzare i peli sulla nuca. Emise un respiro tremante. La guardia e l'avvocato salirono sul veicolo, che si immise sulla corsia.

Kane lasciò la frizione e cominciò a seguirlo.

In quella zona di Manhattan, a quell'ora, il traffico era ridotto a una lenta processione. A Kane stava bene. Voleva quella valigetta.

In un alloggiamento a destra del volante c'era uno smartphone, ovviamente non registrato. Kane aprì Google e cercò «Eddie Flynn, avvocato». Rimase stupito nel vedere che le prime pagine erano articoli di giornale. Vecchi casi di Flynn. Scrutando ogni articolo, stabilì che Flynn era una minaccia non indifferente in aula. Quell'uomo era pericoloso. Fece scorrere una serie di pagine che sembravano raccontare le stesse storie, semplicemente riprese da diversi blog e siti di notizie. Lo studio di Eddie Flynn non aveva un sito Internet. Gli unici riferimenti che Kane trovò in rete furono un indirizzo e un numero di telefono.

Come previsto, venti minuti più tardi il SUV accostò a destra in West 46th Street. Lo stesso indirizzo riportato su Internet. Kane entrò in un parcheggio sulla sinistra e spense il motore. Prese il telefono dall'alloggiamento e se lo mise in tasca, poi scese dall'auto e aprì il bagagliaio. Prima si guardò intorno per assicurarsi che dietro di lui non ci fosse nessuno. Via libera. Nascosto sotto una coperta nel bagagliaio c'era un set di coltelli da cucina che Kane aveva fatto realizzare appositamente. Ne scelse uno da sfilettatura insieme a una mannaia. Entrambi erano riposti all'interno di custodie protettive di pelle. Accanto alla coperta c'era uno zaino aperto e pronto all'uso. Kane sistemò entrambi i coltelli nello zaino, lo chiuse e se lo mise in spalla. Una volta uccisi i due uomini, avrebbe comunque avuto bisogno di portare via la valigetta. Molti anni prima aveva imparato che il modo migliore di recidere un arto aveva più a che vedere con le abilità di macelleria che con la forza bruta. Usando la mannaia, sarebbero stati necessari tra i cinque e i dieci colpi contro il polso della guardia morta per tagliare la mano. I muscoli e i tendini del polso avrebbero assorbito la maggior parte dell'impatto. Probabilmente ci sarebbero voluti una trentina di secondi. Kane invece aveva deciso di far scorrere il coltello da sfilettatura attraverso i muscoli e la carne del polso fino a scoprire l'osso in cinque secondi. Dopodiché un solo colpo della mannaia da oltre un chilo avrebbe completato l'opera. Tempo stimato: tra i quindici e i diciassette secondi. Kane si calcò il cappellino da baseball sulla faccia, chiuse il bagagliaio e attraversò la strada.

La guardia di sicurezza con la valigetta legata al polso era già scesa dal veicolo. Adesso dava le spalle a Kane e aveva la mano tesa per aprire la portiera posteriore. La luce del lampione più vicino era troppo debole per consentire a Kane di vedere bene la guardia. Lo separavano dal suo bersaglio una quindicina di metri. La portiera del SUV si aprì e Flynn smontò. Kane lo riconobbe dal suo modo di muoversi. Infilò la mano destra nella tasca interna del cappotto, strinse l'impugnatura della pistola e applicò una leggera pressione sul grilletto.

Dodici metri. Flynn si stava abbottonando il cappotto, pronto a salire le scale del suo ufficio.

Kane sentì una portiera sbattere proprio davanti a sé. Si irrigidì. Un uomo attempato in abito blu navy girò intorno al cofano di una decappottabile bassa verde scuro e salì sul marciapiede a pochi metri di distanza da Kane, portandosi sotto la luce di un lampione. Stava camminando nella sua stessa direzione, verso l'ufficio di Flynn. Kane non riusciva a vederlo in faccia. Vedeva soltanto i capelli grigi sulla sua nuca.

Stava per estrarre l'arma e toglierlo di mezzo con uno spintone quando l'uomo alzò la mano e gridò.

«Ehi, Eddie!»

Flynn si voltò verso Kane. La guardia di sicurezza fece lo stesso. Entrambi gli uomini erano sui gradini, in posizione rialzata. Kane abbassò la testa. Vedeva il loro busto da sotto la tesa del cappellino, ma non le facce. Non voleva rischiare di incrociare il loro sguardo. Voltandosi, la guardia aprì il cappotto e afferrò un'arma dal fianco. Sia la guardia sia Flynn stavano guardando in direzione di Kane.

Aveva perso l'elemento sorpresa. Se avesse estratto l'arma, l'avrebbero visto. In quel caso, considerati i tempi medi di reazione, era probabile che la guardia di sicurezza riuscisse a sparare almeno un paio di colpi. Dunque doveva diventare il primo bersaglio.

Gli scarponcini di Kane battevano sulle lastre di pietra. Il suo cuore acquistò un ritmo più veloce. Il sangue gli rimbombava nelle orecchie. Sentiva quasi il residuo acre lasciato nell'aria dai colpi d'arma da fuoco. Un meraviglioso brivido gli percorse la schiena. Era giunto il momento. Kane non viveva che per quello, per quella gloriosa trepidazione. Con un movimento fluido, soffiò fuori l'aria, alzò il gomito e in un attimo estrasse la mano destra dalla tasca interna del cappotto.

11

Ero arrivato al terzo gradino della scala quando sentii qualcuno chiamare il mio nome per strada. Di fianco a me, Holten si irrigidì all'istante. Lungo il tragitto non aveva aperto bocca se non per domandarmi se fossi comodo, e aveva risposto a monosillabi, seppur gentili, ai miei tentativi di fare conversazione. Rudy Carp era un buon capo? Sì, Holten era un libero professionista, ma era facile lavorare con Carp. Collaborava da tanto con lo studio? Sì. Era un appassionato di baseball? No. Di football? No. A quel punto mi ero arreso, immaginando che fosse concentrato sulla strada e non volesse distrazioni. Rimasi dunque stupito di vederlo così pronto a proteggermi mentre eravamo lì, sui gradini che conducevano alla mia porta d'ingresso. Per la verità non fece nulla. Si limitò a prepararsi. A prepararsi a qualsiasi eventualità. Mi girai nella direzione da cui avevo sentito la voce e vidi il giudice Harry Ford salutarmi dal marciapiede. La sua vecchia decappottabile d'epoca era parcheggiata sulla strada.

Stavo per ricambiare il saluto quando intravidi un uomo dietro di lui. Portava un cappellino da baseball ben calcato sulla fronte. Il bagliore dei lampioni mi impediva di vederlo in faccia. La falda del berretto gli copriva i lineamenti. In quel momento, però, il suo viso non mi sembrava tanto importante. Mi interessava di più la sua mano destra. La teneva infilata nella tasca interna del cappotto come se fosse pronto a estrarre una pistola.

Con la coda dell'occhio vidi Holten piazzarsi il palmo della mano in vita, dove teneva l'arma da fianco: l'aveva notato anche lui. Mi ritrovai con la salivazione azzerata, incapace di respirare a dovere. Il mio corpo si era paralizzato. Un misterioso istinto primitivo conservatosi dentro di me stava convogliando tutta la mia attenzione verso l'uomo che veniva verso di noi con la mano nella tasca interna del cappotto. Respirare o pensare erano distrazioni di cui il mio corpo non aveva bisogno. D'un tratto tutti i miei muscoli e le mie terminazioni nervose dichiararono lo stato di massima allerta. Tutta la mia energia venne reindirizzata verso l'attivazione della modalità sopravvivenza. Ero inchiodato lì, pronto a tuffarmi per terra se quella mano fosse uscita dal cappotto con una pistola.

La temperatura stava scendendo. Il ghiaccio che cominciava a formarsi sul marciapiede luccicava come cristallo frantumato sotto la luce dei lampioni a vapori di sodio.

L'uomo si avvicinò a Harry e tirò fuori la mano destra dalla tasca. Allungò il braccio e fece segno nella nostra direzione. Aveva in mano qualcosa di nero e lucido. Sentii uno schiocco secco quando Holten aprì la fondina di cuoio con la pistola. Come se si fosse acceso una specie di interruttore interno, presi un'enorme boccata d'aria e mi inginocchiai, coprendomi la testa con le mani.

Silenzio. Nessun colpo di arma da fuoco. Nessuna fiammata. Nessun proiettile contro i mattoni sopra la mia testa. Sentii invece una grossa mano darmi una pacca sulla spalla.

«Va tutto bene», disse Holten.

Alzai lo sguardo. Harry era di fianco all'uomo con il cappellino. Entrambi stavano guardando il cellulare che l'uomo aveva in mano. Harry lo indicò, poi fece segno verso ovest, lungo 46th Street. L'uomo annuì, disse qualcosa a Harry e sollevò il telefono. Persino da quella distanza, sull'ampio schermo dello smartphone vidi quella che sembrava una mappa. L'uomo passò davanti a casa mia, diretto verso ovest.

«Santo cielo, Holten, mi hai fatto venire un infarto», dissi.

«Chiedo scusa. La prudenza paga sempre.»

«Eddie, si può sapere cosa stai facendo?» chiese Harry.

Mi alzai, mi pulii il cappotto e mi sporsi dalla ringhiera.

«Mi sto comportando con prudenza, a quanto pare. Cosa voleva quel tizio?»

«Era soltanto un turista. Voleva indicazioni», rispose Harry.

Mi guardai dietro le spalle. L'uomo aveva proseguito sulla sua strada tenendo lo smartphone davanti a sé. Mi dava la schiena. Lo guardai allontanarsi, poi mi girai di nuovo verso Harry.

«Dal modo in cui si stava avvicinando, sembrava fosse armato. Aveva un'aria... *determinata*. L'hai mai visto prima?»

«Non lo so. Per la verità non l'ho visto bene in faccia per via del cappellino. Ma se anche non l'avesse avuto, non saprei dirvi granché. Sono senza occhiali», rispose Harry.

«Quindi come hai fatto a venire fin qui in macchina?» chiesi.

«Con prudenza», rispose Harry.

Holten prese una delle mie sedie di legno, uscì dal mio ufficio e la sistemò accanto alla porta d'ingresso che dava sul pianerottolo. Tornò dentro e diede un'altra occhiata alla stanza. Dal divano, Harry fissava Holten con l'indifferenza di chi aveva in mano un bicchiere di scotch e sapeva esattamente quanto fosse pregiato.

«Qui la sicurezza è inesistente, Mr Flynn. Stasera rimarrò qui fuori e domani mattina le farò consegnare una cassaforte in ufficio. Il portatile dovrà sempre restare in cassaforte quando lei non c'è. Va bene?» disse Holten.

«Vuoi dire che starai seduto fuori dal mio ufficio per tutta la notte?»

«Sì, il piano è questo.»

«Be', forse avrai notato il letto sul retro. Non ho una casa. Dormo qui. E probabilmente lavorerò tutta la notte, quindi non preoccuparti. Vai a casa a riposare. Io me la caverò.»

«Se a lei non dà fastidio, resto fuori.»

«C'è un divano. Se resti, tanto vale che tu ti metta comodo.»

Holten gettò un'occhiata al divano. Alcuni anni prima Harry era caduto di peso sul cuscino in mezzo, rompendo le molle. Adesso al centro c'era una buca. Come per tenere vivo il ricordo di quella sera, Harry si sedeva sempre all'estremità del divano, ma le molle lo facevano inesorabilmente scivolare verso il centro, tanto che sembrava sul punto di cadere nell'avvallamento centrale da un momento all'altro. Probabilmente Holten pensava che una sedia di legno sarebbe stata più comoda.

«Non sarei molto utile come guardia del corpo se stessi dormendo sul divano quando qualcuno butterà giù la porta per prendere quel portatile. Rimango qui fuori. Va bene?»

Guardai la valigetta sul tavolo, con le manette ancora attaccate alla maniglia.

«Per me non c'è problema», dissi.

«Vi lascio soli, signori», disse Holten chiudendosi la porta dell'ufficio alle spalle.

«La mette giù piuttosto dura», commentò Harry.

«Be', anche lui è un vero duro. A ogni modo, mi piace. Si vede che è un professionista», dissi.

«Allora, come mai tutta questa sicurezza? Cosa c'è su quel portatile?» chiese Harry.

«Potrei anche dirtelo, ma stasera berrai così tanto che domani mattina non ricorderai più niente, quindi tanto vale rimandare la conversazione a domani.»

«Bene, brindiamo allora», rispose Harry.

Mi versai due dita di scotch e mi sedetti dietro la scrivania. Soltanto un drink. Per calmare i nervi. Avevo bisogno di essere lucido per leggere il fascicolo del caso. Per il momento, se non altro potevo rilassarmi un po'. La lampada nell'angolo, insieme alla mia lampada da tavolo con il paralume verde di vetro, inondavano il mio piccolo ufficio di un bagliore caldo. Appoggiandomi allo schienale della poltrona, misi una gamba sulla scrivania e mi portai il bicchiere alle labbra. Adesso di tanto in tanto potevo anche godermi una bevuta in compagnia di Harry. Ormai ero disciplinato su quel fronte, ma mi ci era voluto parecchio tempo. E Harry mi aveva aiutato.

Se non fosse stato per lui, non sarei mai diventato avvocato. Anni prima ero stato citato in giudizio per aver provocato un incidente, e mi ero difeso da solo. Una truffa assicurativa andata male. Il giudice era Harry. Me l'ero vista con l'avvocato dell'altro uomo e, dopo la mia vittoria, Harry aveva voluto parlarmi. Mi aveva consigliato di valutare una carriera in campo legale. Ed ecco che, dopo una laurea in legge, mi ero ritrovato a lavorare come assistente di Harry mentre mi preparavo all'esame di abilitazione. Mi aveva regalato una nuova vita, lontano dalle truffe e dai traffici della strada ai quali ero dedito. Adesso usavo i miei trucchi in un'aula di tribunale.

«Come sta la tua famiglia?» chiese Harry.

«Amy cresce in fretta. Mi manca. Sai, forse le cose si stanno mettendo bene. Christine mi ha chiamato per invitarmi a cena.»

«Benissimo», disse Harry entusiasta. «Credi che sia possibile ricucire i rapporti?»

«Non lo so. Ormai Christine e Amy si sono ambientate a Riverhead. Sembra che le loro vite stiano andando avanti senza di me. Ho bisogno di un lavoro che non mi faccia rischiare costantemente la pelle. Qualcosa di stabile e noioso che non crei problemi né a me né a nessun altro. Christine vuole questo. Una vita normale.»

Non ero sicuro che fosse ancora vero nemmeno mentre lo dicevo. Avevamo sempre desiderato una vita stabile e sicura, ma con il mio lavoro era pura utopia. Adesso però non ero più nemmeno certo che Christine mi volesse nella sua vita. La sentivo distante. Speravo che l'invito a cena fosse la mia occasione di riavvicinarmi a lei, un'altra volta.

Harry bevve un sorso di scotch massaggiandosi la testa.

«A cosa stai pensando?» domandai.

«A quella valigetta. A quel bestione nel tuo corridoio. Ecco a cosa sto pensando. Se stai cercando un lavoro più tranquillo, questo mi sembra l'esatto opposto. Dimmi che non sei nei guai.»

«Non sono nei guai.»

«E non hai altro da dirmi?» chiese Harry.

Facendo girare il liquido ambrato dentro il bicchiere, lo alzai verso la luce. Bevvi un altro sorso, poi appoggiai il bicchiere sulla scrivania.

«Oggi ho incontrato Rudy Carp. Mi ha assunto come membro del collegio di difesa di Robert Solomon.»

Harry si alzò, mise via la bottiglia di scotch e lasciò il bicchiere vuoto accanto al mio.

«In tal caso devo andarmene», disse.

«Cosa? Perché?»

Lui sospirò, si mise le mani nelle tasche dei pantaloni e parlò tenendo lo sguardo fisso sul pavimento.

«Immagino che tu l'abbia incontrato questa mattina, e che prima di allora Rudy Carp non ti avesse mai contattato. Nessuna email o telefonata. Giusto?»

«Giusto. Come fai a saperlo?»

«Cosa ti ha detto Rudy sul motivo per cui ti ha ingaggiato?»

«Ci sono arrivato da solo. Sono una risorsa sacrificabile. Dovrò cercare di inchiodare i poliziotti. Se non farò centro con la giuria, verrò scaricato dal collegio dei difensori, e loro potranno fare come se non fosse successo niente. Sono un cuscinetto tra Rudy e la giuria. Se la mia mossa non dovesse funzionare, lui manterrà comunque la sua reputazione con i giurati. Non è un grande affare, ma voglio aiutare questo Bobby. So che è una star del cinema e quant'altro, ma mi piace. E credo che sia innocente.»

«Probabilmente Rudy aveva bisogno di una storia che ti saresti bevuto. In un certo senso è più convincente se credi che per te non sia un buon affare. Questo spiega come mai ti abbia ingaggiato il giorno prima della selezione della giuria.»

Toccò a me innervosirmi. Mi raddrizzai e rivolsi tutta la mia attenzione a Harry.

«Harry, piantala di menare il can per l'aia. Sputa il rospo.»

«Venerdì il giudice Collins mi ha telefonato. Ha detto che si sentiva molto strana. La cosa non mi ha stupito. Si sta occupando dei preparativi per il processo Solomon da ormai un anno. Ci saranno già state una decina di udienze preliminari, istanze di archiviazione, di tutto e di più. Due settimane fa si è trasferita in un hotel in modo da avere spazio e da poter lavorare in pace. Pur con tutti i suoi difetti, Rowena Collins è un giudice che non ha problemi a lavorare sodo. In ogni caso, credevo si trattasse solo di stress. Occuparsi di casi del genere mette a dura prova chiunque.»

Harry smise di parlare, perso nei suoi pensieri. Io non dissi nulla. Mi avrebbe raccontato il resto una volta raccolte le idee.

«Sabato mattina ho ricevuto una chiamata dall'ospedale. Rowena era svenuta la sera prima, poco dopo che ci eravamo parlati. Se non fosse stato per il suo servizio in camera a orari stabiliti, ci avrebbe lasciato le penne. Un inserviente l'ha trovata per terra. Aveva una crisi respiratoria in corso. Grazie al cielo è stata trovata in tempo. I soccorritori le hanno salvato la vita. Ha avuto un attacco di cuore e adesso è in terapia intensiva. In condizioni gravi ma stabili. Sono andato a trovarla oggi. Non è messa bene.

«A parte tutto, questa circostanza ha rischiato di far saltare il processo Solomon. Nessuno dei miei poteva mettere in stand by le cause in corso per occuparsi del processo, così Rowena l'ho sostituita io. Eddie, sarò io il giudice del caso Solomon.»

12

Harry era su tutte le furie quando se ne andò dal mio ufficio. Non gli piacevano gli avvocati che cercavano di manipolare il sistema. Per come la vedeva lui, Rudy Carp stava mettendo in discussione la sua imparzialità. L'amicizia tra avvocati e giudici non è un problema. I giudici non scaricano i loro amici avvocati appena ricevono la nomina. Avvocati e giudici si frequentano fuori dall'aula, così come alcuni avvocati dell'accusa e della difesa. E quando si trovano in tribunale insieme, giocano secondo le regole. È lecito. Per un motivo soltanto: se si trovano sui lati opposti della barricata, il loro rapporto si interrompe per la durata del caso. Finché avessi fatto parte del collegio dei difensori di Bobby Solomon, non potevo bere o socializzare con Harry. Ed era questo che gli rodeva più di tutto.

Tirai fuori il portatile dalla valigetta, lo accesi e chiamai Rudy Carp.

«Eddie, non puoi aver già letto tutto il fascicolo», disse Rudy.

«Non l'ho nemmeno aperto. Stavo soltanto bevendo un drink con il mio amico Harry Ford.»

Silenzio.

Aspettai che Rudy dicesse qualcosa, ma dall'altro capo del telefono non giunse altro che il suo respiro. Una parte di me voleva soltanto che lo ammettesse. Un'altra parte di me voleva che restasse in silenzio a morire di vergogna.

«Rudy, probabilmente dovrei chiamarmi fuori.»

«No, no, no. Non farlo. Senti, dovevo pur trovare un modo di coinvolgerti in questo caso. E tu sei un ottimo avvocato, Eddie. Se non la pensassimo così non avremmo cercato la tua collaborazione.»

«Come faccio a credere alle tue parole adesso?»

«Senti, quello che ti ho detto è vero. Abbiamo bisogno di qualcuno che cerchi di inchiodare i poliziotti. Tu puoi fare un ottimo lavoro su quel fronte. L'hai già fatto. Se il tuo colpo non andrà a segno, ti licenzieremo e riusciremo comunque a salvare la faccia con la giuria. Se però il giudice fosse il tuo migliore amico... be', potrebbe essere meno incline a metterci in croce per la tua mossa. In caso contrario il suo amico Eddie Flynn non ne uscirebbe tanto bene, giusto?»

Era un piano astuto. In città c'erano un sacco di bravi avvocati. Un sacco di avvocati esperti nel far vedere i sorci verdi ai poliziotti sul banco degli imputati. Non molti di loro però erano pappa e ciccia con Harry Ford.

«Se pensi che Harry ci andrà piano con il tuo cliente a causa mia, ti sbagli.»

«Tranquillo, non sto mettendo in dubbio il buon nome del giudice. Non mi sogno nemmeno che possa essere parziale a nostro favore. Non sto dicendo questo, però considera che la nostra strategia è rischiosa. E se tu non riuscirai a convincere la giuria, il giudice Ford non lascerà che la cosa si ripercuota negativamente né sul nostro assistito né su di te. Tutto qui. Questo non significa che è parziale, ma soltanto che è giusto.»

Toccò a me mordermi la lingua. Avrei voluto dire a Rudy che non ci stavo. Che gli avrei rimandato subito Holten con il portatile. Lo schermo mi chiedeva di inserire una password. Mentre pensavo a cosa dire digitai «NonColpevole1» e la schermata cambiò. Davanti a me apparve un'immagine di Bobby Solomon. Lui e Ariella erano in maglione natalizio nella loro casa elegante, davanti a un albero di Natale. Quella foto mostrava due ragazzi giovani e chiaramente innamorati. Si tenevano per mano, guardandosi. C'era una promessa nei loro occhi. Una promessa reciproca. Se mi fossi tirato indietro avrei tradito Bobby. Per i motivi sbagliati.

«Non mi piace essere usato. Se vuoi che lavori al caso, il prezzo è appena aumentato.»

«Capisco la tua rabbia, ma non abbiamo un budget sconfinato. Potremmo aumentare un po' il compenso in modo che non ci siano rancori. Cosa ne dici di un venticinque per cento in più?»

«Cosa ne dici di farmi diventare socio dello Studio Carp? Junior partner. Con tutti i vantaggi del caso. E la libertà di scegliere quali clienti seguire. Non mi serve un'altra botta di soldi che mi faccia tirare avanti per i prossimi sei mesi. Quello che mi serve è un lavoro stabile che non mi faccia rischiare costantemente la pelle.»

«È una richiesta importante», commentò Rudy.

«È un caso importante», replicai.

Lui non disse nulla. Lo sentii mormorare mentre rifletteva.

«Se ti proponessi un contratto di due anni come associato senior? Per due anni ti farai pagare direttamente dai tuoi clienti come tutti gli altri associati senior, dopodiché diventerai junior partner. È il massimo che posso fare, Eddie», disse Rudy.

«Va bene, accetto l'onorario iniziale e l'accordo.» L'onorario mi avrebbe aiutato, ma mi serviva un lavoro. Christine voleva che avessi un'occupazione regolare, un lavoro che non mettesse nei guai me o la mia famiglia. Avrebbe potuto essermi di grande aiuto per ricucire la nostra relazione e garantirmi un futuro.

«Andata.»

«Bene. Ora, cos'altro non mi hai detto di questo caso?»

«Niente. Lo giuro. Leggi il fascicolo. E scusa ancora per la storia del giudice. A ogni modo non avrei potuto tenertela nascosta. L'avresti comunque scoperto non appena fossi entrato in tribunale. Ascolta, credo che Bobby sia innocente. Lo so. Lo sento. Sai quanto è raro per me? Sono disposto a tutto pur di farlo scagionare. Leggi il fascicolo e capirai la nostra posizione. Chiamami domani mattina. Dalle nove sarò impegnato con la selezione della giuria.»

Riagganciò.

A quel punto mi domandai esattamente fino a che punto Rudy sarebbe stato disposto a spingersi per salvare il suo cliente.

Feci scivolare le dita sul touchpad e sulla schermata iniziale comparve una serie di file. Sul computer non c'era nessun browser per navigare in Internet, nessuna applicazione, nient'altro all'infuori dei file. Erano cinque. Dichiarazioni e deposizioni. Materiale fotografico. Reperti della Scientifica. Dichiarazioni della difesa. Periti della difesa.

Presi una matita dalla scrivania e me la rigirai tra le dita. Mi aiutava a pensare meglio. E poi mi serviva a tenere le mani allenate. Prima di diventare avvocato, facevo truffe di ogni tipo, per alcune delle quali era necessario essere capaci di rubare un portafoglio, un mazzo di chiavi o un cellulare. Mio padre mi diceva sempre di non perdere mai l'agilità delle mani, il che significava esercitarsi a mantenerne i riflessi e la velocità. Quindi quando pensavo, mi era d'aiuto prendere una penna o una fiche da poker e farmela roteare tra le dita.

I primi tre file costituivano l'accusa. I file chiamati «Dichiarazioni della difesa» e «Periti della difesa» erano composti da materiale prodotto dallo Studio Carp. Quasi tutti gli avvocati sarebbero andati dritti all'accusa, leggendo ogni singola parola delle dichiarazioni e delle deposizioni. Ciascuna era una storia, una raccolta di ricordi di una persona. Prese tutte insieme, quelle storie andavano a formare una narrazione complessiva. Era la narrazione che l'accusa avrebbe cercato di propinare alla giuria.

Il lato peggiore delle narrazioni è che spesso sono inaffidabili.

Il mio approccio era leggermente diverso. La vera storia si trovava nelle immagini. Le foto scattate sulla scena di un crimine non mentono. Non sono testimoni. Non possono sbagliarsi o nascondere la verità. E mi permettevano di immaginare quale sarebbe stato l'impianto dell'accusa, spingendomi a riflettere su come mi sarei mosso nei confronti di Bobby Solomon se fossi stato dall'altra parte. In un processo per omicidio non basta sapere quale sarà la tua linea di difesa: occorre anche prevedere le mosse dell'accusa e prepararsi a rispondere.

Le foto erano riunite in una galleria. Il primo elemento però non era una foto, bensì un video. Lo feci partire.

Lo schermo diventò nero, e per un attimo pensai che il video non si fosse caricato bene. Poi mi accorsi che si trattava delle riprese di una telecamera di sicurezza montata fuori dalla porta di casa di qualcuno. Si vedeva la strada sottostante. Un uomo con indosso una felpa con cappuccio e un paio di jeans neri saliva i gradini fino alla porta d'ingresso. Con la testa bassa. Aveva gli occhi incollati sull'iPod davanti a sé. Lo si vedeva far scorrere una lista sullo schermo. Un filo bianco portava a due auricolari. L'uomo si fermava davanti alla porta e, quando questa si apriva, alzava leggermente la testa. Mi bastò per vedere l'immagine sgranata di un viso pallido e sottile e per scorgere un paio di grossi occhiali da sole scuri. L'uomo scompariva, probabilmente dopo essere entrato.

L'ora indicata erano le 21.02.

Quel filmato riprendeva Bobby Solomon che tornava a casa appena dopo le nove.

Chiusi il video e tornai alle fotografie, aprendo la prima raccolta. Dalla prima immagine capii che qualcuno dell'ufficio del procuratore distrettuale era stato sulla scena degli omicidi. Il primo gruppo di foto mostrava la porta d'ingresso. Scelta saggia.

Si trattava di una comunissima porta di robusti pannelli di legno. Recentemente dipinta di verde scuro. Le foto erano state scattate quella sera e il flash si rifletteva sulla vernice. Al centro della porta c'era un grosso pomello di ottone. Un primo piano della serratura mostrava che era intatta. La vernice non era minimamente sbeccata. Nessun danno alla serratura. Nessun danno alla porta nel suo complesso, per la verità.

Con due persone trucidate nella camera di sopra, scattare fotografie a una normale porta d'ingresso non sarebbe certamente stato in cima alla lista di priorità del NYPD. A loro interessa catturare un assassino. Ogni attimo trascorso sulla scena del crimine deve servire a quello scopo. L'ufficio del procuratore distrettuale invece ha un approccio diverso. L'obiettivo è assicurarsi che l'assassino, una volta catturato, venga condannato. Parte di questo processo consiste nell'anticipare una possibile linea di difesa – ossia che a uccidere Ariella Bloom e Carl Tozer potesse essere stato un intruso – e stroncarla sul nascere.

Nessun danno alla porta d'ingresso o alla serratura.

Aprii la successiva raccolta di immagini. Quello era l'inizio della storia. Una serie di scatti del corridoio, dei soggiorni, della cucina, dei bagni al piano di sopra, delle camere degli ospiti e di ogni locale della casa nel quale non ci fossero due cadaveri.

Lo stile d'arredamento era lo stesso in tutta la casa. Moderno. Minimalista. Tutte tonalità di bianco, grigio o beige, con giusto uno sprazzo di colore qua e là. Un cuscino viola su un divano grigino. Un quadro rosso astratto appeso alla parete della cucina e un paesaggio marino impressionista in tenui toni del blu sulla parete del soggiorno sopra il camino bianco. Regnavano un ordine e una pulizia impeccabili. Era come una casa appena uscita da un catalogo. Era anonima.

Nulla lasciava supporre che vi abitassero due sposini. Forse non passavano tanto tempo lì, visto il loro lavoro.

I dieci minuti che dedicai alle foto chiarirono alcune questioni. Sul retro c'era una porta. Era chiusa, con la chiave ancora infilata nella serratura di sicurezza all'interno. All'esterno di quella porta c'era una grata di metallo decorativa. Chiusa con un lucchetto. Sia la porta sia la grata erano intatte.

La moquette era quasi bianca. Sembrava un sottile velo di neve caduta il giorno prima sul pavimento. Delicata, morbida. Era sicuramente una di quelle case in cui bisognava togliersi le scarpe prima di entrare. Tutte le stanze erano rivestite con la stessa moquette. Anche solo una goccia di sangue si sarebbe notata all'istante, ma la moquette era candida.

L'unica foto che balzava veramente all'occhio era quella del corridoio al secondo piano. Per terra c'erano un tavolo rovesciato e un vaso rotto. Il tavolo avrebbe dovuto essere posizionato sotto una grossa finestra con un'elaborata modanatura tutt'intorno. La gente era disposta a sborsare fior di soldi per avere dettagli inusuali in case di quel genere. La foto successiva era la prima della ventina di scatti che mostravano la scena del crimine. Una morte violenta racconta da sé la propria storia. È scritta sulle vittime. Nelle loro ferite. Sulla loro pelle. A volte, nei loro occhi.

Non avevo mai visto niente del genere.

Il fotografo della scena del crimine del NYPD aveva scattato la prima foto stando ai piedi del letto. Ariella era supina sul lato sinistro del letto, quello più vicino alla finestra affacciata sulla strada. Carl era sul lato destro. Il piumone era per terra, di fianco a Carl. Ariella indossava le mutande e nient'altro. Aveva le braccia lungo i fianchi e i piedi uniti. La bocca aperta. Gli occhi aperti. Il busto era rosso. Nel suo ombelico si era formata una piccola pozza di sangue. Aveva il petto punteggiato di macchie scure. Ferite procurate da un'arma da taglio. Anche il lenzuolo sotto di lei era rosso.

Soltanto schizzi di sangue sul collo. La faccia e le gambe erano pulite.

Carl era sul fianco destro, nudo, girato verso Ariella. Aveva le ginocchia piegate e il busto chino in avanti. Da quell'angolatura, il suo corpo ricordava quasi un cigno. Da quel che potevo vedere non c'era un solo segno su di lui. Nessuna ferita da arma da taglio. Nessun livido. Sembrava pacifico. Come se si fosse rannicchiato accanto a lei e fosse morto. Soltanto quando arrivai a una foto della sua schiena vidi qual era stata la causa del decesso. Aveva la parte posteriore del cranio sfondata. Il sangue era poco, una macchia rosso scuro sotto la testa, ma a giudicare dalla forma della lesione, a ucciderlo doveva essere stato un singolo colpo. Questo probabilmente spiegava la sua posizione: gambe in posizione fetale e testa rivolta verso il basso per la violenza del colpo.

Gli avvocati difensori, come i poliziotti, tendono ad abituarsi alla vista della raccapricciante finitezza della vita, alla violenza che scriviamo sui nostri corpi. È la natura umana. Se si fa qualcosa con una certa frequenza, quella cosa smette di avere lo stesso significato e lo stesso impatto della prima volta.

Non mi ero mai abituato alle morti violente. E pregavo che non mi succedesse mai, perché avrebbe significato che una parte di me era morta per non tornare mai più. E invece io avevo bisogno che restasse. Ero grato di quel dolore. Un uomo e una donna erano stati strappati da questo mondo; tutto ciò che avevano nella vita e tutto ciò che sarebbero diventati gli era stato portato via. Mi girava in testa una sola parola. Innocenti. Innocenti. Innocenti. Non avevano fatto niente per meritarsi tutto questo.

Crac.

Mi guardai la mano e scoprii che la matita aveva smesso di girare. L'avevo stretta talmente forte da spezzarla in due senza nemmeno rendermene conto.

Qualunque altra cosa implicasse il mio lavoro, avevo un dovere nei confronti di Ariella e Carl. Chiunque avesse scatenato quell'inferno su di loro doveva pagare. Se quella persona era Bobby, allora la legge avrebbe dovuto punirlo. In qualche modo, guardando le vittime, dubitai ancora di più che Bobby fosse in grado di fare una cosa del genere.

Poi ricordai. In fondo, siamo tutti in grado.

Le cause del decesso, stando a quel che avevo visto, non combaciavano esattamente con quanto riferivano i media. I giornali e la televisione sostenevano che entrambe le vittime fossero state fatte a pezzi in una specie di raptus di gelosia. Ma nelle foto avevo visto qualcosa di diverso. E sul corpo di Carl non c'erano ferite da arma da taglio. Continuando a scorrere un altro gruppo di foto, arrivai a un primo piano di una mazza da baseball sul pavimento della camera da letto. Con ogni probabilità era stata l'estremità della mazza a procurare la ferita alla testa di Carl.

Provai a visualizzare la scena nella mia testa, e mi resi conto che qualcosa nelle foto non quadrava. L'assassino aveva accesso alla casa. Si era intrufolato all'interno, o forse era entrato con le chiavi, era salito in camera e aveva trovato Ariella e Carl a letto. Carl avrebbe dovuto essere la prima vittima. Era logico eliminare per prima la minaccia maggiore. Un colpo di mazza da baseball assestato abbastanza forte da fracassare un cranio fa sicuramente rumore. Parecchio rumore. È impossibile attutire un rumore del genere senza ridurre il danno provocato dall'impatto. Eppure su Ariella non c'erano segni di difesa. Niente tagli o lividi sulle braccia o sulle mani. Sembrava che il primo o il secondo colpo fossero stati fatali. O almeno abbastanza violenti da immobilizzarla.

C'era qualcosa di strano in quella scena.

Mi mancavano ancora due raccolte di immagini. In una c'erano alcune foto di Bobby Solomon. Indossava una felpa rossa con il cappuccio, una maglietta bianca e jeans neri. Le maniche della felpa erano sporche di sangue. Anche le sue mani. Ma non c'era sangue da nessun'altra parte.

L'ultimo gruppo di foto mi turbò. Erano state scattate all'obitorio. Carl Tozer era nudo sul tavolo d'acciaio. Per la prima volta vidi un sottile livido violaceo lungo circa sette centimetri sulla sua gola. Come se fosse stato colpito con una sottile asta di metallo o se qualcuno gli avesse legato brevemente qualcosa intorno alla gola per poi tirare forte. Ma non era quello il motivo per cui rimasi turbato. Non era stata quella la causa della morte, e anzi, poteva trattarsi di lividezza: sangue accumulatosi nel grasso intorno al collo quando il cuore aveva smesso di pompare.

No, furono le immagini successive a turbarmi. La serie di foto in primo piano della sua bocca.

Carl aveva qualcosa sotto la lingua.

Il fotografo era passato in modalità video per registrare quell'ultimo sviluppo. Lo feci partire. Osservai due lunghe pinzette di metallo infilarsi nella bocca di Carl. Quando uscirono, stringevano qualcosa che sulle prime non riuscii a distinguere. Di qualunque cosa si trattasse, finì dentro una piastra di Petri, e altre pinzette cominciarono a esaminarla. Sembrava un biglietto, piegato a metà, sul quale era fissato un piccolo cono. Il cono era grande quanto il tappo di una penna. Le pinzette aprirono il biglietto e la telecamera zumò.

Questo i giornali non l'avevano detto. Assolutamente no.

Non era un biglietto. Era una banconota. Una banconota da un dollaro, piegata più e più volte. Il retro della banconota da un dollaro reca lo stemma degli Stati Uniti. In ciascun angolo c'è un numero 1 dietro la parola ONE. Questa rappresentazione si trova sullo sfondo di quella che sembra una ragnatela. La banconota era stata piegata in modo tale che su ogni angolo ci fosse un motivo, come quello di un'ala. Quattro ali che si dipartivano dal cono centrale. Soltanto che il cono era il centro della banconota, piegato in un modo complicato. Sembrava un torace con sotto un addome. Dal torace, su ciascun lato, si aprivano un'ala anteriore e un'ala posteriore.

L'assassino aveva piegato una banconota da un dollaro in modo che assomigliasse a una farfalla e l'aveva infilata nella bocca di Carl Tozer.

13

Dopo il tentativo fallito di impossessarsi della valigetta, Kane fece il giro dell'isolato. Quando fu di nuovo alla macchina, il suo respiro era tornato normale. Non si sentiva più le mani pesanti. La punta delle dita non gli pulsava più. Lanciò lo zaino sul sedile del passeggero e aspettò.

Passarono venti minuti prima che vedesse l'uomo con l'abito di buona fattura uscire dall'appartamento di Flynn. Kane lo guardò salire sulla sua decappottabile e allontanarsi. Le sue dita ricominciarono a pulsare. Solo la guardia e Flynn. La guardia sarebbe stata sul chi vive adesso. Soltanto all'ultimo Kane aveva deciso di non puntare la pistola contro l'uomo per strada. Aveva aspettato troppo a estrarla. La guardia l'aveva battuto sul tempo. Così aveva tirato fuori lo smartphone chiedendo indicazioni. E per fortuna, pensò. La guardia avrebbe fatto fuoco per prima.

Il pensiero di quel portatile, lì, nell'appartamento di Flynn, gli fece digrignare i denti. Kane guardò di nuovo l'edificio. Non c'era modo di sapere che genere di telecamere di sicurezza ci fossero all'interno, e nemmeno quante persone. Poteva esserci un portiere dietro un banco.

Tossicchiando per via del freddo, il motore prese vita. Kane inserì la marcia e lasciò lentamente West 46th Street.

Un'altra volta. Quando fosse stato pronto, si ripromise di tornare.

Al momento aveva altro di cui occuparsi.

Si diresse a est, verso il fiume. Percorse tutta 46th Street fino a Second Avenue per poi imboccare FDR Drive. Il traffico era ancora intenso, e lui si trovò ad avanzare lentamente. Non era un newyorkese. Nient'affatto. Tuttavia guidava senza quasi dover guardare il navigatore. Manhattan era stata disposta su una griglia. Quando si arrivava a Manhattan per la prima volta, bastava studiare una mappa per cinque minuti per sapersi orientare. L'isola sembrava un circuito stampato. Aveva bisogno soltanto di energia per funzionare. Kane era convinto che non fossero le persone, gli abitanti di Manhattan, a fornire l'elettricità necessaria al funzionamento di quel circuito. E nemmeno le auto o i treni.

Erano i soldi.

Manhattan funzionava solo grazie al grano.

Fermo nel traffico, Kane controllò il suo riflesso nello specchietto retrovisore. Il naso si era gonfiato bene. Forse un po' troppo. Faceva sembrare abbastanza gonfio anche il resto della sua faccia. Si annotò mentalmente di mettersi del ghiaccio in faccia per attenuare un po' l'effetto. E poi, avrebbe dovuto abbondare un po' di più con il trucco. Il livido cominciava a fare capolino dal sottile strato che si era applicato.

Chiunque altro sarebbe stato in preda a dolori atroci. Non Kane. Lui era speciale. Sua madre glielo diceva sempre.

Lui non conosceva il suo corpo. C'era una distanza.

Quando aveva otto anni, Kane aveva scoperto di essere diverso da tutti gli altri. Una caduta da un melo in giardino. Una brutta caduta. Si era arrampicato fino in cima ed era caduto dai rami più alti dell'albero. Non aveva pianto mentre se ne stava sull'erba. Lui non piangeva mai. Dopo un momento si era rialzato e stava per arrampicarsi di nuovo sull'albero quando aveva scoperto di non riuscire ad aggrapparsi a un ramo con la mano sinistra. Il polso era gonfio. Trovandolo insolito, era andato in cucina per chiedere a sua madre come mai il suo polso fosse così strano. Tempo di arrivare in casa, e le dimensioni del polso erano triplicate; sembrava che qualcuno gli avesse infilato una pallina da ping pong sotto la pelle. Ricordava ancora la smorfia che aveva fatto sua madre nel vederlo. Aveva chiamato un'ambulanza e, alla fine, stanca di aspettare, gli aveva avvolto due sacchetti di piselli congelati intorno al polso, aveva piazzato Kane sulla sua macchina sgangherata e l'aveva portato al pronto soccorso.

Sua madre non aveva mai guidato così in fretta.

Kane ricordava benissimo quel viaggio. Alla radio passavano gli Stones, e il viso di sua madre era rigato di lacrime. Parlava con voce acuta, frenetica. Colpa del panico.

«Va tutto bene, va tutto bene. Stai tranquillo. Vedrai che ti sistemano. Ti fa male, tesoro?» aveva chiesto.

«No», aveva risposto Kane.

All'ospedale, la radiografia aveva confermato le fratture multiple. Occorreva fare alcune manovre al polso prima di ingessarlo. Il dottore aveva spiegato che bisognava intervenire con urgenza, assicurando che avrebbero fatto del loro meglio per rendere la procedura meno dolorosa usando gas e aria. Il piccolo Joshua non voleva saperne di inalare quella roba dall'odore strano che usciva dal tubo, e si era strappato la maschera più di una volta.

Durante la procedura non aveva emesso un solo grido. Mentre il dottore tirava e spingeva il polso, lui era rimasto perfettamente immobile ad ascoltare, in un silenzio affascinato, lo schiocco ovattato delle sue ossa fratturate. Un'infermiera gli aveva incollato sulla maglietta un adesivo con scritto che era un paziente coraggioso. Lui aveva detto di non avere nessun bisogno di medicinali. Stava bene.

All'inizio i medici l'avevano attribuito allo shock, ma la madre di Kane sapeva che c'era dell'altro. Si trattava di qualcosa di diverso. Aveva insistito perché l'ospedale facesse degli esami a suo figlio. Kane non sapeva ancora dove sua madre avesse trovato i soldi per pagare quegli esami. Sulle prime i medici avevano pensato che avesse qualcosa al cervello.

Non gridava quando gli punzecchiavano la pelle con degli aghi. Kane aveva sentito la parola «tumore», ma non sapeva cosa significasse. Nel giro di poco avevano escluso la possibilità di una neoplasia cerebrale. La madre di Kane ne era stata molto felice, ma era ancora preoccupata, e c'erano altri esami da fare.

Un anno dopo a Joshua Kane era stata diagnosticata una rara malattia genetica: analgesia congenita. I recettori del dolore nel suo cervello non funzionavano. Il piccolo Joshua non aveva mai provato dolore, e non l'avrebbe mai fatto. Kane ricordava che sua madre, nello studio del dottore, aveva accolto la notizia con un misto di felicità e paura. Da un lato era felice perché suo figlio non avrebbe mai conosciuto il dolore fisico, eppure era anche spaventata. Kane rivedeva sua madre che lo guardava, seduta su una sedia nello studio del medico. Indossava lo stesso abito azzurro di quella volta che era caduto dall'albero e aveva gli occhi infuocati dallo stesso sguardo spaventato.

E Kane si era goduto ogni attimo.

Il clacson che strombazzò dietro di lui, intimandogli di darsi una mossa, riportò i suoi pensieri al presente. Un'ora dopo, era a Brooklyn. Spense il motore, scese dall'auto e mandò un messaggio al suo contatto per comunicargli dove si trovava.

Qualsiasi chiamata il NYPD avesse ricevuto, Kane sarebbe stato avvisato.

Superò file di villette borghesi a tre piani tutte identiche. Il soggiorno era al primo piano, sopra il garage. La vernice fresca nascondeva la ruggine sulle staccionate. Raggiunse la casa di proprietà di un uomo di nome Wally Cook.

La faccia di Wally era quella apparsa con maggior frequenza sulla lavagna dello Studio Carp: si trattava della scelta numero uno per la giuria. Wally era un liberale convinto, donava i proventi della sua attività di investigatore privato all'Unione per la difesa dei diritti civili e nel fine settimana allenava le squadre giovanili di baseball.

Kane non poteva essere certo che l'accusa si sarebbe opposta alla presenza di Wally tra i giurati, ed era davvero troppo rischioso lasciarlo sulla rosa dei candidati. In più, stava occupando uno spazio che avrebbe consentito a Kane di ricadere tra le scelte della difesa.

Nel vialetto della casa di Wally erano parcheggiati un'auto e un furgone. Dietro la finestra del primo piano la luce era accesa. Una donna sui trent'anni dai lunghi capelli castani stava camminando su e giù con un neonato tra le braccia. Wally si avvicinò ai due, diede un bacio alla donna e scomparve. Kane sfoderò il coltello da sfilettatura e si incamminò verso la porta d'ingresso.

14

Impiegai meno di due ore a esaminare il resto dei file sul caso Solomon. Parecchie cose le saltai dopo una rapida scorsa. Semplici dichiarazioni degli agenti di polizia a conferma della catena di custodia, dettagliati rapporti della Scientifica, deposizioni dei testimoni. C'erano diversi reperti chiave.

La telefonata fatta da Bobby Solomon al 911 alle 00.03. Non avevo soltanto la trascrizione, ma anche la registrazione audio. Bobby era nel panico più totale, la voce strozzata dalle lacrime, dalla rabbia, dalla paura e da un dolore sconfinato. Era tutto lì, nella sua voce.

Operatore: 911. Di cosa ha bisogno? Pompieri, polizia o soccorsi medici?
Solomon: Aiuto. Santo cielo... sono al 275 di West 88th Street. Mia moglie... credo che sia morta. Qualcuno... oh Dio, qualcuno li ha uccisi.
Operatore: Mando subito la polizia e i soccorsi. Si calmi, signore. È in pericolo?
Solomon: Io... io... non lo so.
Operatore: Si trova nella sua abitazione in questo momento?
Solomon: Sì, io... li ho appena trovati. Sono in camera da letto. Sono morti.
(Singhiozzi.)
Operatore: Signore? Signore? Prenda un respiro profondo. Deve dirmi se c'è qualcun altro nell'abitazione in questo momento.
(Rumori di vetro infranto e di qualcuno che inciampa.)

Solomon: Ci sono. Ecco, non ho controllato la casa... Oddio... mandate subito un'ambulanza. Non respira...
(Solomon lascia cadere il telefono.)
Operatore: Signore? Raccolga il telefono. Signore? Signore?

Bobby aveva detto alla polizia di essere stato fuori a bere fin dal pomeriggio. Aveva preso anche delle pasticche. Non ricordava dove fosse stato, ma sapeva di essere andato in diversi locali; aveva incontrato alcune persone, ma non ricordava nemmeno i loro nomi. Aveva preso un taxi fuori da una discoteca ed era tornato a casa appena prima di mezzanotte. La luce in corridoio era spenta. Carl non era né in cucina né in soggiorno. Bobby era andato di sopra a cercarlo. Aveva visto la porta di Ariella aperta e una lampada accesa. Entrando, li aveva trovati morti entrambi, Ariella e Carl.

La telefonata, il racconto di Solomon – sembrava tutto plausibile a un primo sguardo. In passato Bobby aveva già commesso piccoli reati dopo aver alzato troppo il gomito, e non era insolito che ricordasse poco o niente di ciò che aveva fatto sotto l'effetto dell'alcol.

Come alibi non era il massimo della solidità. Ma non avevo motivo di dubitare della sua versione.

Questo fino a quando lessi la dichiarazione di Ken Eigerson, che abitava al 277 di West 88th Street. Ken, quarantatré anni, era un gestore di hedge fund. Raccontava di essere tornato a casa alle nove di quella sera e di aver salutato il suo celebre vicino, Bobby Solomon. Aveva guardato Bobby salire i gradini di casa sua. Eigerson era sicurissimo dell'orario perché il giovedì sera sua moglie lavorava sempre fino a tardi e la babysitter se ne andava alle nove. Connie Brewkowski, la ragazza alla pari ventitreenne degli Eigerson, confermava di essere uscita di casa alle nove, quando era tornato Eigerson.

Stavo ragionando su possibili modi di girare la cosa, alla

ricerca di qualche punto di attacco. Poi pensai al video. Le riprese della telecamera di sicurezza fuori dalla casa. Vi era impressa la data dell'omicidio, e alle nove si vedeva Solomon entrare in casa.

La telecamera, che si attivava grazie a un sensore di movimento, non aveva registrato nient'altro fino all'arrivo degli agenti dieci minuti dopo mezzanotte.

Nessuna ripresa di Bobby che tornava a casa a mezzanotte, come aveva dichiarato. Il NYPD aveva trovato i corpi di Ariella e Carl quando Bobby aveva aperto la porta agli agenti a mezzanotte e dieci.

La conclusione? Bobby Solomon aveva mentito sull'ora del suo rientro a casa.

Le prove della Scientifica avrebbero segnato le sorti di Bobby. Sulla sua mazza da baseball erano state trovate sia le sue impronte sia il sangue di Carl. Poi c'era il sangue di Ariella sui vestiti di Bobby. E la ciliegina sulla torta: le impronte e il DNA di Bobby sulla banconota a forma di farfalla trovata nella bocca di Carl. Bobby aveva detto ai poliziotti di non aver mai visto quella banconota in vita sua e di non averla certo piegata a forma di farfalla o infilata nella bocca di Carl.

Fine dei giochi.

Rudy rispose al telefono all'istante.

«È fottuto», dissi.

«Concordo, ma non stai guardando abbastanza a fondo. Il DNA di Bobby è stato messo sulla banconota dalla Scientifica del NYPD.»

«Come fai a esserne così sicuro?»

«Perché dalle analisi è emerso più di un profilo genetico.»

«Dammi un attimo», dissi aprendo il file della Scientifica. In effetti un rapporto identificava i DNA rilevati sulla banconota. I due profili genetici erano indicati come «A» e «B». Il profilo «A» era il DNA di Bobby. Per il profilo «B» invece c'era una corrispondenza nel database con quello di un uomo di nome Richard Pena.

«Aspetta, Rudy. Su qualsiasi banconota in circolazione, le tracce di DNA devono necessariamente essere più d'una. Mi stupisce che non ne siano state trovate venti. Questo però non significa che il DNA di Bobby sia stato piazzato sulla banconota dal NYPD.»

«E invece sì. Quella corrispondenza con Richard Pena dimostra che si tratta di una contaminazione avvenuta in laboratorio», disse Rudy.

«Perché?»

«Scavando a fondo, siamo riusciti a scoprire qualcosa su questo Richard Pena. Era un serial killer, condannato per aver ucciso quattro donne nella Carolina del Nord tra il 1998 e il 1999. La stampa l'aveva soprannominato lo Strangolatore di Chapel Hill. È stato catturato e dichiarato colpevole, e dopo che i suoi appelli sono stati respinti, è stato giustiziato a tempo di record nel 2001.»

Non aspettai che dicesse altro. Aprii una foto della banconota srotolata, quella del retro. Notai alcune macchie intorno all'immagine dell'aquila, come se la banconota fosse stata vicino a una penna che sbatacchiava in una tasca. Non mi ci soffermai troppo, perché a interessarmi era l'altro lato. Feci un altro clic e trovai ciò che cercavo. Sul davanti della banconota, a destra di George Washington, compariva un numero di serie. I numeri di serie vengono cambiati soltanto in tre occasioni. La prima è quando si modifica la grafica di una banconota. Gli altri motivi per iniziare una nuova serie sono a loro volta connessi a eventuali modifiche delle banconote. Ogni banconota presenta due firme. Una su ciascun lato dell'immagine di Washington. La prima è la firma del tesoriere degli Stati Uniti, e l'altra è la firma del segretario del Tesoro. Le firme sulla banconota rinvenuta nella bocca di Carl erano del tesoriere Rosa Gumataotao Rios e del segretario Jack Lew. Il numero di serie corrispondeva all'anno di nomina di Lew, il 2013.

Rudy mi tolse le parole di bocca.

«Richard Pena non può aver toccato quella banconota. Quando è stata stampata, infatti, Pena era già morto da dodici anni.»

«E di lui non ci sono impronte digitali, ma soltanto il DNA», aggiunsi.

«Esatto.»

«Se le uniche impronte sulla banconota sono quelle di Bobby, ma ci sono sia il DNA di Bobby sia quello di Pena... credo che l'analista della Scientifica abbia pulito la banconota prima di piazzarci sopra il DNA di Bobby, e che in qualche modo, per errore, ci abbia messo anche quello di Pena.»

«Adesso sì che cominci a capire. È l'unica teoria possibile. Il DNA si può cancellare ricorrendo a comuni detergenti di uso domestico. È facile sbarazzarsene. Quante mani avranno toccato quella banconota dal 2013? Centinaia, se non migliaia. Hanno fatto casino nel tentativo di incastrare Bobby. Hanno ripulito la banconota e poi hanno combinato un pasticcio nel metterci il suo DNA. In qualche modo quello di Pena è stato aggiunto in laboratorio. È l'unica spiegazione. Su questo non abbiamo dubbi», disse Rudy.

Sì, era sensato. Eppure c'era qualcosa che non mi convinceva. La farfalla era in un certo senso simbolica. Era importante per qualcuno. Probabilmente per l'assassino o per la vittima. E la polizia aveva sfruttato quella prova. L'aveva usata per incastrare Bobby, mettendoci il suo DNA, ma aveva commesso un passo falso.

«Immagino che il DNA di Pena fosse frutto di un'analisi effettuata in un altro Stato. Come ha fatto ad arrivare al laboratorio del NYPD?»

«Non lo sappiamo, ma è successo.»

Ascoltai Rudy sproloquiare sui poliziotti corrotti, sulla

bufera mediatica che quella prova avrebbe scatenato e sul fatto che quello sarebbe stato il cardine della difesa di Bobby. Dopo trenta secondi smisi di dargli retta. Con la mente ero tornato allo Studio Carp, seduto di fianco a Bobby ad ascoltarlo dichiarare la sua innocenza. In quel momento mi domandai se mi fossi lasciato convincere da Bobby. Era un attore dotato. Senza dubbio. Essere una star del cinema non significa necessariamente essere un bravo attore. Bobby era un vero artista, con tutte le doti del caso. C'era qualcos'altro che non mi convinceva. La maggior parte delle volte, se le forze dell'ordine falsificavano prove contro un sospettato, di solito era perché lo ritenevano colpevole. Non mi spiegavo come qualcun altro avrebbe potuto entrare e uscire di casa senza essere ripreso dalla telecamera di sicurezza con i sensori di movimento. E poi c'era la testimonianza del vicino.

«Rudy, ho creduto davvero alla storia di Bobby. Non posso mentire né a te né a me stesso. Gli ho creduto quando mi ha detto che era innocente. Non posso permettere che qualcosa offuschi quell'opinione. Se a te sta bene, vorrei cominciare a lavorare con il mio investigatore. Non abbiamo ancora il coltello usato per uccidere Ariella. Cosa dice Bobby della mazza da baseball usata contro Carl?»

«Ha detto che la mazza è sempre stata in corridoio. Certo, lui aveva le guardie del corpo, ma il suo vecchio teneva sempre una mazza da baseball di fianco alla porta d'ingresso. Bobby ha sempre fatto lo stesso. È la sua mazza, e questo spiega le sue impronte...»

«Ma non il sangue. Devo indagare più a fondo.»

«L'onorario è stato versato sul tuo conto. Se vuoi farne fuori una parte per indagare, va benissimo. Io mi occuperò della selezione della giuria. Dammi un colpo di telefono domani mattina. E dormi un po'», disse prima di riagganciare.

Feci scorrere i contatti sul mio telefono fino a «Baciami il culo». Premetti il tasto di chiamata senza nemmeno controllare l'ora. La persona all'altro capo era abituata a rispondere a tutte le ore. Faceva parte del lavoro. Il telefono squillò e rispose una voce femminile. Roca, con una leggera inflessione nasale tipica del Midwest.

«Eddie Flynn, truffatore al servizio della legge. Mi domandavo se ti avrei mai risentito.»

La voce apparteneva a un'ex agente dell'FBI che di cognome faceva Harper. Il suo nome non me l'aveva mai detto. Pensandoci, non ero nemmeno sicuro di averglielo mai chiesto. La conoscevo da un anno, da poco prima che lasciasse il Bureau con il suo partner, Joe Washington. Avevano messo su una piccola agenzia investigativa e di sicurezza privata a Manhattan, e a detta di tutti se la cavavano piuttosto bene. Al nostro primo incontro, Harper mi aveva sbattuto la testa sul tetto della mia Mustang. Qualche mese dopo stavamo dando la caccia allo stesso brutto ceffo, e lei aveva salvato non soltanto la mia vita, ma anche quella dei suoi colleghi. Avrei potuto indagare sul caso di Bobby da solo, ma volevo il suo aiuto. Aveva un buon intuito e mi fidavo del suo giudizio; se lei avesse ritenuto che Bobby era colpevole, avrei potuto rivalutare la situazione.

«Anche per me è un piacere sentirti. Mi spiace di non essermi fatto vivo, ma stavo aspettando il caso giusto. Ho bisogno di un investigatore. Hai qualcuno da consigliarmi?»

«Baciami il culo. Chi è il cliente?»

Sapevo come avrebbe reagito ancora prima di dirglielo. Glielo dissi comunque.

«Faccio parte del collegio di difesa di Bobby Solomon. Dimostreremo che è stato incastrato dal NYPD. Tu mi aiuterai.»

Lei scoppiò a ridere. «Questa è buona. La prossima volta mi dirai che rappresenti Charles Manson.»

«Sono serio. Entro un'ora un addetto alla sicurezza dello Studio Carp sarà a casa tua con un portatile. Aspetterà mentre leggi il fascicolo. È roba sensibile. Se dovesse trapelare qualcosa prima del processo...»

La risata le morì in gola.

«Eddie, dai. Stai dicendo sul serio?»

«Sì. Abbiamo giusto un paio di giorni per cercare di farci un'idea della faccenda. Leggi il fascicolo. Chiamami quando avrai finito. Cominciamo domani mattina sulla scena del crimine. A meno che tu non preferisca portarmi altrove.»

«Ti chiamo appena avrò finito di leggere. Da quello che ho visto in televisione, tutto parrebbe indicare che l'assassino sia Solomon. Lo sai, vero? Mi sembra un po' una partita persa in partenza.»

«Anch'io ho letto i giornali e ho ascoltato gli esperti legali della CNN. Sono tutti convinti che questo processo sia finito ancora prima di cominciare. Forse hanno ragione. Ma ho parlato con Bobby, e ci ha parlato anche Rudy Carp. Riteniamo che non possa essere stato lui ad aver commesso quegli omicidi. Dobbiamo soltanto convincere dodici persone che abbiamo ragione.»

15

Con un guizzo del polso, Kane invertì la presa sul coltello. Passando davanti al furgone nel vialetto, si chinò e fece scorrere la punta della lama lungo la ruota posteriore dal lato del guidatore. Il furgone barcollò mentre l'aria usciva con un fischio dallo squarcio nello pneumatico. Kane si abbassò il cappellino più che poté, rimise il coltello in tasca e salì i pochi gradini fino alla porta. Suonò il campanello.

Dopo pochi secondi, Wally venne ad aprire. Era la prima volta che Kane lo vedeva per bene. Da vicino, sembrava andare per i quaranta. Cominciava a essere stempiato e aveva le guance arrossate. Kane sentì che il suo alito puzzava di vino e la macchia sopra il labbro superiore gli confermò che l'uomo aveva appena bevuto un bel bicchierone di rosso. Il che spiegava il colorito sulla faccia altrimenti severa.

Il viso dell'uomo si ammorbidì quando vide Kane. Chiunque stesse aspettando, non aveva l'aspetto con cui Kane andava in giro in quel momento.

Kane simulò un accento meridionale. Lo faceva spesso. Chissà perché, quell'inflessione conferiva maggiore credibilità a qualunque cosa dicesse. Spingeva gli altri a fidarsi.

«Scusi il disturbo», disse. «Passavo di qui e ho visto la gomma del suo furgone completamente a terra. Forse lo sapeva già, ma ho pensato di farle una gentilezza, caso mai non lo sapesse.»

Si girò. Era stato attento a celare i lineamenti, tenendo la sciarpa alzata e gli occhi bassi. Sembrava aver funzionato.

«Ah... be', grazie», disse Wally. «Quale gomma ha detto che è?»

«Venga, le faccio vedere.»

Wally uscì di casa e seguì Kane fino al retro del furgone. Mentre si accovacciava per controllare la gomma, Kane rimase in piedi di fianco a lui. Non c'erano lampioni lì vicino, e la luce della casa non arrivava fino in fondo al vialetto.

«Santo cielo, che squarcio enorme», commentò Wally.

Tastò il buco con le dita. Era un taglio dritto provocato da qualcosa di duro e affilato.

«Ehi, grazie per...» Stava giusto per rialzarsi, ma si fermò di colpo. Ginocchia piegate, braccia alzate e palmi aperti. Fissava la pistola di Kane, che gliela stava puntando dritto in faccia per essere sicuro che il dettaglio non gli sfuggisse.

Quando Kane parlò di nuovo, la calda dolcezza meridionale della sua parlata si era dissolta, come se non ci fosse mai stata. La sua voce divenne dura e decisa.

«Zitto. Non muoverti. Quando te lo dico, raggiungeremo la mia macchina. Ti farò alcune semplici domande, e se mi rispondi tornerai a casa. Se mi dai rogne, o se non rispondi, dovrò fare una domanda alla tua mogliettina.»

Il respiro ansimante di Wally formò una nuvola davanti alla canna della pistola. Il panico aveva cominciato a fargli tremare le gambe, e lui non riusciva a staccare gli occhi di dosso a Kane. Gli stava scrutando il volto, nascosto nell'oscurità. Kane immaginava che l'uomo riuscisse a vedere giusto il luccichio dei suoi occhi, ma niente di più. Piccoli punti di luce nel buio.

«Alzati, andiamo», disse. «O preferisci che vada a fare quella domanda a tua moglie? È davvero facile. Signora, rimarrebbe più sconvolta se sparassi in faccia a suo marito o se conficcassi un coltello nell'occhio del suo bambino?»

L'uomo si raddrizzò. Il suo grosso pomo d'Adamo si alzò e si riabbassò mentre lui mandava giù un nodo di panico.

Kane gli fece segno di incamminarsi per primo. Wally obbedì.

«Gira a destra in fondo al vialetto, prosegui lungo la strada e fermati di fianco alla portiera del passeggero di quella Ford. Sarò cinque passi dietro di te. Se scappi, sei morto. Ed è morto anche tuo figlio.»

Mentre camminavano in silenzio fino in fondo alla strada, Kane stringeva la pistola sotto il cappotto. Non c'era nessun altro in giro. Troppo freddo e troppo tardi per una passeggiata. Wally girò a destra e fece ciò che gli era stato ordinato, fermandosi davanti alla portiera dal lato passeggero della macchina di Kane.

«Cosa vuoi da me?» disse Wally mentre la paura gli infuriava nel petto come un tamburo.

Kane aprì la macchina e disse a Wally di entrare lentamente. Salirono insieme, con Kane che gli puntava la pistola contro mentre prendeva posto sul sedile del guidatore. Entrambi chiusero la portiera. Wally tremava e ansimava, tenendo lo sguardo dritto davanti a sé.

«Dammi il cellulare», disse Kane.

Gli occhi di Wally si abbassarono per mezzo secondo. Kane se ne accorse. Aveva gettato uno sguardo alla pistola che Kane teneva nella mano sinistra, bassa, davanti alla pancia, puntata contro di lui. Wally inarcò la schiena in modo da potersi infilare la mano nella tasca dei pantaloni.

«Lentamente», disse Kane.

Wally tirò fuori uno smartphone dalla tasca e passò la mano sullo schermo, che si illuminò. Le mani però gli tremavano così tanto che il telefono gli cadde via. Wally si abbassò. Poiché le luci nell'abitacolo erano spente, Kane vide soltanto quella dello schermo a terra. Ma gli bastò per notare un movimento della gamba dei pantaloni di Wally. Si irrigidì e allungò il braccio, ma era troppo tardi. Wally si raddrizzò di scatto e conficcò un coltello a serramanico nella gamba destra di Kane, di lato. Kane afferrò il polso di Wally mentre lui girava la lama in modo da fargli uscire il sangue. Ma la presa di Kane era troppo salda, e lui non riuscì a tirare fuori il coltello.

Kane gli sbatté la canna della pistola in testa. Poi gli sferrò un altro colpo, stavolta con il calcio dell'arma, alla bocca dello stomaco. Lui lasciò andare il coltello. Kane osservò l'uomo ansimare in cerca di ossigeno. È normale che gli investigatori privati si portino dietro qualche rinforzo, e Kane non aveva pensato di perquisire Wally prima di farlo salire in macchina. Gli puntò la pistola contro la tempia e si guardò il coltello nella gamba come se niente fosse.

«Mi hai rovinato i pantaloni», disse.

«S-s-si può sapere che problema hai?» disse Wally. Si stava tenendo la mano sopra la testa, riempiendosi i polmoni d'aria con respiri dolorosi mentre cercava di decifrare la scena davanti a sé. Kane non aveva reagito minimamente al coltello nella sua gamba. Non aveva fatto smorfie di dolore, non aveva gridato, non aveva serrato i denti. Non aveva mostrato altro che assoluta indifferenza per una ferita grave e dolorosa.

«Vuoi sapere perché non sto gridando? Dammi il telefono o ti faccio gridare con quanto fiato hai in gola», disse.

Stavolta Wally si chinò molto lentamente, recuperò il telefono e glielo allungò. Kane abbassò l'arma. Wally lo guardò con la coda dell'occhio, tenendosi le mani davanti alla faccia in attesa dello sparo.

«Avevo fatto una fatica del diavolo a rendere perfetti questi pantaloni», disse Kane. «Tranquillo, non ti ucciderò», aggiunse mettendosi la pistola nella giacca. «Ma dovrò tenere il tuo coltello. Ecco, prendi il mio.»

Si mosse così velocemente che Wally non se ne accorse nemmeno. Sembrava ancora spaventato, come se si aspettasse di essere aggredito. Dal foro apertogli nel cranio dal coltello di Kane sgorgarono bolle di sangue. Kane avviò il motore, spinse la testa di Wally sotto il cruscotto e partì. Accese i fari. Quando il cruscotto si illuminò, un bagliore arancione investì la base cromata della lama che gli spuntava dalla gamba. Temeva che se si fosse tolto il coltello, sarebbe morto dissanguato. Doveva trovare un posto tranquillo per medicarsi e sbarazzarsi del corpo di Wally.

Dopo un quarto d'ora aveva trovato una zona industriale. Ditte di trasporti, fabbriche e garage. Tutti chiusi per la notte, alcuni addirittura chiusi da anni. Kane entrò in uno spiazzo vuoto di fianco a una fabbrica abbandonata e guidò fino a una rete metallica in fondo. Niente lampioni o telecamere di sicurezza. Scese dalla macchina e scambiò le targhe. Di solito ci riusciva in cinque minuti netti. Non stavolta. Faceva fatica a inginocchiarsi per via della lama conficcata nella coscia e non aveva forza in quella gamba. Ripulì il cellulare di Wally da tutte le impronte e lo lasciò sulla ghiaia, per terra. Tirò fuori dalla macchina il corpo, abbandonandolo di fianco al telefono. Nel baule aveva una tanica di benzina. Cosparse il corpo e il telefono, poi vi avvicinò una fiamma e restò a guardare per qualche minuto. Lì intorno non c'era niente fino al fiume. Un corpo avrebbe potuto restare lì per una settimana o anche di più senza che nessuno lo trovasse. E quando i poliziotti l'avessero trovato, avrebbero impiegato almeno un'altra settimana o giù di lì per identificarlo attraverso le impronte dentali. Un lasso di tempo più che sufficiente per permettere a Kane di portare a termine la sua missione.

La polizia avrebbe saputo che Wally era stato convocato a prestare servizio come giurato? Forse sì. La sua assenza l'indomani lo avrebbe fatto inserire in una lista di persone alle quali inviare un mandato di comparizione. Avrebbe dovuto spiegare come mai non si era presentato per assolvere al proprio dovere di giurato. Ci sarebbero voluti alcuni giorni, forse di più.

Un'ora più tardi, Kane entrò nel suo parcheggio all'autosilo di fronte allo Studio Carp. Aspettò qualche minuto, fino a quando le luci con i sensori di movimento si spensero, gettando tutto il piano nell'oscurità. Anzitutto prese un kit di pronto soccorso dal sedile posteriore e lo aprì. Con un paio di forbici affilate si tagliò i pantaloni e vide la lama conficcata fino al manico nella coscia. Vedere una ferita grave sul suo corpo gli suscitava sempre una certa curiosità. Non sentiva nulla, ma sapeva che doveva esserci un danno muscolare importante. Quando aveva sostituito la targa, si era accorto di zoppicare, ma non sapeva se fosse soltanto perché aveva ancora il coltello nella carne. Il lato positivo era che sapeva di non avere riportato danni alle arterie principali, altrimenti sarebbe morto dissanguato lungo il viaggio di ritorno a Manhattan.

Sapeva anche di doversi sbrigare. Il motore stava ancora girando al minimo. Kane spense le luci e premette l'accendisigari sul cruscotto.

Dopo aver preparato garza e bende, Kane estrasse il coltello. Fermò il sangue con le bende. Un flusso costante. Ne fu felice. Se gli fossero usciti fiotti di sangue a ritmo con il battito del suo cuore, sarebbe stato costretto a andare in ospedale, dove gli avrebbero fatto domande.

L'accendisigari scattò in fuori.

Qualsiasi persona normale avrebbe reagito a ciò che fece in seguito contorcendosi, gridando e stringendo i denti in preda a un dolore atroce, per poi svenire. Kane invece non dovette fare altro che concentrarsi e assicurarsi di non perdere la presa sull'accendisigari mentre se lo conficcava a fondo nella ferita. Lo tenne lì. Quando l'emorragia si fermò, Kane rimise a posto l'accendisigari e infilò un ago. Lavorò con fare esperto. Non era la prima volta che si dava dei punti da solo. Non provò niente di diverso. Giusto la sensazione di qualcosa che pizzicava e tirava sulla pelle, ma niente di fastidioso. Si bendò la ferita con molta garza e nastro. Quando scese dall'auto, le luci si attivarono. Tenendosi le falde del cappotto sopra la gamba, Kane salì a bordo del suo secondo veicolo, si tolse i pantaloni rovinati e inzuppati di sangue e indossò un paio di jeans neri puliti che teneva sotto il sedile del passeggero insieme a una felpa e a un cappellino dei Knicks.

Quando arrivò a casa, era stanco. Si spogliò lentamente, davanti allo specchio, e si esaminò la gamba. Non c'era molto sangue. Sperava che entro l'indomani l'emorragia si sarebbe fermata.

Lo aspettava una giornata impegnativa.

MARTEDÌ

16

La panetteria Hot and Crusty all'angolo tra West 88th Street e Broadway serviva un buon caffè e pancake ancora più buoni. La mia macchina era ancora al deposito dopo la rimozione forzata, quindi avevo preso la metropolitana presto per evitare l'ora di punta e mi era rimasto un po' di tempo per fare colazione. Mentre aspettavo Harper, mangiai dei pancake accompagnati da bacon croccante e mi scolai due tazze di caffè. Erano solo le otto e un quarto e si stava già formando una fila di operai, impiegati e turisti in attesa dei loro bagel.

Prima di Harper vidi Holten. Entrò dalla porta d'ingresso, mi individuò ed era a metà del locale quando Harper sbucò da dietro le sue spalle. Non che Harper fosse piccola, aveva più a che vedere con Holten. Lo si poteva mettere davanti a una Buick del 1952 e non riuscire a vedere l'auto. Harper era alta un po' meno della media, magra e in forma, con i capelli raccolti in una coda di cavallo. Indossava jeans, scarponcini stringati e una giacca di pelle chiusa fino al collo. Holten indossava ancora lo stesso abito del giorno prima e si portava dietro la stessa valigetta legata al polso.

«Io smonto alle nove e mezzo. A quell'ora Yanni dovrebbe essere già qui. Terrà lui d'occhio il portatile fino a quando riprenderò servizio stasera», disse Holten.

«Buongiorno anche a te», dissi.

«Non fargliene una colpa, Eddie. Ha dormito sul mio divano. Anche tu saresti scorbutico», intervenne Harper.

«Vuoi dire che dorme? Credevo che si spegnesse e che si infilasse nella presa della ricarica.»

«Credetemi, se Rudy Carp lo ritenesse possibile, avrei già un cavo su per il culo.»

Holten si era proprio lasciato andare. Immaginavo che il merito fosse di Harper. Grazie al loro passato nelle forze di sicurezza, avevano parecchie cose in comune.

Harper si sedette di fronte a me e Holten accanto a lei. Ordinarono entrambi dei bagel e io decisi che non avevo bevuto abbastanza caffè.

«Quindi il procuratore distrettuale ti ha dato il permesso per la nostra piccola ricognizione?» domandò Harper.

«Sì. Ho parlato con un viceprocuratore distrettuale che ha messo una buona parola con il NYPD. L'interesse mediatico è stato tale che la casa è diventata una specie di santuario, per i fan. Il commissario ha dovuto autorizzare turni straordinari speciali in modo che ci sia un agente fuori dalla porta ventiquattro ore al giorno. Altrimenti la casa sarebbe invasa e fatta a pezzi da gente in cerca di souvenir e di foto da pubblicare sull'*Hollywood Reporter*. L'agente di turno sa del nostro arrivo.»

Harper annuì e diede una gomitata a Holten, che le rivolse un sorriso. Capii chiaramente che era attratto da lei. Sembrava un ragazzino delle medie, con quel sorriso impacciato.

«Te l'avevo detto che entrare non sarebbe stato un problema. Devi avere più fede», disse Harper.

Holten alzò le mani, ammettendo la sconfitta.

Avevo letto i documenti del caso. Lo stesso valeva per Harper. Avevamo entrambi abbastanza esperienza da sapere che, per quante foto della scena del crimine avessimo visto, nulla sarebbe stato come trovarsi fisicamente sul posto. Avevo bisogno di farmi un'idea di prima mano del luogo in cui si erano consumati gli omicidi, della configurazione, della disposizione delle camere. E in più volevo assicurarmi che a Rudy e alla polizia non fosse sfuggito niente.

«Allora, cosa pensi del caso?» domandai.

Harper si rabbuiò all'istante e abbassò gli occhi sul tavolo, schiarendosi la gola.

«Mettiamola così: non sono convinta quanto te. Credo che il nostro cliente abbia troppe cose da spiegare, e che non abbia ancora spiegato un bel niente.»

«Pensi che stia mentendo sugli omicidi?»

In quel momento arrivò la cameriera. Tacemmo fino a quando non fu più a portata d'orecchio. «Sta mentendo su qualcosa. Qualcosa di importante», disse poi Harper.

Rimanemmo in silenzio mentre lei e Holten mangiavano. Non ci impiegarono molto: Holten aspirò il suo bagel e Harper mangiò come se stesse facendo carburante in vista di una maratona. Non si gustarono minimamente la loro colazione. Io bevvi il mio caffè e aspettai.

Harper si pulì le labbra con un tovagliolo e si appoggiò allo schienale. Aveva in mente qualcosa.

«Non riesco a togliermi dalla testa la farfalla», disse.

«Lo so, le impronte digitali di Bobby e i due DNA. Rudy è convinto che il DNA sia stato messo lì dalla polizia. Credo che possa avere ragione.»

Lei annuì insieme a Holten. «Sì, ma non mi spiego come abbia fatto il DNA di Pena a finire nel laboratorio del NYPD. È davvero strano. Ma mi preoccupa di più la farfalla. Ieri sera ho cercato di farne una. A quanto pare gli origami con le banconote sono un vero e proprio hobby. Ci sono addirittura dei tutorial su YouTube. Mi sono presa una pausa dalla lettura dei file e ci ho provato. Per tre quarti d'ora. E non sono riuscita a combinare niente. Chiunque sia il responsabile, si è preso tempo per fare quell'affare. E l'ha preparato prima dell'omicidio. Giocare con un cadavere richiede un sangue freddo pazzesco. È un gesto che manda un messaggio.»

«Ci avevo pensato anch'io. Non so quale significato attribuirà alla farfalla il procuratore distrettuale, ma ipotizzo che la dipingerà come una dimostrazione del fatto che Bobby non ha ucciso Carl e Ariella in un raptus di gelosia. Come hai detto tu, si tratta di un gesto compiuto a sangue freddo. Dimostra intenzionalità e premeditazione.»

«È una cosa davvero bizzarra. Quasi rituale. È come se avesse più a che fare con l'assassino che con la vittima. Forse ci sto vedendo dentro troppe cose, ma ho fatto una telefonata a un mio amico al Bureau, un esperto di scienze comportamentali. Controllerà il database. L'FBI tiene un registro degli omicidi rituali. C'è una squadra che si occupa di modelli di comportamento. Forse è un modus operandi simile a quello di qualcun altro», disse Harper.

Holten contò alcune banconote, facendole scorrere tra le dita. Aveva ancora la valigetta del portatile sulle gambe, e mentre muoveva i soldi la lunga catena tintinnò.

«Ci ha già provato Rudy. Una squadra intera dello studio ha passato giorni e giorni a cercare modus operandi simili. Ed è finita in un vicolo cieco dietro l'altro. L'FBI non ha voluto saperne di parlare con noi, così abbiamo condotto una ricerca autonoma attraverso le notizie di cronaca e i nostri contatti nella polizia. Non abbiamo trovato niente. Magari avrai fortuna con il tuo amico», disse Holten.

La cameriera portò via i piatti e lasciò il conto.

«Pago io», dissi appoggiando alcune banconote.

Harper e Holten si opposero. In particolare Holten. Gli ex poliziotti avevano ancora l'abitudine di tenersi alla larga dai portafogli degli avvocati difensori. Tranne quando, così sembrava, erano a libro paga.

«Ci penso io», disse Holten restituendo ad Harper il suo venti. «La colazione è offerta dallo Studio Carp. La metterò in nota spese.»

Prese il mio mucchietto di soldi, appoggiò i suoi e mi restituì il mio assortimento di banconote. Quella in cima al mucchietto appoggiato da Holten sul tavolo attirò la mia attenzione. L'immagine di Washington era rivolta verso il basso. Sul retro della banconota c'era lo stemma degli Stati Uniti. Una piramide con un occhio onniveggente in cima e, dall'altro lato, l'aquila appollaiata su uno scudo a stelle e strisce con un ramo d'ulivo in una zampa e alcune frecce nell'altra. In quel momento, in un angolo della mia mente si mise in moto qualcosa. L'istinto mi stava dicendo che la chiave di tutto quel caso era la banconota trovata nella bocca di Carl.

Tutti e tre insieme svoltammo l'angolo verso West 88th Street. La via arrivava fino al fiume, ma non dovevamo spingerci così in là. Superammo una chiesa, un paio di ferramenta e un hotel. Poi, dall'altra parte della strada, vedemmo la casa. Un edificio di arenaria a tre piani. Sulla porta spiccava il nastro fosforescente della scena del crimine. Davanti alla casa c'era un poliziotto in uniforme che stava facendo una pausa sui gradini della veranda. Pur essendo più basso di Holten, era comunque robusto, con la testa rasata e il collo taurino. Per strada ci sarà stata una decina di persone. Tutte vestite di nero. Alcune avevano appeso magliette, fiori e foto di Ariella alla ringhiera della casa. Erano attrezzate con sedie pieghevoli e impermeabili. Avrebbero passato la giornata lì, probabilmente come facevano sempre. Ai piedi di un albero di fronte alla casa erano disposte alcune candele. Un poster a figura intera di Ariella era stato legato intorno al tronco con corda e nastro adesivo.

Quando salimmo i gradini, il poliziotto si alzò, annuì e si avvicinò un dito alle labbra. Dopo aver gettato un rapido sguardo alle mie spalle, mi strizzò l'occhio. « Entrate, agenti. »

Annuii. I fan fuori dalla casa stavano piangendo la morte di Ariella. Non avevo visto magliette o poster di Bobby. Se la folla avesse saputo che rappresentavamo Bobby, le cose avrebbero potuto mettersi male. L'agente scostò il nastro della scena del crimine e aprì la porta d'ingresso di un paio di spanne, quel tanto che bastava perché potessimo infilarci dentro uno dopo l'altro. Sentii un tramestio di piedi sui gradini quando i fan corsero avanti nella speranza di riuscire a scorgere qualcosa all'interno.

«Indietro», disse il poliziotto. Quando fummo tutti dentro si chiuse la porta alle spalle.

«Santo cielo, sono impazziti», commentò.

Harper gli si avvicinò tendendogli la mano. «Ciao, io sono Harper», disse con un sorriso. Era stata una federale per molto tempo e il suo legame con le forze di sicurezza era ancora forte.

L'agente si cacciò le mani nelle tasche del cappotto. «Ferma lì, bellezza. E che a nessuno venga in mente di toccare qualcosa. Vi voglio fuori di qui tra mezz'ora.»

«Benvenuta nel mondo della difesa penale, Harper», dissi.

17

Prima di uscire dall'appartamento quella mattina, Kane aveva scostato il telo di gomma che copriva la vasca da bagno. Tolto il tappo, aveva aperto l'acqua, e dopo un minuto stava già risciacquando resti di ossa, bianchi e friabili. Aveva raccolto con cura sia quei resti sia quelli dei denti, avvolgendoli in un asciugamano e riducendoli in polvere per poi rovesciarli nella scatola del detersivo e chiudere il coperchio. Il proiettile se l'era messo in tasca. In qualche modo, una volta uscito, l'avrebbe gettato nel fiume o in un tombino. Missione compiuta. Si era fatto una doccia, si era cambiato la fasciatura intorno alla gamba ferita, si era vestito e truccato, aveva controllato che l'impacco di ghiaccio gli avesse sgonfiato a sufficienza la faccia, aveva indossato il cappotto ed era uscito.

Poco dopo, si mise in coda alla fila in attesa di superare i controlli di sicurezza fuori dal tribunale penale di Center Street. Per la verità le file erano due. Le persone nella fila di Kane avevano tutte in mano una lettera con una banda rossa, che le invitava a presentarsi per prestare servizio nella giuria.

Entrambe le file avanzavano in fretta, e Kane non impiegò molto a entrare nell'edificio, al caldo. Nonostante la ferita, non zoppicava. Il fatto che non provasse alcun dolore significava anche che la sua andatura sarebbe rimasta immutata. Fu perquisito e dovette far passare la giacca sotto uno scanner a raggi X. Non si era portato la borsa quel giorno. Niente armi, di nessun tipo. Era troppo, troppo rischioso. Dopo i controlli di sicurezza, fu indirizzato verso alcuni ascensori. Gli fu detto di rivolgersi a una funzionaria del tribunale che l'avrebbe aspettato al suo piano. Kane si era sempre sentito a disagio sugli ascensori affollati. La gente puzzava di dopobarba, deodorante, sigarette, sudore. Chinando la testa, affondò il naso nella sciarpa pesante.

Sentì un nodo di eccitazione allo stomaco, ma lo respinse.

Le porte dell'ascensore si aprirono su un corridoio piastrellato in marmo chiaro, e Kane seguì la folla verso una funzionaria dalla faccia tonda appostata dietro un banco di accoglienza. Aspettò il suo turno simulando un'espressione leggermente disorientata. Controllò la convocazione, controllò la carta d'identità. Si guardò intorno, tamburellando le dita sulla fibbia della cintura. La funzionaria mandò la donna davanti a Kane in un'ampia anticamera a destra del banco di accoglienza. Kane avvertì un fremito di elettricità dietro la nuca. Come se qualcuno gli stesse tenendo una lampadina bollente vicino alla pelle. Quelle deliziose sensazioni di ansia erano un vero piacere per lui. Le adorava.

«Convocazione e documento d'identità, prego», disse la donna dietro al banco. Il rossetto rosso acceso le era finito sui denti.

Kane le allungò il documento d'identità e la convocazione e guardò verso la stanza alle spalle della donna, sulla destra. Lei scansionò il codice a barre della convocazione, guardò il documento, gettò un'occhiata a Kane e glielo restituì. «Prego, proceda e si accomodi. Il filmato partirà a breve. Avanti il prossimo...»

Kane prese il documento e lo reinfilò nel portafoglio. Non era suo. La patente rilasciata dallo Stato di New York apparteneva all'uomo che si era dissolto nella propria vasca da bagno il giorno prima. Kane tenne a freno l'istinto di alzare il pugno in aria. Non sempre era così facile superare i controlli. Aveva scelto bene il suo bersaglio. A volte, nonostante il lattice, i capelli tinti e il trucco, non riusciva ad assomigliare abbastanza al bersaglio. Come gli era successo nella Carolina del Nord. In quell'occasione la foto sulla patente risaliva a dieci anni prima. Persino il bersaglio era completamente diverso rispetto alla foto. La funzionaria del tribunale aveva fissato Kane e la patente per due minuti buoni, e aveva persino chiamato il suo supervisore prima di lasciarlo passare. Grazie al cielo, quel giorno New York aveva deciso di sorridergli.

L'anticamera aveva un'aria sporca. Le macchie di nicotina sul soffitto risalivano all'epoca in cui ai potenziali giurati era consentito fumare mentre aspettavano il loro destino. Kane si unì a una ventina di altri candidati alla giuria già seduti nella stanza, ciascuno su una sedia con una tavoletta ribaltabile fissata al bracciolo. Un'altra funzionaria del tribunale gli si avvicinò e gli porse due fogli. Uno era un questionario, l'altro un opuscolo informativo: domande frequenti sul ruolo dei giurati.

Alla parete erano fissati due televisori da settantacinque pollici rivolti verso il pubblico. Kane completò il questionario, forse troppo in fretta. Si guardò intorno e vide che gli altri stavano mordicchiando i tappi delle penne mentre riflettevano su come rispondere. Il questionario era stato concepito per escludere i giurati che conoscevano qualche testimone o figura chiave del processo che stava per aprirsi. Conteneva anche domande generiche volte a rilevare eventuali parzialità. Kane non ebbe problemi con nessuna domanda: era abituato a mostrarsi imparziale sulla carta.

Non appena ebbe posato la penna, i televisori presero vita. Kane si raddrizzò, appoggiò le mani sulle gambe e prestò attenzione al filmato esplicativo. Si trattava di un breve video di un quarto d'ora realizzato da giudici e avvocati per presentare la nozione di processo ai giurati, per illustrare chi sarebbe stato presente in aula e con quale ruolo e, naturalmente, per spiegare cosa pretendeva la giustizia dai giurati di New York.

Era fondamentale che mantenessero la mente aperta, che non discutessero con nessuno del caso fino alla sua conclusione e che prestassero attenzione alle prove. In cambio, ciascuno di loro avrebbe ricevuto quaranta dollari al giorno, sborsati dal rispettivo datore di lavoro o dal tribunale. Se il processo fosse durato più di trenta giorni, il tribunale, a sua discrezione, avrebbe potuto aggiungere altri sei dollari al giorno. Il pranzo sarebbe stato fornito dal tribunale, che tuttavia non avrebbe rimborsato spese di viaggio o di parcheggio.

Durante le pause, quando la narrazione si fermava per un cambio di scena, Kane sbirciava gli uomini e le donne seduti intorno a lui. Molti erano più concentrati sui loro cellulari che sul filmato. Alcuni erano attenti, altri sembravano essersi addormentati. Kane riportò lo sguardo sullo schermo, e fu allora che lo vide.

Un uomo in abito beige, sotto la rientranza che portava a quella stanza. Era calvo, e i pochissimi capelli rimasti sui lati della testa cominciavano a volgere al bianco. Era rotondetto, ma non lo si poteva certo definire obeso. Si portava dietro giusto una quindicina di chili di troppo. Niente di più. Gli occhiali appollaiati sulla punta del naso sembravano sul punto di scivolargli giù. Teneva la testa china, rivolta verso il suo smartphone, e muoveva il pollice tozzo sullo schermo. La luce del telefono gli illuminava il doppio mento, facendolo sembrare il cattivo di un film horror anni Cinquanta. E permise anche a Kane di vedere i suoi occhi scuri e scavati. Erano di un marrone intenso, quasi nero. Piccoli e spietati. E non stavano affatto guardando lo schermo del telefono. Quegli occhi stavano scrutando i potenziali giurati uno per volta, soffermandosi su ciascuno per quattro, cinque secondi al massimo. Uno sguardo intenso. E poi via col successivo.

Forse Kane fu l'unico a notare quell'uomo. L'aveva già visto prima. Conosceva il suo nome. In quella stanza, però, non l'aveva visto nessun altro. E all'uomo stava bene così.

Kane lo sapeva. Indossava un abito scialbo. Camicia bianca e cravatta chiara. E nessuno dei suoi vestiti sembrava essere stato acquistato in tempi recenti. Quel completo doveva avere almeno dieci anni. Non c'era nulla di peculiare nemmeno nella sua faccia. Si poteva passare un'ora seduti di fronte a quell'uomo in metropolitana e non essere in grado di ricordare un solo dettaglio di lui dieci secondi dopo essere scesi dal vagone.

Si chiamava Arnold Novoselic. Assunto dallo Studio Carp come consulente per la selezione della giuria del processo Solomon. Sera dopo sera, per tutto l'ultimo mese, Kane era stato appostato nell'autosilo a guardare Arnold spostare facce su un pannello di sughero negli uffici dello Studio Carp. C'era un'intera squadra incaricata di indagare su tutti i giurati della lista. Di fotografarli. Di studiare le loro vite, i loro profili social, i loro conti bancari, le loro famiglie, le loro convinzioni. L'uomo al quale Kane aveva rubato l'identità era stato su quel pannello. E anche l'uomo al quale aveva dato fuoco in un parcheggio la sera prima.

Per molti versi, Arnold rappresentava il banco di prova per Kane. Se c'era qualcuno in grado di accorgersi che Kane aveva rubato la vita di uno dei possibili giurati, quel qualcuno era Arnold. Stava osservando i giurati per capire chi stava prendendo la faccenda sul serio e chi no.

Di colpo, Kane divenne iperconsapevole del fatto che di lì a poco gli occhietti di Arnold si sarebbero posati su di lui. A quel pensiero, prese un respiro profondo. Gli venne caldo. Il sudore era suo nemico. Il trucco avrebbe potuto sciogliersi e rivelare lentamente i lividi intorno ai suoi occhi. Concentrandosi sullo schermo, si tolse la sciarpa con nonchalance e si slacciò il colletto della camicia.

Poi lo sentì. Gli occhi di Arnold erano su di lui. Avrebbe voluto guardarlo per esserne sicuro; la sua fibra nervosa lo incitava a girare la testa e a ricambiare lo sguardo di Arnold.

Non lo fece. Tenne il collo e la testa immobili e continuò a guardare lo schermo. Vedeva Arnold con la coda dell'occhio. Non poteva esserne certo, ma gli sembrava che avesse posato il telefono e lo stesse fissando intensamente.

Si spostò sulla sedia. Gli pareva di trovarsi sotto la luce di un proiettore della polizia. Paralizzato. Esposto. Non vedeva l'ora che il video finisse per potersi guardare intorno e controllare cosa stesse facendo Arnold. Ogni attimo era uno strazio.

Quando finalmente il video giunse al termine, Kane alzò gli occhi verso Arnold. Stava guardando alla sua destra. Era passato a un altro giurato. Tirò fuori un fazzoletto color pesca dalla tasca della camicia e si tamponò delicatamente la fronte. Non aveva sudato tanto come temeva. Sul fazzoletto restò poco trucco, e quello che era venuto via era all'incirca dello stesso colore della carta. Stavolta ci aveva pensato.

Sentì una funzionaria del tribunale avanzare dal fondo della stanza. I tacchi dei suoi stivali riecheggiavano sul pavimento in parquet. Si voltò verso il gruppo. Alle sue spalle, Kane vide un'altra fila di potenziali giurati in attesa di entrare.

La donna si rivolse al gruppo.

« Signore e signori, grazie per la vostra attenzione. Vi invito a inserire i vostri questionari, con il vostro numero di giurato in cima alla pagina, nella scatola azzurra in fondo alla stanza e a seguire il mio collega Jim in aula. Prima che ve ne andiate, nel caso non sia stato chiarito, questa è la stanza della giuria. Se non sarete selezionati per farne parte, non potrete andarvene subito, ma dovrete tornare qui e aspettare un funzionario del tribunale. Grazie. »

Kane raccolse in fretta le sue cose e si diresse a passo svelto verso il fondo della stanza. Più fosse stato vicino all'inizio della fila, maggiori sarebbero state le sue probabilità di ottenere un posto nella giuria. Infilò il questionario nella scatola e si mise in coda dietro una signora di mezza età dai riccioli castani con un pesante cappotto verde, che si voltò e gli sorrise.

«Non è emozionante?» disse.

Kane annuì. Era giunta l'ora. Per quanto potesse pianificare, darsi da fare e persino apportare modifiche mortali alla rosa dei potenziali giurati per aumentare le sue probabilità di essere selezionato dalla difesa, adesso era tutta questione di fortuna. Gli era già capitato di arrivare a quel punto e fallire. Ricordò a se stesso che era lui l'artefice della sua fortuna, e che era più intelligente di chiunque altro in quella stanza.

Quando le porte in fondo si aprirono, vide un corridoio. Quel corridoio portava all'aula. Finalmente, dopo tutto quel tempo.

Il suo momento era arrivato.

18

C'erano tre metri di pavimento in legno massello tra la porta d'ingresso e la moquette bianca che rivestiva tutta la casa. Tutti e tre ci pulimmo per bene i piedi sullo zerbino. L'agente si appoggiò alla porta e ci osservò. Prima di entrare avevo visto la piccola telecamera nera posizionata a ore due sopra la porta. Mi guardai intorno nell'ingresso, ma senza trovare il pannello dell'allarme.

«Qui», disse Harper.

Non aveva trovato il pannello, bensì il posto in cui doveva essere collocato in precedenza. Quattro fori di vite nella parete di fianco alla porta, sulla destra. C'era persino un leggero velo di polvere d'intonaco sul battiscopa.

«Dov'è il pannello di sicurezza?» domandai.

«Sarà stato rimosso per essere esaminato», rispose Harper. Mi annotai mentalmente di chiederlo a Rudy quando l'avessi visto più tardi.

Il corridoio era talmente largo che potevamo camminare tutti e tre affiancati, benché uno di noi fosse Holten. Fummo costretti a fermarci soltanto all'altezza del tavolo appoggiato contro la parete sinistra. Io e Harper lasciammo passare Holten e proseguimmo fianco a fianco. Il tavolo sembrava antico. Palissandro, forse. Vi era appoggiata una lampada spenta accanto a un telefono, un modem e un mucchietto di posta ancora chiusa. La scala era sulla destra.

Holten girò a sinistra in quella che ipotizzavo essere la cucina. Sembrava più grande di quanto avessi immaginato guardando le foto. Nulla di insolito lì. Guardai in soggiorno.

Nuvole di imbottitura uscivano dai cuscini strappati di divani e sedie. Nei rapporti della polizia c'era ancora qualcosa che mancava all'appello, qualcosa su cui Bobby era stato ampiamente interrogato: il coltello usato per uccidere Ariella non era ancora stato rinvenuto.

Al primo piano si trovavano uno studio e una stanza ancora piena di scatoloni, oltre a un bagno e due camere per gli ospiti. Niente di rilevante. Una grossa finestra nel corridoio offriva una buona visuale del giardino sul retro. Era piccolo, recintato e incolto. Non vidi nessuna scala. In ogni caso, la porta sul retro era chiusa dall'interno, quindi nessuno poteva essersene servito per fuggire dalla scena.

Al secondo piano si trovava la camera principale. Salimmo. Harper in testa al gruppo.

Una cosa che mancava era il tavolo capovolto, che avrebbe dovuto trovarsi sotto una finestra del corridoio. L'avevo visto nelle foto della scena del crimine insieme a un vaso rotto sul pavimento.

La camera principale serbava tutti i segreti. Harper fu la prima a entrare. Si fermò, tirò fuori la maglietta dal collo della giacca e si coprì il naso.

« È pieno di polvere qui. E la polvere è letale per le mie narici », disse.

Anche lì l'arredamento era scarno. Un comodino con una lampada da lettura. Un mobile con lo specchio. Entrambi bianchi. Lo specchio del mobile era incorniciato da lampadine da quaranta watt, di quelle che si vedono nei camerini dei teatri. Il letto aveva una testiera antica di forma ovale in ferro battuto dipinto di bianco, intrecciato in una serie di motivi con fiori ornamentali rossi.

Il materasso era ancora al suo posto. Una macchia tonda rossa e marrone su un lato del letto indicava il punto in cui Ariella era morta dissanguata. Niente macchie visibili dal lato di Carl. Harper represse uno starnuto. Quel posto era disabitato da quasi un anno. Mentre in casa si sentiva odore di chiuso, in quella stanza c'era molta polvere, oltre a un altro odore. L'avrei definito di ruggine e formaggio andato a male. Odore di sangue stantio.

Chiusi gli occhi e cercai di ignorare Harper. La mia mente si riempì delle immagini della scena del crimine catturate dal fotografo del NYPD. Pensai al piumone per terra, alla mazza nell'angolo, al modo in cui Ariella e Carl erano riversi sul letto.

«La polizia non ha trovato il coltello, vero?» domandò Harper.

Risposi tenendo gli occhi chiusi. «No. Hanno analizzato tutti i coltelli della casa ma senza trovarvi tracce di sangue, e nessun coltello era compatibile con le ferite inferte. Hanno controllato il giardino, la soffitta, a un certo punto hanno messo sottosopra tutta la casa. Credo che abbiano persino controllato la fognatura. Nessun coltello. Il che ci dà qualche speranza. Possiamo sostenere che chiunque sia stato a uccidere Ariella, si è portato via il coltello.»

Sentii Harper camminare nella stanza. Le assi di legno scricchiolavano sotto la moquette. Aprii gli occhi e girai lentamente intorno al letto. Nemmeno una goccia di sangue su quella moquette. L'unica macchia di sangue sul pavimento era quella nell'angolo, e proveniva dalla mazza.

Harper si abbassò la maglietta e prese una bottiglietta d'acqua dalla tasca posteriore dei jeans. Svitò il tappo e bevve un sorso. Mentre beveva doveva esserle entrata un po' d'aria nel naso, perché d'un tratto fu scossa da uno starnuto e da un colpo di tosse. L'acqua cominciò a gocciolarle tra le dita mentre lei cercava di coprirsi la bocca.

«Merda, mi dispiace», disse ricoprendosi la bocca con la maglietta.

«Stai bene? È soltanto acqua, non preoccuparti», dissi.

Mi avvicinai e vidi una piccola chiazza umida sulla moquette e qualche goccia sul letto. Mi inginocchiai e sfregai la moquette con un fazzoletto, asciugandola.

«Mi dispiace, Eddie», disse.

«Va tutto bene», risposi. Stavo per alzarmi e pulire il materasso, ma mi fermai. Sul materasso vidi alcune goccioline d'acqua che non si erano assorbite. Harper appoggiò il palmo sul materasso e tolse rapidamente le gocce. Lo toccai. Asciuttissimo.

Guardammo entrambi la macchia di sangue sul letto. Poi ci scambiammo un'occhiata.

«Porca puttana», disse Harper.

Annuii. Lei tirò fuori la bottiglia dalla tasca e versò delicatamente un po' d'acqua sul materasso. Le grosse gocce restarono lì.

Aspettammo.

Trenta secondi dopo, l'acqua non si era ancora assorbita. Harper picchiettò le dita sul telefono e sentii il suono digitale dell'otturatore di una fotocamera.

«Abbiamo bisogno di un lenzuolo», disse Harper.

«Sono già un passo avanti», dissi aprendo le porte dell'armadio. Due degli armadi a muro contenevano i vestiti di Ariella. Buttate alla rinfusa in un terzo armadio, c'erano lenzuola di lino e coperte. Immaginavo che in origine fosse tutto ben piegato, ma poi i poliziotti dovevano aver rovistato in ogni angolo di quella stanza in cerca dell'arma usata per uccidere Ariella. Tirai fuori un lenzuolo e lo appoggiai sopra la macchia, piegandolo in due. Harper ci si sdraiò sopra e io mi sdraiai accanto a lei. Ci guardammo. Harper stava sorridendo. Non la vedevo da quando avevamo chiuso un caso un anno prima. Nelle molte ore trascorse insieme, avevamo lavorato fianco a fianco e parlato parecchio, e io mi ero aggrappato con tutta la mia forza sul sedile del passeggero della sua auto mentre lei guidava.

In tutto quel tempo non mi ero mai reso conto di quanto fossero incredibili i suoi occhi.

«Eeh...eeeehmmm», disse una voce. Mi raddrizzai e vidi Holten che si stava schiarendo la gola sulla porta.

«Ho interrotto il vostro pisolino? O qualcos'altro?» domandò.

Scendemmo entrambi dal letto. Harper tolse il lenzuolo, lo arrotolò e mi passò davanti per andare a rimetterlo nell'armadio. Aveva le guance arrossate, ma gli angoli della sua bocca erano ancora increspati in un sorriso.

«Stavamo cercando di salvare le chiappe a Bobby Solomon. Dopotutto sembra che possa essere innocente», disse Harper.

Le squillò il telefono. Lei rispose, uscendo in corridoio. Mentre parlava, io e Holten ci scambiammo alcuni sguardi imbarazzati. Quando Harper ebbe finito, tornò in camera e stava per dire qualcosa, ma Holten la batté sul tempo.

«Non sono stanco. Chiamo Yanni per dirgli che questo turno lo faccio io. Volevo soltanto assicurarmi che ti andasse ancora di bere qualcosa più tardi.»

Harper fece un passo indietro e si toccò i capelli, ma erano già ben sistemati all'indietro con un elastico.

«Certo», rispose. «Ragazzi, ho appena ricevuto una chiamata da Joe Washington. Ha parlato con il suo contatto del Bureau e potrebbe esserci qualcosa di interessante, ma dobbiamo andare subito.»

«Dove?» disse Holten.

«In Federal Plaza. È un'ipotesi azzardata, ma potremmo avere un altro sospettato per gli omicidi.»

19

Kane seguì la fila dei potenziali giurati attraverso una porta laterale. Quando entrarono in aula, notò subito che le panche destinate al pubblico erano vuote. I giurati si sarebbero seduti lì. Niente spettatori e niente stampa per quella parte del processo. Vide Rudy Carp seduto al tavolo della difesa di fianco a Bobby Solomon. Arnold Novoselic era seduto all'angolo di quello stesso tavolo, di fianco a Rudy. Solomon aveva un'espressione spenta.

L'avvocato dell'accusa sorrideva. Kane aveva condotto approfondite ricerche sul suo conto. Art Pryor. Era più alto di quanto Kane avesse immaginato dopo averlo visto elargire varie conferenze stampa negli ultimi sei mesi. Un abito azzurro fatto su misura ricadeva su due spalle larghe. Camicia bianca, cravatta gialla e fazzolettino giallo abbinato che faceva capolino dalla tasca della giacca. Capelli castano chiaro, viso abbronzato, mani delicate e un luccichio negli occhi verdi rendevano Pryor un soggetto interessante da guardare. Si muoveva in modo lento e aggraziato. Era il genere di uomo che infilava le dita agili nella borsetta della nonna non appena le appoggiava le labbra fredde sulla guancia. Nato e cresciuto nell'Alabama, esercitava principalmente nel Sud, sempre nel ruolo di pubblica accusa. Benché avesse ricevuto molte pressioni, non si era mai candidato come procuratore distrettuale, né tantomeno come governatore o sindaco. Pryor non aveva ambizioni politiche. Amava l'aula, punto.

Kane aveva calcolato alla perfezione il momento in cui unirsi alla fila. I primi venti giurati si sedettero sulla prima panca e Kane fu il primo della seconda fila. Sedendosi in prima fila si poteva dare l'impressione di essere mossi da una brama eccessiva. Kane aveva imparato che gli avvocati diffidano di chi ci tiene troppo a fare parte della giuria. Di solito si tratta di persone che hanno i loro scopi personali. Kane non poteva permettersi di lasciar trapelare che aveva un secondo fine.

Dopo essersi seduto, per la prima volta rivolse lo sguardo davanti a sé. Anche se fece del suo meglio, gli riuscì difficile mascherare lo stupore. Il giudice. Lo scranno non era occupato dalla donna bionda che avrebbe dovuto presiedere il processo. Al suo posto c'era l'uomo che Kane aveva visto scendere dalla decappottabile verde il giorno prima davanti all'ufficio di Eddie Flynn. Per un momento restò paralizzato. Non osava muoversi per timore che il giudice potesse notarlo. A Kane non piacevano le sorprese. Era inaccettabile. E se l'avesse riconosciuto? Pensò al loro scambio. Per chiedergli indicazioni, aveva usato la sua voce, non quella con cui stava facendo pratica e che stava usando in quel momento. E aveva fatto di tutto per nascondersi la faccia sotto il cappellino.

Il giudice guardò i giurati prendere posto. Posò lo sguardo su Kane, che contraccambiò. Il suo battito schizzò alle stelle. Da quanto riuscì a vedere, il giudice non si accorse di niente e si voltò verso gli avvocati. Kane cercò di calmarsi prendendo un respiro profondo.

Ormai era a un passo dalla meta.

Dopo due ore dall'inizio della selezione della giuria, il giudice stava ancora lavorando alla seconda fila. Il guaio era che aveva cominciato dall'estremità opposta rispetto a dove sedeva Kane. Il modo in cui una giuria arrivava a occupare il banco dipendeva in larga parte dal giudice. Kane aveva visto usare i metodi più disparati. Purché fosse garantito un elemento di casualità, nessuno avrebbe fatto le pulci al giudice. Alcuni chiamavano i numeri identificativi dei giurati dall'elenco, scegliendoli a caso. Altri ritenevano che i potenziali giurati sarebbero comunque entrati in aula in ordine casuale e che in quello stesso ordine avrebbero poi preso posto sulle panche, per cui sarebbe bastato ammetterli al banco della giuria uno alla – volta, panca dopo panca, per garantire una robusta componente di imprevedibilità. Il giudice Harry Ford – prediligeva questo metodo.

Il giudice aveva tenuto un discorso sul ruolo della giuria, spiegando il funzionamento di un processo penale. Kane conosceva quella procedura, ma non aveva mai udito un'esposizione tanto chiara.

Poi cominciò la cernita. Prima toccò ai giurati. Cinque o sei dissero di avere già prenotato e pagato delle vacanze, di avere parenti malati o visite programmate in ospedale, e sistematicamente ricevevano un permesso.

Dopodiché gli avvocati furono liberi di mettere le grinfie sul gruppo.

Uno dopo l'altro, i giurati furono interrogati, accettati o respinti dalla difesa e dall'accusa. La difesa poteva ricusare un certo numero di candidati alla giuria senza fornire alcuna motivazione. Il numero prestabilito era dodici. Poi doveva rendere conto del motivo per cui un giurato non poteva prestare servizio. La difesa aveva respinto una donna senza farle nemmeno una domanda. Il destino di un certo numero di giurati sembrava compiersi in quel modo, e adesso alla difesa restava un'ultima ricusazione. L'accusa aveva respinto soltanto un giurato dimostrando che era un fan di lungo corso di Bobby Solomon.

Kane si conficcò le unghie nella carne. Non per il dolore, visto che non ne provava, ma per smettere di muovere nervosamente le mani. Non voleva tradire la sua ansia. Non ora.

Dieci giurati erano stati accettati da entrambe le parti. Restavano soltanto due posti. Le sedie vuote sul banco della giuria erano quattro. Due per i giurati ufficiali e due per quelli di riserva. Un uomo prese posto sul banco dei testimoni per essere interrogato. Aveva detto di chiamarsi Brian Dale. Sposato, senza figli. Direttore di uno Starbucks. Trasferitosi a New York con la moglie sei anni prima da Savannah, Georgia. Rudy Carp non gli fece nessuna domanda. Arnold aveva già condotto la sua ricerca su Brian e Rudy l'aveva accettato. Kane notò che non era mai successo prima. La difesa non aveva accettato nessun altro giurato senza interrogarlo. Dovevano proprio tenerci ad avere quel Dale nella giuria, pensò. Tornò con il pensiero alle foto che aveva scattato a Brian. Fisicamente si avvicinava di più al peso naturale di Kane. Magro, muscoloso, statura media, struttura ossea simile, in particolare il naso. Per Kane si era trattato di scegliere tra il personaggio che stava interpretando in quel momento e Brian Dale.

«L'accusa ha qualche domanda?» chiese il giudice Ford.

«Soltanto un paio, vostro onore», disse Pryor alzandosi e allacciandosi la giacca. Kane adorava ascoltare la voce di Pryor. Sembrava miele versato nella canna di una pistola.

«Ora, Mr Dale, vedo che lei è stato benedetto dal sacramento del matrimonio.»

«Esatto. Da ormai sedici anni.»

Kane guardò Pryor dirigersi a grandi falcate verso il banco dei testimoni. Aveva un portamento deciso, che però gli si confaceva. Non c'era arroganza, ma soltanto una naturalezza conquistata nel tempo.

«Fantastico, non esiste nulla di più importante del legame tra marito e moglie. Come si chiama sua moglie?»

Un sorriso cercò di farsi strada fino alle labbra di Kane. Naturalmente Pryor lo sapeva benissimo. Era una danza. Pryor era pronto a eliminare Dale dalla giuria a passo di valzer, e Dale non lo immaginava nemmeno.

«Martha Mary Dale.»

«Un bel nome, se posso permettermi. Ora, immagini di tornare a casa stasera da Martha Mary. Entrando sente subito il delizioso profumino di una cena cucinata in casa. Martha Mary ha passato ore ai fornelli. Lei si lava, si siede a tavola e Martha Mary le chiede dove è stato oggi. Immagini di non dare a Martha Mary alcuna risposta. Riesce a immaginare questo scenario, Mr Dale?»

«Sì, ma io direi sempre a Martha Mary dove sono stato. Non ci sono segreti nel nostro matrimonio.»

«Sono il primo a congratularmi con voi. Immagini però di non rispondere a Martha Mary. Crede che sua moglie si insospettirebbe del suo silenzio?»

«Oh, certo.»

«E se Martha Mary la accusasse di essersi visto con un'altra donna con cui ha una relazione extraconiugale? Se lei non dissipasse le sue paure, Martha Mary avrebbe diritto di pensare il peggio di lei, no?»

Kane vide Dale annuire.

«Sarebbe giustificata se pensasse qualcosa di brutto, certo», disse Dale.

«Naturale. Se una persona accusata di un orribile reato si ostina a tenere la bocca chiusa, scegliendo di non dichiararsi innocente davanti a una giuria... be', non crede che sia un atteggiamento sospetto?»

«Certo, Mr Pryor», confermò Dale.

Il fascino di Pryor non conosceva limiti. Si piazzò dritto davanti al banco dei testimoni e diede a Dale una pacca sulla spalla. «Grazie per il suo servizio, Mr Dale. Porga i miei migliori saluti a Martha Mary.»

Si voltò e, tornando al tavolo dell'accusa, si rivolse al giudice da sopra la spalla. «Vostro onore, l'accusa richiede di ricusare Mr Dale in quanto non lo ritiene in grado di emettere un verdetto imparziale.»

« Richiesta accolta », disse il giudice.

Kane pensò che Pryor fosse uno degli avvocati migliori che avesse mai visto. L'aveva appena osservato escludere dai giochi uno dei giurati prediletti della difesa usando la stessa tattica dei suoi avversari. L'unica cosa che contava nella selezione della giuria era l'imparzialità.

« Ho fatto qualcosa di sbagliato? » domandò Dale allargando le mani. La sua faccia era diventata una maschera d'imbarazzo.

« Vada a sedersi nell'area d'attesa, Mr Dale. Sono certo che un addetto del tribunale le spiegherà tutto », disse il giudice. « Solo un promemoria per i giurati restanti che si sono presentati per prestare servizio. Come ho spiegato all'inizio, un imputato non deve dimostrare niente. Se un imputato decide di non esprimersi, come è suo diritto, la giuria non deve trarre alcuna conclusione da quella scelta. »

Un funzionario del tribunale si avvicinò a Dale e lo fece scendere gentilmente dal banco dei testimoni. Kane emise un lieve sospiro. All'inizio c'era mancato poco che decidesse di adottare l'identità di Brian per quel lavoro. Adesso era davvero sollevato di aver cambiato idea. Alla fine, il fattore determinante era stato Martha Mary. Era alta quasi un metro e ottanta e pesava circa centotrenta chili. In confronto, Brian era un grissino.

Kane sapeva che non sarebbe riuscito a far stare entrambi nella vasca da bagno.

« I prossimi candidati per la giuria, in ordine per favore », disse il giudice.

Kane si alzò e seguì il funzionario del tribunale al banco della giuria.

20

Mentre andavamo alla sede dell'FBI di New York in Federal Plaza, Harper ci aggiornò sulla possibile scoperta fatta dal suo partner, Joe Washington. Holten era alla guida, Harper sul sedile del passeggero e io dietro. Mi sporsi in avanti per sentire il racconto di Harper. Cercare di convincere una giuria che il tuo cliente non ha commesso un omicidio è un conto, ma poter puntare il dito contro qualcun altro per dimostrare che il tuo cliente non è colpevole è di gran lunga più facile.

Harper spiegò la situazione a Holten. Io mi limitai ad ascoltare.

«Non me ne sono andata dal Bureau nel migliore dei modi. Il mio socio, Joe, sì. Lui è un tipo più affabile. Così ha chiamato uno dei suoi vecchi amici chiedendogli di fare una ricerca nel ViCAP e nel NCIC, dalla quale però non è emerso nulla. Per sfizio, questo amico ci ha consigliato di parlare con la BAU-2 per vedere se ci fosse qualche dettaglio familiare. Ed è saltata fuori un'agente che potrebbe avere qualcosa di utile.»

L'Unità di analisi comportamentale 2 dell'FBI, nota come BAU-2, si occupava di omicidi seriali di adulti. Nessun altro gruppo di forze di sicurezza sul pianeta ne sapeva di più in materia di serial killer. Il ViCAP, il Programma per la cattura dei criminali violenti, e il NCIC, il Registro nazionale dei dati sui crimini, erano banche dati federali attraverso cui le forze dell'ordine potevano risalire ai reati irrisolti di tutto il Paese.

«Chi è l'agente?» domandai.

«È un'analista. Si chiama Paige Delaney. Joe dice che questo mese sta lavorando nella sede di New York per dare una mano agli agenti locali con il killer di Coney Island», rispose Harper.

«Qual è il suo legame con il nostro caso?»

«Forse non c'è. O forse sì. La scena del crimine non mi è piaciuta. Era troppo pulita. Se l'assassino è Solomon, ha fatto un lavoro pazzesco per essere la sua prima volta. Niente DNA sui corpi, nessun segno di difesa sulle vittime, nessun graffio o taglio su di lui. Ha ucciso due persone senza lasciare nessunissima traccia. E completata l'opera, avrebbe infilato una banconota da un dollaro con sopra le sue impronte e il suo DNA nella bocca di Carl? Non ci credo. C'è qualcosa di strano. D'altra parte, però, non credo nemmeno alla storia del nostro cliente.»

«Ci sono parecchie cose che non tornano in questo caso. Pensa alle armi del delitto», dissi. «In qualche modo, senza uscire di casa, Bobby nasconde il coltello che ha ucciso Ariella, eppure lascia la mazza con cui ha ucciso Carl sul pavimento della camera da letto, con sopra le sue impronte digitali. Dopodiché chiama la polizia dicendo di avere appena trovato i corpi. C'è qualcosa che non quadra, no? Ma il procuratore distrettuale non la dipingerà così. Quella è la mazza di Bobby. Ha già sopra le sue impronte digitali. Sosterrà che Bobby non voleva lasciarsi dietro una scena troppo perfetta, perché altrimenti sarebbe sembrata falsa. E probabilmente la farfalla è stata collocata lì per mettere la polizia su una falsa pista, oppure per mandare una specie di strano messaggio in codice. Poi Bobby ha commesso un passo falso e ci ha lasciato sopra il suo DNA. Un piccolo sbaglio. In ogni caso, sosterrà che Bobby aveva premeditato l'omicidio.»

Affondando la nuca nel poggiatesta, Harper alzò gli occhi verso il tetto dell'auto e ci pensò su.

«Sì, è possibile anche questo, Eddie. Te l'ho detto, può

essere che il procuratore distrettuale abbia individuato il vero colpevole. Vediamo cos'ha da dirci Paige. Io ho trasmesso un elenco delle possibili firme dell'assassino, e qualcosa su quell'elenco ha catturato l'attenzione dell'FBI, che altrimenti non avrebbe accettato di incontrarci.»

Holten ci lasciò in Federal Plaza, parcheggiò e ci raggiunse nella hall del Jacob K. Javits Building. Decise di attenderci lì. Pensava che in quell'edificio il portatile sarebbe stato al sicuro, così lo presi io. Dopo aver fatto passare le scarpe e il portatile sotto uno scanner a raggi X ed essere stato accuratamente perquisito, ricevetti il via libera per salire insieme ad Harper al ventitreesimo piano. Lasciai che fosse lei a farmi strada. Dopotutto aveva lavorato lì per un paio d'anni, e sapeva orientarsi.

Questo però non le impedì di beccarsi qualche occhiataccia da un paio di agenti nell'area di accoglienza mentre aspettavamo il suo contatto. E l'attesa si rivelò tutt'altro che breve. Dopo venti minuti ero pronto a lasciare che se la sbrigasse Harper quando una donna con un paio di jeans grigi sbiaditi e un maglione nero ci venne incontro. Paige Delaney sembrava aver superato da poco i cinquant'anni, e li portava bene. In buona forma fisica, aveva capelli argentati e portava un paio di occhiali sopra un naso sottile. Gli angoli della sua bocca, incurvati verso l'alto, le conferivano un aspetto cordiale.

Strinse la mano ad Harper. Io ricevetti giusto uno sguardo, il genere di sguardo al quale i difensori si abituano, alla fine. La seguimmo in un corridoio lungo e stretto fino a una sala riunioni. Sul tavolo c'era un portatile chiuso. Ci sedemmo, io e Harper da un lato, Delaney dall'altro, davanti al computer. Poi Delaney si tolse gli occhiali e li appoggiò sul tavolo.

«Allora, come va la vita da investigatrice privata?» domandò.

«Non è male essere il capo di se stessi», rispose Harper.

Io non dissi nulla. Quello non era il mio mondo. I membri delle forze di sicurezza sono uniti da un legame tutto loro. Lasciai che Harper sfoderasse i suoi poteri.

«Joe Washington manda i suoi saluti», disse Harper.

«È sempre stato molto gentile. Mi fa piacere che stiate lavorando insieme. Joe è un brav'uomo. Dunque, immagino che non abbiate molto tempo. Mettiamoci all'opera. Ho dato un'occhiata alle possibili firme che hai mandato», disse Delaney. Aprì il portatile e rivolse lo schermo verso il centro del tavolo in modo che entrambi potessimo vedere l'email di Harper.

«La maggior parte di questi elementi non può essere considerata una firma ai fini di una ricerca. Effettuiamo confronti sul maggior numero possibile di dettagli di singole scene del crimine, purché siano peculiari e rilevanti. Se l'assassino però ha usato un'arma particolare, o ha lasciato un determinato segno sui corpi, se ha scritto un messaggio o sembra seguire una narrazione, allora potremmo trovarci di fronte a una firma. È attraverso le firme che identifichiamo le vittime dei recidivi. A volte le firme sono intenzionali: in questi casi c'è un assassino che mette in atto una fantasia di qualche tipo. In altre occasioni si tratta di un gesto inconscio. Se emerge uno schema o la possibilità di una nuova interpretazione, lo consideriamo una potenziale firma, che finisce nel ViCAP.»

«Dal ViCAP non è emerso nulla in relazione al nostro caso», disse Harper.

«Il sistema non è perfetto. Non tutte le organizzazioni di sicurezza utilizzano il ViCAP. E i poliziotti non sempre spiccano nella gestione delle banche dati. E naturalmente gli assassini possono cambiare abitudini. Il sistema si affida perlopiù al fatto che gli agenti inseriscano i dati e controllino gli avvisi di nuovi reati. In più, se un crimine viene risolto, non finisce nemmeno nel sistema. Il ViCAP infatti è concepito per aiutare i poliziotti a catturare criminali violenti, identificare soggetti sconosciuti e trovare persone scomparse. Non inseriamo i dettagli dei criminali che abbiamo catturato e condannato nel giro di poco. Questo è il più grande limite del sistema.»

Harper si appoggiò allo schienale e incrociò le braccia. «In che senso è un limite? I casi di omicidio chiusi non sono rilevanti.»

«Il sistema non tiene conto delle condanne ingiuste», intervenni.

Per la prima volta da quando ci eravamo seduti, Delaney diede segno di aver registrato la mia presenza. Dopo un momento, annuì.

«Esatto. Una ricerca condotta al Registro nazionale dei proscioglimenti rivela che ogni venticinque persone dichiarate colpevoli e punite con la pena di morte negli Stati Uniti, una è innocente. Ogni anno vengono revocate da cinquanta a sessanta condanne per omicidio. Si tratta quindi di molti casi che non finiscono nei nostri database e per i quali non si cercano firme. Questo senza contare le persone innocenti che non hanno un avvocato o che non riescono a far revocare la propria condanna. L'agente con il quale ha parlato Joe mi conosce. Ha pensato che nella vostra segnalazione potesse esserci qualcosa di interessante. Non so ancora se sia così, ma sono contenta che siate venuti. Si tratta dell'ultima firma sul vostro elenco, la banconota...»

Si interruppe di colpo. Ebbi l'impressione che volesse dire qualcosa di più ma che sapesse di non poterlo fare. C'era qualcosa di intenso in quelle due donne. Se Harper aveva una teoria su un caso, ci si buttava anima e corpo per capire dove avrebbe portato. Aveva una mente brillante e un'energia fisica che sembrava riversarsi in tutto ciò che faceva. C'era un fuoco che ardeva dentro di lei. Delaney invece sembrava una persona più riflessiva e pacata. Come un hard disk che ronzava mentre cercava di risolvere un problema.

Harper non disse nulla, e nemmeno io aprii bocca. Con quel silenzio volevamo spingere Delaney a dirci di più. Ma lei non cedette. Sapevo che avrebbe cercato di ottenere il maggior numero di informazioni possibile senza darci nulla. Lo sapeva anche Harper. Era la prassi standard dell'FBI.

« Ho bisogno di vedere la banconota che avete menzionato », disse Delaney.

« Abbiamo soltanto delle fotografie », rispose Harper.

« Le avete qui? » volle sapere Delaney.

Harper annuì e, per sottolineare la sua posizione, piazzò i palmi di entrambe le mani sul tavolo, restando immobile. Io cercai di restarne fuori. Harper sapeva come giocare quella partita.

Nessuno si mosse. Nessuno parlò.

Alla fine, Delaney scosse la testa e sorrise.

« Posso vederle? In caso contrario non potrò aiutarvi », disse.

« Facciamo un patto. Noi ti mostriamo le foto, e se c'è qualcosa di rilevante ci dici quello che sai. Mettiamo tutti le carte in tavola. »

« Non posso. Sono coinvolta in un'indagine delicatissima... »

Mi alzai rumorosamente, facendo stridere la sedia sulle piastrelle. Quando anche Harper si fu alzata di qualche centimetro dalla sedia, Delaney sollevò una mano.

« Aspettate. Posso darvi qualche dettaglio, ma non tutti. E soltanto se lo riterrò rilevante. Non so a quale caso stiate lavorando, e se la banconota non è attinente, non c'è bisogno che lo sappia. Per favore, sedetevi. Mostratemi le foto, e se vedrò quello che sto cercando, vi dirò tutto quello che posso. »

Scambiai uno sguardo con Harper. Ci sedemmo entrambi. Aprii la valigetta accanto a me e tirai fuori il portatile, accendendolo. Cercai le foto della banconota a forma di farfalla e girai il portatile in modo che potessimo vedere tutti.

A Delaney bastarono cinque secondi. «No, non mi sembra che ci sia un nesso. Avete qualche foto della banconota aperta?»

Ebbi un leggero moto di sconforto. Accanto a me, Harper incurvò le spalle e abbassò il mento verso il tavolo, afflosciandosi a sua volta.

Io sospirai. Per un attimo avevo sperato di uscire da quell'incontro con la conferma che Bobby Solomon era innocente.

«Certo», dissi. Mossi le dita sul trackpad, feci scorrere due schermate e lasciai che Delaney desse un'occhiata.

«Mi dispiace, almeno abbiamo appurato che si tratta di un vicolo cieco», mormorò Harper.

Annuii, poi Delaney catturò la mia attenzione. La pelle intorno ai suoi occhi e sulla sua fronte si tese. Cominciò a muovere le labbra in silenzio, avvicinandosi sempre di più allo schermo. Allungò la mano e si chinò sotto il tavolo per prendere un blocco da disegno. Sembrava vecchio e consumato. Gli angoli delle pagine erano sollevati. Lei lo aprì, trovò una pagina al centro del blocco e tornò a guardare lo schermo, impaziente.

«Dovete mettermi al corrente di ogni dettaglio del caso al quale state lavorando. Subito», disse.

«Come? Hai trovato qualcosa?» domandò Harper.

Lei la ignorò, tirò fuori una matita dalla borsa e cominciò a disegnare qualcosa sul blocco. Studiò lo schermo, poi riportò l'attenzione sul blocco e scribacchiò di nuovo. Senza aver risposto alla domanda di Harper, ne fece un'altra.

«Cosa sapete dei serial killer?»

Sentii un brivido sulla pelle.

«Solo quello che si legge sui giornali. Non molto», risposi.

«Di solito si tratta di maschi bianchi, dai venticinque ai cinquant'anni, soli, socialmente inetti, con un'intelligenza sotto la media e affetti da qualche forma di malattia psicotica», disse Harper.

Combaciava con quel poco che sapevo anch'io. Mi alzai leggermente sulla sedia e vidi Delaney scarabocchiare qualcosa su una foglia d'ulivo in un disegno appena abbozzato dello stemma degli Stati Uniti. Quando rialzò la testa dal blocco, Delaney tenne la matita sospesa sopra le frecce, muovendo le labbra. Stava contando. Riabbassò la matita sulla pagina e riprese a scarabocchiare.

«Quasi tutto quello che hai appena detto è sbagliato», disse Delaney. «Alla BAU li chiamiamo reiteranti. Possono appartenere a qualsiasi gruppo etnico e avere qualsiasi età, entro limiti ragionevoli. Molti sono sposati con una famiglia numerosa. Si potrebbe averne uno come vicino di casa e non scoprirlo mai. Le scarse competenze sociali e il basso quoziente intellettivo sono ipotesi ragionevoli, ma non sempre valide. La maggior parte di questi soggetti riesce a non essere catturata per molto tempo grazie alla selezione delle vittime. In genere le vittime dei reiteranti non conoscono il loro assassino. Persino un reiterante stupido può commettere crimini per anni prima che la polizia riesca a catturarlo. Ma poi c'è l'altro uno per cento. Soggetti con competenze sociali molto sviluppate e un quoziente intellettivo superiore allo standard; persino i loro amici più intimi possono non accorgersi che nella testa di questi soggetti c'è qualcosa che li spinge a uccidere. Non ci capita spesso di catturarne uno. Il miglior esempio è Ted Bundy. E, contrariamente a quello che si vede in televisione, questi killer non vogliono essere presi. Mai. Alcuni fanno l'impossibile per assicurarsi di non finire in carcere, anche nascondere le loro vittime. Altri invece, pur non volendo essere catturati, sotto sotto desiderano che qualcuno riconosca la loro opera.»

Delaney girò il monitor. Aveva ingrandito il retro della banconota, concentrandosi sulla parte intorno allo stemma. I segni che avevo visto e ignorato occupavano tutto lo schermo. Sopra lo stemma sembravano esserci tre macchie di inchiostro. Una su una freccia. Una su una foglia d'ulivo e una sulla stella più prossima a quella in cima, sulla sinistra, sopra la testa dell'aquila.

«Cosa stiamo guardando?»

Delaney girò il blocco e lo spinse verso di noi. Era un disegno dello stemma sul quale aveva riempito a matita alcune foglie d'ulivo, alcune punte di frecce e alcune stelle sopra l'aquila.

Guardai di nuovo lo schermo. Sulla banconota a forma di farfalla rinvenuta nella bocca di Carl erano state colorate di rosso una foglia d'ulivo, la punta di una freccia e una stella.

«Prima d'ora mi è capitato solo tre volte di vedere segni simili su una banconota. Ho riportato quei segni qui», spiegò Delaney indicando il disegno. « Una di queste banconote era piegata e infilata tra le dita dei piedi del cadavere di una madre di due figli. L'altra era sul comodino di un motel squallido accanto al cadavere di un venditore di furgoni. L'ultima che ho visto si trovava nella mano della titolare di un ristorante, anche lei assassinata. Direi che siamo in presenza di uno schema: la firma di un soggetto che rientra in quell'uno per cento. Il caso di cui vi state occupando potrebbe avere a che fare con uno dei mostri dell'Unità di analisi comportamentale. Credo possa trattarsi del serial killer più sofisticato nella storia del Bureau. Nessuno l'ha mai visto. Non abbiamo altro che segni su una banconota, e alcuni analisti non credono nemmeno che esista, ma quelli che ci credono lo chiamano Mr Dollaro. Quindi è meglio che mi raccontiate tutto di questo caso, all'istante. »

21

Kane prese la Bibbia nella mano destra e lesse il giuramento sul biglietto come se credesse sinceramente a ogni parola pronunciata. La cancelliera gli tolse la Bibbia di mano, Kane dichiarò il suo nome come da richiesta e prese posto al banco.

Carp e il suo consulente per la selezione della giuria, Novoselic, si avvicinarono e cominciarono a confabulare sottovoce. Alla fine, quando il giudice si schiarì la gola, Carp si alzò in piedi e fece una domanda. Qualunque fosse stata quella domanda, Kane sapeva qual era il modo giusto di rispondere. Sapeva bene quali erano le qualità che i difensori cercavano in un giurato.

«Per quanto a sua conoscenza, c'è qualcosa che potrebbe impedirle di fare parte di questa giuria?» domandò Carp.

Era una domanda del cavolo. Kane lo sapeva. E immaginava che lo sapesse anche Carp. Volevano soltanto vedere come si sarebbe comportato.

Kane fece vagare lo sguardo di lato. Rimase in silenzio e sbatté le palpebre alcune volte. Poi guardò di nuovo Carp e infine parlò. «No, non che io sappia.» La risposta non contava. Contava soltanto che la giuria avesse visto Kane *riflettere*. Un giurato che si soffermava a riflettere avrebbe incontrato il favore della difesa e non avrebbe necessariamente creato problemi all'accusa. Kane lo sapeva.

«Grazie. La difesa accetta il giurato», annunciò Carp.

Pryor si girò sulla sedia per parlare con un viceprocuratore distrettuale. La conversazione durò poco. Pryor si alzò e squadrò Kane che, dal canto suo, ascoltò i rumori prodotti dagli altri giurati in attesa. Una giuria respirava, come un essere vivente. Certo, erano tutti singoli individui. Eppure messi insieme diventavano una bestia. Una bestia che Kane doveva domare.

Erano passati tre, forse quattro secondi da quando Pryor si era alzato. A Kane erano sembrati minuti. Sull'aula calò il silenzio. Il fruscio di fogli si fermò. Il rumore bianco inevitabilmente prodotto da qualsiasi folla si affievolì. Pryor studiò Kane. I loro occhi si incontrarono per un brevissimo istante. Neanche mezzo secondo. Eppure in quel frammento di tempo tra loro successe qualcosa. A Kane parve che avessero trovato un'intesa.

«Vostro onore, l'accusa non ha domande e desidera riservare la sua posizione.»

Il giudice invitò Kane a sedersi al banco della giuria. Lui si alzò, lasciò il banco dei testimoni e tornò verso le sedie dei giurati. Prese posto in prima fila, quasi in fondo.

Passò un'altra ora, durante la quale la difesa e l'accusa eliminarono altri quindici potenziali giurati. Come aveva fatto con Kane, Pryor si riservò il diritto di esprimere la sua posizione con altri sette giurati. Kane si guardò intorno e vide che, con le sedie aggiuntive, in totale i giurati erano venti.

Pryor scartò un altro candidato che da bambino aveva fatto l'attore perché poteva avere qualche vago legame con Bobby Solomon.

Dopodiché non tornò a sedersi. Guardò la giuria al completo sul banco. In tutta calma esaminò ciascuno dei venti giurati. Poi prese un bloc-notes e si rivolse al giudice.

«Vostro onore, l'accusa ringrazia Mrs McKee, Mrs Mackel, Mr Wilson e Mr O'Connor per i loro servizi. La loro presenza non è più necessaria. L'accusa si ritiene soddisfatta di questa giuria.»

A quattro sedie di distanza da Kane, sulla destra, un uomo

brizzolato si alzò e cominciò a uscire dalla fila. Riuscì a passare davanti alle ginocchia degli altri giurati, che erano donne e di corporatura esile, ma Kane dovette alzarsi e spostarsi dalla fila per farlo passare. La donna alta alla sua sinistra si scostò per permettere a lui e al giurato respinto di uscire.

«Tutti i giurati si spostino il più possibile alla loro destra. Forza, muoversi signori», disse il giudice Ford.

L'uomo passò davanti a Kane che quando si rigirò verso il banco, scoprì che la donna alta aveva preso il suo posto. Aveva scalato lungo la fila di sedie, anticipandolo e spostandosi verso destra insieme agli altri giurati, come da ordine del giudice. La donna guardò Kane e gli rivolse un sorriso educato mentre lui si sedeva nel posto che lei aveva scaldato nell'ultima mezz'ora. Kane non ricambiò il sorriso. La donna era sulla cinquantina, capelli ramati e maglione azzurro. L'ultima delle donne ricusate da Pryor lasciò la fila alle spalle di Kane.

«Signore e signori, siete la nostra giuria», dichiarò il giudice. «I primi sei di voi della seconda fila e i primi sei nella prima fila sono i giurati.»

Kane si guardò intorno.

«A partire dalla vostra destra», aggiunse il giudice. «Gli altri quattro, ossia la signora e i due signori in seconda fila, e il signore in prima fila, sono i nostri giurati di riserva.»

La signora alta non aveva rubato a Kane soltanto la sedia. Gli aveva rubato il posto nella giuria. Sembrava soddisfatta. Adesso Kane era un giurato di riserva. Avrebbe assistito al processo, ma non avrebbe avuto accesso alla stanza dei giurati e non avrebbe potuto esprimere il proprio voto. Tutto per colpa di quella signora alta di fianco a lui.

Kane osservò la cancelliera insediare la giuria e assegnare un numero a ciascun membro. Lui ricevette il numero tredici. Gli altri giurati di riserva dietro di lui erano il quattordici, il quindici e il sedici.

Il giudice li ammonì di non leggere i giornali, di non guardare i notiziari e di cancellare completamente i media dalle loro vite. Poi fece giurare la responsabile della giuria, una funzionaria del tribunale che avrebbe sorvegliato i giurati per assicurarsi che obbedissero alle regole.

La signora alta con il maglione che aveva preso il posto di Kane, la giurata numero dodici, inclinò la testa. «Non è splendido?» sussurrò a Kane.

Lui si limitò ad annuire.

La donna aveva un accento del New Jersey. Kane sentì che il suo alito puzzava di fumo e si trovò a pensare a sua madre. Si sforzò di concentrarsi su quei ricordi. Qualunque cosa pur di non pensare che non era riuscito ad accaparrarsi un posto tra i giurati. Con tutta la fatica che gli era costato prepararsi...

Tutto spazzato via. Come cenere nel vento.

Il giudice prese la parola, fermando la rabbia che stava montando in Kane.

«Avvocati, avevamo preventivato due giorni per la selezione della giuria. Dal momento che siamo riusciti a formarla in anticipo, suggerisco di non sprecare ulteriormente il tempo di questa corte. Il processo comincerà domani mattina», annunciò il giudice Ford.

«Siamo pronti, vostro onore. Il mio cliente non vede l'ora di dimostrare la sua innocenza in modo tale che il Dipartimento di polizia possa catturare il vero assassino», disse Carp.

Le sopracciglia del giudice schizzarono verso l'alto mentre gettava un'occhiata a Carp. Kane sapeva che gli avvocati di Solomon avrebbero colto ogni occasione per dire alla giuria che il loro cliente era innocente. Immaginava che alcuni giurati avrebbero cominciato a crederci, se l'avessero sentito abbastanza spesso.

La funzionaria del tribunale nominata responsabile della giuria li accompagnò fuori dall'aula uno per uno, fino a un freddo corridoio beige. Kane si piazzò dietro la donna con il maglione e si fermò. Un'altra funzionaria stava distribuendo ai giurati in fila la modulistica per riscuotere il compenso e vari opuscoli che fornivano consigli di buona condotta.

La donna con il maglione azzurro appoggiò la schiena al muro e fissò Kane con un sorriso falso, tendendogli la mano. Benché quel sorriso non avesse nulla di sincero, Kane percepì l'energia sconfinata e meschina emanata da quella donna. Sì, era il genere di signora che porta torte agli anziani solo per dire loro quanto dovrebbero esserle riconoscenti e quanta fatica abbia fatto a prepararle.

«Mi chiamo Brenda. Brenda Kowolski», disse.

Kane le strinse la mano e le disse il suo falso nome.

«È la prima volta che presto servizio in una giuria. Sono davvero emozionata. So che non possiamo parlare del caso, ma volevo soltanto dire a qualcuno quanto sia felice di poter restituire qualcosa alla città. Capisci cosa intendo? Prestare servizio in una giuria fa parte dei nostri doveri di buoni cittadini, secondo me.»

Lui annuì.

La funzionaria del tribunale consegnò un modulo e un opuscolo prima a Brenda e poi a Kane.

«Per qualsiasi domanda sul modulo chiedete pure a me. Non rimborsiamo né convalidiamo spese di parcheggio. Siete convocati per domani mattina alle otto e mezzo. Buona giornata», disse la funzionaria.

Kane prese l'opuscolo e il modulo e, allontanandosi, salutò Brenda con la mano. Era stata una lunga giornata. Molte cose erano andate per il verso giusto, eppure non faceva parte della giuria. Pensò di farsi dei tagli sulle braccia con uno dei suoi coltelli. Non per suicidarsi, ma per il semplice gusto di tagliarsi. Per sentire lo strano formicolio della punta della lama che lacerava lo strato superiore della pelle. Nessun dolore. Soltanto la sensazione di calore del suo stesso sangue sulla pelle.

«Ciao, ci vediamo domani, allora», disse Brenda.

Kane si fermò e si girò verso di lei. «Non se ti vedo prima io», disse con una strizzata d'occhio dopo essersi stampato un largo sorriso sulle labbra.

22

Per un lungo momento, né io né Harper sapemmo cosa dire. Se ciò che ci aveva appena raccontato Delaney era vero, Bobby Solomon era un uomo innocente. E Ariella e Carl erano vittime di un serial killer.

La stampa ci sarebbe andata a nozze.

Al pensiero, il mio battito accelerò. Avremmo potuto citare come teste Delaney e tutti i suoi fascicoli. Avrebbe potuto rifare quel giochetto con il dollaro, mostrando lo schema alla giuria. Era un'analista esperta e di alto livello dell'FBI, la carta giusta da giocare per rimettere in libertà Bobby. Avrei voluto chiamare subito Carp, ma qualcosa in un angolo della mia mente mi tenne fermo al mio posto. Non ancora. *Scopri di più*. Dovevo calmarmi, ma ero troppo elettrizzato. Harper non riusciva a togliersi quel sorriso dalla faccia. La sua chiamata aveva dato frutti. E che frutti.

«Possiamo dirti tutto, ma a un prezzo», dissi. «Il nostro cliente sarà processato questa settimana. Dobbiamo citarti come teste insieme ai tuoi fascicoli. Abbiamo bisogno che ripeta in tribunale quello che ci hai appena raccontato.»

«Temo che sia impossibile», rispose Delaney.

«Cosa?» replicò Harper. Poi sbatté il palmo della mano sul tavolo, facendo sussultare il portatile.

Sulle prime pensai che Delaney stesse soltanto facendo un po' di braccio di ferro. Lei aveva bisogno di informazioni da noi. Noi avevamo bisogno della sua testimonianza. Stavamo negoziando. Poi però mi resi conto che non stavamo affatto negoziando. Delaney non poteva riferire in aula ciò che ci aveva rivelato. E non c'era ordinanza del tribunale che potesse costringerla a testimoniare.

«Si tratta di un'indagine in corso, vero?» domandai.

Delaney storse le labbra e annuì.

«Non puoi parlarne in pubblico, e noi non possiamo costringerti a farlo. Sarebbe come andare dritto dal killer a dirgli cosa sapete e cosa non sapete», proseguii.

«Esatto. Ora, dovete dirmi di quale caso vi state occupando», insisté Delaney.

Non ci aveva dato niente. Nessun nome. Nessun dettaglio concreto. Soltanto qualche macchia di inchiostro su alcune banconote. Non era abbastanza. Ero sicuro che ci fosse sotto qualcosa di più. Qualche altro collegamento tra gli omicidi. Doveva esserci dell'altro oltre alle macchie d'inchiostro. Se anche Delaney avesse potuto testimoniare, ci sarebbe voluto qualcosa di più per convincere una giuria. In quel momento avremmo giusto potuto scrivere un buon titolo, non certo una storia.

«Non possiamo rivelare informazioni riservate su un cliente», dissi.

«Cazzate. Se il vostro caso è collegato alla mia indagine, allora sono la vostra maggiore speranza di far assolvere il vostro cliente. Nascondermi informazioni non è nel suo miglior interesse.»

«E cosa ci garantisce che aiuterai il nostro cliente?» replicai.

«Niente, ma non avete alternative.»

«No, siete voi a non avere altre piste recenti. Credevo che avessimo un accordo. Tu vuoi un nome. Noi ne vogliamo tre», dissi.

Delaney appoggiò i gomiti sul tavolo, si prese la faccia tra le mani e sospirò.

«Non posso farvi accedere ai miei fascicoli, ma posso lasciare questo disegno sul tavolo per sessanta secondi», disse.

Mi infilai la mano in tasca, tirai fuori un rotolo di banconote, ne presi una e cominciai a copiarvi i segni del disegno.

«Non posso mostrarvi i fascicoli sul caso Annie Hightower, Derek Cass o... come si chiamava l'altro?» disse scrutando il soffitto.

Afferrai il concetto.

«Non era Bobby Solomon, vero?» suggerii.

Lei abbassò la testa di scatto, a bocca aperta, e mi guardò dritto negli occhi. Mi parve di vederle tremare il labbro. Per un attimo dimenticò il nostro giochetto. Stava registrando il nome. Il peso di quel nome. E la luce dei riflettori che lo circondava.

Alla fine chiuse la bocca e scosse la testa. «No, non era lui. Karen Harvey. Ecco come si chiamava. Ma non posso farvi vedere niente di quei fascicoli.»

Finii di copiare i segni dello stemma sulla mia banconota. La piegai e la misi via. Poi infilai il portatile nella valigetta. Io e Harper ci alzammo a turno e stringemmo la mano a Delaney. Prima Harper. Fu uno scambio asciutto. Una stretta di mano formale, breve e professionale.

Delaney ci accompagnò fuori dalla sala riunioni e lungo il corridoio fino all'area accoglienza, poi si voltò e se ne andò. Mentre aspettavamo l'ascensore, studiai la mia banconota.

«Che diavolo di storia è mai questa?» disse Harper.

«Non ne ho idea. Se Delaney ha ragione, là fuori c'è un individuo malato. Che sta facendo una specie di gioco. Dobbiamo lavorare su questo fronte. Dobbiamo trovare un modo per convocare Delaney come testimone al processo di Bobby», risposi.

Harper spostò il peso da una gamba all'altra, si appoggiò una mano sul fianco e mi fissò con espressione confusa.

«L'hai sentita. L'hai detto tu stesso: non possiamo costringerla a testimoniare. È un'indagine in corso.»

Le porte dell'ascensore si aprirono, entrammo e Harper premette il pulsante per il piano terra.

«C'è un modo soltanto per costringerla a testimoniare», dissi.

«Forza, stupiscimi. Scommetto un dollaro che non funzionerà. Delaney non testimonierà mai sul suo caso.»

«L'unico motivo per cui non può testimoniare è che si tratta di un caso ancora aperto. Non dobbiamo fare altro che chiuderlo.»

Nessuno parlò durante il breve tragitto di ritorno verso lo Studio Carp.

Annie Hightower era stata trovata morta nel novembre 2001 nel soggiorno della sua casa di Springfield. Le era stata squarciata la gola. I suoi figli avrebbero dovuto trascorrere il fine settimana con il padre, Omar Hightower. In realtà si trovavano con la sorella di Omar, a due isolati di distanza dalla casa della madre. Omar aveva detto alla corte che poco prima aveva fatto fortuna vincendo una grossa scommessa calcistica. Quasi centomila dollari. Ne aveva persino dato notizia il quotidiano locale. Un po' di quei soldi li aveva spesi in droga, tanto che quel pomeriggio aveva perso il conto delle canne fumate. Sua sorella Cheyenne aveva trovato i bambini nella cucina di Omar, impegnati a giocare con il microonde, e così li aveva portati a casa sua in modo che Omar potesse smaltire gli effetti del fumo. Omar dunque non aveva nessun alibi per la notte dell'omicidio. Doveva a Annie quasi mille dollari di alimenti, e lei aveva assunto un avvocato per recuperarli. Sulla banconota trovata tra le dita dei piedi di Annie c'erano le impronte digitali di Omar. Pensai all'aquila sullo stemma. Alle frecce e ai rami d'ulivo stretti tra i suoi artigli. Durante il processo, il difensore di Omar aveva affermato che il suo cliente aveva dato dei soldi a Annie quella stessa settimana, e che l'assassino aveva usato una di quelle banconote per incastrare Omar.

La giuria non ci aveva creduto.

Un trafiletto del 2008 confermava che Omar era stato ucciso in prigione.

Il caso di Derek Cass era altrettanto lineare. Derek era sempre stato un uomo devotissimo alla famiglia. Sposato con tre figli, vendeva furgoni Transit nella concessionaria Ford di sua proprietà nel cuore di Wilmington. Ogni tanto doveva viaggiare per incontrare clienti e fornitori. Per strada, Derek diventava Deelyla. Nell'estate del 2010 era finito nei guai, nei panni di Deelyla, in un locale a una manciata di chilometri da Newark. Quando Pete Timson, custode part time di un parcheggio, aveva scoperto che la sventola con cui si era dato appuntamento era un uomo, non l'aveva presa molto bene, e aveva minacciato di strangolare Deelyla. Dopo averla seguita fino al suo motel, l'aveva uccisa nel letto – strangolandola, appunto – per poi lasciare sul comodino una banconota con le sue impronte. Alcuni testimoni confermavano che l'aveva minacciata. Caso chiuso.

«La vicenda di Karen Harvey. Come mai è un po' diversa?» disse Harper.

«Non ci sono ancora arrivato. In che senso è diversa?»

Muovendo il pollice sullo schermo per tornare all'inizio dell'articolo, Harper spiegò. «Non è come gli altri casi. Proprietaria di un ristorante di Manchester, New Hampshire. Poco meno di sessant'anni, divorziata, donna di successo. Morta in quella che sembra una rapina nel 1999. Uno sparo all'addome e poi due in testa, esplosi a distanza ravvicinata. Registratore di cassa danneggiato ma non aperto. L'unica cosa mancante era l'altra metà della banconota che Karen stringeva in mano quando era stata ritrovata. L'altra metà è stata poi rinvenuta nell'appartamento di Roddy Rhodes, bassista di una band locale. Tossicodipendente con una sfilza di condanne per rapina a mano armata. Grazie a una soffiata anonima, gli agenti della polizia locale hanno fatto irruzione nel suo appartamento, dove hanno trovato la banconota strappata e l'arma del delitto, una Magnum calibro 45. Sulla banconota non c'erano le sue impronte digitali, ma Rhodes si è preso comunque la colpa.»

«Ha patteggiato?»

«Omicidio di secondo grado. Esce tra venticinque anni.»

Pensai alle impronte di Bobby sulla banconota a forma di farfalla trovata nella bocca di Carl.

Holten accostò fuori dallo Studio Carp. Io e Harper scendemmo ed entrammo. Holten ci avrebbe aspettati all'ingresso. Mentre eravamo dai federali, Rudy mi aveva lasciato un messaggio sul cellulare per dirmi che la selezione della giuria era stata completata e che il processo sarebbe cominciato l'indomani. L'ufficio era in fermento. Segretarie, avvocati, assistenti – tutti sembravano su di giri e indaffarati.

In sala riunioni trovammo Rudy, Bobby e un altro uomo che mi dava le spalle e che avevo sperato di non vedere mai più. L'ultima volta che l'avevo incontrato era stato alcuni anni prima, quando mi aveva dato un paio di problemini con l'FBI. Lo riconobbi persino da dietro. Sì, avrei riconosciuto quell'orribile testa calva ovunque. Arnold Novoselic. La consulenza per la selezione della giuria era un gioco sporco. E Arnold giocava più sporco di tutti. Ero già rimasto coinvolto in uno dei suoi trucchetti in passato.

«Ciao, Arnold», dissi.

Lui si alzò, si girò e restò a bocca aperta quando mi vide. Non era cambiato di una virgola. Pesava ancora una ventina di chili in più del suo peso forma. Indossava ancora abiti scialbi. E veniva ancora pagato una fortuna per barare al gioco della giustizia.

«Leggi ancora il labiale dei giurati?» domandai.

Anziché rispondermi, scatenò la sua rabbia contro Rudy.

«Mi rifiuto di lavorare con quest'uomo. È... è...»

«Un imbroglione? Da che pulpito», commentai.

«Dateci un taglio. Subito. Arnold, siediti. Per favore. Eddie, Arnold è il nostro consulente per la selezione della giuria di questo processo. È un professionista di comprovata esperienza e ottiene risultati. Come ci riesca, non è un problema mio. E nemmeno tuo. Lasciagli fare il suo lavoro. Tu fai il tuo e andremo tutti d'amore e d'accordo. Non c'è tempo per bisticciare. Il processo comincia domani», disse Rudy.

Probabilmente Harry aveva premuto sull'acceleratore. Bene. Non vedevo l'ora di cominciare. Distolsi l'attenzione da Arnold e presentai Harper.

Rudy diede una pacca sulla spalla a Bobby e gli offrì una delle bottiglie d'acqua appoggiate al centro del tavolo. Lui la prese, la aprì e la scolò. Aveva appena avuto un assaggio del tribunale. Pur non essendo stato presente, capii che per lui quel processo cominciava a diventare reale. Sembrava nervoso, scosso. Con le spalle ricurve sul tavolo, stringeva forte la bottiglia vuota, torcendola.

Strappai una pagina da un bloc-notes e feci un breve elenco di oggetti che mi sarebbero serviti.

«Avete le idee più chiare sul caso adesso?» disse Rudy.

Io e Harper ci scambiammo un'occhiata. Decisi di partire io.

«Harper vi illustrerà ciò che abbiamo scoperto. A ogni modo sì, la situazione è un po' più chiara. C'è ancora parecchio lavoro da fare però. Se otterremo buoni risultati, potremmo vincere. Anzitutto ho bisogno che uno dei tuoi assistenti vada a fare compere», dissi allungando la lista a Rudy.

Lui la prese, e io osservai le sue sopracciglia avvicinarsi sempre di più a mano a mano che proseguiva nella lettura.

«C'è un sacco di roba strana qui sopra. Un telo di plastica largo tre metri? Sciroppo di mais? Ma che storia è mai questa, Eddie?» domandò Rudy.

«È complicato. In più riteniamo che possa esserci una pista su un altro sospettato. Harper è riuscita a farci parlare con un'analista dell'FBI. C'è un nesso tra questo caso e un'indagine federale attualmente in corso su un possibile serial killer. Non abbiamo ancora abbastanza informazioni. Il legame è tenue e lascia ancora spazio a un'infinità di dubbi, ma ci stiamo lavorando. Nel frattempo ho bisogno del tuo aiuto. Devi citare come teste un uomo di nome Gary Cheeseman. Più tardi ti darò l'indirizzo del suo posto di lavoro. Mettilo sull'elenco dei testimoni e consegnalo al procuratore distrettuale. E non preoccuparti, non dovrò chiamarlo. Mi serve soltanto che sia presente tra il pubblico.»

Vidi gli ingranaggi del cervello di Harper girare a tutta velocità mentre cercava di collocare quel nome. Non ci riuscì.

«Si può sapere chi è Gary Cheeseman?»

«Gary Cheeseman è il presidente di un'azienda chiamata Sweetlands Limited con sede nell'Illinois.»

«E cos'ha a che vedere con il nostro caso?» domandò Rudy.

«Niente. Proprio per questo è così perfetto. Fidati, Gary Cheeseman aprirà una grossa falla nella tesi dell'accusa.»

23

Erano quasi le sette di sera. La temperatura era scesa e, benché il suo respiro gli disegnasse nuvole davanti alla faccia, Kane aveva caldo. Nell'ora che aveva trascorso in un garage abbandonato a pulire a fondo uno Chevrolet Silverado si era fatto una bella sudata. Non aveva impiegato molto a forzare la serratura con un piede di porco, alzare la saracinesca, entrare con il pickup e richiudere. Cinque minuti. Al massimo. Sentiva tirare la ferita alla coscia.

Nell'angolo c'era un fusto arrugginito che il precedente proprietario usava per bruciare i rifiuti. Sopra c'era una bocchetta di alluminio. Kane tirò fuori un po' di benzina dallo Chevrolet, la versò nel fusto, accese un fiammifero e lo lasciò cadere.

Davanti al fusto incendiato, Kane si tolse la camicia e la lanciò tra le fiamme. Si controllò la tasca dei pantaloni e prese un solo dollaro, poi si sfilò anche quelli e li gettò nel fusto. Esaminò la banconota per un attimo prima di lanciarla tra le fiamme. Aveva dei vestiti nuovi in una borsa sul sedile posteriore del pickup. Non avrebbe potuto giurarci, ma gli parve di vedere una sfumatura verde tra le fiamme. Forse sul fondo del fusto c'era del rame o qualche sostanza chimica. Gli ricordò il Gatsby di Fitzgerald, che osservava la luce verde di là delle acque scure. Il sogno americano. Irraggiungibile, che si allontanava da lui a ogni crepitio delle fiamme.

Kane conosceva quel sogno. Sua madre ne parlava sempre. Aveva cercato di realizzarlo per tutta la vita, senza riuscirci. Proprio come aveva fatto lui prima di scoprire la verità. Il sogno americano non era la ricchezza. Era la libertà. La vera libertà.

Non gli piaceva sentire la gamba tirare in quel modo. Controllò la fasciatura, la allentò leggermente, buttò giù una doppia dose di antibiotico e si misurò la temperatura con un termometro digitale. Trentasette. Perfetta.

Per essere uno che non l'aveva mai provato, sapeva parecchie cose sul dolore. Aveva un'importante funzione fisiologica. Fungeva da sistema di allarme. Segnali mandati dal cervello per comunicare la presenza di un problema. Mal di testa, lesioni muscolari, infezioni. Se Kane non avesse monitorato attentamente il proprio corpo, avrebbe potuto distruggerlo.

Sentì vibrare il telefono usa e getta e rispose.

«Alcuni ragazzi hanno trovato il corpo che hai lasciato a Brooklyn e hanno chiamato la polizia. Non preoccuparti, ci vorrà un po' per identificarlo», disse la voce.

«Devo intervenire sulla tabella di marcia?» chiese Kane.

«Non collegheranno immediatamente il corpo alla convocazione per la giuria, forse non lo faranno mai. Era un idiota, un investigatore privato impegnato nel sociale. Ci sono parecchi sospettati e moventi migliori al momento. Però, prima riesci a sbrigare la cosa, meglio è. Ho saputo che ti sei dato da fare anche oggi pomeriggio. Forse dovresti darti una calmata.»

«Terrò a mente il consiglio», disse Kane.

Sentì l'uomo sospirare all'altro capo del telefono.

«Hanno diramato un avviso a tutte le unità dello Stato per il Silverado. L'hai ripulito? Hai cambiato la targa?»

«Certo. Tranquillo. Quella macchina non sarà mai rintracciata. Cos'hai sentito delle attività di oggi pomeriggio?»

«Conosco uno della Omicidi di quel distretto. Mi terrà

aggiornato. Io controllerò i microfoni nascosti. Se dovessero avere un colpo di fortuna, ti farò sapere.»

«Ci conto. Se scopro che mi stai nascondendo qualcosa... be', conosci le conseguenze», disse Kane.

24

Avevo bisogno di staccare un paio d'ore, giusto per lasciare che le cose dentro la mia testa si sbrogliassero. Finita la riunione allo Studio Carp, era chiaro che ne avevamo bisogno tutti. Tutti avevano prestato attenzione. Rudy, che in vita sua ne aveva sentite di cotte e di crude, di fronte a quella storia aveva inarcato un sopracciglio. Alla fine ci eravamo trovati d'accordo su un punto: non avevamo elementi a sufficienza per puntare il dito contro un serial killer sconosciuto. Neanche lontanamente. Ma Rudy aveva apprezzato gli altri miei argomenti, e aveva mandato un paio di assistenti in giro per Manhattan con la carta di credito aziendale e la mia lista della spesa. Non male. L'unico che non aveva aperto bocca durante la riunione era stato Bobby. Non riuscivo a capirlo. Per quasi tutto il tempo non aveva fatto altro che tenere lo sguardo fisso verso Times Square fuori dalla finestra. Quasi stesse cercando di riempirsi gli occhi il più possibile, come se sapesse che dalla cella in cui avrebbe trascorso i trenta o quarant'anni successivi, una vista del genere se la sarebbe sognata.

La riunione era terminata con l'accordo di rivedersi l'indomani, prima dell'inizio del processo, per riesaminare l'arringa d'apertura di Rudy alla giuria.

Avevo anche promesso ad Harper che l'avrei richiamata più tardi, dopo il suo appuntamento con Holten.

All'inizio non voleva ammettere che si trattasse di un appuntamento. Poi però aveva ceduto. «E va bene, è un appuntamento. So che non è propriamente professionale, ma insomma, chi se ne frega? Se a Rudy Carp non sta bene, be', sai che c'è, Rudy? Baciami il culo.»

«Devi smetterla con questo 'baciami il culo'. Holten si farà un'idea sbagliata», avevo detto.

Avevamo riso per qualche istante. Era stata una bella sensazione. Appena le porte dell'ascensore si erano aperte, mi era sembrato di essermi messo in spalla novanta chili di zaino. Eravamo di nuovo al lavoro.

«Sentirò qualche amico della polizia locale. Joe ha parecchie conoscenze. Io vado più d'accordo con i poliziotti che con i federali, quindi mi attaccherò al telefono con loro. Sceriffi, vicesceriffi, detective. Messi insieme, coprono quasi metà degli Stati Uniti. Voglio mandare a tutti i dettagli della banconota, per vedere se salta fuori qualcosa», aveva detto Harper.

Mi squillò il telefono. Christine.

«Ciao, senti, sono in città. Sono venuta per vedere alcuni vecchi amici. Non ho voglia di mettermi a cucinare una volta arrivata a casa. Ti va di mangiare cinese?»

«Certo. Non sapevo che saresti venuta a Manhattan.»

«Oggi non ho lavorato, così ho deciso di andare a trovare alcuni amici. Non sono tenuta a comunicarti i miei spostamenti, Eddie.»

«Scusa, non intendevo questo. Io... per la cena va bene. Pensavo soltanto che avrei visto Amy stasera», dissi.

«Be', dovrai accontentarti di me. Solito posto? Tra un'ora?»

Sapevo che non era il caso di discutere. Era perlopiù Christine a stabilire quando potevo passare del tempo con Amy, e io non me la sentivo di litigare sulla questione. No, avrebbe soltanto peggiorato le cose. Quella sera dovevo farle una buona impressione. Finalmente avevo trovato un modo di lasciarmi alle spalle la vita che avevo vissuto fino a quel momento. Un lavoro stabile con Rudy. Niente più casi pericolosi. Niente clienti psicotici. Nessun motivo di temere che qualche pazzo potesse prendere di mira la mia famiglia per arrivare a me. Era ciò che Christine aveva sempre desiderato per noi. E ciò che avevo sempre desiderato anch'io.

«Certo, ci vediamo lì», dissi.

Avevo tempo di recuperare la macchina. Non volevo lasciarla ancora al deposito, e avevo programmato di recuperarla quella sera per andare a cena con Amy e Christine a Riverhead.

Fermai un taxi e partimmo in direzione nord. All'ora di punta. Fino al Pier 76. Il deposito auto rimosse di Manhattan. Andai allo sportello, mostrai il biglietto all'impiegato e pagai la multa, dopodiché lui mi consegnò le chiavi, un numero di parcheggio e una mappa. Quando finalmente trovai la Mustang, c'era ancora il sacchetto del McDonald's sotto il tergicristallo. Lo strappai, lo lanciai sul sedile posteriore e maledissi il detective Granger.

Stronzo.

Mezz'ora dopo ero sulla mia macchina diretto verso Chinatown. Dopo aver parcheggiato, corsi per due isolati fino a Doyers Street. Il Nom Wah Tea Parlor non sembrava granché da fuori. Non che una volta entrati migliorasse. Panche rosse di vinile, tavoli in formica. Come una tavola calda, con l'unica differenza che su un piattino laterale, al posto di coltello e forchetta, c'erano delle bacchette. Non aveva niente di speciale, a parte l'ottimo cibo e la sua storia. Chinatown era cresciuta proprio intorno a quel locale, che aveva aperto i battenti nel lontano 1920. I loro ravioli e il loro *dim sum* non avevano eguali in città.

Ero in ritardo. Christine, già seduta, aveva ordinato del tè. Non sorrise quando arrivai. Si limitò ad agitare le bacchette, poi tornò a concentrarsi sui ravioli e sulla salsa di soia. Dal momento che avevo corso per una parte del tragitto, ansimavo un pochino. Mi sentii un nodo allo stomaco, e mi resi conto di essere nervoso. Volevo dirle del lavoro allo Studio Carp, ma non sapevo come fare. Avevo la bocca secca e la stessa sensazione che avevo provato al nostro primo appuntamento: paura. Quando l'avevo conosciuta sapevo che era una donna speciale e che non potevo mandare tutto a ramengo. Be', fino a quel momento ci ero riuscito piuttosto bene. Quella era la mia ultima occasione.

Christine si era tagliata i capelli. La dolce chioma castano scuro che mi era tanto familiare si era trasformata in un caschetto. Sembrava diversa. Un po' più abbronzata rispetto al solito. Mi sedetti di fronte a lei e il cameriere mi portò una birra senza che glielo chiedessi.

«Mi è giunta voce che hai ricominciato a bere», disse Christine.

«Ferma un attimo, mi dispiace per il ritardo. E non sono stato io a ordinare la birra. L'hai fatto tu.»

«Me l'ha detto Harry. Secondo lui è tutto sotto controllo. Crede che sia meglio se bevi un drink ogni tanto, quando può tenerti d'occhio, anziché strapparti le unghie al pensiero che non berrai più un solo goccio», disse come se niente fosse tra un morso e l'altro di ravioli pallidi.

Alzai le mani in segno di resa.

«Ciao, scusa per il ritardo. Possiamo ricominciare?»

Christine bevve un sorso di tè, si appoggiò allo schienale e si pulì le labbra con un tovagliolo. Mi fissò. «Sono soltanto un po' nervosa oggi. Come vanno le cose?» disse agitando la mano.

Le raccontai del caso Solomon. Sulle prime si arrabbiò. Vidi le sopracciglia aggrottarsi e il collo cambiare colore. Conoscevo benissimo tutti i suoi tic, anche quelli più piccoli.

«Credevo che volessi darti una calmata. Stare alla larga dalla luce dei riflettori. Casi del genere portano attenzione. E sappiamo tutti che di solito si tratta di un genere di attenzione pericolosa», commentò.

Aveva ragione. Era esattamente il motivo per cui non stavamo più insieme. Il mio lavoro portava guai. E io tenevo troppo alla mia famiglia. Se fosse successo qualcosa di brutto a Christine o Amy per colpa mia, non so cosa avrei fatto. L'avevamo già scampata per un soffio in passato. E nostra figlia ne aveva sofferto.

«Non è un caso pericoloso. E poi mi ha dato un'opportunità. Tra un attimo ti racconto, ma non mi hai ancora detto come sta Amy. Voglio sapere tutto.»

«Sta benissimo, Eddie. La verifica di matematica che la preoccupava tanto è andata bene. Si è fatta un nuovo amico al club di scacchi, ma non c'è niente di più. Per adesso. È felice, e Kevin sembra piacerle...»

Kevin. Christine era diventata molto intima con il proprio capo. Lui l'aveva aiutata a sistemarsi a Riverhead, presentandola alla *crème* della città. Aveva persino fatto qualche lavoretto manuale nel suo appartamento. Io non l'avevo mai conosciuto, ma non mi sarebbe dispiaciuto fare qualche lavoretto manuale sulla sua faccia.

«Bene, sono contento. E Amy legge ancora tanto?»

«Tutte le sere. Ha addirittura finito un paio di quei romanzetti gialli che ti ostini a regalarle.»

Annuii. Mi faceva piacere. Ero pronto a scommettere che Kevin invece leggesse codici di procedura penale e saggi sulla storia dell'aria condizionata. Io e Amy avevamo sempre avuto gli stessi gusti in fatto di libri.

Cominciai a mangiare, ignorando la birra. Stavo prendendo tempo, cercando di raccogliere il coraggio per parlare della nostra relazione. Ci eravamo allontanati da parecchio ormai. Dopo un po' si smette di discutere di come rimettere a posto le cose, è semplicemente troppo doloroso. Ma la mia vita stava per cambiare. Era l'occasione giusta per riaggiustare le cose. Un lavoro come quello allo Studio Carp era ciò che io e Christine avevamo sempre desiderato. Stabilità, sicurezza, e io sarei potuto tornare a casa tutte le sere a cena senza domandarmi chi avrebbe buttato giù a calci la porta d'ingresso.

Non sapevo come dirlo. Il cibo mi nauseava e cominciavo a sentirmi la fronte imperlata di sudore.

«Ho trovato un lavoro», dissi di punto in bianco. «Allo Studio Carp. Cause tranquille, qualcosina di penale. Niente di pericoloso. Niente di controverso. Un lavoro con orari regolari e ben retribuito. Sono fuori, Christine. Quello di Solomon sarà l'ultimo caso grosso. Vorrei che tu e Amy tornaste. Potremmo riprendere la nostra vecchia casa nel Queens...»

I suoi occhi cominciarono a riempirsi di lacrime e il suo labbro prese a tremare.

«O magari potremmo trovarci una nuova casa. Un nuovo inizio. Adesso posso mantenervi. Non dovrai lavorare. Potrebbe essere come abbiamo sempre sognato. Potremmo tornare a essere una famiglia.»

Christine si asciugò una lacrima dalla guancia e poi mi lanciò contro il tovagliolo.

«Ti ho aspettato, mentre tu ti cacciavi in un casino dietro l'altro. Prima l'alcol, poi la disintossicazione. Ho aspettato. E tutti quei casi, Eddie. Hai fatto una scelta. Siamo finite nel mirino non so più quante volte per colpa del tuo lavoro. E adesso che dici che qualcosa è cambiato dovrei tornare di corsa da te?»

«Non è così. C'erano persone che venivano da me perché avevano bisogno di aiuto. Non potevo mandarle via. Che genere di uomo sarei stato se avessi lasciato che tutta quella gente finisse in prigione? Non avrei potuto guardarmi allo specchio se fossi scappato come un coniglio. Non è stata una scelta. Mai. Non per me.»

«Invece io una scelta ce l'ho. Non volevo questa... questa vita. Non voglio un marito che deve stare lontano dalla sua famiglia per timore che qualcuno possa farle del male. Ci ho provato, Eddie. Ho aspettato. Ma adesso sono stufa di aspettare.»

«Non devi più aspettare. Te l'ho detto, ho un lavoro. Un lavoro sicuro. Possiamo tornare a essere quelli di un tempo.»

«Non si può più tornare indietro. Ci ho riflettuto. Volevo che stasera venissi da noi per vedere Amy, ma oggi pomeriggio ho capito che dovevo dirtelo e basta. Senza più nascondermi. Così ho deciso di incontrarti qui in modo che Amy non dovesse assistere a questa scena. Mi sono stancata, Eddie. Mi sono stancata di aspettare. Io e Kevin abbiamo cominciato a frequentarci. Vuole che ci trasferiamo da lui.»

In quel momento non ero seduto a un tavolo con Christine. Non ero in una sala da tè. Non ero nemmeno a Chinatown. In quel momento le mie paure e l'incubo ricorrente che mi tormentava da mesi divennero reali. Nell'incubo mi trovavo ai piedi dell'Empire State Building. All'Osservatorio, ottantasei piani più in alto, Christine tirava fuori la fede dalla borsa e la lanciava oltre il parapetto. Io ero sdraiato sul marciapiede, e sapevo che l'anello stava cadendo, sempre più velocemente. Un cerchio d'oro che precipitava verso di me. Lo vedevo avvicinarsi. Non riuscivo a muovermi. Non riuscivo a respirare. Non potevo fare altro che affondare le unghie sul lastricato sotto di me e prepararmi all'impatto.

Poi, quando l'anello mi colpiva al petto, mi svegliavo.

In quel momento però il dolore fu reale. Un dolore enorme, sordo, che mi tolse il respiro. E sapevo che sarebbe successo. Proprio per questo era ancora più terribile.

«Non...»

«Eddie, ho preso la mia decisione. Mi dispiace», disse. La sua voce era diventata fredda.

«Mi dispiace, mi dispiace moltissimo. Sarà tutto diverso. Questo nuovo lavoro...» Ma le parole mi morirono in gola. L'avevo già persa. Dentro di me si destò qualcosa. Il dolore che avevo annegato con l'alcol tornò in tutta la sua potenza. E mi diede la forza di lottare.

«Non ti ama come me», dissi.

Christine contò alcune banconote, le appoggiò sul tavolo e tenne la mano sospesa lì sopra per un momento. Stava esitando, ma non sul conto. Io non avevo il coraggio di aprire bocca. Sapevo che una parte di lei mi amava ancora. Avevamo condiviso troppe cose. Christine sbatté rapidamente le palpebre e scosse la testa. Si alzò, scivolò fuori dalla panca e disse: «Kevin mi ama. Lo so. Si prenderà cura di Amy. E di me. Non chiamare, almeno per un po'».

Quando fece per andarsene, la mia mano sgusciò fuori. In fretta. Le afferrai il polso. Lei si fermò. Una mossa stupida. La lasciai andare.

Ascoltai il ticchettio dei suoi tacchi sul pavimento mentre usciva. Un suono sempre più flebile man mano che si allontanava. Guardai la birra sul tavolo davanti a me. Una Miller. Fredda. Dorata. Gocce di condensa che scivolavano lungo la bottiglia. La volevo. E poi ne volevo altre dieci, seguite da vodka, whisky e qualunque altra cosa potesse aiutarmi a soffocare il dolore. Presi la bottiglia in mano e me la avvicinai alle labbra gettando un'occhiata ai soldi che Christine aveva lasciato sul tavolo.

Sopra le banconote c'era un anello d'oro.

Riappoggiai la bottiglia sul tavolo. Mi massaggiai le tempie. Mi sembrava di avere un treno merci che sfrecciava attraverso ogni singola vena.

Mi alzai, presi l'anello e me lo infilai in tasca.

I piedi mi portarono alla macchina. Non alzai lo sguardo per tutta la strada fino al parcheggio. Nemmeno una volta. E quando salii a bordo e avviai il motore, non ricordavo nemmeno di essere uscito dal ristorante. Avevo la nausea. Come se avessi ingoiato un palloncino gonfio di cui non riuscivo a liberarmi.

Il viaggio di ritorno parve avvenire nello stesso modo: imboccai 46th Street senza nemmeno sapere come avessi fatto ad arrivarci o per quanto tempo avessi guidato. Parcheggiai fuori dal mio ufficio e scesi dalla macchina. Con le chiavi che sbatacchiavano nella tasca del cappotto, mi incamminai verso i gradini che portavano al mio ufficio. Testa china. I miei respiri erano banchi di nebbia fredda che cadevano verso il basso.

Non vidi il detective Granger fino a quando non mi spintonò all'indietro.

Incespicai, ma riuscii a non perdere l'equilibrio. Sentii un rumore di portiere che sbattevano. Tante. Mi guardai intorno. Tre uomini ben piazzati alla mia sinistra. Due alla mia destra. Uno di quelli sulla destra aveva in mano un manganello. Granger fece un passo indietro, su per i gradini, tenendomi d'occhio. Mi stavano aspettando. E mi bastò uno sguardo, ancora prima di vedere il manganello, per capire che erano poliziotti. Si trattava del loro portamento, dei loro vestiti. Levi's e Wrangler. Scarponcini. Camicie infilate nei jeans e giacche larghe per nascondere le fondine.

Io ruotai le spalle per togliermi il cappotto pesante. Sarà stato il vento freddo, o la paura che mi inondò di adrenalina come se fosse crollata una diga, ma cominciai a tremare. Il pugno chiuso non voleva saperne di stare fermo.

Un'esplosione di vetro alle mie spalle. Quando sentii alcuni frammenti sulla schiena, capii che uno degli uomini stava prendendo a manganellate la mia macchina.

La voce di Granger era quasi cordiale. Aveva aspettato quel momento per quarantott'ore, e non riuscì a mascherare la soddisfazione nelle tre parole che pronunciò.

«Non in faccia», disse.

Figlio di puttana.

Non rimasi ad aspettare. Sarebbe successo. Avrei potuto scappare, ma sapevo sia che non sarei andato troppo lontano sia che non volevano uccidermi. Se avessi tagliato la corda, però, avrebbero potuto farlo. Un colpo alla schiena. Un sospettato che non aveva obbedito all'ordine di fermarsi.

Succedeva di continuo. Benvenuti a New York.

Il poliziotto a capo del gruppo alla mia destra fece un passo avanti. Un bestione. Capelli corti, occhietti piccoli e scuri. Baffi folti e collo inesistente. Pugni che ricordavano due sacche piene di monete. Mi superava di una decina di centimetri in altezza e di un'altra decina abbondante in allungo. Senza dubbio il più grosso del branco. Un vero osso duro.

Portò indietro il pugno destro, spingendo il gomito dietro la spalla come se stesse per piantare quel braccio tozzo addosso a un sospettato. I suoi occhi si rimpicciolirono ancora di più mentre storceva la faccia come in un ringhio, scoprendo i denti serrati. Gli altri erano rimasti indietro a guardare la scena.

Lo vidi piegare le ginocchia. Quel pugno era diretto al mio plesso solare. Un colpo poderoso, che mi avrebbe messo fuori gioco. Gli altri si sarebbero divertiti con la mia cassa toracica, le mie ginocchia e le mie caviglie. Mezz'ora dopo avrebbero riso dell'accaduto scolandosi birre fredde. Dando pacche sulla schiena a Granger. Rivivendo il momento in cui mi avevano dato una lezione che non avrei mai dimenticato.

Non quella sera. Assolutamente no.

Feci un passo indietro proprio mentre il bestione assestava il pugno. Sarà anche stato grosso, ma la velocità non era il suo forte. Per la verità non importava. I muscoli avrebbero fatto il loro dovere. Non serviva essere un fulmine quando c'era così tanta potenza dietro un pugno.

Fortuna che mi ero allenato al punching ball sei giorni a settimana per sei anni nella palestra di pugilato irlandese più tosta di tutto Hell's Kitchen, che più o meno equivaleva a dire la palestra di pugilato più tosta di tutta New York.

Il mio braccio destro scattò in fuori, veloce come un lampo. Un gancio sferrato senza prendere la mira mentre indietreggiavo per spostarmi fuori portata. Il bestione non lo vide nemmeno. Non mossi i fianchi né caricai il pugno. Non era necessario. Avevo avuto il tempo di mettermi in posizione e mi bastò. Il grosso pugno era un bersaglio facile. Sapevo dov'era diretto e quanto sarebbe stato forte e veloce. Avevo tenuto il braccio alzato, come se mi stessi preparando per un pugno contro pugno di saluto tra amici. Ma non avevo nessuna intenzione di essere amichevole. Tenni il polso leggermente rivolto verso il basso, disegnando una linea retta tra la nocca centrale e il gomito. Una base solida di ossa con l'angolatura perfetta per assorbire l'impatto senza danni.

I danni sarebbero stati tutti nella direzione opposta. La nocca del dito medio si conficcò nel suo quinto metacarpo: la nocca del mignolo, che produsse un rumore orribile. Era come se quell'omone avesse sbattuto il mignolo contro l'angolo di un muro di mattoni mentre cercava di mollarmi un pugno. Il rumore di ossa frantumate, legamenti strappati e fratture che si moltiplicavano fino al polso dell'omone arrivò alle orecchie di tutti i poliziotti. Era come sentire una mazza che sbatteva contro un sacchetto di noccioline.

Il bestione si portò la mano rotta alla faccia per proteggersi, ma si fermò di colpo, travolto dallo shock. Dopodiché toccò a me travolgerlo.

Feci un passo avanti e gli sferrai un montante sinistro alle costole con tutta la mia forza. Il pugno fu così potente che lui si rannicchiò su se stesso sul marciapiede. Mi voltai di scatto, pronto a vedermela con il successivo.

Troppo tardi. Ancor prima del colpo, udii il tonfo del manganello sul lato della mia testa. Il selciato schizzò verso di me e io allargai le mani per frenare la caduta. Un cerchio d'oro mi danzò davanti agli occhi: la fede di Christine mi era uscita dalla tasca. Sentii un tintinnio sordo mentre rimbalzava per terra. Allungai la mano nel tentativo disperato di prenderla. Stavo per schiantarmi di faccia accanto all'anello, ma non atterrai sul marciapiede. L'anello divenne sfocato, vorticò davanti ai miei occhi e scomparve.

Prima di sbattere contro i mattoni, ero già svenuto.

25

La luce puntata negli occhi mi faceva un male cane. Era come avere un punteruolo da ghiaccio conficcato nel cranio. La luce si spense e mi si annebbiò la vista. Mi sentivo le gambe fredde, bagnate. Anche la camicia. Ero sdraiato su un divano, con una figura che incombeva su di me. La torcia mi illuminò di nuovo gli occhi, così li chiusi, ma alcune dita li costrinsero a riaprirsi. Quando la luce mi colpì prima in un occhio e poi nell'altro, imprecai.

« Sai, Eddie, comincio a pensare che la carriera di avvocato non faccia propriamente al caso tuo », disse Harry Ford.

Spense la luce e fece un passo indietro. Ero sul divano del mio ufficio.

« Dietro la testa hai un bernoccolo grande quanto un uovo. Devi avere almeno una costola rotta. Le tue pupille sono reattive e di uguali dimensioni. Non hai vomitato. Niente sangue dal naso o dalle orecchie. Ti sembrerà di esserti beccato lo zoccolo di un cavallo in testa e potresti avere una lieve commozione, ma a parte questo, sei conciato da far schifo tanto quanto ieri. »

Harry aveva cominciato la sua carriera come medico in Vietnam, a sedici anni. Il documento di identità falso che aveva usato per arruolarsi dichiarava che ne aveva ventuno. In breve tempo aveva scalato i ranghi e poi aveva detto addio a un'onorevole carriera nell'esercito per avviarne una più gratificante al servizio della legge. Era l'unico giudice di mia conoscenza in grado di smontare e riassemblare un M16 con una bottiglia di whisky nello stomaco.

« Quante sono queste? » domandò Harry alzando tre dita.

« Tre », risposi.

« Che giorno è oggi? »

« Martedì. »

« Chi è il presidente degli Stati Uniti? »

« Uno stronzo. »

« Risposta esatta. »

Cercai di sedermi, ma la stanza cominciò a girare. Riappoggiai la testa e stabilii che non avevo poi tanta fretta.

« Dove mi hai trovato? » chiesi.

« Qui fuori. Una grossa Escalade nera mi ha tagliato la strada mentre entravo nella via. Sembrava un'auto in fuga. Ho parcheggiato e ti ho trovato. Stavo per chiamare il 911, ma poi ti ho dato una controllata e mi è sembrato che fosse tutto a posto. Ricordi di avermi parlato sulla strada? »

« No. Cosa ti ho detto? »

« Mi hai chiesto di cercare questo. »

Harry aveva una fede d'oro in mano.

Stavolta riuscii a sedermi. Il fianco mi stava uccidendo. Harry posò l'anello sul tavolo e prese due grosse tazze. Vidi una bottiglia di scotch sul tavolo, ancora dentro il sacchetto di carta marrone.

« Grazie, Harry. »

« Ci mancherebbe. Mi ha telefonato Christine per dirmi cos'era successo. Ti spiace spiegarmi come hai fatto a finire a faccia in sotto per strada? Sei rimasto coinvolto in una rissa in un locale o qualcosa del genere? »

« È complicato », risposi.

« Sarei deluso se così non fosse. Sul serio, però. Si può sapere cos'è successo? »

« Sono stato aggredito da un branco di poliziotti. Avevo fatto incazzare un detective di nome Granger. Non l'ha presa troppo bene. Deve aver ricevuto una soffiata dal deposito delle auto rimosse. Una volta saputo che ero andato a recuperare la macchina, si è piazzato fuori dal mio ufficio con un gruppo di poliziotti e mi ha aspettato.»

«Non mi piace quello che sto sentendo. Dovresti parlare con...»

«Con chi? Un poliziotto? Me la sbrigo io», lo interruppi.

Harry ruppe il sigillo dello scotch e ne versò un po' a testa. A ogni respiro, dal fianco mi saliva una scarica di dolore fino alla sommità del capo, già dolente di suo. Presi la tazza con lo scotch, la portai alla bocca e la riappoggiai sul tavolo, vuota. Harry la riempì di nuovo. Vuotai anche quella e lui me ne versò un'altra.

«Vacci piano», disse.

Mi appoggiai al divano e chiusi gli occhi. Lasciai che il mio cervello si calmasse. Sapevo di essere a un passo dal limite. Il mio matrimonio era andato a catafascio e il mio corpo l'aveva seguito a ruota. Se non avessi ripreso il controllo della mia mente sarei impazzito. Dopo qualche minuto il dolore alla testa si attenuò. Quello al fianco neanche lontanamente. Immaginavo che Granger se la fosse fatta sotto quando mi ero beccato il manganello in testa ed ero caduto. Volevano menarmi, non uccidermi. Un calcio ben assestato alle costole e Granger avrebbe richiamato i suoi uomini. Benché non mi sembrasse così vero, sapevo di essere stato fortunato.

Avevo una foto di Amy e Christine nel portafoglio. Avrei voluto tirarla fuori e guardarla, e poi distruggere il mio ufficio.

Invece bevvi altro scotch. Dovevo mettermi a lavorare sul caso Solomon. Dovevo relegare Christine in un angolo della mia mente. Almeno per il momento. Poi, quando fossi riuscito a riprendere fiato dopo il processo, la ferita sarebbe stata meno fresca, meno dolorosa. Avevo bisogno di tempo. *Lei* aveva bisogno di tempo. Aveva esitato a lungo prima di appoggiare quell'anello sopra le banconote al ristorante. Forse, forse avrei potuto farle cambiare idea. Forse c'era ancora una possibilità di farla tornare con me. Dovevo crederci. Ci credevo. Ma avrei dovuto aspettare la fine del processo. Il processo. Lentamente, alzai la testa e aprii gli occhi.

«Non dovresti essere qui. Il procuratore distrettuale andrebbe su tutte le furie se lo sapesse.»

«Miriam Sullivan sa dove mi trovo. L'ho chiamata prima di venire. Tu e io non parleremo del caso, e visto che non sei ancora comparso in veste ufficiale davanti alla corte, non c'è nessun problema ufficiale. Anche lei ha affrontato un divorzio. Capisce la situazione e non ha nulla in contrario. E non permetterà nemmeno ad Art Pryor di alzare un polverone per questa storia. Ma non preoccuparti di questo. Vuoi parlare di Christine?»

Non volevo. Non riuscivo.

«Miriam ha fatto arrivare addirittura Art Pryor per questo processo?» dissi dopo un po'.

«Sì. L'hai mai incontrato?»

«No, conosco soltanto la sua reputazione.»

Considerato che gli uffici dei procuratori distrettuali erano completamente sommersi di lavoro, distogliere i migliori viceprocuratori dalle loro consuete occupazioni per assegnarli a un caso enorme e complicato poteva avere risultati catastrofici. Quei poveretti non potevano certo gestire le loro pratiche e dedicare il tempo necessario a un processo importante. Quindi i casi erano due. O l'ufficio assumeva altro personale, oppure tirava faticosamente avanti rassegnandosi all'idea di perdere molte cause soltanto per non avervi dedicato l'attenzione necessaria. Questo anche se l'impianto d'accusa era solido. E poi, quando un viceprocuratore distrettuale compiva un miracolo vincendo una causa importante, nel giro di pochi anni quello stesso viceprocuratore decideva di candidarsi e prendeva il posto del procuratore distrettuale.

L'unica alternativa era coinvolgere un lupo solitario. Art

Pryor era uno dei migliori. Era autorizzato a esercitare in circa venti Stati. Si occupava soltanto di processi per omicidio, rappresentava sempre l'accusa e vinceva sempre. Art andava ovunque lo chiamassero, per il giusto prezzo. Il procuratore distrettuale poteva lasciare che tutti gli altri avvocati si dedicassero al loro lavoro ordinario. Soltanto un paio di loro avrebbero assistito Art, il quale avrebbe ottenuto un verdetto di colpevolezza, si sarebbe messo in testa il cappello e se ne sarebbe andato per occuparsi del grosso caso successivo senza rompere le uova nel paniere a nessuno. Ed era anche bravo. Art era un maestro dei procedimenti lampo.

Nei processi per omicidio, per quasi tutti gli avvocati dell'accusa era prassi intasare il banco dei testimoni convocando un esercito di poliziotti, profiler, analisti della Scientifica e periti. Se un poliziotto si era fermato sulla scena del crimine per portare delle ciambelle ai suoi colleghi che non facevano una pausa da quattro ore, si poteva scommettere fino all'ultimo centesimo che il procuratore distrettuale avrebbe chiamato quel poliziotto a testimoniare.

Art Pryor era l'opposto. Una decina di anni prima si era occupato di un processo per omicidio nel Tennessee. Il processo sarebbe dovuto durare sei settimane, ma Art aveva portato a casa un verdetto di colpevolezza in quattro giorni. Aveva citato soltanto testimoni essenziali e non li lasciava mai sul banco troppo a lungo. Secondo molti avvocati era una pratica rischiosa, eppure per Pryor funzionava sempre.

Il primo a parlarmi di quel caso era stato un giovane avvocato che mi aveva detto di voler cercare di imitare lo stile di Pryor. Lo definiva un rivoluzionario. Cogliendo l'idea di nobiltà di intenti che si era fatto quel ragazzo, mi ero visto costretto a disilluderlo. Pryor riceveva un onorario fisso. Che il processo durasse sei mesi o sei ore, la somma che intascava era la stessa. Perché lavorare per sei mesi quando si poteva guadagnare altrettanto vincendo nella metà del tempo?

Art Pryor non era uno che dettava mode in aula. Era soltanto un uomo d'affari.

«So che Art ha la fama di far innamorare le giurie. Merito del suo accento meridionale. I newyorkesi ne vanno matti. Ma non farti fregare. Pryor potrà anche recitare la parte del contadinotto saggio, ma sa essere devastante. Non posso parlare delle prove del caso, ma fatti raccontare da Rudy come ha fatto Pryor oggi a sbarazzarsi di uno dei giurati. È un vero professionista», disse Harry.

Bevvi un altro sorso. Il dolore si stava attenuando. Harry prese la tazza vuota e la portò via.

«È più che sufficiente per stasera. Ricorda il nostro accordo: sono io a decidere quando è ora di smettere.»

Annuii. Harry aveva ragione. Qualche drink potevo gestirlo, ma soltanto in sua presenza. Di colpo non stavo più pensando al whisky, ma soltanto a Pryor.

«È più bravo di me?» domandai.

«Immagino che lo scopriremo», rispose Harry.

MERCOLEDÌ

26

Kane non riusciva a dormire.

Era troppo agitato. A un certo punto, dopo le quattro, aveva alzato bandiera bianca e si era allenato per due ore.

Cinquecento piegamenti sulle braccia.

Serie infinita di addominali.

Venti minuti di stretching.

Si mise davanti allo specchio e scoprì di avere la testa e il petto coperti di sudore. Studiò senza fretta il proprio riflesso. Dei chili che aveva messo su doveva semplicemente farsene una ragione. Non aveva senso dispiacersene. Dopotutto stava recitando una parte. Aveva bicipiti d'acciaio, forti. A causa della sua malattia, per lui sollevare pesi non comportava alcuna fatica o dolore. Aveva un'alimentazione sana e si allenava intensamente tutti i giorni. Nel giro di pochi anni aveva sviluppato un fisico adatto ai suoi scopi. Forte, snello e in forma. All'inizio le smagliature sul petto lo infastidivano; la sua massa muscolare aumentava così in fretta che la pelle non riusciva a tenere il passo. Con il tempo però aveva imparato ad amarle. Servivano a ricordargli le sue conquiste.

Guardandosi il petto, si massaggiò la cicatrice più recente. Un taglio di poco più di un centimetro sopra il pettorale destro. La cicatrice era ancora violacea, in rilievo. Altri sei mesi e il colore sarebbe sbiadito, come era successo alle altre. Il ricordo del taglio era ancora vivido e gli fece spuntare un sorriso sulle labbra.

Kane aprì le tende e volse lo sguardo verso la notte. L'alba cominciava a minacciare il cielo. Per strada non c'era anima viva. Le finestre dei palazzi di fronte erano ancora buie e silenziose. Chinandosi, aprì il fermo e spalancò la finestra. L'aria gelida lo investì come un'onda fredda dell'Atlantico. La stanchezza della notte insonne lo abbandonò all'istante. Fu percorso da un brivido. Non sapeva se fosse per il vento ghiacciato o per il senso di liberazione che gli diede starsene lì, nudo, davanti alla città. Lasciò che New York lo vedesse con le sue vere sembianze. Niente trucco, niente parrucche. Soltanto lui. Joshua Kane.

Per un lungo periodo aveva fantasticato di rivelare al mondo la sua vera identità. Sapeva che non era mai esistito nessuno come lui prima di allora. Aveva studiato testi di psicologia e psichiatria, persino trattati sulle malattie neurologiche, ma il suo profilo non rientrava mai in una casella ben definita. Non sentiva voci, non aveva visioni. Non c'erano schizofrenia, paranoie o violenze subite durante l'infanzia.

Uno psicopatico, forse? Kane non provava sentimenti per nessuno. Non conosceva l'affinità con gli altri o l'empatia. Nella sua mente infatti non ce n'era bisogno. A lui non serviva provare sentimenti per gli altri perché lui era diverso. Era superiore a tutti. Era speciale.

Ricordava che anche sua madre glielo diceva.

«*Sei speciale, Josh. Sei diverso.*»

Quanto aveva ragione, pensò.

Era unico.

Ma non l'aveva vissuta sempre bene, quell'unicità. Non era stato facile arrivare a esserne orgoglioso. Non riusciva a integrarsi. A scuola, per esempio, se non fosse stato per il suo talento con la mimica e le imitazioni, non sarebbe mai riuscito a cavarsela. Era stata la sua interpretazione di Johnny Carson a procurargli un appuntamento per il ballo del diploma con una ragazza carina dai capelli castani di nome Jenny Muskie. Era graziosa, persino con l'apparecchio. Jenny era spesso assente da scuola perché soffriva di tonsillite. Quando tornava in classe dopo essere stata malata per un periodo, spesso aveva ancora la voce roca, il che le era valso il soprannome di Jenny Cornacchia.

La sera del ballo, con un frac preso a noleggio, Kane era rimasto ad aspettare davanti a casa di Jenny sull'auto di sua madre. Si era trattenuto lì a lungo con il motore acceso, cercando di resistere all'impulso di andarsene e basta. Pur non conoscendo il dolore fisico, sapeva benissimo cosa significava provare timore e imbarazzo, sentirsi timidi e impacciati. Sì, erano tutte cose che conosceva fin troppo bene. Alla fine era sceso dalla macchina e aveva suonato il campanello. Il padre di Jenny, un uomo imponente con una sigaretta tra le labbra, l'aveva ammonito con aria severa di badare a sua figlia, ma quando Jenny aveva chiesto a Kane di fare la sua imitazione di Carson, suo padre aveva avuto un attacco di risa e tosse. Non si perdeva una sola puntata del *Tonight Show*.

In macchina erano rimasti perlopiù in silenzio. Kane non sapeva cosa dire, e Jenny parlava troppo in fretta per poi zittirsi e ricominciare a parlare nervosamente, senza lasciare a Kane il tempo di elaborare la prima cosa che aveva detto. Kane era un appassionato di libri. Quello era quanto. Jenny non leggeva. E non conosceva il libro preferito di Kane, *Il grande Gatsby*.

«Cos'è un Gatsby?» aveva domandato.

Forse per l'imbarazzo provocato da quei silenzi impacciati, Jenny gli aveva domandato come facesse a creare le sue imitazioni. Lui aveva risposto di non saperlo esattamente; si limitava a studiare le persone fino a quando vedeva o percepiva qualcosa che riteneva costituirne l'essenza. Lei non aveva capito, ma a Kane non importava. Quella sera gli importava soltanto che Jenny fosse carina e che fosse lì con lui.

E quella sera si era presentato al ballo dell'ultimo anno con Jenny sottobraccio. Lei con un abito blu e Kane con un frac della misura sbagliata. Avevano preso da bere e mangiato cibo scadente, e dopo mezz'ora si erano separati. Kane non ballava, e già da settimane era preoccupato al pensiero di doverlo fare con Jenny. Non aveva avuto occasione di dirle che non sapeva ballare e che non gli andava di farlo. Gli sarebbe bastato parlarle.

Kane l'aveva rivista soltanto dopo un'altra mezz'ora. Stava baciando Rick Thompson sulla pista da ballo. Jenny era la ragazza di Kane. Avrebbe voluto fiondarsi là e strapparla via da Rick. Ma non poteva. Non aveva fatto altro che starsene seduto su una sedia di plastica per tutta la sera a bere punch dolce e guardare Jenny. L'aveva guardata andarsene con Rick. Li aveva guardati salire sulla macchina di lui. Li aveva seguiti, mantenendosi a una distanza adeguata, fino a quando erano arrivati in cima a Mulholland Drive e avevano parcheggiato in un punto panoramico affacciato su Los Angeles. Li aveva guardati fare l'amore sul sedile posteriore. Era stato allora che aveva deciso di non voler vedere più niente.

Chiuse la finestra su quella notte, e sul suo passato. Tornò in camera da letto e aprì il suo kit da trucco. Aveva già preparato alcuni vestiti. L'uomo morto al quale aveva rubato la vita non aveva un guardaroba granché fornito, ma a Kane non importava.

Di lì a poche ore sarebbe cominciato tutto. Il processo che sognava da quasi tutta la vita. Era un processo speciale. L'attenzione della stampa era maggiore di quanto avesse mai osato immaginare. Tutto ciò che aveva fatto prima di allora era stata pura pratica. Tutto conduceva a quel punto.

Giurò a se stesso che non avrebbe fallito.

27

Per buona parte della serata Harry aveva cercato, invano, di mettermi una borsa del ghiaccio sulla testa. Faceva troppo male.

Avevamo parlato per ore, perlopiù di Christine. Di me. Era l'ultimo argomento che avessi voglia di affrontare, ma non potevamo discutere del caso.

Intorno alle due del mattino Harry aveva chiamato il suo assistente che, dopo essere arrivato in taxi, si era messo al volante della sua decappottabile verde parcheggiata fuori dal mio ufficio e l'aveva accompagnato a casa. Era abituato a andare a recuperare il giudice in giro, e lui si assicurava di ricambiare ogni favore. Io e Harry avremmo avuto mal di testa l'indomani mattina. Per ragioni diverse.

Mi svegliai alle cinque, ancora sul divano del mio ufficio. Presi del ghiaccio dal mini freezer accanto alla scrivania e me lo premetti sul bernoccolo dietro la testa. Il gonfiore si era attenuato, e il dolore che provai appena il primo cubetto mi sfiorò la pelle mi diede una scossa.

Rimasi per un lungo momento sul divano a pensare a mia moglie e a mia figlia. Era tutta colpa mia. Da cima a fondo. Avevo mandato a monte la mia vita. Credevo che forse per Christine e Amy sarebbe stato meglio se non avessi fatto minimamente parte della loro vita. Christine meritava qualcosa di meglio di me. E anche Amy.

Allungai la mano verso la bottiglia di whisky. Di solito Harry se la portava via, ma la notte prima doveva essersene dimenticato. La presi e svitai il tappo. Premetti il tasto pausa prima che il whisky toccasse il fondo della tazza. Richiusi la bottiglia con la tazza ancora vuota.

C'erano persone che contavano su di me. Bobby Solomon. Harry. Rudy Carp. Anche Harper, in un certo senso. Persino Ariella Bloom e Carl Tozer. Più di tutti era a loro che dovevo qualcosa. La loro morte meritava un degno epilogo, per un verso o per l'altro. Se Solomon era colpevole, doveva essere punito. Se era innocente, la polizia doveva trovare il vero assassino. Giustizia. Un giusto processo.

Erano tutte cazzate. Ma le migliori cazzate che avessimo.

Mi alzai lentamente, mi feci strada fino al bagno e riempii il lavabo di acqua fredda. Vi immersi la faccia e restai lì fino a quando sentii male alle guance.

Finalmente ero sveglio.

Mi squillò il telefono. Il nome sullo schermo era *Baciami il culo*.

«Harper, perché non stai dormendo? Hai trovato qualcosa?»

«E chi ci riesce a dormire? Non ho chiuso occhio per tutta la notte. Joe ha riscosso qualche favore. Io ho letto i fascicoli degli omicidi di Mr Dollaro.»

«Sei riuscita ad averli tutti e tre?»

«Sì, non c'è granché per la verità. I federali non volevano sganciarli. Per averli saremmo dovuti passare per Delaney. Così sono andata alla fonte. Gli uffici investigativi di Springfield, Wilmington e Manchester. Joe si è inventato che stiamo organizzando un corso di formazione su come condurre indagini su una scena del crimine. Trattandosi di casi chiusi, ci hanno messo a disposizione i fascicoli senza fare storie.»

«Qualcosa che balza all'occhio?»

«Niente. Nessun legame. Da quel che posso vedere, Annie Hightower, Derek Cass e Karen Harvey non si erano mai incontrati. Ci sono biografie dettagliate di tutte le vittime.

Nessun collegamento tra loro all'infuori delle banconote. All'epoca il Dipartimento di polizia non vi ha dato troppa importanza. Ma sono state conservate tutte. Sai come lavorano i poliziotti. Se trovano una valigia piena di contanti durante una retata antidroga, è probabile che quella valigia sarà un po' più leggera prima di essere registrata tra i reperti. Ma sulla scena dell'omicidio di un qualsiasi signor nessuno, non osano sfiorare nemmeno una monetina. Viene conservato tutto, e alla perfezione.»

Feci un sospiro. Speravo che ci fosse un legame. Non dubitavo che Delaney avesse già stabilito qualche nesso tra le vittime. Un nesso di cui non poteva parlarci. Delaney aveva un vantaggio iniziale.

«Nei casi di Cass e Hightower, sulle banconote sono state rinvenute le impronte dei responsabili. È stato questo a inchiodarli. Quanto al caso di Karen Harvey, la mezza banconota è stata trovata nell'appartamento di Rhodes, ma senza le sue impronte digitali. C'erano altre impronte o DNA sulle banconote?» domandai.

«Nessun DNA. C'era un'impronta parziale sulla banconota dell'omicidio Derek Cass. Diverse impronte su quella infilata tra le dita dei piedi di Annie Hightower. E nessuna impronta sulla mezza banconota trovata nell'appartamento di Roddy Rhodes, l'elemento che ha permesso di collegarlo alla rapina sfociata in omicidio di Karen Harvey. Non risultano corrispondenze con impronte presenti nei database.»

«Ma le altre impronte sono state analizzate?» domandai.

«Immagino di sì, ma non posso esserne certa.»

«Dobbiamo esserlo», replicai.

Sentii le dita di Harper digitare su una tastiera.

«Scrivo un'email ai laboratori di ciascun caso. Un doppio controllo non può far male.»

«Non è che per caso potresti inviarmi i fascicoli?»

«Ti stanno già aspettando nella posta in arrivo.»

Harper rimase in linea mentre io accendevo il portatile. Non impiegai molto a trovare gli zip e a importarli.

«Qual è il nesso?» domandò Harper.

«Non lo so. Se si tratta di un serial killer, come sospetta Delaney, potrebbe non esserci altro nesso all'infuori delle banconote. Come si chiama? Una firma?»

«Sì, un po' come un biglietto da visita. Ha tutto a che vedere con la psicologia del killer. Non è che si stia lasciando dietro un sentiero di briciole di proposito. La firma fa parte della sua personalità e del motivo per cui uccide», disse Harper.

«Credo che ci sia dell'altro. Non può essere altrimenti. Nessuno si accorgerebbe di quelle banconote senza che ci sia qualcos'altro a indicare in quella direzione. Tutti i casi hanno una cosa in comune: la banconota ha portato i poliziotti all'assassino. È questo il fatto. Forse è questo ciò che ha visto Delaney. Di sicuro il responsabile non vuole essere acciuffato. Sta adottando misure estreme per assicurarsi che qualcun altro venga condannato per i suoi crimini. Perché?»

Harper non ebbe alcuna esitazione. L'aveva già capito.

«Qual è il modo migliore per sfuggire a una condanna per omicidio? Assicurarsi che la polizia non ti stia cercando. Se l'omicidio viene risolto non comparirà nessuno schema. Il killer sta mascherando questi reati e sta facendo l'impossibile per assicurarsi di non essere scoperto. Guarda i file. Io vado a dormire un po'. Ci vediamo in tribunale.»

Riagganciò.

Mi preparai del caffè e aprii i file. Alle sette avevo già letto tutti e tre i fascicoli. Il caffè era freddo, il mio cervello in fiamme. Presi il portafoglio, tirai fuori la banconota che avevo scarabocchiato nell'ufficio di Delaney e la esaminai.

Maneggiavo soldi da tutta la vita. Li avevo persino usati per truffare. Molti truffatori possono scambiare un cento con un dieci in un battito di ciglia davanti alla barista assonnata di un locale. L'avevo visto con i miei occhi. E l'avevo fatto io stesso, in un'altra vita.

Mi lavai, mi feci la barba e mi vestii. Senza smettere un secondo di pensare allo stemma degli Stati Uniti. Ai segni sulla banconota. La freccia. La foglia d'ulivo. La stella. Tre segni per ogni banconota. Tre segni per ogni omicidio.

E poi, l'impronta digitale sulla banconota a forma di farfalla trovata nella bocca di Carl. Come diamine aveva fatto la polizia a far finire il DNA di Richard Pena sulla banconota se lui era morto già da tempo quando la banconota era stata stampata?

Indossai il cappotto, ingollai l'ultimo goccio di caffè ormai imbevibile e uscii nell'aria gelida con il portatile in una borsa. Appena aprii la porta d'ingresso, il freddo mi diede uno schiaffo sulla faccia appena rasata, come se volesse strapparmi la pelle. Non avevo la minima intenzione di camminare con quel tempo, ma non potevo nemmeno prendere la macchina. Grazie al buco nel parabrezza, sul sedile del passeggero si era formato un cumulo di ghiaccio e neve. Chiamai un tizio che commerciava in autoricambi rubati nel Bronx. Era servizievole, ma si faceva anche pagare profumatamente.

Lasciai la chiave della macchina sopra la gomma laterale dal lato del guidatore, mi avvolsi nelle falde del mio cappotto e partii alla ricerca di un taxi.

Cinque minuti più tardi l'avevo trovato e mi stavo dirigendo verso Center Street e il più grande processo che la città avesse visto da anni a quella parte. Nella mia mente regnava il caos più totale. Anziché ai testimoni, alle arringhe d'apertura, alla strategia di Art Pryor... avevo pensato soltanto alla banconota.

Rudy aveva il processo sotto controllo. Io ricoprivo soltanto un ruolo secondario. In un certo senso ne ero grato perché mi aiutava a sentirmi un po' meno sotto pressione.

Il tassista cercò di fare conversazione parlando dei Knicks. Io risposi a monosillabi fino a quando capì l'antifona.

La banconota.

Ci ero vicino. In quei tre omicidi c'era qualcosa su cui Delaney era già un passo avanti. Quando pensavo alla banconota del caso di Bobby... mi sfuggiva qualcosa. In un angolo della mia testa c'era un pensiero che non mi dava pace, e non si trattava né di Bobby né di quella farfalla.

Ripetei i nomi delle vittime di cui ero venuto a conoscenza il giorno prima. Derek Cass. Annie Hightower. Karen Harvey. In fondo da qualche parte sentivo come una corda tirare. Mi sembrava di avere qualcosa proprio sotto il naso ma di non riuscirlo a vedere.

Cass. Hightower. Harvey.

Derek Cass era morto a Wilmington. Annie Hightower a Springfield. Karen Harvey era stata uccisa nel corso di una rapina a Manchester.

Accostammo davanti al tribunale. Pagai il tassista e gli lasciai una mancia.

Erano appena scoccate le otto e si era già mobilitata una gran folla. Due gruppi di persone. Entrambi agitavano cartelli, gridavano e cantavano gli uni contro gli altri. Sui cartelli di un gruppo era scritto GIUSTIZIA PER ARI, mentre l'altro reggeva manifesti a supporto di Bobby Solomon. I sostenitori di Solomon sembravano in minoranza. Chissà cosa avrebbe pensato una giuria, dovendo passare in mezzo a quella gente. La folla si ingrossava sempre più e gli agenti del NYPD stavano creando barriere per tenere separati i due gruppi.

Dovetti superare una fila per entrare in tribunale. Tutti volevano un posto in aula per quel processo. Era lo spettacolo del momento in città. Tempo di passare i controlli di sicurezza e di chiamare l'ascensore, e la mia mente era tornata a Mr Dollaro.

Le stelle.

Tirai fuori un dollaro e osservai lo stemma mentre salivo al ventunesimo piano. L'aquila stringeva tredici frecce nella zampa sinistra, e i rami d'ulivo nella zampa destra contavano tredici foglie. Il tutto era sovrastato da uno scudo con tredici stelle.

Stelle. Scudo. Derek Cass trovato morto a Wilmington. Annie Hightower a Springfield. Karen Harvey uccisa a colpi di pistola a Manchester.

Girai la banconota e fissai George Washington, tirai fuori il cellulare e chiamai Harper.

Rispose subito.

«Ho qualcosa. Dove sei?» domandai.

«Sto arrivando. Dammi dieci minuti.»

«Fermati», dissi.

«Cosa?»

«Fermati. Fai retromarcia e vai da Delaney in Federal Plaza. Dille che hai trovato un collegamento. E che hai altre informazioni.»

«Un momento, mi sto fermando.»

Sentii il ruggito della Dodge Charger di Harper spegnersi mentre lei fermava la macchina.

«Di cosa si tratta?» domandò.

«I segni sulle banconote. Sono uno schema. Hai un dollaro con te?»

Harper doveva essere in vivavoce. In sottofondo si sentiva il rumore dei clacson, dei freni pneumatici e del traffico. L'ascensore arrivò al ventunesimo piano. Scesi e andai a destra, verso la finestra in mezzo a due gruppi di ascensori. Guardai Manhattan da un vetro coperto da una patina di sporco. Sembrava quasi che ci fosse una coltre torbida sopra la città, come se stessi guardando una vecchia foto.

«Ci sono. Spiega.»

«Lo stemma. Ci sono tredici foglie di ulivo, tredici frecce e tredici stelle sopra l'aquila. Perché tredici?»

«Così su due piedi non lo so. Non ci avevo mai fatto caso prima d'ora.»

«Lo sai. L'hai imparato a scuola. Soltanto non te lo ricordi. Gira la banconota. Washington. Primo presidente degli Stati Uniti. Prima di diventare presidente fu comandante in capo delle truppe di New York che difesero la città contro gli inglesi. Lesse la Dichiarazione d'Indipendenza davanti all'esercito. All'epoca, la Dichiarazione d'Indipendenza era stata firmata soltanto da tredici Stati.»

«Tredici stelle...» disse Harper.

«È una mappa. Cass è stato ucciso a Wilmington, nel Delaware. Hightower a Springfield, nel Massachusetts. Harvey a Manchester, nel New Hampshire. Tutte colonie i cui rappresentanti avevano firmato la Dichiarazione d'Indipendenza. Contando Ariella Bloom e Carl Tozer, si aggiunge lo Stato di New York. Potrebbero esserci stati altri omicidi. Lungo tutta la Costa Est. Di' a Delaney che deve scoprire se ci sono state condanne per omicidi a causa di qualche legame con una banconota da un dollaro. La banconota deve essere stata presentata come reperto contro l'imputato. Probabilmente Delaney l'ha già fatto su scala nazionale, ma adesso può restringere la ricerca. Stiamo cercando gli Stati rimanenti che hanno firmato la Dichiarazione: Pennsylvania, New Jersey, Georgia, Connecticut, Maryland, Virginia, Rhode Island, Carolina del Nord...»

«Eddie, Richard Pena. Il killer morto di cui è stato trovato il DNA sulla banconota infilata nella bocca di Tozer. È stato condannato per l'omicidio di quelle donne nella Carolina del Nord. Potrebbe essere un collegamento», disse Harper.

«Giusto. Potrebbe. Dobbiamo seguire questa pista. Riesci a parlare con Delaney? Lei non sa nulla di Pena.»

«Sto andando, ma ci sono ancora un paio di cose che non tornano. Perché ci sono tre segni su ciascuna banconota? Capisco le stelle, indicano il luogo. Ma gli altri due? Cosa indicano?»

«Non lo so ancora. Ho bisogno di pensarci. Forse ha a che vedere in qualche modo con le vittime.»

«C'è qualcos'altro che non stiamo considerando. E se in quegli Stati il nostro killer non avesse commesso altri omicidi? Se fosse soltanto all'inizio?»

«Alcuni di quegli omicidi sono avvenuti a distanza di molti anni gli uni dagli altri. Non credo che il killer in tutto quel tempo sia scomparso. Penso ci siano più vittime di quante ne abbiamo trovate. E se Ariella Bloom e Carl Tozer fossero vittime di quest'uomo? Insomma, di pratica ne ha fatta parecchia. Ipotizzo che ce ne siano altre là fuori. Ma capisco. È possibile che il killer stia ancora giocando il suo gioco. In questo preciso momento potrebbe aver preso di mira un'altra vittima.»

«Lo so. Guarda, non sprecherei troppo tempo con Richard Pena. Lui aveva ucciso diverse persone. Non rientra nello schema», disse Harper.

«Può darsi. Noi al momento abbiamo gli stessi tre segni sulla banconota e due vittime.»

Misi un dollaro sul davanzale della finestra, lo fissai intensamente e lessi ad alta voce la frase in latino sul nastro che svolazzava sopra l'aquila dello stemma.

E pluribus unum.

Da molti, uno.

28

La stanza della giuria puzzava di caffè stantio, sudore e vernice fresca. Kane si era seduto in silenzio al lungo tavolo e aveva ascoltato. Appena era arrivato in tribunale, la responsabile della giuria l'aveva invitato a andare in quella stanza. No, non avrebbe dovuto aspettare in corridoio sulle sedie di plastica insieme agli altri giurati di riserva. Ordini del giudice.

Kane bevve un sorso d'acqua tiepida da un bicchiere di polistirolo e cercò di sintonizzarsi sulle chiacchiere intorno a lui. Si erano già formate varie cricche tra gli altri undici giurati. Quattro donne, sette uomini. Tre degli uomini stavano parlando di basket nel tentativo di distrarsi dal processo che stava per cominciare. Lo si vedeva comunque gravare sulle loro spalle ricurve, il peso di quel servizio imminente.

Senza quasi aprire bocca, gli altri quattro uomini ascoltavano le donne parlare della giurata numero dodici, Brenda Kowolski.

«L'ho visto al telegiornale. Era lei. Davvero terribile», disse la biondina di nome Anne. Durante la selezione Kane aveva ascoltato con attenzione le risposte di tutti i giurati, prendendo appunti nella sua mente. Lavoro. Famiglia. Figli. Religione. La donna più vicina a Anne si mise la mano sul petto, abbassò il mento e spalancò la bocca. Rita.

«Cos'è successo a Brenda? È la signora che c'era qui ieri, giusto? Con quel bel maglioncino?» domandò Rita.

«È morta. Investita da un pirata della strada davanti alla biblioteca in cui lavorava. È terribile», disse Anne. Le altre donne scossero la testa, con lo sguardo fisso sulle venature dell'antico tavolo di rovere. Kane si era divertito ad ascoltare Arnold Novoselic parlare di una di loro – Betsy – nelle simulazioni del processo. Arnold doveva essere molto contento del fatto che Rudy Carp fosse riuscito a farla entrare nella giuria. Alla difesa piaceva molto Betsy.

Kane era d'accordo. Anche a lui piaceva Betsy. Aveva lunghi capelli castani raccolti in una coda di cavallo. Come avrebbe voluto accarezzarglieli.

Sentendo cos'era successo a Brenda, l'ultima delle quattro donne, Cassandra, scosse la testa, incredula. Kane l'aveva vista chiacchierare con Brenda il giorno prima, all'uscita. Era elegante e parlava in modo raffinato.

« È davvero pericolosissimo attraversare la strada di questi tempi. Povera Brenda », commentò Cassandra.

« L'ho visto anch'io al telegiornale », disse Betsy. « Non sapevo che fosse una giurata, santo cielo. Alla tele hanno detto che dopo averla investita il guidatore le è passato sopra di nuovo in retromarcia. »

« Lo sapete che non dovreste guardare il telegiornale? Non avete sentito cos'ha detto il giudice ieri? » intervenne Spencer, uno dei giurati più giovani.

Anne cominciò a innervosirsi. Il suo collo si tinse di rosso. Betsy agitò la mano verso Spencer come se fosse una mosca fastidiosa.

« L'abbiamo conosciuta ieri e adesso è morta. È questa l'unica cosa che conta », replicò Betsy.

« No, conta soltanto obbedire al giudice. Insomma, non passa giorno senza che muoia qualcuno. Non voglio essere stronzo, ok, è morta, e allora? Non è che fosse una nostra amica », disse Spencer.

Kane si alzò dalla sedia, tirò fuori il portafoglio, pescò una banconota da venti e la lanciò sul tavolo.

« Ieri ho chiacchierato con Brenda. Mi è sembrata una brava persona. Non importa che la conoscessimo o meno.

Faceva parte di questo gruppo. Non conosco nessuno di voi, ma voglio pensare che se morissi domani, a qualcuno qui dispiacerebbe. Propongo di fare una colletta e mandare una corona di fiori. È il minimo che possiamo fare», disse Kane.

Uno dopo l'altro, i giurati tirarono fuori i soldi. «Giustissimo», «Povera donna», «Mandiamo anche un biglietto», dissero alcuni. Parteciparono tutti tranne Spencer, che restò lì con le braccia conserte, il peso su un fianco. Alla fine, dopo essere stato fissato con sufficiente durezza da uno dei giurati, alzò gli occhi al cielo e tirò fuori un biglietto da dieci.

«E va bene», disse.

Una piccola vittoria. Kane sapeva che gesti simili erano essenziali. Manovre astute. Solo un paio, per cominciare. Era tutto ciò di cui avrebbe avuto bisogno per guadagnarsi una certa reputazione. Raccolse i soldi e domandò a Anne se le seccasse occuparsi della scelta dei fiori.

A lei non seccava affatto. Guardò Kane con un sorriso raggiante mentre prendeva i soldi.

«Hai avuto davvero una splendida idea. Grazie. A tutti, voglio dire», commentò Anne con una voce emozionata al punto giusto. Deglutì e si infilò i soldi nel portafoglio.

I giurati si sentirono meglio.

Kane si sedette e pensò al rumore del cranio di Brenda che si frantumava sul cofano del suo Chevrolet Silverado. Una sola botta, simile a un colpo di tamburo, prodotta da qualcosa di duro e vuoto che sbatteva sul metallo. E quello scricchiolio un nanosecondo prima. Troppo ravvicinato per riuscire a distinguerlo. Eppure c'era, in quell'ammasso di suoni. La sua clavicola e la sua rachide cervicale si erano disintegrate con un riverbero che ricordava la corda di una chitarra. Per Kane era stata quasi una melodia. Come un'orchestra che suonava una singola nota, potentissima, prima di cominciare la sua ouverture.

Bevve un sorso del suo caffè, si tolse qualche pelucco dal

maglione e pensò al silenzio deludente del secondo impatto del pickup, quando le era passato sopra la testa in retromarcia.

Che peccato, pensò.

La porta in fondo alla stanza della giuria si aprì ed entrò il giudice. Indossava una toga nera sopra un abito nero.

Tutti si zittirono e si girarono verso di lui. Anne era in preda al panico, come se fosse stata sorpresa a infrangere una regola che non capiva del tutto. Kane si sporse verso di lei e le diede qualche dolce colpetto sul braccio.

Piazzando le grosse mani sul tavolo, il giudice Ford si chinò in avanti e parlò sottovoce. Nel mentre lasciò correre lo sguardo sull'aula, soffermandosi di tanto in tanto su alcuni giurati.

«Signore e signori, ho alcune notizie preoccupanti. Ho sentito il bisogno di parlarvene in privato. Credetemi, a breve ne discuterò con gli avvocati di questo caso. È una questione importante. A ogni modo volevo che lo sapeste da me. Questa mattina ho ricevuto una telefonata dal commissario della polizia. Il NYPD ha motivo di credere che siate tutti in grave pericolo.»

STUDIO CARP
Ufficio 421, Condé Nast Building,
Times Square 4, New York

Documento strettamente confidenziale protetto
dal segreto professionale

Scheda giurato

Lo Stato contro Robert Solomon
Tribunale penale di Manhattan

Anne Koppelmann
Età: 27

Maestra d'asilo a Saint Ives. Single. Senza figli. Abbonata al New Yorker. *Suona il clarinetto e il pianoforte. Entrambi i genitori deceduti. La madre era casalinga e il padre lavorava per il comune. Nessun problema finanziario. Tra i like sui social network: movimento Black Lives Matter, Bernie Sanders, Democratici ecc. Liberal. Adora* Real Time with Bill Maher.

Probabilità che voti «Non colpevole»: 64%
Arnold L. Novoselic

29

Quando le porte dell'ascensore si aprirono, schizzò fuori un ammasso di pazzi.

Prima un uomo con una giacca verde uscì all'indietro come se fosse stato sparato da un cannone. Andò a sbattere contro le porte dell'ascensore di fronte, distruggendo una macchina fotografica dall'aria costosa che gli penzolava sul fianco.

Dopodiché, con un movimento fluido, scese dall'ascensore una falange di guardie di sicurezza vestite di nero. Al centro di quella palla di carne intravidi la testa di Bobby Solomon. Rudy era di fianco a lui. Quando le porte che davano sulle scale accanto a me si spalancarono, la fila di fotografi che entrò sembrava più un plotone pronto a entrare in battaglia. Arrivò un altro ascensore, che scaricò sul posto una calca di giornalisti e telecamere televisive. Il corridoio si trasformò in un'esplosione di macchie di luce. Domande e microfoni cercarono subito eventuali falle nel cerchio di sicurezza.

Corsi verso l'aula e spalancai entrambe le porte. Le guardie del corpo acquistarono velocità, respingendo l'avanzata dei media.

Santo cielo, che circo.

Le guardie di sicurezza afferrarono gli uomini che stavano proteggendo e corsero verso le porte. Io mi feci da parte giusto in tempo. Se fossi rimasto fermo mi avrebbero spiaccicato. Un omone con un giubbotto nero imbottito si voltò di scatto e chiuse le porte in faccia alle telecamere.

Mi guardai intorno. Oltre alla cancelliera e agli addetti alla sicurezza del tribunale, l'aula era vuota.

Il cerchio si spezzò. Alcune guardie avevano in mano delle valigette. Come quella nella quale Holten si portava dietro il computer. Si diressero dall'altra parte dell'aula. Vidi Bobby accovacciarsi nel corridoio centrale, ansimante. Rudy gli diede una pacca sulla schiena, dicendogli che andava tutto bene.

Lo raggiunsi e gli dissi che avevo bisogno di parlargli. Lui aiutò Bobby ad alzarsi, gli sistemò la cravatta e gli lisciò la giacca dell'abito. Poi gli diede un colpetto sul braccio e lo invitò a sedersi al tavolo della difesa. Io e Rudy ci spostammo in fondo all'aula, dove gli riferii la mia teoria su Mr Dollaro.

Sulle prime lui annuì educatamente. Sembrava perdere sempre più interesse man mano che continuavo a parlare. Dal modo in cui si mordeva il labbro superiore capii che era teso. Non riusciva a tenere ferme le mani. Era nervoso. Ansioso. Dirigere la difesa in un processo del genere avrebbe fatto lo stesso effetto a chiunque.

«Questa agente dell'FBI, questa Delaney, verrà a testimoniare?» domandò.

«Ne dubito. Ma potrebbe esserci un modo di aggirare la cosa. Ci stiamo lavorando.»

Lui alzò il mento e mi strizzò l'occhio, poi annuì. «Bene. Ora, se non ti dispiace, ho un'arringa d'apertura da preparare. Ah, e un'altra cosa.» Mi fece segno di avvicinarmi e la sua voce si trasformò in un sussurro.

«Ti abbiamo coinvolto in questo processo per inchiodare gli sbirri. Sappiamo tutti perché, vero? Sei un soldato, Eddie. Se riesci a smascherare le balle della polizia, ti porterò fuori di qui sulle mie spalle. Se non lo farai, be', ci aspettiamo che tu ti tuffi sopra la granata e protegga il cliente. Se dovesse succedere, scomparirai da questo caso, come se non ne avessi mai fatto parte. È chiaro? Non voglio che sprechi tempo e risorse seguendo piste che tanto non potremo usare. Fai il lavoro per il quale sei stato ingaggiato e basta. Va bene? Ti sembra ragionevole?»

«Okay, d'accordo.» Dal mio tono si capiva chiaramente che non ero affatto d'accordo.

«Perfetto. A proposito, le cose che hai chiesto di comprare sono arrivate. La mia assistente ha messo tutto in un deposito per le prove in fondo al corridoio. Se e quando servirà, verrà portato in aula.»

E con ciò, Rudy andò a sedersi al tavolo della difesa di fianco a Bobby. Parlò con lui sottovoce, cercando di tranquillizzarlo. Pur essendo almeno a una quindicina di metri di distanza, vidi che gli tremavano la schiena e le spalle. Arnold Novoselic si sedette in un angolo al tavolo della difesa e sistemò alcuni documenti.

Quando presi posto a mia volta a quello stesso tavolo, mi ero calmato. Non aveva senso mettermi a discutere con Rudy. Non in quel momento. Avrei potuto farlo più tardi. Stare seduto mi procurava un senso di costrizione al petto. Buttai giù qualche antidolorifico con un po' d'acqua. Se rimanevo in piedi il dolore non era poi così insopportabile, ma almeno per un po' avrei dovuto stare seduto. Se non altro il dolore provocato dalla costola rotta mi distraeva dal mal di testa.

Sentendo una voce familiare, il funzionario aprì le porte. L'uomo che riconobbi come Art Pryor si fece strada nell'aula, fiancheggiato da un drappello di avvocati carichi di pesanti scatoloni. Aveva proprio l'aspetto giusto. Abito blu gessato, impeccabile. Naturalmente fatto su misura. Camicia bianca inamidata quasi abbagliante messa in risalto da una cravatta rosa. Gli piacevano le cravatte rosa, o almeno così avevo sentito dire. Il fazzoletto nel taschino faceva pendant con la cravatta. E poi Pryor aveva anche l'andatura giusta. Non proprio da spaccone, ma quasi.

Si avvicinò al tavolo della difesa e salutò Rudy calorosamente. I suoi denti sembravano alimentati dalla stessa rete elettrica che gli era stata collegata alla camicia.

« La partita è aperta, Art. A proposito, lui è il mio codifensore. Eddie Flynn. »

Mi alzai, riconoscente per il sollievo concesso alle mie costole da quel movimento, e tesi la mano con il mio sorriso migliore.

Pryor la strinse senza dire nulla. Indietreggiò e tirò fuori il fazzoletto con la stessa grazia di un maître nell'atto di posare il tovagliolo in un ristorante con tre stelle Michelin. Poi si pulì scrupolosamente le mani tenendosi quel sorriso stampato sulle labbra.

« Oh, bene... Flynn. Finalmente ci conosciamo. Ho sentito parlare parecchio di te nelle ultime ventiquattr'ore », disse con un accento meridionale uscito dritto da una rappresentazione di *Un tram chiamato desiderio*.

Pryor aveva un luccichio negli occhi. La sua pelle abbronzata emanava odio. Mi ero già imbattuto in persone come lui. Gladiatori dell'aula. Non importava quale fosse il caso. Non importava che qualcuno potesse ferirsi o lasciarci la pelle. Per quelli come lui un processo era un gioco. Volevano vincere. Ma ancora di più volevano schiacciare gli avversari. La cosa li mandava in visibilio. A me davano la nausea. Capii subito che io e Pryor non saremmo andati d'accordo.

« Qualunque cosa buona abbia sentito sul mio conto, probabilmente non è vera. Qualunque cosa brutta abbia sentito, probabilmente è soltanto la punta dell'iceberg », dissi.

Lui inspirò a fondo dal naso. Come se si stesse riempiendo i polmoni dell'animosità che impregnava l'aria.

« Spero proprio che siate pronti a dare il massimo. Ne avrete bisogno », disse Pryor. Si incamminò a gambero verso il tavolo dell'accusa, senza staccare gli occhi di dosso a Bobby.

Prima che arrivasse a destinazione, un uomo in pantaloni

beige e giacca casual blu gli si avvicinò. Portava una camicia bianca con la cravatta rossa allentata, dal momento che aveva il colletto slacciato. Capelli chiari tagliati corti, occhi svegli e pelle brutta. Molto brutta. Pustole rosse infiammate gli sbucavano dal colletto, mentre ammassi di punti neri sulle guance e sul naso erano circondati da pelle bianca e squamata. Il tutto sottolineato dal suo pallore. Portava una borsa a spalla e aveva appuntato sul bavero della giacca un tesserino della stampa.

«Chi è quel giornalista che sta parlando con Pryor?» domandai.

Rudy gli gettò una rapida occhiata. «Paul Benettio. Tiene una rubrica scandalistica sul *New York Star*. Una vera carogna. Assume investigatori privati per dissotterrare storie di sesso. È uno dei testimoni di questo caso. Hai visto la sua deposizione?»

«Sì, ma non sapevo che faccia avesse. Non dice chissà cosa. Sono perlopiù ipotesi sul fatto che Bobby e Ariella non andassero più d'accordo», commentai.

«Esattamente, e non vuole svelare il nome delle sue fonti. Guarda qui», rispose Rudy.

Aprì la deposizione di Benettio sul suo portatile e indicò l'ultimo paragrafo.

«*Le mie fonti sono protette dal segreto giornalistico. Non posso fare i loro nomi e non posso rivelare ulteriori informazioni in questo momento.*»

«C'è stato qualche aggiornamento?»

«No, quello è soltanto uno scribacchino. Non ha senso sprecare risorse con uno del genere», rispose Rudy.

Notai che Pryor e Benettio non si strinsero la mano. Cominciarono subito a parlare, senza sorrisi o saluti di sorta, immergendosi all'istante in un'intensa conversazione. Non sentivo cosa si stessero dicendo. Era evidente che si conoscevano e che si erano parlati di recente. A un certo punto si interruppero e guardarono verso di me.

Ma in realtà stavano guardando *dietro* di me, verso il mio cliente. Seguii la traiettoria dei loro sguardi e capii immediatamente cos'era stato ad attirare la loro attenzione.

Sembrava che Bobby fosse lì lì per perdere il controllo. Si buttò i capelli all'indietro e cominciò a tamburellare le dita sul tavolo. Le sue gambe si muovevano su e giù come martelli. La sua sedia si inclinò all'indietro. Allungai il braccio per fermarlo, ma una scarica di dolore al fianco mi fece arrestare di colpo. La sedia si ribaltò e vidi gli occhi di Bobby rovesciarsi completamente prima che toccasse terra.

Il suo corpo si piegò in due. Gli usciva della schiuma dal lato della bocca e dimenava gambe e braccia, scosse da tremiti. Arnold fu il primo a raggiungerlo. Cercò di farlo girare sul fianco e gli parlò in tono calmo, chiamando il suo nome.

«Soccorsi!»

Non so chi fu a gridare. Forse Rudy. Nel giro di poco intorno a noi si formò una folla. Mi inginocchiai, e quasi svenni a mia volta per il dolore. Tenni la testa di Bobby. Tirai fuori il portafoglio e glielo ficcai in bocca per evitare che si mordesse la lingua.

«Chiamate subito i soccorsi, per la miseria!»

Stavolta era stato Rudy a gridare. La gente cominciava ad assembrarsi tutt'intorno. Vidi numerosi flash riflettersi sulle piastrelle del pavimento. Maledetti paparazzi. C'era anche Benettio, che osservava la scena con una certa soddisfazione. Una donna in camicia bianca con mostrine rosse sulle spalle fendette la folla, togliendo di mezzo Benettio con uno spintone. Aveva un kit di pronto soccorso in mano.

«Soffre di epilessia?» domandò a gran voce il medico inginocchiandosi accanto a Bobby.

Io alzai lo sguardo e vidi Rudy. Era paralizzato.

« Soffre di epilessia? Sta assumendo medicinali? È allergico a qualcosa? Forza, ho bisogno di saperlo », insisté il medico.

Rudy esitò.

« Diglielo! » esclamò Arnold.

« È epilettico. Prende il clonazepam. »

« Indietro. Lasciateci spazio », intervenni.

Quando la folla si allontanò, vidi Pryor dall'altra parte dell'aula, appoggiato al banco della giuria con le braccia incrociate.

Quello stronzo stava ancora sorridendo. Si guardò intorno, assicurandosi di non avere nessuno alle spalle sul banco della giuria, e cominciò a scrivere un messaggio sul cellulare.

30

Kane sapeva cosa stava per succedere.

Il giudice lo spiegò al resto dei giurati, la maggior parte dei quali parve non recepire del tutto.

«Il commissario mi ha informato di non poter escludere che Brenda Kowolski sia stata presa di mira di proposito perché era stata scelta per prestare servizio in questa giuria. Anzi, alcune prove dimostrano che non si è trattato di un normale incidente. Come forse avrete visto al telegiornale, il veicolo prima ha investito Brenda, e poi le è passato sopra un'altra volta in retromarcia. Di conseguenza abbiamo deciso di adottare alcune misure per garantire la vostra sicurezza», disse il giudice.

Spencer fu il primo a parlare.

«Lo sapevo. Io... santo cielo. Voglio dire, che genere di misure, signore?»

Il giudice Ford non batté ciglio. Probabilmente si aspettava una reazione, e capiva.

«Durante la sospensione per il pranzo, ciascuno di voi, scortato da un agente, potrà tornare a casa a prendere dei vestiti. Terminata l'udienza sarete portati tutti in un hotel, dove rimarrete sorvegliati da una scorta armata per tutta la durata del processo», spiegò il giudice.

Borbottii. Proteste. Incredulità. Lacrime.

Kane osservò la scena che si stava svolgendo davanti ai suoi occhi.

Il giudice si mantenne fermo sulla sua posizione. «In casi come questo, che riscuotono così tanto interesse mediatico, c'è sempre la possibilità di mettere la giuria in isolamento. Non è una decisione che ho preso a cuor leggero, fidatevi. Tuttavia credo che si tratti di una precauzione necessaria. E vi sto avvisando adesso in caso dobbiate telefonare ad amici e familiari. Alcuni di voi potrebbero avere la necessità di trovare qualcuno che badi ai figli di sera. Vi lascio mezz'ora prima dell'inizio del processo.»

Mentre usciva dall'aula, il giudice fu investito da una raffica di proteste e domande, tutte da parte degli uomini della giuria. Una di quelle domande giunse alle orecchie di Kane in modo piuttosto chiaro. Era stato l'uomo con la camicia azzurra e la cravatta a farla, Manuel.

«Signore, signore? Dove alloggeremo?»

Kane si spostò in avanti sulla sedia, cercando di escludere il rumore di sottofondo il più possibile.

«La corte si organizzerà a breve», rispose il giudice appena prima di uscire.

Con un fremito di eccitazione, Kane annuì. Sapeva che sarebbe giunto quel momento. Anzi, ci contava. La corte si sarebbe organizzata, ma Kane sapeva esattamente dove sarebbe stata portata la giuria alle cinque di quel pomeriggio.

Anche lui si era organizzato.

STUDIO CARP
Ufficio 421, Condé Nast Building,
Times Square 4, New York

Documento strettamente confidenziale protetto
dal segreto professionale

Scheda giurato

Lo Stato contro Robert Solomon
Tribunale penale di Manhattan

Spencer Colbert
Età: 21

Barista allo Starbucks di Union Square. DJ in varie discoteche di Manhattan nel fine settimana. Single. Gay. Diplomato. Democratico. Scelte di vita alternative – consumatore regolare di marijuana (nessun precedente penale). Finanze scarse. Padre deceduto. Madre con problemi di salute residente nel New Jersey. Se ne occupa la sorella di Spencer, Penny.

Probabilità che voti «Non colpevole»: 88%
Arnold L. Novoselic

31

In infermeria, io e Rudy guardammo Bobby riprendere lentamente conoscenza. Sulle prime era frastornato, non sapeva dove si trovasse né cosa fosse successo. Una dottoressa gli diede qualche sorso d'acqua e gli disse di rimanere sdraiato. Nell'angolo, Rudy sbraitava nel cellulare.

«Non è spacciato. Non ancora. Datemi più tempo», disse.

Pur sentendo soltanto un lato della conversazione, capii che non stava andando bene.

«E allora? Che problema c'è se la stampa ha visto tutto? Resta comunque una celebrità. Datemi due settimane e...»

Chiunque ci fosse all'altro capo del telefono, aveva riagganciato. Rudy portò il braccio all'indietro, pronto a scaraventare il cellulare contro il muro. Imprecò e lasciò cadere il braccio di lato.

L'infermeria era composta da un letto, una cassettiera piena di antidolorifici e bende e un defibrillatore dentro una vetrinetta a muro. Rudy chiese educatamente alla dottoressa di lasciarci soli un momento. Prima di andarsene, lei ci disse di non far muovere Bobby per almeno un quarto d'ora e di lasciare che si riprendesse lentamente.

«Ho visto due giornalisti in fondo all'aula. Non sarebbero dovuti entrare fino a quando non fossimo stati tutti pronti a partire. Ma devono essere sgattaiolati dentro. Hanno visto tutto. E l'hanno anche fotografato. Stasera sarà già tutto in prima pagina», disse Rudy.

«Non mi interessa più. Posso ancora interpretare un sacco di ruoli», rispose Bobby.

«Un momento, non ti seguo. Cosa c'entra il fatto che Bobby abbia avuto una crisi epilettica con tutto il resto?» domandai.

Rudy sospirò e abbassò lo sguardo. «Prima di oggi nessuno sapeva che Bobby soffrisse di epilessia. Va bene? Non puoi lavorare a un film da trecento milioni di dollari se c'è la possibilità che di colpo ti venga una crisi e che voli giù da una piattaforma. I premi assicurativi soltanto per Bobby arriverebbero a cinquanta milioni. La casa cinematografica lo stava lanciando come il nuovo Bruce Willis. Adesso è andato tutto in fumo.»

«Ci sono cose più importanti della sua carriera di cui preoccuparsi. Come il rischio di finire dentro per omicidio, per esempio» replicai.

«Lo so, ma non possiamo fare nulla. Bobby, mi dispiace. La casa cinematografica farà uscire il film questo venerdì, e ha deciso di togliere il tuo caso allo studio», disse Rudy.

Bobby non riusciva a parlare. Chiuse gli occhi e si appoggiò all'indietro. Come se stesse per lasciarsi cadere da un precipizio.

«Non possono farlo», intervenni.

«Ci ho provato, Eddie. I cartelloni sono appesi soltanto per via del processo. La casa cinematografica non ha bisogno di molta promozione e nemmeno di spendere altri soldi in pubblicità. Sta già ricevendo tutta la pubblicità gratuita che avrebbe potuto desiderare, in ogni parte del mondo. Una clausola prevedeva l'annullamento del contratto di Bobby nel caso in cui la sua epilessia fosse diventata di dominio pubblico. Lo sa anche lui. Ha firmato il contratto. Io avevo convinto la casa cinematografica ad aspettare che arrivassimo alla fine del processo e ci assicurassimo un'assoluzione. Ora non ne vedono più l'utilità e non hanno più intenzione di sfidare la sorte sperando in un verdetto di non colpevolezza. Faranno uscire il film finché Bobby è ancora innocente.»

«Non possiamo abbandonarlo», dissi.

«Ormai è andata. Non mi va giù, ma il cliente è la casa cinematografica. Lo comunicherò al giudice, Bobby. Otterrai un rinvio.»

Bobby aveva sentito tutto. Star del cinema o meno, a me sembrava soltanto un ragazzino spaurito. Aveva la testa tra le mani e le spalle scosse dal pianto.

«Forza, Eddie, andiamo», mi disse Rudy da sopra la spalla uscendo dall'infermeria.

Io non mi mossi.

Rudy si fermò, tornò indietro e riformulò il concetto senza giri di parole.

«Eddie, era la casa cinematografica a sostenere le spese per questo processo. È lei il nostro cliente. Adesso vieni con me, e domani potrai cominciare il nuovo lavoro. Ottimo stipendio, roba facile. Forza, te lo meriti. Non abbiamo scelta.»

«Quindi tutta quella tirata che mi hai fatto dicendo di credere a Bobby era soltanto una messa in scena per convincermi ad accettare, vero? Vuoi piantare in asso questo ragazzo il primo giorno di un processo per omicidio?»

«Il processo non è ancora cominciato. Parlerò con il giudice, che lo rinvierà in modo da dare a Bobby il tempo di procurarsi un nuovo avvocato. Ascolta, Eddie, non sono cattivo. Non sto piantando in asso Bobby. Sto semplicemente seguendo un cliente da diciassette milioni di dollari di onorario, all'anno. E tu farai lo stesso. Forza.»

Se avessi voltato le spalle a quel caso, non avrei mai avuto un'altra occasione. L'offerta di lavoro era l'unica possibilità che avessi di tornare con Christine. Una carriera solida. Una vita semplice. Niente stress. Niente rischi. Niente pericoli per la mia famiglia. Se avessi accettato il lavoro allo Studio Carp, sapevo che avrei avuto buone probabilità di riconquistare mia moglie. Se non l'avessi fatto, lei non avrebbe mai nemmeno creduto che me l'ero procurato davvero. Sarei stato di nuovo Eddie Flynn il contaballe.

Soffiai fuori il fiato. Un respiro lungo, costante. Annuii.

Uscii in corridoio e seguii Rudy fino agli ascensori. Lui si sistemò la cravatta e premette il pulsante. Mi vide arrivare.

«Bravo, così mi piaci», disse.

Io rimasi lì in silenzio, con la testa china. Le porte dell'ascensore si aprirono. Rudy entrò. Io non mi mossi.

Le porte cominciarono a chiudersi e Rudy sporse la mano in fuori per fermarle.

«Forza, Eddie. È ora di andare. Il caso è chiuso.»

«No, il caso sta soltanto cominciando. Grazie per l'offerta di lavoro.»

Avevo già svoltato l'angolo per tornare all'infermeria quando sentii le porte chiudersi. La dottoressa era tornata, e la vidi mentre cercava di consolare Bobby. Lui si accorse che ero sulla porta. Aveva il viso coperto di lacrime e la camicia sudata. La dottoressa cercò di farlo sdraiare, ma lui si oppose.

«Posso entrare?» domandai.

Lui annuì e la dottoressa fece un passo indietro. Tenendosi le maniche della camicia con i pollici, Bobby si asciugò la faccia. Tirò su col naso. Era pallido. Lo vidi tremare. La sua voce mi fece pensare a uno scricchiolio di rami secchi durante un temporale.

«Non me ne frega niente della casa cinematografica. Voglio soltanto che questa storia finisca. Non ho ucciso né Ari né Carl. Ho bisogno che la gente mi creda.»

Non esistono due imputati in un processo penale che reagiscano allo stesso modo. Alcuni sono ridotti a uno straccio sin dal primo giorno. Alcuni se ne sbattono altamente per un motivo o per l'altro, perché magari sono già stati dentro e non li preoccupa il pensiero di scontare una pena seria. Altri accusano il colpo a poco a poco. All'inizio sono spavaldi, su di giri. Poi, quando il processo si avvicina, acquistano sempre più fiducia, ma al tempo stesso anche l'ansia aumenta. Nel giro di poco una paura paralizzante mina ogni senso di sicurezza. E quando, il primo giorno del processo, gli ingranaggi della macchina della giustizia cominciano finalmente a girare, questi imputati crollano.

Bobby rientrava nell'ultima categoria, alla grande. Il primo giorno di un processo per omicidio ci sono due possibilità: nuotare o affogare. E non c'era ombra di dubbio: Bobby stava affogando.

«A quanto pare hai bisogno di un avvocato», dissi.

Per un attimo Bobby socchiuse gli occhi. La tensione abbandonò le sue spalle, che si rilassarono. Il sollievo però non durò a lungo.

«Non posso pagare quanto la casa cinematografica», disse incurvando di nuovo le spalle. Vidi il panico tornare sulla sua faccia.

«Tranquillo. Rudy mi ha pagato abbastanza. Le spese sono coperte da lui. Ma il mio cliente sei tu. E farò tutto ciò che è in mio potere per difenderti. Se mi vuoi.»

Lui allungò la mano e io la strinsi.

«Grazie...»

«Aspetta a ringraziarmi. Siamo ancora nella merda, Bobby.»

Buttando la testa all'indietro, Bobby si lasciò andare a un'ondata di riso nervoso. Si interruppe di colpo, come se avesse ripreso coscienza di come stavano le cose.

«Lo so, ma almeno non sono solo», disse.

32

Le giurie devono abituarsi a pazientare. Di solito però non è un'arte in cui eccellono. Diventano irrequiete, rabbiose e frustrate per tutto quel tempo che considerano sprecato. Kane aveva fatto parecchia pratica. Era un uomo paziente. Nella stanza della giuria si diffuse il rumore metallico dei vecchi caloriferi, seguito dallo stridore dei tubi. L'impianto di riscaldamento faceva fatica a contrastare il gran freddo.

Kane rimase tranquillo al suo posto intorno al tavolo. Gli altri giurati si agitavano nervosamente sulle sedie oppure bevevano caffè chiacchierando del più e del meno. Le donne stavano ancora parlando di Brenda. Gli uomini invece avevano cominciato a discutere di sport. Tutti tranne Spencer, al quale lo sport non interessava. Kane guardò fuori dalla finestra mentre il cielo cominciava a riempirsi di una spruzzata di neve fresca.

Spencer estrasse il portafoglio e dispose a ventaglio le poche banconote che conteneva. Si girò verso Kane. « Quaranta dollari al giorno. Non ho nessuna intenzione di spedire un uomo in prigione per il resto della sua vita per una miseria del genere », disse schioccando le labbra.

Kane aveva visto la faccia di Spencer sul pannello dei giurati graditi alla difesa. Da che mondo è mondo, alcuni giurati si identificavano sempre e comunque con le forze dell'ordine, con la figura che rappresentava l'autorità. Altri invece immaginavano che potesse capitare a loro di finire sotto processo. Spencer rientrava in quest'ultima categoria. Non era difficile capire come mai la difesa lo volesse tra i giurati.

«Quando credi che verremo pagati?» domandò Spencer.

Kane scosse la testa ma non disse nulla.

Soldi. Kane pensava che tirassero sempre fuori il peggio delle persone. Ricordava un pomeriggio d'estate di tanti anni prima, forse una settimana dopo il suo decimo compleanno. Sua madre era davanti al lavandino della cucina, i capelli illuminati dal sole. Stava lavando i piatti mentre ascoltava la musica. Indossava un vestito talmente vecchio da essere diventato quasi trasparente. Aveva bevuto un paio di drink, come faceva sempre di pomeriggio. Quando si era allontanata dal lavandino, voltandosi, i raggi del sole avevano inondato di luce il vestito. Mentre i suoi capelli ondeggiavano, alcune gocce insaponate erano volate via dalla spugna, atterrando sul naso di Kane. Le assi del pavimento della vecchia fattoria gemevano nella calura, a ritmo di musica.

Kane ricordava di aver riso. Forse quello era stato il suo ultimo momento di vera felicità.

L'uomo era arrivato più tardi quello stesso pomeriggio. Kane era sull'altalena sotto il vecchio albero dal quale era caduto alcuni anni prima. Il sole era basso nel cielo. Il ramo sopra la sua testa scricchiolava mentre lui faceva ondeggiare le gambe avanti e indietro. Poi aveva sentito un rumore di vetri infranti. Un grido. Sulle prime aveva pensato che fosse il vento o qualche rumore strano prodotto dalle corde che reggevano l'altalena, ma poi aveva intuito che non erano stati né l'uno né l'altro. Era andato di corsa verso casa, chiamando sua madre a gran voce.

L'aveva trovata sul pavimento della cucina, con la faccia coperta di sangue e un'enorme ombra nera sopra di lei.

Un uomo dai capelli castano scuro. Jeans sporchi e camicia sudicia. Puzzava come il pastore alla messa della domenica sera. Quello strano odore dolciastro e terroso. Mamma lo chiamava bourbon. L'uomo aveva girato la testa puntando gli occhi rossi su Kane.

«Ah, allora è lui tuo figlio», aveva detto l'uomo.

«No, no, no. Ti ho già detto di andartene...»

Lui aveva zittito la madre di Kane con uno schiaffo.

«Vai fuori per un po' e restaci, ragazzo. A te ci penso dopo», aveva detto a Kane. Poi si era rigirato verso la madre di Kane. «Non mi assomiglia neanche un po'. Bene. Significa che possiamo mantenere il nostro piccolo accordo. Ne è passato di tempo...»

Sua madre aveva gridato e Kane si era precipitato verso di lei, salvo poi ritrovarsi di colpo dal lato opposto della cucina. L'uomo si era girato e gli aveva dato un manrovescio, spedendolo contro il muro. Lo schiocco delle mani callose di quell'uomo sulla sua guancia era stato talmente forte che sua madre pensava l'avesse ucciso. Kane aveva sbattuto la testa contro la parete, accasciandosi sul pavimento.

Lei aveva gridato ancora più forte.

Kane aveva sentito un senso di calore diffondersi sulla guancia. Si era alzato da terra, aveva sollevato la mano e, per la prima volta, aveva visto il suo stesso sangue. Il colpo gli aveva squarciato la faccia. Quasi tutti gli altri bambini sarebbero semplicemente svenuti, oppure si sarebbero messi a gridare per il dolore o si sarebbero rannicchiati in un angolo, impauriti. Kane invece si era semplicemente arrabbiato. Quell'uomo gli aveva fatto del male. Stava facendo del male a sua madre.

In un attimo Kane era partito di corsa verso il lavandino, dal quale aveva visto spuntare il manico del grosso coltello di sua madre. Lei gli aveva intimato più volte di non toccarlo. Prendendolo, Kane si era augurato che sua madre potesse perdonarlo.

L'uomo aveva alzato lo sguardo con aria confusa. Gli aveva quasi staccato la testa, e adesso quel bambino era lì, di fronte a lui. Quell'espressione confusa gli si era congelata sulla faccia. E poi la sua guancia sinistra si era afflosciata, così come il suo occhio sinistro. E l'occhio destro era diventato bianco. Ma Kane sapeva che il globo oculare aveva soltanto compiuto una rapida rotazione su se stesso, come un pianeta.

La madre di Kane si era alzata in fretta mentre l'uomo crollava a terra. Poi aveva abbracciato il figlio, cullandolo e cantando. Per tutto il tempo Kane era rimasto a fissare la punta del grosso coltello che sbucava da dietro la testa dell'uomo.

Poi Kane era andato a prendere una vecchia carriola arrugginita e sua madre aveva portato il corpo nel campo dietro casa. Kane sapeva cosa avrebbe fatto. Ce l'aveva messa tutta per fare in modo che non arrivasse fin là, ma sapeva che era inutile. Era diretta verso la collina coperta di muschio, dietro la quale si trovava una conca. Era il luogo ideale per sotterrare un corpo, e Kane lo sapeva bene.

Quando sua madre era arrivata in cima alla collinetta aveva perso il controllo della carriola, che si era ribaltata depositando il corpo sul fondo della conca. La terra in quel punto era scura e soffice, e aveva subito ceduto senza difficoltà sotto il peso della grossa pala che Kane si era portato in spalla.

Sua madre non aveva impiegato molto a trovare il primo mucchietto di ossa. Ossa piccole. Man mano che scavava, continuava a trovarne. Ossa di animali. Sepolte nella terra bagnata e poco profonda. Non aveva detto nulla, e insieme avevano seppellito l'uomo.

A quel punto sua madre, coperta di terra e sangue, si era inginocchiata accanto a lui. Gli aveva preso le morbide guance sporche tra le mani. «Non dirò a nessuno degli animali. Ho sempre saputo che eri tu. Sarà un segreto. Tra me e te. Prometto. Prometti anche tu?»

Kane aveva annuito e nessuno di loro ne aveva più fatto parola. All'età di quindici anni, Kane aveva scoperto la verità. Quell'uomo era un cugino di sua madre. Quando il nonno di Kane era morto, lasciando a sua madre la vecchia fattoria, quel cugino si era offerto di aiutarla economicamente. Lavorava come bracciante e non gli mancavano un po' di soldi da offrire a una donna che si fosse mostrata disponibile. La madre di Kane era disperata. Non aveva da mangiare, ma in compenso aveva bollette da pagare e una terra che non poteva lavorare. Quei soldi le erano serviti per rimettersi in piedi. Aveva detto a Kane di aver odiato ogni istante trascorso con quell'uomo. E che il padre di Kane non era un Marine rimasto ucciso in un Paese lontano. Era lui, l'uomo che avevano sepolto insieme.

Gli aveva detto che le dispiaceva. Ma aveva bisogno di soldi.

Kane le aveva risposto che la capiva, ed era vero.

Non le aveva raccontato però l'altra parte della storia. La parte che non avrebbe mai rivelato a nessuno. Ossia che quando aveva conficcato quel grosso coltello in faccia all'uomo si era sentito bene.

Molto bene.

Con il trascorrere degli anni, non era stato facile provare di nuovo quella sensazione.

Kane sbatté le palpebre per scacciare il ricordo e guardò di nuovo Spencer. Sapeva che avrebbe dovuto vedersela con giurati come lui. Certe persone erano semplicemente impossibili da convincere. In aula sarebbe potuta succedere qualsiasi cosa, e lui avrebbe potuto insistere quanto voleva nella stanza della giuria, ma Spencer avrebbe votato solo e soltanto in un modo. Idem per il musicista, Manuel. Anche lui era un prediletto della difesa.

La posta in gioco per Kane era troppo alta. Non poteva rischiare che andasse tutto a rotoli nella stanza della giuria. Doveva affrontare il problema prima che fosse troppo tardi.

E sapeva esattamente come risolvere il problema di Spencer e Manuel.

STUDIO CARP
Ufficio 421, Condé Nast Building,
Times Square 4, New York

Documento strettamente confidenziale protetto dal segreto professionale

Scheda giurato

Lo Stato contro Robert Solomon
Tribunale penale di Manhattan

Elizabeth (Betsy) Muller
Età: 35

Casalinga. Cinque figli di età inferiore a dieci anni. Il marito è ingegnere civile. Istruttrice di karate nei fine settimana. Repubblicana. Vecchie multe per divieto di sosta (che non precludono la sua presenza nella giuria). Risorse finanziarie scarse. Restaura mobili che vende su eBay. Account social – Facebook e Instagram – legati per lo più al karate e alle arti marziali miste.

Probabilità che voti «Non colpevole»: 45%
Arnold L. Novoselic

33

Lasciai Bobby in infermeria e tornai in aula. Una cancelliera aveva chiamato il medico dicendo che Harry voleva vedere me e il rappresentante dell'accusa nel suo ufficio.

Quando tornai in aula, trovai un solo portatile appoggiato sul tavolo della difesa. Era il mio, con un file zip pronto a essere aperto: il fascicolo del caso. Se non altro avevo ancora i file.

« Ti spiace se resto? » disse una voce.

Arnold Novoselic si sedette al tavolo e sbatté una grossa cartellina di carta accanto al mio computer.

« Credevo che te ne fossi andato con Carp », dissi.

Spostando indietro la sedia, Arnold mi guardò in faccia. « Il mio onorario è stato pagato in anticipo. Posso andarmene quando mi pare. Ma la fama di un consulente per la selezione della giuria dipende dall'esito del suo ultimo processo. Lo sai anche tu. Devo andare fino in fondo. Forse posso essere d'aiuto, non lo so. Non ho mai abbandonato un caso prima d'ora. Anche se stavolta ammetto di essere tentato. »

« Io invece sarei tentato di licenziarti, ma si dà il caso che non abbia nessun altro nel team di difesa. E poi, sei stato il primo ad aiutare Bobby appena ha avuto quell'attacco poco fa », dissi.

« Ho i miei momenti di debolezza », rispose Arnold. Aprì la cartellina e mi allungò un documento.

« Questo è il nostro elenco dei giurati rivisto. Per ciascuno c'è una biografia. L'ho modificato stamattina dopo aver ricevuto la notizia. »

« Quale notizia? »

« Be', ho dovuto inserire il nome di uno dei giurati di riserva. Una delle giurate iniziali, Brenda Kowolski, è stata investita ieri sera. È morta. La polizia sospetta che ci sia sotto dell'altro. Ho visto un tenente andare dal giudice stamattina. »

« Merda. »

« Puoi dirlo forte. La cancelliera ti sta cercando. Pryor è già dentro, ti aspettano. Fai del tuo meglio per convincere il giudice a non isolare la giuria. »

« Stai cercando di spiegarmi come fare il mio lavoro? » domandai.

« No, ma non mi fido di te. E io non ti piaccio. Cominciamo con l'essere sinceri e ripartiamo da lì. »

Annuii e lasciai Arnold a distribuire carte e documenti sul tavolo. Io e Arnold non andavamo d'accordo. I consulenti per la selezione della giuria erano un male necessario nei grossi processi. Costavano una fortuna e non era mai chiaro quanto influissero sul risultato.

A ogni modo, su una cosa Arnold aveva ragione. Isolare una giuria era quanto di peggio potesse accadere in un processo, oltre a non essere un bene per nessuna delle parti. Ci volevano settimane intere, mesi anche, per individuare i giurati ideali. Di solito la difesa cercava tipi creativi. Persone che avessero un po' di fantasia. L'accusa invece voleva dei semplici fuchi. Persone che si guadagnavano da vivere facendo ciò che gli veniva chiesto senza lamentarsi. E ciascuna delle parti cercava di far salire sul banco della giuria il genere di persone a lei più congeniale.

La difesa desidera pensatori.

L'accusa desidera soldati.

Ma ciò che desidera davvero ciascuna parte è un giurato che sia in grado di prendere una maledetta decisione ascoltando avvocati e testimoni. Una giuria dovrebbe essere un complesso di menti libere, diverse tra loro e rappresentative degli abitanti di una determinata zona.

Quando una giuria viene messa in isolamento e rinchiusa, senza poter avere rapporti con il mondo esterno, cambia modo di pensare. I giurati trascorrono insieme troppo tempo in una situazione molto lontana dalla loro vita normale. La giuria diventa un tutt'uno. Si trasforma in un branco. Noi contro loro. E il «loro» di solito è il sistema giuridico, quello che vieta ai giurati di guardare la televisione, di leggere un giornale o di tornare a casa durante lo svolgimento del processo. La giuria cessa di essere un gruppo di individui e si trasforma in una mente collettiva.

E questo non giovava né alla difesa né all'accusa, perché non si poteva mai sapere quale strada avrebbe imboccato una giuria in isolamento. E qualunque strada avesse scelto, era probabile che l'avrebbe fatto in fretta. Di solito i giurati si annoiavano e si stufavano così tanto del processo e dell'isolamento da esprimere il proprio verdetto in quattro e quattr'otto soltanto per porre fine a quel calvario. Colpevole o non colpevole non faceva differenza. Tutti volevano soltanto trovare il modo più rapido per chiudere la faccenda e tornarsene a casa.

Dalla porta che conduceva al corridoio sul retro dell'aula, la cancelliera mi chiamò con un cenno. Passando dal banco dei testimoni, superai lo scranno del giudice e seguii la cancelliera fuori dall'aula lungo un freddo corridoio. Pryor era appoggiato contro la parete fuori dall'ufficio di Harry. La cancelliera bussò una volta alla porta e poi ci fece entrare entrambi.

Pryor non disse nulla fino a quando la porta dell'ufficio di Harry non fu chiusa alle sue spalle.

«Come sta il tuo cliente?» domandò.

«Se la caverà.»

«Entrate e accomodatevi», disse Harry prima che Pryor potesse continuare a parlare.

Gli uffici dei giudici rispecchiavano la loro personalità, ma essendo anche luoghi ufficiali per i procedimenti, c'era un limite alle possibilità di aggiungervi un tocco individuale. Oltre a qualche foto di Harry in uniforme in Vietnam e a uno scatto autografato dentro una cornice che lo ritraeva con Mick Jagger, non c'erano altri oggetti personali in vista.

La cancelliera prese posto a una piccola scrivania nell'angolo. Io e Pryor ci sedemmo sulle sedie imbottite davanti alla scrivania di Harry. Aspettammo mentre lui versava del caffè a tutti, cancelliera compresa. Si sedette dietro la scrivania e si fece spazio per i gomiti spostando di lato alcuni fogli. Poi si sporse in avanti e prese la tazza di caffè con entrambe le mani.

«Carp ha alzato i tacchi. Questo è il nostro primo problema. Eddie, immagino che avrai bisogno di un rinvio», disse.

«Forse no. Mi sono preparato per quasi tutti i testimoni del corpo di polizia e per alcuni dei periti. Mi sarei comunque occupato io di loro. A patto che Mr Pryor non mi faccia sorprese oggi, dovrei essere pronto. Se sentiamo i testimoni della polizia e i periti da qui a venerdì, avrò il tempo di prepararmi per i testimoni civili durante il fine settimana.»

«A proposito di testimoni, ho letto entrambi i vostri elenchi. Art, tu ne hai trentacinque. E tu, Eddie, ventisette. Deduco che vi stiate prendendo per il culo a vicenda. Dopo aver letto i documenti del processo, direi che tu, Art, puoi sostenere l'accusa con cinque, massimo sei testimoni. Eddie, non ho la più pallida idea di chi siano metà dei testimoni sulla tua lista. Capisco che è stata preparata da Rudy. Ma sul serio, chi caspita è Gary Cheeseman?»

Gli elenchi dei testimoni erano un gioco. Ci si infilava chiunque si riuscisse a immaginare casomai fosse necessario. E poi si inserivano un po' di rinforzi soltanto per confondere l'avversario e fare in modo che perdesse tempo a seguirne le tracce.

«Ascolta, Harry, non ho intenzione di passare in rassegna il mio elenco e discutere del valore di ciascun testimone. Se Art taglia il suo elenco, va bene, lo farò anch'io. So cosa intendi. Questi elenchi sono roba da sbruffoni. Se evitiamo cazzate, potremmo chiudere il processo entro una decina di giorni», dissi.

«No. Tagliamo gli elenchi e puntiamo a concludere il processo entro venerdì», disse Harry.

«Venerdì? Be', è ambizioso», commentò Pryor.

Restammo tutti in silenzio per un momento. Sorseggiammo il caffè. Harry appoggiò la tazza e intrecciò le dita, i gomiti sul tavolo. Disegnò un arco con le mani e vi appoggiò il mento. «Ho isolato la giuria. È una decisione che rientra nella mia discrezionalità giudiziaria, e non voglio discussioni al riguardo perché non cambierò idea. Sono preoccupato.»

«Per via di Ms Kowolski? È stato sicuramente un incidente tragico e sfortunato», disse Pryor.

«Stamattina sono venuti alcuni agenti di polizia, e sono abbastanza sicuri che Ms Kowolski sia stata investita di proposito. Faceva la bibliotecaria, era molto conosciuta e rispettata da tutti. Nessun movente manifesto. Se non il fatto che era membro di questa giuria.»

«Mi sembra un'ipotesi un po' campata per aria, signor giudice», disse Pryor.

«Qui dentro sono Harry. E sì, forse è un'ipotesi campata per aria, ma se non metto in isolamento questa giuria e dovesse capitare qualcosa a un altro giurato...»

«Fai quello che ritieni giusto, Harry. La polizia ha spiegato come mai crede che sia stata presa di mira?»

«No, ma ci sta lavorando. Quindi, signori, andate a mettere mano ai vostri elenchi dei testimoni. Tagliateli. Se convocate un teste che non riterrò fondamentale, diventerò una belva. Più andrà avanti questo processo, più questa giuria avrà i riflettori puntati addosso. Qual è il teste che vuoi convocare per primo, Art?» domandò Harry.

«L'investigatore capo. Con le arringhe d'apertura, oggi dovrebbe riuscire a concludere la sua testimonianza», disse.

Harry annuì. «Ho sentito che il tuo cliente ha avuto una specie di attacco epilettico. Sta bene?»

«Penso di sì. Prima finirà questo processo, meglio sarà.»

Uscimmo insieme dall'ufficio di Harry. La cancelliera si trattenne per preparare i fascicoli del giudice. Conoscevamo la strada, e non avevamo bisogno di essere accompagnati.

«Per pura curiosità, chi è Gary Cheeseman? I miei assistenti hanno cercato dappertutto su Internet, ma non abbiamo trovato nessun perito o nessuno che sia anche solo vagamente collegato a questo reato che risponda a quel nome. Sono rimasto stupito da quanti Gary Cheeseman ci siano negli Stati Uniti. Mi piacerebbe sapere come mai è comparso sull'elenco soltanto ieri», disse Pryor.

«Potrei non avere bisogno di chiamarlo. Per ora non posso dirti altro.»

«Be', sapevo che Rudy mi avrebbe dato del filo da torcere. Peccato che si sia ritirato. Spero però che non mi deluderai.»

Scossi la testa. Le persone come Pryor mi davano la nausea. Aveva accettato quel processo soltanto per il prestigio, e per l'assegno. Alla fine tutti diventano insensibili a cadaveri, tragedie e alle cose orribili che le persone si fanno a vicenda. Qui però si trattava di qualcosa di diverso. Non era cinismo e nemmeno qualcosa che gli assomigliasse. Era soltanto un atteggiamento vomitevole. Anni prima, quando non ero ancora avvocato, avevo giurato che se mi fossi mai abituato a guardare scene del crimine senza provare nulla per le vittime, quello sarebbe stato il momento di ritirarmi.

« Guarda, lo capisco. Vuoi vincere. Va bene. Questa non è una gara a chi piscia più lontano, Pryor. Sono morte due persone. »

« E quando il processo sarà finito, saranno ancora morte », replicò Pryor.

Aprii la porta in fondo al corridoio ed entrai in aula. Era piena. Zeppa di giornalisti, conduttori di notiziari e fan di Ariella Bloom. C'era persino qualche fan di Bobby. Caos allo stato puro.

Pryor mi seguì in aula e guardò la tribuna affollata del pubblico. « Su una cosa ti sbagli. Questa è proprio una gara a chi piscia più lontano. In fin dei conti tutto dipende da chi ha l'avvocato migliore. Dovresti saperlo, non sei di primo pelo. E quando verrà venerdì, sarò io a proclamare giustizia per le vittime davanti a tutte quelle telecamere. Non ho mai perso un caso in vent'anni. Ti garantisco che questa non sarà la mia prima volta. »

Con i denti bianchi come perle, rivolse un sorriso radioso alla tribuna e unì le mani sopra la testa, preparandosi già alla vittoria. La folla applaudì. Dai fan di Bobby giunse qualche fischio, ma non molti. Arnold aveva portato Bobby in aula, ed entrambi sedevano pazienti al tavolo della difesa. Bobby era pallido, con un sottile velo di sudore sulla fronte. Mi sedetti accanto a lui.

« Sembrano tutti contro di me », disse Bobby.

« Non preoccuparti », dissi. « Prima della fine della giornata la situazione si sarà ribaltata. Non badare a questa gente. Le uniche persone che contano in quest'aula sono i giurati. Fintantoché possiamo contare sulla loro imparzialità, non avremo problemi. »

« A proposito della giuria, hai letto l'elenco aggiornato? » mi domandò Arnold.

Aprii l'elenco che mi aveva dato e cominciai a leggere. Era ora che facessi la conoscenza di quei giurati. Dodici persone.

Dodici menti. Non la miglior giuria che potessi sperare, ma di certo nemmeno la peggiore. SMS da Harper.

Io e Delaney ti aspettiamo durante la sospensione. Ci sono altre vittime.

34

Per prendere posto al banco della giuria, Kane dovette fare a gara con Rita. Lei si scostò e lo lasciò sedere. Era l'ultimo giurato in seconda fila. Il più vicino all'uscita. Spencer era seduto davanti a lui, più in basso, leggermente sulla destra. Guardando il banco dei testimoni davanti a sé, Kane vedeva benissimo sopra le spalle di Spencer.

Perfetto.

La giuria ricevette i documenti del processo dentro un raccoglitore rosso insieme ad alcune penne e a un bloc-notes. Il giudice Ford invitò i giurati ad appoggiare i documenti ai loro piedi, dicendo che, se e quando necessario, lui o gli avvocati avrebbero indicato loro la pagina pertinente. Erano liberi di prendere appunti.

Tutte le donne tranne Cassandra aprirono i bloc-notes e impugnarono le penne. Anche Spencer. Soltanto Manuel aveva il bloc-notes appoggiato sulle gambe e la penna nuova tra i denti. Gli altri uomini misero tutto per terra, aprirono le gambe il più possibile, nei limiti consentiti dall'educazione, e incrociarono le braccia.

Dall'area destinata agli spettatori si levò un vocio. C'era agitazione in aula. Fanatici dei tribunali, scrittori di romanzi true crime, giornalisti e reporter televisivi parlottavano tra loro. Erano stati divulgati soltanto pochi dettagli degli omicidi. Gli elementi essenziali. Che si erano però rivelati sufficienti a infiammare i quotidiani. Avevano giusto le informazioni necessarie per scrivere e riscrivere una storia, ma senza dettagli concreti. Kane sapeva già che il *Washington Post* l'aveva battezzato « Il processo del secolo ». Concordavano quasi tutti. Almeno fino al successivo processo per omicidio a una celebrità. Fino ad allora, per New York e per il resto del Paese, si trattava di roba grossa. Da notiziario della sera.

Il giudice chiese silenzio e il vociare della folla si placò. Kane scrutò il pubblico e vide molti familiari di Ariella. Gettò poi un'occhiata verso il tavolo della difesa. Rudy Carp non c'era. C'erano soltanto Flynn, l'imputato e Arnold Novoselic, il consulente per la selezione della giuria.

Stava succedendo qualcosa. Forse Solomon aveva licenziato gli altri avvocati e tenuto soltanto Flynn. Sarebbe un grosso sbaglio, pensò Kane.

Fu l'accusa ad aprire le danze. Quella era la parte preferita di Kane.

Pryor si alzò in piedi e si piazzò al centro dell'aula, rivolto verso la giuria. Nonostante la distanza, Kane sentiva il profumo del suo dopobarba. Era un odore forte, ma non sgradevole. Vide l'avvocato dell'accusa assaporare il silenzio prima di cominciare a parlare. Tutti gli occhi in aula erano puntati su di lui.

Facendo un passo verso la giuria, come un ballerino che parte sulla prima nota di un brano, Pryor iniziò la sua arringa d'apertura.

« Signore e signori della giuria, ho avuto il piacere di parlare con alcuni di voi ieri, durante l'esame preliminare, ma ho pensato di dovermi presentare. Mia madre mi ha sempre detto che è buona educazione. Dunque, signore e signori, il mio nome è Art Pryor. Voglio che ve lo ricordiate, perché sono qui per farvi tre promesse. »

Kane raddrizzò la schiena e vide anche altri giurati fare lo stesso. Guardò Pryor alzare il dito indice.

« Primo, prometto di presentarvi una serie di fatti in grado di dimostrare che Robert Solomon ha ucciso Ariella Bloom e

Carl Tozer a sangue freddo. Non farò *ipotesi*, non presenterò *teorie*, ma vi mostrerò soltanto la *verità.*»

Pryor alzò due dita.

«Secondo, prometto di dimostrarvi che Robert Solomon ha mentito alla polizia riguardo ai suoi movimenti la sera degli omicidi. Ha dichiarato di essere tornato a casa intorno a mezzanotte. Dimostreremo che ha mentito su questo elemento essenziale per nascondere il proprio coinvolgimento negli omicidi.»

Tre dita.

«Terzo, prometto di fornirvi prove concrete rilevate dalla Scientifica che collocano Robert Solomon sulla scena del crimine. Vi mostrerò le impronte e il DNA di Solomon su un oggetto che è stato inserito nella gola di Carl Tozer *dopo* il suo omicidio.»

Kane fu percorso da un brivido di piacere. La performance di Pryor era davvero ipnotica. La migliore che avesse mai visto. Quando alla fine Pryor lasciò cadere il braccio lungo il fianco, Kane dovette resistere all'impulso di applaudire. La voce di Pryor era gonfia di empatia e compassione per le vittime, cui si sostituiva una legittima rabbia ogni volta che faceva il nome di Solomon.

«Signore e signori, manterrò le mie promesse. La mia amata mamma si rivolterebbe nella tomba se venissi meno a quel dovere. Questo è un caso di sesso, soldi e vendetta. Robert Solomon ha sorpreso sua moglie a letto con il loro capo della sicurezza, Carl Tozer. Sapeva che avevano una relazione e che il suo matrimonio era finito. Ha sfondato la testa di Carl Tozer con una mazza da baseball, dopodiché ha preso un coltello e l'ha conficcato nel corpo di sua moglie, non una volta, ma *molte*, *molte*, *molte* volte. Poi ha piegato una banconota da un dollaro e l'ha messa in gola a Tozer. Forse credeva che Tozer puntasse ai soldi di Ariella e non aveva alcuna intenzione di lasciarglielo fare. Con la morte della moglie, l'imputato avrebbe ereditato tutti i suoi soldi. Parliamo di ben trentadue milioni.

«Vi dimostrerò che ha mentito alla polizia. Vi fornirò prove scientifiche a dimostrazione del fatto che l'assassino è lui. Dopodiché, toccherà a voi. Voi e soltanto voi avete il potere di dare a queste vittime la giustizia che tanto meritano. Non potete riportarle in vita, ma potete fare in modo che trovino pace. Potete stabilire che Robert Solomon è colpevole.»

Mentre Pryor tornava al tavolo dell'accusa, Kane non gli staccò gli occhi di dosso. Lo vide tirare fuori il fazzoletto e asciugarsi la bocca. Come se si stesse togliendo la rabbia dalle labbra. Quasi tutta la tribuna del pubblico applaudì. Il giudice la zittì.

Sporgendosi appena in avanti, Kane vide gli appunti che aveva preso Spencer sul suo bloc-notes. Diede una lunga occhiata, soffermandosi sullo stile, la dimensione e i tratti fondamentali di alcune lettere. Quando si riappoggiò allo schienale, guardò gli altri giurati intorno a sé. Stavano lasciando che l'ondata di emozione andasse a segno. Alcuni annuirono, probabilmente senza nemmeno rendersene conto.

Per la miseria, quel tipo è stato bravo, pensò Kane.

35

Harry aveva ragione. Pryor era un vero professionista dell'aula. Ascoltai la sua arringa d'apertura, guardando attentamente la giuria.

Quando ebbe finito mi girai verso Bobby. Stava tremando. «Sono tutte balle. Se Carl andava a letto con Ari, io non ne sapevo nulla. Giuro su Dio, Eddie. Sono tutte cazzate», disse sporgendosi in avanti.

Annuii e gli risposi di calmarsi.

«Pryor ha incantato la giuria. Ci vuole uno scossone.»

Aveva ragione. Pryor aveva usato un vecchio trucco degli avvocati chiamato *verità matematica*. Ruota tutto intorno al numero tre. Ogni parola usata da Pryor era stata attentamente soppesata, valutata e provata. E tutto era incentrato sul numero tre.

Tre è davvero un numero magico. Occupa un posto importante nella nostra mente e lo vediamo costantemente nella nostra cultura e nella nostra vita quotidiana. Se qualcuno ci telefona sbagliando numero una volta, be', è la vita. Se succede una seconda volta, è una coincidenza. Se riceviamo una terza chiamata... capiamo che c'è sotto qualcosa. Il numero tre equivale a qualche forma di verità o dato di fatto nel nostro inconscio. Ha un'aura divina. Il terzo giorno Gesù resuscitò. La Santissima Trinità. La terza volta è quella buona. Tre strike e sei fuori.

Pryor aveva fatto tre promesse. Aveva pronunciato la parola «colpevole» tre volte. Aveva pronunciato la parola «tre». Aveva alzato tre dita. Il ritmo e le cadenze del suo discorso ruotavano intorno al numero tre.

Non farò ipotesi, *non presenterò* teorie, ma *vi mostrerò* soltanto la verità... Questo è un caso di *sesso*, *soldi* e *vendetta*... l'ha conficcato nel corpo di sua moglie, non una volta, ma *molte*, *molte*, *molte* volte.

Persino la struttura del discorso di Pryor era costruita intorno a quel numero.

Anzitutto aveva annunciato ai giurati che avrebbe detto loro tre cose. Poi aveva detto loro quelle tre cose. Alla fine aveva ripetuto ciò che aveva appena detto.

Aveva il sacrosanto diritto di sembrare compiaciuto. Era stato un discorso ben preparato, ben concepito, in grado di manipolare i giurati a livello psicologico e assai convincente.

Prima di alzarmi a parlare, incrociai lo sguardo preoccupato di Bobby. Sapevo cosa stava pensando. Si stava domandando se avesse scelto l'avvocato giusto. La sua vita era appesa a un filo. Di solito non ci sono seconde possibilità in un processo per omicidio.

Non la presi sul personale. Se fossi stato Bobby, probabilmente mi sarei sentito come lui. Mi alzai, mi allacciai la giacca e rimasi a qualche metro dal banco della giuria. Abbastanza vicino da stabilire un contatto intimo.

Mentre Pryor aveva parlato con l'energia e la padronanza di un attore esperto, io mantenni la voce a un volume che la giuria potesse sentire, ma che non arrivasse in fondo all'aula. Per quanto Pryor fosse stato devastante, aveva rivelato una debolezza: la sua vanità.

«Il mio nome è Eddie Flynn. Ora sono io a rappresentare l'imputato, Robert Solomon. A differenza di Mr Pryor prima di me, non ho bisogno che ricordiate il mio nome. Io non sono importante. Ciò che credo io non conta. E non vi farò promesse. Vi chiederò soltanto una cosa. Voglio che ciascuno di voi mantenga la parola che ha dato ieri quando ha preso la Bibbia in mano e ha giurato di emettere un verdetto sincero e conforme a verità.

«Quando siete diventati giurati, avete accettato una responsabilità. Siete responsabili di ciascuna persona in quest'aula, di ciascuna persona in questo Stato, di ciascuna persona in questo Paese. Il nostro sistema giudiziario sostiene che è meglio lasciare liberi cento uomini colpevoli che mandare in prigione un uomo innocente. Voi siete responsabili per ogni uomo e donna innocenti accusati di un reato. Avete il dovere di proteggerli.»

Feci un passo avanti. Due giurate donne e un uomo si sporsero verso di me. Afferrai la balaustra del banco e mi chinai.

«In questo momento la legge del nostro Paese dice che Robert Solomon è innocente. Il compito dell'accusa è farvi cambiare idea e convincervi oltre ogni ragionevole dubbio che Robert Solomon ha commesso questi omicidi. Tenetelo sempre a mente. Siete sicuri che tutto ciò che sentite dall'accusa sia corretto? Che sia vero? È davvero andata così? Oppure potrebbe essere andata in un altro modo? Potrebbe essere stato qualcun altro a uccidere Ariella Bloom e Carl Tozer?

«La difesa vi dimostrerà che c'è qualcun altro, qualcuno che l'accusa ha trascurato. Qualcun altro che ha lasciato le sue tracce sulla scena del crimine. Qualcuno a cui l'FBI sta dando la caccia da anni. Qualcuno che ha già ucciso prima, molte volte. Potrebbe essere questo l'assassino? Alla fine del processo, è questa la domanda che dovrete porvi. Se la risposta sarà *sì*, dovrete mandare a casa Robert Solomon.»

Continuai a stringere la balaustra, guardando dritto negli occhi ciascun giurato prima di tornare al tavolo della difesa. Non riuscii a trattenermi dal gettare un'occhiata a Pryor.

Il suo sguardo diceva forte e chiaro: *fatti sotto*.

Quel giorno, per la prima volta, vidi sbocciare qualcosa negli occhi di Bobby. Qualcosa di piccolo, ma importante.

Speranza.

Arnold si sporse in avanti e mi fece segno di imitarlo.

« Bel lavoro. La giuria pendeva dalle tue labbra. C'era soltanto questo giurato... » disse, ma Pryor si era alzato in piedi e Arnold l'aveva visto. « Lascia stare, non importa », disse.

« L'accusa chiama il detective Joseph Anderson », annunciò Pryor.

Non voleva che il mio discorso riecheggiasse troppo a lungo nelle orecchie della giuria. Doveva muoversi in fretta, riconquistare i giurati e non perderli più. Avevo letto la deposizione di Anderson. Era il detective capo.

Un uomo imponente in pantaloni grigi e camicia bianca venne avanti. Alto quasi due metri. Capelli scuri e corti. Salì sul banco dei testimoni e si girò verso l'aula. Occhietti scuri. Baffi folti, collo inesistente. E un gesso che gli correva dalla mano destra fino al gomito. La manica della camicia era arrotolata fin sopra il gesso.

In quel momento non lo sapevo ancora, ma avevo già fatto la conoscenza del detective Anderson la sera prima. Era uno degli uomini del detective Mike Granger. Quello che aveva cercato di sfondarmi la cassa toracica senza però aspettarsi che l'avrei bloccato prendendogli in pieno la mano con un pugno.

Mi aveva già riconosciuto. Glielo lessi in quegli occhietti acuti.

Per la prima volta dopo tre giorni, mi rilassai un pochino. Se Anderson era corrotto come Granger, allora c'erano buone probabilità che la polizia avesse scelto la strada più semplice per quel caso. Probabilmente aveva preso scorciatoie, falsificato prove e fatto tutto il necessario per inchiodare il suo sospettato.

Sarebbe stato un processo interessante.

STUDIO CARP
Ufficio 421, Condé Nast Building,
Times Square 4, New York

Documento strettamente confidenziale protetto
dal segreto professionale

Scheda giurato

Lo Stato contro Robert Solomon
Tribunale penale di Manhattan

Terry Andrews
Età: 49

Ex promessa del basket ritiratasi dalla scena sportiva a 19 anni in seguito a una grave lesione ai legamenti. Titolare di una gastronomia e rosticceria tradizionale nel Bronx, dove è anche addetto alla griglia. Due divorzi. Padre di due figli. Nessun contatto con la famiglia. Non ha mai votato e non ha affiliazioni politiche. Appassionato di jazz. Finanze scarse, il locale ha rischiato la chiusura.

Probabilità che voti «Non colpevole»: 55%
Arnold L. Novoselic

36

«Detective Anderson, vedo che non può reggere la Bibbia. Sarà sufficiente che alzi la mano sinistra. La cancelliera le leggerà il giuramento», disse il giudice Ford.

Kane osservò il detective ripetere il giuramento e prendere posto sul banco dei testimoni. Per tutto il tempo, non fece che pensare all'arringa d'apertura dell'avvocato della difesa. Aveva fatto riferimento a un altro possibile colpevole. A un killer. Di cui l'FBI stava seguendo le tracce.

Ripensò a quando, molto tempo prima, sua madre aveva perso la fattoria. Si erano trasferiti in un posto lontano, cambiando nome. Una nuova vita, un nuovo inizio. Per un po' sua madre era stata felice. La nuova identità si era rivelata un manto inebriante. Sua madre era un disastro in tutti i lavori che riusciva a procurarsi – cameriera, donna delle pulizie, barista, commessa. E le bollette continuavano ad accumularsi. C'erano piccole buste marroni sparpagliate per tutto l'appartamento umido in cui abitavano. Quando erano diventate troppe, il proprietario di casa aveva sbattuto Kane e sua madre in mezzo a una strada.

Si erano spostati parecchie volte, fino a quando sua madre era riuscita a tenersi un lavoro in una fabbrica, principalmente perché era un lavoro che nessun altro voleva fare. Puliva alcune vasche dopo che erano state usate per Dio sa cosa. Sostanze chimiche, era tutto ciò che diceva a Kane, ma non sapeva di che tipo. Giorno dopo giorno tornava a casa un po' più pallida, un po' più smagrita, un po' più malata. E poi era arrivato il giorno in cui non era più riuscita a andare al lavoro. Non avevano l'assicurazione sanitaria né i soldi per chiamare un medico. Kane si era diplomato con i voti più alti che la scuola avesse concesso da anni a uno studente. Anche se aveva frequentato la scuola in modo discontinuo, era innegabile che Kane avesse grandi doti intellettuali. Alla Brown University lo aspettava una borsa di studio.

Sua madre se n'era andata una settimana dopo il diploma. Era morta nel letto del loro piccolo appartamento sudicio. Quello stesso giorno aveva ricevuto una lettera con la quale il direttore della fabbrica le comunicava che era licenziata. Alla fine riusciva a stento a respirare e ogni piccolo movimento era straziante. Era stato allora che Kane aveva capito di dover porre fine a quella sofferenza. Lei non era abbastanza forte, ma lui sapeva esserlo. C'erano varie possibilità: tapparle la bocca e il naso con la mano, tenerle un cuscino schiacciato sulla faccia o magari abbondare con la morfina che avrebbe potuto procurarsi a poco prezzo da qualche spacciatore. Kane pensava che la morfina avrebbe funzionato, ma non sapeva quanta ne sarebbe servita per portare a termine l'operazione. Sua madre avrebbe potuto soffrire con quei metodi. A lui serviva qualcosa di più efficiente. Di più rapido.

Alla fine aveva optato per un sistema di comprovata efficacia e rapidità.

Era andato a prendere la sua ascia.

Prima di ricevere quell'unico colpo di grazia alla testa, la madre aveva visto cos'era diventato suo figlio.

Nel suo portafoglio Kane aveva trovato venti dollari e quarantatré centesimi. Rovistando tra le sue cose si era imbattuto in quello che gli era parso un album. Vecchie foto di sua madre da giovane. E ritagli di giornale. Parecchi. Tutti riportavano la stessa storia e risalivano all'incirca a sei anni prima. Era stato trovato il cadavere di un uomo, sepolto ai margini di una fattoria. La polizia stava cercando l'ex proprietaria e suo figlio. Vedendo il suo nome sul giornale, il suo vero nome, Kane aveva provato un senso di esaltazione fino ad allora sconosciuto. Era proprio lì, nero su bianco.

Joshua Kane.

Aveva conservato l'album, buttandolo in un borsone con alcuni vestiti.

Non sarebbe andato alla Brown. Sapeva già da un po' di non poterlo fare. In un certo senso la malattia di sua madre era stata una benedizione. Era troppo malata per sentire la puzza che proveniva dalla camera del figlio. Si era diplomato il 31 maggio. Il ballo di fine anno era stato il 20, la stessa sera in cui la ragazza che era andata al ballo con lui, Jenny Muskie, era scomparsa insieme a un altro studente di nome Rick Thompson. La polizia aveva diramato un avviso di ricerca per l'auto di Rick a tutte le unità dello Stato, ma non era servito a nulla. Alcuni agenti avevano perquisito l'appartamento di Kane il giorno dopo la scomparsa dei due, scusandosi con sua madre per il disturbo, ma non avevano trovato nulla. Dopodiché avevano parlato con Kane altre tre volte, e in tutte e tre le occasioni lui aveva ripetuto la stessa storia. Era andato al ballo con Jenny, nota a scuola con il soprannome di Jenny Cornacchia, ma lei se l'era filata con Rick non appena erano arrivati. Non li aveva più rivisti.

Nessuno li aveva più rivisti.

Kane si era messo lo zaino in spalla ed era tornato in camera. Aveva aperto la tanica di benzina che aveva rubato dalle auto dei vicini e l'aveva rovesciata sul suo letto, per terra, nella camera di sua madre e in cucina. Ma la maggior parte l'aveva versata sul pavimento di camera sua. Non voleva che la polizia scoprisse cosa aveva fatto al corpo di Jenny. Probabilmente l'avrebbero trovato, quando il calore avesse distrutto le assi del pavimento.

Gettando un ultimo sguardo alla casa, Kane aveva dato

fuoco a un'intera scatola di fiammiferi, l'aveva lanciata sul pavimento e se n'era andato.

Una volta a bordo dell'auto che aveva rubato, non aveva resistito all'impulso di passare un'ultima volta davanti al lago artificiale. Se l'avessero mai svuotato, sul fondo avrebbero trovato l'auto di Rick. Avrebbero trovato il suo corpo nel bagagliaio; la testa invece era incastrata tra il cruscotto e la pedaliera.

Quello era stato l'inizio. La spinta di cui aveva avuto bisogno per affrontare il mondo da solo. Con determinazione. Sua madre era morta inseguendo il sogno di una vita migliore. Un sogno condiviso da tutti gli americani poveri, il sogno di farcela, se avessero lavorato abbastanza sodo. Lei aveva sgobbato ore e ore in tutti quei posti orribili, e per cosa?

Venti dollari e quarantatré. Kane aveva avuto soltanto sua madre nella vita, e adesso lei non c'era più.

Sapeva che il sogno inseguito da sua madre era una menzogna. Una menzogna che continuava a essere perpetuata dalla stampa e dalla televisione. Persone che avevano lavorato sodo, oppure che avevano avuto un colpo di fortuna e *ce l'avevano fatta* venivano presentate come icone. Kane si sarebbe assicurato che quelle persone soffrissero per aver dato vita a quel sogno, per aver fomentato quella menzogna. Oh, sì, le avrebbe proprio fatte soffrire.

Ora, seduto in tribunale, Kane ricordò la sensazione che aveva provato vedendo il proprio nome sul vecchio ritaglio di giornale nell'album di sua madre. L'aveva appena provata di nuovo ascoltando il discorso di Flynn. Un assassino che aveva lasciato il proprio segno. Un uomo al quale l'FBI dava la caccia da anni. Kane fu attraversato da un brivido di paura e piacere. Come una mano fredda e gradita che gli si posasse sulla spalla.

So come ti chiami. So cos'hai fatto.

Capì di aver calato la maschera per un istante. Mentre

quei pensieri gli inondavano la mente, la sua espressione passiva e il suo linguaggio del corpo aperto e neutro erano cambiati. Tossì e si guardò intorno. Tra i giurati nessuno si era accorto di niente. Guardò il tavolo della difesa. Anche Flynn sembrava non aver notato nulla.

C'era qualcosa che non tornava. Kane lo sapeva. Se lo sentiva. Non si trattava dell'eccitazione che provava al ricordo delle sue imprese passate, e nemmeno del dolce piacere della nostalgia. No, era qualcosa di diverso.

Paura.

Di colpo si sentiva nudo. Esposto. Cadde in preda a un bisogno impellente di guardarsi intorno nell'aula, ma non osò farlo. Si concentrò invece su Flynn e lasciò che la sua visione periferica facesse il resto.

Trovò conferma con un'occhiata di un solo istante. Non c'erano più dubbi.

Il consulente per la selezione della giuria, Arnold, lo stava fissando intensamente. Aveva visto qualcosa. Aveva visto la sua vera faccia.

37

Anderson accennò rapidamente ai suoi quattordici anni di esperienza come detective della Omicidi di New York, poi andò dritto al sodo.

« Se ne vedono parecchie facendo questo lavoro. Dopo un po' si impara a interpretare l'omicidio basandosi sulla scena del crimine. La mia esperienza mi ha detto che si trattava di qualcosa di personale. »

La mia esperienza invece mi diceva che Anderson sparava un sacco di cazzate. Aveva individuato un colpevole che gli faceva comodo, e avrebbe manipolato tutto il resto in modo tale che avvalorasse la sua tesi. Se qualche prova deponeva a favore dell'innocenza di Solomon, andava perduta o non era giudicata importante.

« Detective Anderson, in che senso si trattava di qualcosa di personale? » domandò Pryor.

« Una giovane donna e il suo amante uccisi in un letto a me sembrano qualcosa di piuttosto personale. Non serve un distintivo da detective per considerare il marito un probabile sospettato. Sì, crediamo che il nostro uomo sia seduto là. L'imputato, Robert Solomon. »

Pryor si prese un momento, si girò verso Bobby e si assicurò che la giuria seguisse il suo sguardo, poi tornò all'esame del teste.

« Detective, a breve comparirà sullo schermo una foto che mostra dall'alto Ariella Bloom e Carl Tozer in camera da letto. È stata scattata dal fotografo della scena del crimine della Scientifica. Mi sembra di capire che questa foto possa essere ammessa senza problemi come 'Reperto numero uno'. Voglio soltanto avvertire la giuria e il pubblico che si tratta di un'immagine forte», disse Pryor.

Avevo già acconsentito all'esclusione del fotografo dalla lista dei testimoni. Le foto non mentivano, quindi non c'era motivo di perdere tempo convocandolo in udienza per avere conferma ufficiale dell'autenticità del reperto.

Quando Pryor caricò la foto, non guardai lo schermo di fianco al banco dei testimoni. Ero concentrato su Bobby. Aveva chiuso gli occhi, chinando la testa verso il tavolo. Sentendo il pubblico sussultare, capii che la foto era apparsa. Harry chiese silenzio.

In aula non erano ammessi cellulari con fotocamera. Quella foto non sarebbe arrivata ai notiziari. E a ogni modo, era decisamente troppo forte.

Bobby gettò un'occhiata allo schermo e si coprì la faccia con le mani.

Arnold si strinse nelle spalle, indicò Bobby con un cenno del capo e poi la giuria. Sapevo cosa stava cercando di dirmi. Avevo pensato la stessa cosa. Per Bobby sarebbe stato difficile, ma era nel suo interesse.

«Bobby, ho bisogno che guardi la foto», gli sussurrai.

«Non ce la faccio. E non serve. Ce l'ho impressa a fuoco in testa.»

«Devi guardare. So che è difficile. È proprio per questo che devi farlo. So che non vuoi guardare questa cosa orribile che qualcuno ha fatto a tua moglie. Ho bisogno che la giuria lo veda dentro i tuoi occhi», insistei.

Lui scosse la testa.

«Bobby, Eddie ti sta dando la possibilità di scegliere», intervenne Arnold. «Preferisci passare le notti dei prossimi trentacinque anni a fissare il soffitto di una cella oppure guardare questa foto? Fallo, subito.»

Non avrei mai pensato di dirlo, ma in quel momento fui grato della presenza di Arnold.

Bobby tirò su col naso, prese un respiro e obbedì.

Non so se la giuria se ne accorse, ma io sì. Le lacrime presero a rigargli la faccia, e nei suoi occhi si leggeva dolore, non colpevolezza.

Rivolsi ad Arnold un cenno del capo, ringraziandolo. Lui incrociò il mio sguardo con la coda dell'occhio e ricambiò.

« Detective Anderson, basandosi su questa fotografia e sulle ferite delle vittime, potrebbe spiegare alla giuria cosa ritiene che sia successo in quella camera? » domandò Pryor senza troppe cerimonie, come se stesse chiedendo a Anderson se fuori faceva freddo.

Nemmeno io volevo guardare la foto ma, come Bobby, non avevo scelta. Dovevo seguire la testimonianza di Anderson.

Santo cielo, che scena cruda.

Anderson e Pryor guardarono lo schermo. Osservarono due esseri umani massacrati in un impeto di violenza con espressione quasi indifferente. Erano pragmatici mentre discutevano del modo in cui erano morti quei due giovani.

« Per prima cosa noterete che la testa di Mr Tozer è rivolta verso il basso, mentre le gambe sono raggomitolate. Stando al referto dell'autopsia, la causa della morte di Mr Tozer è stata una grave ferita alla testa. La frattura del cranio ha provocato lesioni fatali al cervello. Se anche non è morto sul colpo, la botta l'ha sicuramente paralizzato. La mia interpretazione è che agli occhi dell'assassino Mr Tozer fosse una minaccia. Tozer era uno specialista di sicurezza addestrato. Metterlo fuori combattimento per primo sarebbe stata la scelta più logica. Un solo colpo violento assestato dietro la testa mentre dormiva avrebbe potuto provocare una ferita di questo tipo e spiegherebbe l'assenza di segni di difesa », disse Anderson.

«Siete riusciti a individuare l'arma usata per colpire Mr Tozer?» chiese Pryor.

«Sì, ho trovato una mazza da baseball nell'angolo della stanza. Il sangue sulla mazza indicava che poteva essere stata usata per colpire qualcuno. In seguito il laboratorio ha confermato che quel sangue apparteneva a Mr Tozer. È probabile che sia l'arma del delitto. E prima che me lo chieda, sì, sulla mazza sono state trovate le impronte dell'imputato.»

Mi diede la nausea guardare Pryor sfoderare un sorriso hollywoodiano nel sentire quella risposta. La giuria, troppo concentrata su Anderson, non lo vide.

Pryor prese la mazza, avvolta in una busta per le prove trasparente, e se la portò sopra la testa.

«È questa la mazza?» domandò.

«Esatto», rispose Anderson. La mazza fu registrata tra i reperti e Pryor la consegnò alla cancelliera.

«Dunque, se come lei ha detto, Mr Tozer è stato colpito da questa mazza, cos'è successo poi?»

«Ariella Bloom è stata pugnalata cinque volte nell'area del petto e dell'addome. Uno dei colpi le ha trapassato il cuore. Dev'essere morta molto in fretta.»

Se non altro Pryor ebbe il buon senso di fare una pausa e lasciare che la giuria guardasse la foto di Ariella sullo schermo. Lasciò a tutti un secondo per riflettere su come era morta. Pryor sapeva che nove volte su dieci una giuria arrabbiata emetteva verdetti di colpevolezza.

«Le vittime sono state esaminate da Sharon Morgan, il medico legale, sia sulla scena del crimine sia all'obitorio. Detective Anderson, lei è stato informato dell'esito di quegli esami?»

«Sì, il medico legale mi ha chiesto di raggiungerla perché aveva trovato qualcosa in fondo alla bocca di Carl Tozer.»

«Di cosa si trattava?»

«Di una banconota. Era stata piegata a forma di farfalla e

poi schiacciata a metà all'altezza delle ali prima di essere infilata in bocca a Carl.»

Il viceprocuratore distrettuale era la prontezza fatta persona con il telecomando. Sullo schermo apparve una foto della banconota. Tra la folla si levò un mormorio. Era una novità per tutti. I media non ne avevano mai fatto parola. Lo strano origami a forma di insetto era appoggiato su un tavolo d'acciaio. C'erano alcune ombre sotto le ali. Notai qualche macchia agli angoli della banconota, forse saliva o una minuscola quantità di sangue.

Sapere che era stata nella bocca di un uomo morto le conferiva un che di spettrale. Un insetto macabro, splendido e sinistro, vissuto soltanto dentro un cadavere.

«La farfalla è stata esaminata, detective?»

«Sì, ho chiesto alla squadra della Scientifica del NYPD di condurre un'analisi completa. Sulla banconota abbiamo trovato due DNA. Il primo apparteneva a un altro individuo, che abbiamo ritenuto non correlato al crimine. Un'anomalia irrilevante. Ciò che conta è che la squadra ha rinvenuto le impronte digitali dell'imputato sulla banconota. Quella del pollice sul davanti e un'impronta parziale dell'indice sul retro. Nella stessa area dell'impronta del pollice, la squadra della Scientifica ha trovato del materiale genetico. DNA da contatto, ossia da sudore e cellule epiteliali. Il DNA corrispondeva a quello dell'imputato.»

L'ultima frase investì l'aula come un'onda d'urto. Nessuno parlò o si lasciò sfuggire esclamazioni ad alta voce. No, in aula si creò un silenzio totale, più profondo. Nessuno spostò i piedi, nessuno fece frusciare il giubbotto, tossì o produsse uno qualsiasi dei rumori che ci si aspetterebbe da una grossa folla statica.

Una donna in lacrime con le mani sulla faccia spezzò il silenzio. Un membro della famiglia, senza dubbio. Probabilmente la madre di Ariella. Non mi voltai. È bene che certi momenti rimangano privati.

Pryor se la giocò alla perfezione. Restò immobile e lasciò che il suono del dolore di una madre riecheggiasse nella mente di ogni persona presente in aula. Guardandomi intorno vidi che erano tutti sbalorditi. Tutti tranne uno. Il giornalista del *New York Star*, Paul Benettio. Sedeva con le braccia incrociate nella fila appena dietro il banco dell'accusa. Non reagì in alcun modo alle parole di Anderson. Immaginavo che sapesse già tutto. Quando il silenzio divenne troppo pesante, e quando ebbe aspettato a sufficienza, Pryor ricominciò a parlare.

«Vostro onore, a tempo debito convocheremo l'agente della Scientifica che ha eseguito quei test.»

Harry annuì e Pryor si rimise all'opera.

«Detective, conferma di aver parlato con l'imputato sulla scena del crimine?»

«Sì. L'imputato aveva sangue sulla felpa, sui pantaloni e sulle mani. Mi ha detto di essere tornato a casa intorno a mezzanotte, di essere salito al piano di sopra e di aver trovato sua moglie e il capo della sicurezza morti in camera da letto. Poi ha detto di aver cercato di rianimare Ariella prima di chiamare il 911.»

Pryor si girò e indicò uno dei viceprocuratori distrettuali, che prese un telecomando e premette un tasto.

«Ascolteremo la telefonata al 911. Vi chiedo di prestare attenzione», disse Pryor.

L'avevo già sentita. Per la giuria invece era la prima volta. Credevo che quella telefonata supportasse la difesa di Bobby. Sembrava esattamente un uomo che aveva appena trovato il corpo assassinato della moglie. In quella voce c'erano panico, incredulità, paura, dolore, tutto quanto. Recuperai la trascrizione sul portatile e la seguii mentre la registrazione risuonava in aula.

Operatore: 911. Di cosa ha bisogno? Pompieri, polizia o soccorsi medici?
Solomon: Aiuto. Santo cielo... sono al 275 di West 88th Street. Mia moglie... credo che sia morta. Qualcuno... oh Dio, qualcuno li ha uccisi.
Operatore: Mando subito la polizia e i soccorsi. Si calmi, signore. È in pericolo?
Solomon: Io... io... non lo so.
Operatore: Si trova nella sua abitazione in questo momento?
Solomon: Sì, io... li ho appena trovati. Sono in camera da letto. Sono morti.
(Singhiozzi.)
Operatore: Signore? Signore? Prenda un respiro profondo. Deve dirmi se c'è qualcun altro nell'abitazione in questo momento.
(Rumori di vetro infranto e di qualcuno che inciampa.)
Solomon: Ci sono. Ecco, non ho controllato la casa... Oddio... mandate subito un'ambulanza. Non respira...
(Solomon lascia cadere il telefono.)
Operatore: Signore? Raccolga il telefono. Signore? Signore?

«La chiamata dura soltanto pochi secondi. Detective, quando è arrivato sulla scena del crimine, aveva sentito questa telefonata al 911?» domandò Pryor.

Non mi piaceva la piega che stava prendendo l'interrogatorio.

«No, non l'avevo sentita», rispose Anderson.

Presi Bobby per il braccio. «Bobby, mentre eri al telefono con il 911 si sente un rumore. Sembra che tu sia caduto, o che si sia rovesciato o rotto qualcosa. Cos'era?» sussurrai.

«Mmm, sto cercando di ricordare. Non sono sicuro. Forse ho fatto cadere qualcosa sul comodino. Non ci ho fatto caso.» La sua voce si affievolì mentre lui tornava a quel momento, nella camera con i cadaveri.

Aprii le foto della scena del crimine sul portatile e cominciai a farle scorrere in cerca del comodino. In uno scatto lo si vedeva quasi per intero. C'era una foto per terra. Era possibile che Bobby l'avesse fatta cadere senza accorgersene, date le circostanze. Avevo il brutto presentimento che Pryor avesse un suggerimento alternativo per spiegare da dove provenisse quel suono.

«Detective Anderson. Racconti alla giuria della foto EZ17», disse Pryor mentre il viceprocuratore distrettuale la trasmetteva allo schermo.

Si vedeva il corridoio del secondo piano con il tavolo capovolto e il vaso frantumato sotto la finestra affacciata sul retro. Non avevo idea di dove volesse andare a parare con quella serie di domande, ma avevo l'impressione che si stesse preparando per assestare un colpo da ko.

«Certo. Quando sono arrivato sul posto, ho visto questo tavolo capovolto nel corridoio. Il vaso era rotto», disse Anderson.

«Dove si trova adesso quel tavolo?» domandò Pryor.

«Al laboratorio della Scientifica. In qualche modo era stato spostato, forse prima o dopo gli omicidi. Quando ho interrogato l'imputato in centrale, gli ho chiesto se avesse fatto cadere il tavolo. Lui ha risposto di non ricordarselo. Sosteneva di aver trovato i corpi, e che sua moglie e il suo capo della sicurezza erano stati uccisi da qualcun altro. A quel punto delle indagini l'imputato era un sospettato, ma non era esclusa la possibilità che stesse dicendo la verità. Se non aveva fatto cadere il tavolo, forse era stato qualcun altro. L'abbiamo portato via per farlo esaminare insieme ai frammenti del vaso.»

«E cosa avete scoperto?» domandò Pryor.

Feci scorrere l'inventario delle prove del caso Solomon.

Non c'erano rapporti della Scientifica sul tavolo antico. Stavo per sollevare un'obiezione quando Anderson rispose. « Niente, all'inizio. »

« Vada avanti », lo esortò Pryor.

« Ieri sono andato al laboratorio e abbiamo osservato il tavolo. Vedete, una delle prove che mancava era il coltello usato per uccidere Ariella Bloom. La casa e l'area circostante erano state perlustrate a fondo. Il tavolo è vecchio, antico. Ipotizzavo che potesse esserci un cassetto nascosto. »

« E c'era? » domandò Pryor.

« No. Ma ho controllato di nuovo le impronte. Avevamo ottenuto risultati insoliti. Il laboratorio cercava impronte digitali e su quel fronte non c'era nulla di inconsueto, ma erano stati individuati anche alcuni segni curiosi sul tavolo. Avevo richiesto ulteriori approfondimenti e stamattina abbiamo avuto l'esito. »

Un viceprocuratore distrettuale si avvicinò al tavolo della difesa con un rapporto rilegato. Lo presi, lo aprii e diedi una rapida scorsa.

Poteva andarci peggio. Ma non di molto. Passai il rapporto a Bobby. Un reperto nuovo, dell'ultimo minuto. Avrei potuto inveire e gridare, preparando una mozione affinché fosse escluso. Ma sapevo che era inutile. Harry avrebbe sicuramente ammesso quel reperto.

Le cose per Bobby erano appena diventate molto più serie.

Lo schermo cambiò e ci trovammo a guardare quelli che sembravano due gruppi di tre linee parallele su parte del tavolo. Come se qualcuno avesse preso tre pennelli in mano e avesse graffiato il tavolo due volte.

Almeno fossero stati pennelli.

« Di cosa si tratta, detective? »

« Segni di scarpe », disse Anderson. « Combaciano con un paio di Adidas indossate dall'imputato quella sera. A quanto pare, mentre l'imputato era in piedi sul tavolo, questo si è ribaltato, facendolo scivolare giù.»

«Sta mentendo. Non sono mai salito in piedi su quel tavolo», disse Bobby. Parlò a voce abbastanza alta da essere sentito, tanto che Harry lo fulminò con un'occhiataccia che diceva *chiudi il becco*.

Anderson proseguì. «Così stamattina sono tornato sulla scena del crimine. A poca distanza dal tavolo, in corridoio, c'è una luce. Si tratta di una lampada da soffitto con un paralume elaborato a forma di scodella. Sono salito su una scaletta e ho recuperato un coltello che qualcuno aveva nascosto nel paralume.»

Le mani di Bobby cominciarono a tremare.

«Il coltello è questo?» domandò Pryor chiedendo con un segno di caricare un'altra foto sullo schermo. Alzai lo sguardo e vidi la stessa foto del rapporto. Un coltello a serramanico. Impugnatura nera, base di avorio. Sopra c'era del sangue. E della polvere.

L'unica possibilità di salvezza era l'assenza di impronte.

«È questo il coltello che ha ucciso Ariella Bloom?» domandò Pryor.

Tutti i presenti in aula conoscevano la risposta. Bobby abbassò il mento sul petto. Quel coltello aveva appena tranciato gli ultimi fili che tenevano insieme la sua difesa.

38

Anderson disse che c'era una corrispondenza tra il sangue ritrovato sul coltello e il gruppo sanguigno della vittima e che l'esame del DNA in corso avrebbe confermato che il sangue apparteneva ad Ariella. Sussurrai a Bobby di tenere la testa alta. Non volevo che si mostrasse sconfitto.

Non ancora.

Pryor fece subito un'altra domanda al poliziotto.

« Detective Anderson, è insolito che un intruso accoltelli qualcuno a morte per poi nascondere l'arma del delitto all'interno della casa della vittima, no? »

Mi alzai in fretta. Troppo in fretta. Nel fianco mi esplose un'ondata di dolore, e trovare il fiato per parlare fu un'impresa.

« Obiezione, vostro onore. Mr Pryor sta facendo affermazioni anziché porre domande. »

« Accolta », disse Harry.

Mi sedetti, lentamente. Quell'obiezione non sarebbe servita a granché. Pryor avrebbe semplicemente riformulato la domanda, ma Anderson non aveva alcun dubbio sulla risposta da dare alla giuria.

« Detective, in tutti i suoi anni di servizio le è mai capitato che un colpevole abbia nascosto l'arma del delitto sulla scena di un accoltellamento domestico? » domandò Pryor.

« No, non mi è mai capitato. Nemmeno una volta in tutta la mia carriera. Di norma il colpevole si porta via il coltello, per tenerlo o per sbarazzarsene. Non ha senso lasciarlo dentro casa. L'unico motivo per cui l'assassino potrebbe nasconderlo sarebbe far credere alle forze dell'ordine che ha lasciato la proprietà portandosi via l'arma. Ascoltando quella registrazione, sembra che durante la telefonata al 911 l'imputato fosse in piedi sul tavolo. Si sente un rumore di passi pesanti, rapidi, come se qualcuno fosse inciampato, e poi qualcosa che si rompe. A me sembra che quel qualcosa possa essere il vaso, caduto dopo che l'imputato è scivolato da sopra il tavolo.»

«Grazie, detective Anderson. Per me è tutto al momento. Ora, credo che il mio collega criticherà il lavoro della polizia e cercherà di fare in modo che i giurati non considerino determinati elementi. Anzi, mi stupisce che non abbia sollevato obiezioni sul coltello», disse Pryor.

Sussurrai qualcosa ad Arnold, che uscì dall'aula. Mi alzai e mi diressi verso Pryor. Il dolore era gestibile se mi muovevo con calma. Pryor si sporse sul tavolo dell'accusa con la mano sinistra sul fianco e un'espressione estremamente compiaciuta.

«Nessuna obiezione, vostro onore. Anzi, riteniamo che questa prova possa essere d'aiuto alla giuria», dissi.

Harry mi guardò come se fossi impazzito. L'espressione da gatto che si lecca i baffi di Pryor svanì più in fretta del corpo di un informatore della mafia nel pozzo di un ascensore.

Sull'aula calò il silenzio. Ero al massimo della concentrazione. C'eravamo soltanto io e Anderson. Non contava nient'altro. Non ci stava guardando nessun altro. Dimenticai la folla, l'avvocato dell'accusa, il giudice e la giuria. Eravamo soli, io e lui. Lasciai salire la tensione. Anderson bevve un sorso d'acqua e aspettò.

Aspettai anch'io. Non volevo cominciare il mio controinterrogatorio prima del ritorno di Arnold. Sarebbe arrivato da un momento all'altro, considerato che non ci voleva molto a spostare l'attrezzatura dal ripostiglio.

«Detective, volevo chiederle come ha fatto a rompersi il braccio.»

La sua mascella sembrava una morsa che pendeva da un banco da lavoro. Su entrambi i lati della sua faccia vidi quei grossi muscoli muoversi e tendersi, mentre lui stringeva i denti con tutta la sua forza.

«Sono caduto.»

«Caduto?» ripetei.

Un'esitazione. Il suo pomo d'Adamo fece su e giù.

«Sì, sono scivolato sul ghiaccio. Quando avremo finito le racconterò tutto», rispose lui con la gola secca. Bevve un altro sorso d'acqua. Avevo visto parecchi testimoni cadere in preda all'ansia sul banco. Alcuni tremano, alcuni rispondono troppo in fretta e alcuni a monosillabi, mentre ad altri si secca la gola.

Non mi aspettavo che dicesse la verità e non dissi nemmeno cos'era successo davvero; volevo soltanto fargli capire che avrei potuto. Giusto per spaventarlo. E lui, dal canto suo, mi aveva minacciato.

Le porte in fondo all'aula si aprirono. Arnold tornò insieme ad alcuni membri della sicurezza del tribunale. Più o meno cinque. Entrarono in una processione bizzarra, carichi di sacchetti e scatoloni, mentre due di loro reggevano addirittura un materasso. Smisi di fare domande e aspettai mentre gli uomini avanzavano lungo il corridoio centrale dell'aula, diretti verso di me. Quel corteo di strani oggetti fece comparire sguardi disorientati sui volti del pubblico.

Sentii Pryor guadagnare punti con gli spettatori.

«In coda c'è anche una banda?» domandò.

Mi sporsi sul tavolo dell'accusa. «Sì, e sta suonando la tua marcia funebre.»

Prima che io e Pryor ci prendessimo gusto, dissi a Harry che dovevo presentare un'istanza formale per consentire una ricostruzione durante il mio controinterrogatorio ad Anderson. Dopo che Harry ebbe fatto uscire la giuria, io e Pryor ci avvicinammo al suo scranno.

«Quanto è scientifica questa ricostruzione?» volle sapere Harry.

«Non sono uno scienziato, giudice, ma abbiamo un perito, e il resto è fisica», risposi.

«Vostro onore, l'accusa non era stata informata di questa istanza. Non abbiamo idea di quali siano le intenzioni di Mr Flynn e chiediamo che l'istanza venga respinta. È un'imboscata.»

«Istanza accolta», disse Harry. «E prima che si faccia venire in mente di fermare questo processo per appellarsi contro la mia decisione, le consiglio di pensare a una cosa. Ho capito il suo trucchetto con l'arma del delitto. Se Mr Flynn avesse chiesto tempo per gestire quel reperto, gliel'avrei concesso. Immagino che l'accusa avesse in serbo quella mossa già da un po'. Se ritarderà questo processo potrei occupare il tempo interrogando l'analista della Scientifica per stabilire quando abbia trovato veramente quei segni sul tavolo.»

Pryor indietreggiò con le mani alzate. «Come vuole, vostro onore. Non ho certo intenzione di ritardare il processo.»

Harry annuì e si girò verso di me. «Le concedo un po' di libertà di azione, ma da ora in avanti se siete in possesso di prove che desiderate ammettere, sottoponetevele a vicenda.»

«In effetti ci sarebbero alcune foto che ho bisogno di usare. Sono state scattate ieri sulla scena del crimine», dissi.

«Le presenti adesso», rispose Harry.

Tirai fuori il telefono e aprii le foto scattate da Harper nella camera da letto il mattino precedente, per poi inviarle all'ufficio del procuratore distrettuale. Dopodiché presi Pryor da parte e gli mostrai le foto dal cellulare. Non aveva nulla in contrario al fatto che le usassi. Probabilmente perché non sapeva cosa lo aspettava. Se avesse avuto sentore di ciò che stavo per fare, avrebbe scatenato l'inferno. Speravo di fargli rimpiangere la sua decisione.

STUDIO CARP
Ufficio 421, Condé Nast Building,
Times Square 4, New York

Documento strettamente confidenziale protetto
dal segreto professionale

Scheda giurato

Lo Stato contro Robert Solomon
Tribunale penale di Manhattan

Rita Veste
Età: 33

Psicologa dell'infanzia, libera professionista. Sposata. Il marito è executive chef da Maroni's. Niente figli. Entrambi i genitori in pensione, residenti in Florida. Democratica, ma alle ultime elezioni non ha votato. Nessuna presenza sui social network. Appassionata di vini pregiati. Non è mai stata convocata come perito. Finanze solide.

Probabilità che voti «Non colpevole»: 65%
Arnold L. Novoselic

39

I compagni di Kane erano rimasti incantati dall'esame della testimonianza del detective Anderson. Il detective aveva dato ai giurati un primo assaggio delle prove. Si trattava dell'atto d'apertura. E tutti i giurati sembravano concentrati sul teste.

Kane era sicuramente soddisfatto. La testimonianza infatti si era rivelata una distrazione utile. Mentre Anderson parlava, Kane si era preso tutto il tempo necessario per esaminare gli appunti sulle ginocchia di Spencer. Nessuno degli altri giurati in seconda fila era abbastanza alto da vedere sopra le spalle di quelli davanti. Nessuno tranne Kane. Anche lui aveva preso mezza pagina di appunti. Parole chiave e frasi, come promemoria della testimonianza. Girò una pagina e scrisse una sola parola.

« Colpevole. »

Guardò di nuovo gli appunti di Spencer. Poi i suoi. Scrisse la parola « colpevole » calcando la mano. Poi la riscrisse su un foglio bianco. Stavolta raddrizzò e rimpicciolì leggermente la « C » e fece una coda più lunga alla « P ». Mentre si dava da fare, badò di rimanere ben chino sui suoi appunti per assicurarsi che nessuno intorno a lui potesse vedere cosa stava scrivendo. Fece anche attenzione a tenere la penna alzata e a non toccare il foglio a mani nude.

Aveva passato gran parte della sua vita a studiare modi di impersonare qualcun altro. A volte le identità che assumeva rimanevano in circolazione per un po', soprattutto quando prendeva il posto di una persona reale. Altre volte si sbarazzava di quelle identità false subito dopo averle usate al loro scopo. Tra le identità rimaste in circolazione, ce n'erano alcune a cui si era particolarmente affezionato. E presto aveva scoperto che per mantenerle in vita doveva essere in grado di firmare alcuni documenti: una nuova patente, assegni, trasferimenti di denaro, le solite cose. Nel tempo libero si esercitava a riprodurre la firma della sua identità fino a quando riusciva a falsificarla alla perfezione. Nel corso degli anni era diventato bravo. La sua capacità di controllo della penna e la sua coordinazione mano-occhi erano diventate quelle di un raffinato artista.

Alla fine, soddisfatto della sua opera, sprofondò sulla sedia, tornò alla prima pagina del bloc-notes e incrociò le braccia.

Quando Pryor concluse l'interrogatorio del suo teste, Kane rimase di sasso nel vedere una fila di persone entrare dalle porte in fondo con alcuni scatoloni e addirittura un materasso. Notò che Pryor e Flynn stavano discutendo.

«Vostro onore, vorrei presentare un'istanza per consentire una dimostrazione formale durante il mio controinterrogatorio», disse Flynn.

«Sentiamo, ma prima dobbiamo far uscire la giuria», disse il giudice.

I giurati intorno a Kane si alzarono. Lui li imitò, infilandosi il bloc-notes in tasca. La responsabile della giuria accompagnò i giurati fuori dalla porta laterale fino alla stanza loro destinata. In molti dibattimenti le giurie facevano avanti e indietro da quella stanza dieci o dodici volte al giorno mentre gli avvocati discutevano di questioni giuridiche. Kane ci era abituato.

La responsabile della giuria rimase fuori dall'aula tenendo la porta aperta ai giurati. Kane le si avvicinò. «Scusi, posso andare in bagno?»

«Certo, in fondo al corridoio, seconda porta sulla sinistra», rispose lei.

Kane la ringraziò e si incamminò lungo il corridoio. Il bagno era piccolo, buio e puzzava come la maggior parte dei bagni degli uomini. Una delle luci non funzionava. C'erano due orinatoi fissati alle piastrelle bianche. Kane si diresse verso l'unico bagno con il water e chiuse la porta a chiave.

Lavorò in fretta.

Prima prese un pacchetto di gomme da masticare dalla tasca. L'aveva già aperto per tirarne fuori una. Si rovesciò il pacchetto sul palmo della mano, facendo uscire, oltre alle gomme incartate singolarmente, un sacchettino di plastica delle stesse dimensioni. Tolse il cellophane nel quale era avvolto e tirò fuori un paio di guanti di lattice sottilissimi. Li infilò in fretta. Recuperò il bloc-notes dalla tasca e strappò la pagina con scritto «Colpevole». Accartocciò per bene il foglio, stando attento a mantenere in vista almeno le prime tre lettere della parola. Si infilò il biglietto appallottolato in tasca, si tolse i guanti e ci infilò dentro qualche moneta, dopodiché li avvolse nella carta igienica, li buttò nella tazza e tirò lo sciacquone.

La giuria non dovette aspettare molto. Dieci minuti. Che a Spencer bastarono per commettere uno sgarro.

«Non la vedo bene per l'imputato, ma il caso non è ancora chiuso. E io di quel poliziotto non mi fido», disse Spencer.

«Nemmeno io. E quell'avvocato viscido ha sempre saputo del coltello. Voleva solo tenerlo nascosto alla difesa», replicò Manuel.

«Non possiamo saperlo. Certo che in questo momento Solomon sembra proprio nei guai», commentò Cassandra.

Kane aveva visto Cassandra gettare qualche occhiata furtiva a Spencer. Era un ragazzo giovane e di bell'aspetto, e Cassandra non aveva ancora trovato il coraggio di parlargli, ma persino per Kane era palese che ne era attratta.

«Dobbiamo mantenere una mente aperta. E non abbiamo il permesso di discutere delle prove fino alla fine del processo», intervenne Kane.

Alcuni dei giurati annuirono in segno di approvazione.

«Ha ragione. Non possiamo discuterne», disse Betsy.

«È quello che sto dicendo. Non dobbiamo credere a questa roba come se fosse il Vangelo soltanto perché è uscita dalla bocca di un poliziotto. Mente aperta, signori», ribatté Spencer.

Quando la giuria poté rientrare in aula, prima di sedersi Kane si tolse la giacca e la piegò. Dopo aver preso posto proprio dietro a Spencer, se la appoggiò sopra il ginocchio destro. Il giudice riportò in vita il processo.

«Grazie, signore e signori. Ho concesso a Mr Flynn un po' di margine per una dimostrazione pratica. Ricordate che l'accusa avrà il diritto di sottoporre il teste convocato a ulteriori domande su qualsiasi questione emerga dalla dimostrazione. Proceda pure, Mr Flynn», disse il giudice.

Kane fece scivolare la giacca per terra assicurandosi che cadesse con la manica sinistra rivolta verso di lui. Si chinò per raccoglierla, badando che i giurati intorno a lui fossero concentrati sulla domanda d'apertura di Eddie Flynn. Sia Terry sia Rita stavano fissando l'avvocato. Raccogliendo la giacca, Kane spinse fuori la pallina di carta infilata nella tasca destra. La pallina venne così a trovarsi per terra con sopra la sua giacca. Kane la sollevò dal pavimento di un paio di centimetri con un movimento deciso. Per un brevissimo attimo, vide la pallina rotolare verso l'ombra sotto la panca davanti a sé.

Controllò rapidamente le facce dei giurati alla sua sinistra e Rita alla sua destra. Nessuno sembrava essersi accorto di nulla.

Quando Flynn cominciò il suo controinterrogatorio, a Kane non sfuggì che tra lui e Anderson c'era una certa tensione. Era già successo quando il poliziotto aveva parlato della sua ingessatura alla mano, dicendo di essere caduto.

Kane si domandò se Anderson fosse caduto davvero o se avesse cercato di mollare un pugno all'avvocato della difesa mancando però il colpo o comunque finendo per rimetterci la mano.

E anche Flynn, in effetti, sembrava dolorante. Si muoveva più lentamente rispetto a quando Kane l'aveva visto il giorno prima. E poi cercava di nascondere una smorfia di dolore ogni volta che si alzava dalla sedia.

Kane era pronto a scommettere che Anderson e Flynn avessero avuto uno scontro di qualche tipo la sera prima. Il modo in cui il poliziotto guardava Flynn era carico di avversione. Ma l'odio che si levava da Anderson come vapore non scaturiva dal tipico disprezzo passeggero degli agenti della Omicidi per i difensori.

No, c'era sotto qualcosa. Qualcosa di recente.

Kane non aveva problemi con i poliziotti. Non provava alcun odio per la categoria.

Per questo aveva deciso di lavorare con uno di loro. Tornavano utili. Si appuntò mentalmente di telefonare al suo contatto. C'era altro lavoro da sbrigare.

40

Un buon imbroglio si basa su tre elementi fondamentali, tre fasi che qualunque artista della truffa deve affrontare, che si trovi a L'Avana, a Londra o a Pechino. Potranno anche avere nomi diversi ed essere usati per finalità diverse, ma quando si arriva al dunque sono sempre questi tre elementi a garantire la riuscita di una truffa.

Il numero magico, di nuovo.

Si dà dunque il caso che un buon controinterrogatorio si componga di tre fasi. Si dà anche il caso che quelle tre fasi siano esattamente le stesse usate dagli imbroglioni da due soldi e dai truffatori con il fazzoletto di seta. L'arte della truffa e l'arte del controinterrogatorio sono una cosa sola. E io ero un maestro in entrambe.

Fase uno. L'elemento persuasore.

« Detective, dalle fotografie che abbiamo visto, dai referti dell'autopsia sulle vittime e dalle sue indagini si evince che il responsabile degli omicidi potrebbe essere un soggetto diverso dall'imputato, giusto? »

Non si soffermò a riflettere nemmeno un attimo. Lo sapevo. Una volta che gli agenti della Omicidi si mettono in testa qualcosa, è impossibile fargli cambiare idea.

« No, sbagliato. Tutte le prove indicano che l'assassino è l'imputato », disse in tono calmo.

« La difesa non è d'accordo, ma poniamo per un momento che lei abbia ragione e che tutte le prove indichino che l'assassino è l'imputato. È possibile che il vero colpevole di questo reato voglia semplicemente far credere a lei, ai suoi colleghi e al procuratore distrettuale che il colpevole è l'imputato?»

«Vuole dire che qualcuno sarebbe sgusciato dentro e fuori da quella proprietà senza essere visto e vi avrebbe piazzato delle prove contro Bobby Solomon? No», rispose soffocando una risata. «Mi dispiace, è semplicemente ridicolo.»

«Quindi gli omicidi possono essere avvenuti soltanto nel modo che ha precedentemente descritto alla giuria? Carl Tozer ucciso con la mazza e poi Ariella Bloom con il coltello, mentre erano entrambi a letto?»

«È l'unico scenario che è possibile ricostruire partendo dalle prove», rispose Anderson.

Tornai al mio portatile, effettuai l'accesso all'impianto video dell'aula con la mia password e aprii due delle foto scattate da Harper la mattina precedente. Guardando lo schermo, vidi che Pryor vi aveva lasciato la foto della scena del crimine. Ottimo. Spiegai sottovoce ad Arnold come far scorrere le immagini e trasferirle sullo schermo dell'aula. Lui mi diede l'okay con il pollice, poi si alzò e spostò la nostra attrezzatura al centro dell'aula, nello spazio piastrellato proprio davanti al giudice, alla giuria e al testimone.

Mi alzai a mia volta, sussultando per il dolore sempre più forte al fianco, e dissi a me stesso che di lì a poco avrei potuto prendere qualche altro antidolorifico. Dovevo soltanto resistere un altro po'. Per un momento guardai gli scatoloni, il materasso e il sacchetto che vi era appoggiato.

Fase due. La ricompensa.

«Detective Anderson, la posizione in cui avete trovato le vittime al vostro arrivo sulla scena del crimine è esattamente quella mostrata nella foto sullo schermo?» domandai.

Lui guardò la foto di nuovo. Carl girato sul fianco con una chiazza di sangue dietro la testa. Ariella supina con tracce di sangue sul ventre e sul petto e da nessun'altra parte.

«Sì, è così che le abbiamo trovate.»

Avevo letto il referto dei rilievi effettuati sulla scena del crimine. Riportava una descrizione dettagliata della posizione dei corpi e delle varie ferite. Il medico legale era arrivato intorno all'una del mattino e aveva collocato il decesso tra le tre e le quattro ore prima del suo arrivo.

Mostrai due dita ad Arnold, che cambiò la foto sullo schermo dell'aula. Un primo piano dell'etichetta sul fondo del materasso della scena del crimine.

«Detective, il materasso qui per terra è un NemoSleep, codice prodotto 55612L. Può confermare che è lo stesso codice prodotto del materasso sporco del sangue delle vittime della fotografia?»

Lui osservò la foto. «Sembra di sì.»

«Secondo i rilievi del medico legale, il busto di Ariella era posizionato a trenta centimetri dal lato sinistro del letto, mentre la sua testa si trovava a ventidue centimetri dal bordo superiore, è esatto?»

«Credo di sì, non me lo ricordo di preciso senza rileggere il referto.»

Rimasi in silenzio mentre l'assistente di Pryor recuperava una copia del referto e la consegnava a Anderson. Gli indicai la pagina senza bisogno di controllarla. Quell'abilità mi era tornata alquanto utile nel lavoro. Non dimenticavo mai niente.

«Sì, direi che è esatto.»

Anderson confermò anche che la testa di Tozer si trovava a sessanta centimetri dal bordo superiore del letto e a quarantacinque centimetri dal bordo destro, come rilevato dal medico legale.

Presi il sacchetto dal materasso e disposi gli oggetti sul pavimento.

Metro a nastro. Pennarello indelebile. Bicchierino. Sciroppo di mais. Bottiglia d'acqua. Colorante alimentare. Un lenzuolo.

Aprii il lenzuolo nuovo e lo distesi sopra il materasso. Misurai le distanze per il posizionamento delle vittime registrato dal medico legale e con il pennarello disegnai due cerchi sul lenzuolo. Poi alzai un dito in direzione di Arnold: mi serviva la prima foto sullo schermo.

L'immagine sullo schermo dell'aula cambiò. Apparve una foto del materasso scattata il giorno prima. Una macchia di sangue estesa e ben visibile sul lato del letto di Ariella, e soltanto una macchiolina sul lato di Tozer, sotto la testa, grande più o meno quanto una tazzina da caffè.

«Detective, i segni che ho fatto su questo letto corrispondono alle macchie di sangue della fotografia?»

Lui si prese tempo, spostando lo sguardo dallo schermo al materasso sul pavimento. «Più o meno.»

«Ha davanti a sé i referti del medico legale, che ha indicato il peso delle vittime: quarantanove chili per Ariella e centocinque chili per Carl Tozer, è corretto?»

Lui sfogliò alcune pagine prima di rispondere. «Sì.»

«Detective, non si tratta di un test di matematica, ma Carl Tozer pesava più del doppio di Ariella Bloom, è d'accordo?»

Lui annuì spostandosi sulla sedia.

«Deve rispondere per il verbale.»

«Sì», disse lui sporgendosi verso il microfono.

Aprii lo scatolone e tirai fuori due pesi da palestra. Li mostrai a Anderson. Lui confermò che uno pesava dieci chili e l'altro venti. Ne appoggiai uno nel cerchio dal lato di Ariella e uno da quello di Tozer. Prima ancora di procedere capii che quella dimostrazione avrebbe funzionato. L'avevo capito già nella camera di Bobby, quando mi ero sdraiato su quel letto con Harper. Il peso da venti chili era decisamente più basso, sprofondato sul materasso. Quello da dieci chili sembrava più alto di almeno cinque centimetri.

«Detective, sempre nel referto dell'autopsia, il medico legale ha rilevato che Ariella Bloom ha perso molto sangue. Quasi mille centimetri cubi?»

Lui trovò il dato. «Sì.»

Aprii la bottiglia d'acqua, ne versai un po' nel mio bicchiere appoggiato sul tavolo della difesa e poi lasciai cadere nella bottiglia dello sciroppo di mais insieme a due gocce di colorante alimentare. La richiusi e la agitai. Infine svitai il tappo e riempii il bicchierino.

«Detective, questo bicchierino, che è libero di esaminare, contiene cinquanta centimetri cubi di liquido. Desidera esaminarlo?» domandai.

«Le credo sulla parola.»

«Per riprodurre la consistenza del sangue, il NYPD usa una miscela formata da una parte di sciroppo di mais e quattro parti di acqua. È la procedura contenuta nel manuale di ricostruzione della scena per gli esperti di tracce ematiche. Lo sapeva?»

«Non lo sapevo ma, di nuovo, non sono in disaccordo», rispose lui. Anderson stava attento a non concedermi punti quando sapeva che avevo qualche asso nella manica. Se si fosse messo a discutere inutilmente, avrebbe indebolito la sua testimonianza. Tutti i poliziotti del NYPD sono addestrati a testimoniare allo stesso modo. Ne avevo controinterrogati a sufficienza da sapere come se la giocavano.

Versai lentamente il contenuto del bicchierino sopra il peso dal lato del letto di Ariella. Si formò una pozza intorno alla base del peso e la macchia scura si allargò. Prese poi a gocciolare dall'altra parte del letto, girando intorno al peso dal lato di Tozer. Il fascio di muscoli della mascella di Anderson cominciò a lavorare come una pompa. Anche da tre metri di distanza, sentivo il rumore cupo dei suoi denti che macinavano.

«Detective, è libero di alzarsi per esaminare questo materasso, se lo desidera, prima di rispondere alla mia domanda.

Voglio che guardi la fotografia del materasso sullo schermo e mi dica cosa c'è di sbagliato.»

Anderson guardò prima lo schermo e poi il materasso. Non era bravo come attore. Si massaggiò le tempie e poi scosse la testa mentre cercava invano di fingersi confuso.

«Non capisco cosa intende», disse.

Sapevo che stava cercando di complicarmi la vita, ma aveva dato la risposta sbagliata, spalancandomi la porta: adesso potevo spiegare ogni cosa sia a lui che, soprattutto, alla giuria.

Arnold trasferì sullo schermo la foto delle vittime scattata sulla scena. Se non altro eravamo sulla stessa lunghezza d'onda. Prima di aprire bocca, vidi Harry prendere appunti. Era molto più avanti di me.

«Detective, sul corpo di Carl Tozer era presente il sangue di Ariella Bloom?»

«No, non credo», rispose.

Pryor aveva ascoltato abbastanza. Balzò in piedi e me lo trovai di fianco.

«Vostro onore, l'accusa deve opporsi a questa... farsa. Che il sangue – o qualunque altra sostanza ci sia su questo materasso – scorra verso un'altra parte del letto non significa nulla. Il materasso nella casa dell'imputato non è stato analizzato. È diverso. Non ci sono prove per sostenere che ciò che succede su questo materasso sarebbe potuto succedere, in linea di principio, anche sul materasso della scena del crimine.»

Le sopracciglia di Harry schizzarono in alto e lui picchiettò la penna sul tavolo.

«Finora l'ho lasciata fare, Mr Flynn, ma Mr Pryor ha ragione», disse Harry.

Fase tre. Il momento in cui ti rendi conto di essere un idiota.

Guardai i presenti in aula, che stavano ansiosamente

aspettando la mia risposta. Vidi parecchie cose sui volti che ricambiavano il mio sguardo. Alcuni erano dubbiosi, alcuni confusi, ma la maggior parte era incuriosita. Per mesi avevano sentito una storia e una soltanto: che Bobby Solomon aveva ucciso sua moglie e il suo capo della sicurezza. Ora forse ne avrebbero sentita un'altra.

A tutti piace una buona storia.

Trovai il volto che stavo cercando tra la folla.

« Mr Cheeseman, le spiacerebbe alzarsi? » domandai.

Un uomo sui cinquantacinque anni si alzò con aria orgogliosa nella seconda fila dei posti per il pubblico. Aveva folti capelli neri, ben pettinati, e baffi che sembravano curati come un amatissimo animale domestico. Un uomo imponente su tutti i fronti, in abito blu notte, camicia bianca e cravatta verde smeraldo.

Mi girai di nuovo verso Harry.

« Vostro onore, lui è Mr Cheeseman. Nel 2003 ha progettato e brevettato il materasso NemoSleep. È fatto di lattice e tessuto rivestito in Kevlar, impermeabile al cento per cento, garantito. Questo materasso ha lo stesso tasso di assorbimento dell'acciaio al carbonio. È anche ipoallergenico, antibatterico, antimicotico e viene usato nel settore alberghiero in tutto il mondo. Se necessario, Mr Cheeseman può rendere la sua testimonianza ora, benché non sia il prossimo sulla lista, nel caso in cui Mr Pryor desiderasse controinterrogarlo. »

Harry fece fatica a mascherare la sua espressione divertita mentre fissava Mr Cheeseman. La faccia di Pryor rese il tutto ancora più soddisfacente. Stupore non rendeva l'idea. Era andato a sbattere contro un muro di mattoni con sopra scritto a caratteri cubitali « non colpevole ».

« Ehm, vostro onore, temo che l'accusa debba riservarsi di esprimere la sua posizione su Mr Cheeseman in un secondo momento. »

«Per ora consento alla difesa di proseguire con questa linea di domande», disse Harry.

Mi avventai di nuovo su Anderson prima che Pryor arrivasse al tavolo dell'accusa.

«Detective, come abbiamo già stabilito, il sangue di Ariella Bloom non è presente sul corpo di Mr Tozer. Nemmeno una goccia. Se le vittime erano posizionate come le ha trovate quando sono state uccise, su Mr Tozer dovrebbe esserci del sangue. Lo riconosce?»

«No, sono convinto che le vittime siano state uccise lì dov'erano», rispose Anderson.

«Riconosce che il liquido scorre verso il basso?»

«Be'... certo.»

«È pura fisica, detective. Carl Tozer era molto più pesante di Ariella Bloom. Il materasso si è incurvato sotto il suo peso. L'eventuale sangue uscito dal corpo di Mrs Bloom sarebbe dovuto gocciolare verso il basso, secondo le leggi della gravità, finendo sul corpo di Mr Tozer. È corretto?»

Lui esitò. Mosse le labbra, ma dalla sua bocca non uscì alcun suono.

«È possibile», rispose.

Mi preparai per il colpo di grazia. Sullo schermo comparve la foto della macchia sul materasso scattata da Harper.

«Se Tozer fosse stato su quel letto quando Mrs Bloom è stata uccisa, sul suo corpo ci sarebbe del sangue. Detective, avendo visto la dimostrazione, non è evidente che Carl Tozer non si trovava su quel letto quando l'altra vittima è stata uccisa? Il sangue deve aver avuto tempo per asciugarsi e depositarsi prima che vi fosse collocato sopra il peso di Carl Tozer, no?»

«È possibile», disse di nuovo lui.

«Vuole dire che è probabile?»

Stavolta parlò a denti stretti. «È possibile.»

«E all'inizio di questo controinterrogatorio, lei ha detto

alla giuria che gli omicidi sarebbero potuti avvenire soltanto con entrambe le vittime su quel letto, insieme. Ora le prove puntano in un'altra direzione, no?»

«Forse. Ma resta il fatto che è stato il suo cliente a ucciderle», replicò.

Stavo per darci davvero sotto con Anderson. La sua indagine lasciava spazio a un sacco di altre domande. Peccato però che il giudice alzò una mano e mi chiese di fermarmi. Una funzionaria del tribunale gli stava sussurrando qualcosa. Harry si alzò. «La seduta si aggiorna tra venticinque minuti. Devo vedere entrambi gli avvocati nel mio ufficio all'istante.»

Sembrava arrabbiato. La funzionaria del tribunale e Harry si scambiarono qualche parola, dopodiché il giudice scomparve nel corridoio sul retro prima ancora che la cancelliera gridasse: «Tutti in piedi».

Non sapevo cosa stesse succedendo. E nemmeno Pryor.

Ma stava senza dubbio succedendo qualcosa. Vidi la responsabile della giuria raccogliere i bloc-notes dei giurati. Merda. L'ultima cosa di cui avessi bisogno era una nuova giuria. Stavo giusto cominciando a conquistarla.

Qualunque cosa fosse successa, aveva avuto l'effetto di far imbestialire Harry.

Un rumore catturò la mia attenzione. Voci alzate. Individuai la fonte del trambusto e feci un passo indietro. In tutta la mia carriera non avevo mai visto niente del genere.

Sul banco della giuria era scoppiata una lite in piena regola.

STUDIO CARP
Ufficio 421, Condé Nast Building,
Times Square 4, New York

Documento strettamente confidenziale protetto
dal segreto professionale

Scheda giurato

Lo Stato contro Robert Solomon
Tribunale penale di Manhattan

Manuel Ortega
Età: 38

Pianista, flautista, chitarrista. Il lavoro come musicista di studio è la principale fonte di reddito. Al momento non suona in nessun gruppo. Divorziato. Un figlio maschio di undici anni che vive con la ex. Finanze scarse (creditori aggressivi). Non ha mai votato. Trasferitosi dal Texas a New York vent'anni fa. Fratello in carcere. I post sui social network mostrano un'opinione molto critica nei confronti del sistema penitenziario.

Probabilità che voti «Non colpevole»: 90%
Arnold L. Novoselic

41

Aveva aspettato il momento perfetto.

Non era stato facile. C'erano parecchie persone intorno a lui. Stare seduto vicino agli altri era sempre stato una forte fonte di disagio per Kane. Aveva passato anni a cercare di sintonizzarsi con i dettagli più sottili delle persone che prendeva di mira: il loro tono di voce, il loro modo di parlare, la loro postura, le loro abitudini, i loro tic, il ritmo del loro respiro, il loro odore, persino il modo in cui tenevano le mani a riposo.

Quando stava seduto tra gli altri giurati, semplicemente non riusciva a spegnere quel pulsante. Aveva una percezione acutissima degli altri. A volte ne veniva sopraffatto. Altre volte ne era felice.

Come in quel momento.

Lo sentiva senza nemmeno guardare. Flynn aveva trascinato l'avvocato dell'accusa in un brutto impiccio. L'uomo alto e grosso in seconda fila. Cheeseman. Persino gli arredi sembravano essersi voltati verso di lui. Quella mossa aveva ipnotizzato tutti.

Kane sporse in fuori la gamba destra, poi se la portò sopra il ginocchio sinistro con un movimento fluido. Posò la mano sulle gambe incrociate e aspettò. Sapeva di aver spinto la pallina verso la prima fila. Il suo piede aveva stabilito un contatto, dopodiché Kane aveva sentito un fruscio di carta per un brevissimo istante.

Spencer guardò a sinistra cercando di capire da dove venisse quel rumore. Poi a destra. Non vide nulla. Avrebbe dovuto piegarsi per vedere il foglietto.

Pur non vedendolo più, invece, Kane sapeva istintivamente dove si trovava.

Betsy, la giurata a destra di Spencer, appoggiò i palmi sulla sedia e si sistemò, allungando le gambe prima di metterle sotto la panca con le caviglie incrociate.

Aveva sentito qualcosa. Anche Kane. Stavolta era stato più forte. Un fruscio. Betsy si chinò per capire cosa fosse stato e quando si alzò aveva la pallina in mano. Rimase immobile per un po', fissandola come se fosse una sfera di cristallo.

Si vedeva chiaramente la parola «Colpevole» scritta sul foglietto. Rita era di fianco a Kane. Aveva guardato Betsy raccogliere qualcosa da terra. Si spostò in avanti e posò delicatamente una mano sulla spalla di Betsy.

«Oh mio Dio, c'è scritto *colpevole*», sussurrò Rita.

«Sì», rispose Betsy.

Le due donne allungarono il collo verso Spencer.

«Cosa stai facendo, Spencer?» domandò Betsy.

Spencer la guardò, perplesso.

«Cos'è quello?» disse lui.

Sentendo le loro voci, la responsabile della giuria passò di fianco a Kane e si chinò per intimare ai giurati di fare silenzio. Fu allora che vide il foglietto appallottolato. Betsy lo girò in modo che la responsabile della giuria potesse vedere cosa vi era stato scritto. La responsabile si rialzò di scatto. Disse loro di tacere. Prese il foglietto appallottolato e andò a passo di marcia verso il giudice.

Kane non batté ciglio e si stampò in faccia un'espressione confusa. Appena la responsabile della giuria si fu allontanata, Betsy esplose.

«Sei uno schifoso manipolatore, lo sai?» disse.

E il resto della giuria la sentì.

42

Alla fine ci vollero tutti e cinque gli addetti alla sicurezza del tribunale per placare la giuria. E i giurati stavano ancora litigando mentre venivano portati via dal banco. Nella mia carriera mi era capitato di tutto, ma non avevo mai visto una giuria rischiare un'accusa di oltraggio alla corte.

Chris Pellosi, il web designer pallido, tirò il maglione di Spencer con una mano e indicò Manuel Ortega con l'altra. Daniel Clay, l'appassionato di fantascienza, cercò di zittire gli altri insieme all'anziano Bradley Summers e a James Johnson, il traduttore. Fecero fiasco: gridare a qualcuno di tacere non funziona mai.

Manuel, il musicista, era a tanto così da Terry Andrews. Per tutto il tempo, Betsy e Rita ne avevano dette di tutti i colori a Spencer Colbert.

Soltanto uno dei giurati non si era lasciato coinvolgere in quella baruffa, restando seduto con la testa bassa: Alec Wynn. I funzionari del tribunale fecero uscire la giuria dall'aula.

Anche quando la porta del corridoio si chiuse alle loro spalle, li sentimmo continuare a gridare.

«Santo cielo, cosa sta succedendo?» domandò Bobby.

Tornai dal mio cliente e cercai di rassicurarlo.

«Non ne ho idea, ma di qualunque cosa si tratti, per te potrebbe essere un bene», risposi.

«Come? In che senso un bene?»

«Siamo ancora agli inizi, ma la giuria sembra un tantino

divisa al momento. È un buon segno. Speriamo che rimanga tale.»

Bobby parve capire. Sembrava stare meglio. Le sue guance avevano riacquistato colore, rendendo il suo viso più luminoso.

Avevo rinunciato a parecchie cose per stare lì seduto di fianco a Bobby Solomon e rappresentarlo, ma ne era valsa la pena. Guardandolo in quel momento, capii di avere fatto la scelta giusta.

«Quindi abbiamo una possibilità? Voglio dire, è la prima volta in vita mia che vedo quel coltello, Eddie. Ti giuro di non averlo mai visto prima, figurarsi se l'ho toccato», disse.

«Bobby, quella mazza era in camera da letto. Rudy mi ha detto che di solito la tenevi all'ingresso. È vero?»

«Sì, certo. Sono cresciuto in una fattoria e a mio padre non piacevano le armi. Teneva sempre un'asse di legno di fianco alla porta d'ingresso. È per proteggersi, no? Una volta l'ha spaccata in testa a un esattore e si è fatto qualche mese dentro. Quando è uscito, è andato a comprarsi una mazza da baseball, che ha cominciato a tenere nello stesso posto. Nella piccola rientranza di fianco alla porta. Diceva che non si sarebbe spaccata così facilmente. E io ho sempre fatto la stessa cosa, a prescindere da dove abitassi o da quante guardie del corpo avessi. Però non l'ho mai usata.»

«Va bene.» Mi ero fatto un'idea su quella mazza all'ingresso e sul suo collegamento con il misterioso livido sulla gola di Carl.

La cancelliera venne di corsa verso di noi. Harry voleva conferire con gli avvocati all'istante. La seguimmo fino all'ufficio di Harry, e stavolta Pryor tenne la bocca chiusa. Probabilmente era preoccupato per la giuria. Dodici persone che non andavano d'accordo non gli avrebbero dato un verdetto di colpevolezza unanime. Stava facendo fatica a riconquistare la giuria, e lo sapeva.

Harry era seduto dietro la sua scrivania. Si era tolto la toga e l'aveva appesa. Indossava una camicia bianca e pantaloni neri con le bretelle. Sulla sua scrivania c'era un foglietto appallottolato accanto a una pila di bloc-notes.

Prendemmo posto sulle sedie imbottite di fronte a Harry. La cancelliera si sedette alla sua scrivania e arrivò anche la stenografa. Non appena Harry aprì bocca, cominciò a digitare. Quella conversazione sarebbe stata messa agli atti.

«Signori, abbiamo un giurato corrotto», disse Harry.

«Maledizione», esclamò Pryor sbattendo la mano sulla scrivania di Harry.

Mi sfregai la faccia e chiesi a Harry dell'acqua. Presi un'altra dose di antidolorifici. Ne avevo bisogno. Più che mai. Oltre alla costola rotta, anche la testa aveva cominciato a martellarmi. Per quasi tutta la giornata non avevo avuto problemi, a patto di non toccarmi il bernoccolo. Adesso invece sentivo che stava per arrivare un mal di testa potentissimo. E non aveva nulla a che vedere con la manganellata della sera prima.

Sentire le parole di Harry era stato come finire schiacciati sotto un pianoforte scivolato dall'imbracatura di una gru.

Un giurato corrotto.

Non mi era mai capitato, ma avevo sentito e letto parecchie storie sui giornali. Un giurato corrotto è un giurato con secondi fini. Nella maggior parte dei casi conosce l'imputato. Si tratta di un parente lontano o di un amico. E ha un obiettivo: accaparrarsi un posto nella giuria e spingere il processo nella direzione che serve al suo scopo.

«Chi è?» domandò Pryor.

«Date un'occhiata a questo, ma non toccatelo. Ci sono già impronte digitali a sufficienza.»

Ci alzammo entrambi ed esaminammo il foglietto appallottolato sulla scrivania di Harry. Vedere quella parola –

«Colpevole» – scritta su un pezzo di carta fatto passare tra i giurati, mi scatenò un'altra scarica di dolore alla testa.

«Ha intenzione di sospendere il processo, giudice?» domandai.

«Non sono ancora sicuro. Ho esaminato i bloc-notes forniti ai giurati dal tribunale. Credo che ci sia una corrispondenza. Due bloc-notes sono vuoti. Quanto agli altri, la calligrafia non si avvicina neanche lontanamente a questa. Non sono un perito calligrafo, ma questa a me sembra decisamente simile», disse Harry.

Indicò un bloc-notes aperto sulla sua scrivania. La calligrafia su quel bloc-notes non era simile a quella del foglietto appallottolato, era identica.

«A me sembra che corrisponda, giudice», disse Pryor.

«Anche a me», confermai.

Harry chiese alla cancelliera di portare il giurato nel suo ufficio. Non dovemmo aspettare a lungo. La cancelliera tornò con Spencer Colbert e lo invitò ad accomodarsi sulla sedia aggiunta all'estremità della scrivania di Harry. Non mi sarebbe necessariamente dispiaciuto perdere quel giurato, benché sulla carta sembrasse il nostro soggetto ideale. Creativo, hipster, liberale, indossatore di dolcevita attillati e fumatore di erba. Avrebbe dovuto essere il giurato perfetto.

Si sedette nervosamente, come un bambino spedito nell'ufficio del preside per essersi azzuffato con un compagno nel cortile della scuola.

«Mr Colbert, questa conversazione sarà messa agli atti. Voglio sapere se ha scritto quella parola su questo pezzo di carta per lasciare una specie di messaggio agli altri giurati», disse Harry.

«Cosa? No, io non c'entro niente.»

«Eppure sembra la sua calligrafia», replicò Harry.

Colbert tentò di dire qualcosa, ma poi cambiò idea e si

strinse nelle spalle. «Non so nulla di quel foglietto. Non sono stato io, signor giudice.»

«Non sono un novellino, signore. Ho guardato il biglietto e il suo bloc-notes. Questa è la sua ultima occasione», disse Harry.

Il giurato fissò il pavimento e parve sul punto di dire qualcosa, ma poi scosse la testa.

«Un momento, Mr Colbert. Prima di dire qualsiasi cosa, sappia che posso interrogare ogni singolo giurato. Oppure lei potrebbe farmi risparmiare un po' di tempo. Perché se devo sprecare il resto della mia giornata parlando con gli altri giurati, può scommettere che lei passerà la notte nella prigione municipale qui accanto mentre io decido cosa fare di lei», disse Harry.

Non dovette aggiungere altro. Il pensiero di passare una serata rinchiuso in una cella in compagnia di una ventina di malviventi fece di Colbert un uomo sincero.

«Non sono stato io a scrivere quel biglietto. E non credo nemmeno che sia colpevole», disse pentendosi all'istante di aver aperto bocca.

Il giudice girò sulla sua sedia per guardarci. «Mr Colbert, lei non fa più parte di questa giuria. Ha formulato un giudizio prima del tempo, e questo è un motivo sufficiente per allontanarla da questa giuria. Sappia comunque che non le credo. Penso che sia stato lei a scrivere quel biglietto. Penso che volesse convincere gli altri giurati della colpevolezza dell'imputato. A ogni modo, non le permetterò di interferire ulteriormente con questo processo. Non ho ancora preso una decisione in merito al biglietto. Chiederò al NYPD di indagare sia sull'accaduto sia su di lei. Mi auguro per il suo bene che stia dicendo la verità. Se troverò le sue impronte digitali su questo foglietto, avrà di nuovo mie notizie. Sono stato chiaro?»

Spencer annuì e se la filò prima di peggiorare ulteriormente la situazione.

«I giurati stanno cadendo come mele troppo mature da un albero, giudice» disse Pryor.

«Non me ne parlate. Avrei dovuto nominare cinque o sei giurati di riserva. Chiederò alla giuria di ignorare quel biglietto. C'è qualcosa che desiderate dire? Sappiate che non valuterò nessuna istanza di annullamento del processo.»

Io e Pryor scuotemmo la testa. Non aveva senso cercare di ottenere l'annullamento del processo su questa base. Se Harry avesse detto alla giuria di ignorare il biglietto, dal punto di vista legale non ci sarebbero stati i presupposti per un annullamento. Non c'era altro che potessi fare.

«Bene. Chiamiamo la seconda giurata di riserva. È qui dall'inizio del processo, e non credo abbia problemi. Adesso torniamo al lavoro», disse Harry.

STUDIO CARP
Ufficio 421, Condé Nast Building,
Times Square 4, New York

Documento strettamente confidenziale protetto
dal segreto professionale

Scheda giurato

Lo Stato contro Robert Solomon
Tribunale penale di Manhattan

James Johnson
Età: 43

Trasferimento da Washington a New York due anni fa. Genitori deceduti. Un fratello rimasto a Washington. Traduttore (arabo, francese, russo, tedesco). Lavora da casa per un'agenzia di traduzioni con sistema di videoconferenze. Finanze solide. Fa attività di volontariato in alcuni gruppi, perlopiù per incontrare gente. Scarsa vita sociale. Appassionato di cinema francese, saggistica e degustazione di formaggi. Non vota.

Probabilità che voti «Non colpevole»: 50%
Arnold L. Novoselic

43

Due addetti alla sicurezza del tribunale restarono a sorvegliare i giurati, che aspettavano di essere riammessi in aula. Non parlava più nessuno. Kane prese del caffè e osservò i suoi compagni. Quasi tutti sembravano sempre più scocciati.

Quando la giuria fu riaccompagnata in aula, c'era ad attenderla una nuova giurata. Valerie Burlington, quarantacinque anni circa, indossava jeans neri costosi e una maglia nera. Portava una gran quantità di gioielli, tutti d'oro e tutti veri. Il pesante bracciale intorno al polso doveva costare da solo ventimila dollari. Eppure era pacchiano. Valerie si sedette lontano da Kane, all'estremità opposta della sua panca.

Il giudice informò la giuria che Spencer se n'era andato e che lo aveva sostituito con uno dei giurati di riserva. Come promesso, Harry ordinò ai giurati di ignorare il biglietto e intimò loro in tono severo di non discutere del caso prima di aver ascoltato tutte le testimonianze. Mise in chiaro quali sarebbero state le conseguenze.

Ora che Spencer non era più tra loro, l'unico altro giurato di cui Kane doveva preoccuparsi era Manuel.

Ma avrebbe dovuto aspettare.

La voce dell'avvocato di Bobby lo deconcentrò. L'aveva sottovalutato, quell'Eddie Flynn. E non avrebbe commesso di nuovo lo stesso sbaglio.

44

Il detective Anderson non sembrava particolarmente felice di rivedermi. Pochi testimoni lo erano. Avevo perso lo slancio, e Anderson aveva avuto il tempo di farsi un'idea di cosa avrei potuto domandargli. Addio elemento sorpresa.

«Detective, abbiamo appurato, come riconosce lei stesso, che questi omicidi possono essere stati commessi in modo diverso da quello da lei inizialmente descritto alla giuria. Lasci che suggerisca come potrebbero essere andate le cose. Dia di nuovo un'occhiata al referto dell'autopsia di Mr Tozer», dissi.

Anderson guardò il documento davanti a sé. «Continuo a credere che entrambe le vittime siano state uccise in quel letto, avvocato. Non so perché non ci fosse sangue sul corpo di Mr Tozer, ma questo non cambia nulla.»

Ignorai quell'affermazione, con tutta l'intenzione di tornarci in seguito.

«A pagina tre dell'autopsia si accenna a un livido sul collo di Mr Tozer. Meno di un centimetro per otto. Lo vede?»

«Sì.»

«Come ritiene che si sia procurato quel livido, considerato lo scenario da lei delineato, secondo cui le vittime sarebbero state uccise nel letto mentre dormivano?»

Lui ci pensò sopra, girò una pagina del referto e guardò la rappresentazione del corpo sulla quale il medico legale aveva indicato le ferite.

«Non lo so. Forse se l'è procurato prima di andare a letto? Magari non ha nulla a che vedere con l'omicidio?»

«È senz'altro possibile che non abbia nulla a che vedere con l'omicidio. Oppure potrebbe essere l'elemento fondamentale. La prego di dare un'occhiata a queste fotografie», dissi.

Arnold caricò le foto del resto della casa scattate dalla polizia. La cucina, i corridoi, i soggiorni. Fatta eccezione per la cucina, tutti i pavimenti erano coperti da quella moquette candida come la neve.

«Se Mr Tozer non è morto nel letto, è probabile che sia stato ucciso in un'altra stanza della casa. Come può vedere, in casa non ci sono altre macchie di sangue, giusto?»

Stavolta rispose in fretta.

«Giusto, nessuna macchia. Non abbiamo trovato sangue di Mr Tozer se non in quel letto», disse in tono quasi trionfante.

«Detective, se un intruso fosse riuscito ad accedere alla proprietà e avesse messo un sacchetto sopra la testa di Mr Tozer, strattonandolo da dietro, sarebbe possibile trovare un livido simile sul suo collo?»

Anderson cominciò a premere sul freno. Questa non se l'aspettava.

«Forse, ma Mr Tozer non è morto per asfissia. È stato colpito alla testa con una mazza.»

«Così sembra. Detective, sa qual era il posto in cui l'imputato teneva quella mazza?»

«Non direi», rispose.

«In corridoio, vicino alla porta d'ingresso.»

Anderson scrollò le spalle e scosse la testa. Come a dire: *e allora?*

«Poniamo che qualcuno sia riuscito a introdursi in casa con l'inganno. È possibile che abbia messo un sacchetto sopra la testa di Mr Tozer, che l'abbia strattonato provocando il livido e che abbia afferrato la mazza dell'imputato per uccidere Mr Tozer con un violento colpo dietro la testa?»

Il detective scosse il capo mentre formulavo la domanda. Non era pronto ad ammetterlo e credeva di avere la risposta. Pryor avrebbe potuto sollevare un'obiezione, ma sembrava stargli bene che Anderson cercasse di respingere la domanda da solo.

«Assolutamente no. In quel caso, dove sarebbe finita la macchia di sangue? Su quella moquette, anche una goccia si vedrebbe lontano un miglio. Non avremmo potuto non vedere del sangue su quella moquette.»

«Ma se l'intruso avesse messo un sacchetto sopra la testa di Mr Tozer, magari un sacchetto di quelli con la coulisse, avrebbe potuto assestare quel colpo in qualsiasi altro punto della casa perché lo schizzo di sangue provocato dall'impatto sarebbe stato sigillato all'interno del sacchetto, no?»

Era sensato. Quella teoria spiegava il livido sul collo e l'assenza del sangue di Tozer sulla moquette, e chiariva per quale ragione il sangue di Ariella Bloom non fosse andato a finire sopra il corpo di Tozer nel letto. Quando Tozer era stato trascinato su per le scale e piazzato accanto a lei, il cuore di Ariella aveva già smesso di pompare, e quindi non stava uscendo altro sangue. Il sangue già presente doveva essere rimasto schiacciato sotto il peso di Ariella, impregnando il lenzuolo.

«Non capisco. Se fosse andata così, perché uccidere prima Ariella Bloom e poi mettere il corpo di Tozer accanto a lei nel letto?» domandò Anderson.

Un errore da principiante. Harry stava per dire a Anderson che non si fanno domande agli avvocati. I testimoni non facevano domande, rispondevano e basta. In quell'occasione, però, risposi con piacere.

«Perché trovando il corpo di Tozer accanto ad Ariella, tutti avrebbero pensato che qualcuno li aveva sorpresi a letto insieme e uccisi. In questo modo Bobby Solomon avrebbe avuto un movente, e gli investigatori si sarebbero concentrati solo ed esclusivamente su di lui anziché sull'identità del vero assassino.»

«Questa è la sua opinione», disse Anderson.

«Lasciamo perdere le opinioni, va bene? È un dato di fatto che sul corpo di Ms Bloom non sono stati riscontrati segni di difesa di alcun tipo, esatto?»

«Sì, immagino dormisse quando è stata aggredita», rispose Anderson.

«Posso avere il reperto numero otto?» chiesi alla cancelliera.

Lei allungò la mano dietro di sé e tirò fuori la mazza da baseball avvolta in una busta di plastica sigillata. Mi avvicinai al materasso e diedi un colpo leggero di mazza al peso sul lato del letto di Tozer.

Il tonfo sordo riecheggiò nell'aula. Restituii la mazza alla cancelliera.

«Una mazza di legno d'acero che sbatte contro il metallo fa senza dubbio un gran fracasso. Quando ha colpito il cranio di Carl Tozer, si sarà sentito un gran rumore, no?»

«Riconosco che un po' di rumore deve esserci stato.»

«E Ms Bloom, che a detta sua dormiva a pochi centimetri dalla sorgente di quel suono, non si sarebbe svegliata?»

Lui sbuffò dal naso. Un lungo respiro per scaricare la frustrazione.

«Non so dirlo», rispose.

Era ora di passare oltre, dal momento che il tavolo e il coltello erano elementi importanti nel caso.

«Quante volte è stata perquisita la casa in cerca di una possibile arma del delitto?»

«Una decina forse», rispose dopo averci pensato.

«E il coltello non è stato trovato durante nessuna di quelle perquisizioni?»

«No, come ho detto, l'ho trovato ieri.»

«Era in un buon nascondiglio?»

Lui annuì con un sorrisino ironico sulla faccia. « Immagino di sì, ma alla fine siamo riusciti a scovarlo. »

« L'unico motivo per cui quell'arma poteva essere nel lampadario era che l'assassino non voleva farla trovare, giusto? »

« Giusto. »

« Dunque, poniamo che l'imputato sia salito sul tavolo. Perché non l'avrebbe rimesso in piedi per risistemarlo nella sua posizione originaria? »

« Non lo so », rispose Anderson.

« Se il tavolo non fosse stato ribaltato, non avreste mai trovato il coltello? »

« Suppongo che si possa metterla così », rispose.

« E quell'elemento vi ha permesso di capire che l'assassino poteva essersi servito in qualche modo di quel tavolo? »

« Sì. »

« Se l'assassino avesse raddrizzato il tavolo, allora non avreste trovato il coltello? »

« Probabilmente no », rispose Anderson.

« Tra la telefonata al 911 e l'arrivo del primo agente di polizia sulla scena sono trascorsi quasi sette minuti? »

« Credo di sì. »

« Parecchio tempo, che l'assassino avrebbe potuto usare per nascondere il fatto di essere stato sul tavolo semplicemente rimettendolo a posto, non trova? »

« Di nuovo, è possibile. »

« Poniamo che lei abbia ragione e che l'imputato sia l'assassino che ha cercato di nascondere il coltello. Non vuole che venga trovato. Si dà un gran da fare per nasconderlo in un posto in cui nessuno andrebbe mai a cercarlo. Un paralume. Poi fa cadere un vaso e rovescia il tavolo proprio sotto il lampadario. Mi sta dicendo che l'imputato avrebbe lasciato il tavolo capovolto e il vaso in frantumi per terra? Quegli oggetti avrebbero sicuramente portato i poliziotti dritto all'arma, come ha ammesso lei stesso. Se l'imputato fosse l'assassino, per quale motivo avrebbe dovuto lasciare il tavolo in quella posizione? »

« Gli assassini commettono errori di ogni tipo. È per questo che riusciamo a catturarli. »

Caricai la foto della scena del crimine nella quale si vedeva la camera da letto con la cornice rotta di fianco al comodino.

« Detective, è possibile che il rumore di vetro infranto durante la chiamata al 911 sia stato prodotto da questa cornice fotografica, caduta dal comodino per mano del mio cliente? »

« È possibile. »

Ero soddisfatto di quella risposta. Avevo quasi finito con lui. Dovevo soltanto far sapere alla giuria che non stavamo ignorando la banconota trovata nella bocca di Tozer.

« Detective, è stato lei personalmente a eseguire quegli esami scientifici sulla banconota? »

« No, non li ho eseguiti io. »

« Va bene, discuteremo di quell'elemento probatorio con l'agente della Scientifica. »

Pensai alla sera prima e decisi di lasciare Anderson con l'amaro in bocca. La squadra di Rudy Carp aveva fatto bene il suo lavoro con Anderson, e pensavo che sarebbe stato maleducato sprecarlo.

« Abbiamo soltanto la sua parola sul ritrovamento dell'arma del delitto in quel paralume. Quante volte è stato indagato dagli Affari Interni? »

Anderson strinse gli occhi e mi sputò addosso la sua risposta.

« Due volte. E due volte sono stato scagionato da tutte le accuse. »

Incrociai lo sguardo rabbioso di Anderson. « La terza volta, quando questo caso sarà finito, potrà essere quella buona. »

Pryor fece obiezione. La giuria doveva ignorare la mia ultima domanda.

«Grazie, detective. Per il momento non ho altre domande», dissi.

Pryor non riesaminò il teste. Lasciando il banco, Anderson mi guardò come se volesse uccidermi. Sapevo che era corrotto. Era il socio di Mike Granger. La sua presenza nel gruppetto di agenti fuori dal mio ufficio la sera prima confermava che Anderson era uno dei peggiori agenti che si potessero trovare alla Omicidi di New York. Mi ero fatto un nemico. Un nemico davvero tosto.

Era quasi l'una. Vidi Harry guardare l'orologio.

«Signore e signori, è quasi ora di pranzo. I giurati hanno alcune faccende da sbrigare durante la sospensione. Propongo di rivederci alle tre. La corte si aggiorna», disse.

Quando tornai al tavolo della difesa, Arnold mi aggiornò sulla giuria.

«Gli piaci. Non avrei mai pensato di dirlo, ma è innegabile. Credo che abbiamo quattro giurati dalla nostra parte. Due delle donne annuivano quando parlavi del tavolo lasciato com'era. E la mazzata contro il peso è stata accolta bene.»

A quel punto intervenne anche Bobby. «Grazie. Sono contento di avervi dalla mia parte, ragazzi.»

«Non entusiasmiamoci troppo. Ci sono ancora parecchi testimoni dell'accusa in grado di metterti in guai seri. Ho la sensazione che Pryor abbia ancora qualche asso nella manica», dissi.

Quando l'aula cominciò a svuotarsi, vidi una decina di uomini in giacca e cravatta in fila in fondo all'aula. Bobby aveva ancora una scorta di sicurezza pronta a portarlo fuori di lì tutto intero e ad accompagnarlo in uno stanzino all'interno del tribunale, dove avrebbe potuto mangiare un burrito e mantenere i suoi segreti. Riuscivo quasi a vedere quanto ne fosse oppresso. Quel giovane era schiacciato dal senso di colpa. Da una verità che aveva scelto di nascondere. Senza dubbio collegata alla sera degli omicidi. *Cosa stai nascondendo, Bobby?*

Prima che potessi soffermarmi su quel pensiero, la folla si diradò e vidi due donne avanzare.

Harper e la sua amica dell'FBI, Delaney. Non sapevo cosa avessero trovato. Era difficile capirlo dalle loro espressioni. Sapevo soltanto che avevano scoperto qualcosa di grosso. Si stavano facendo strada tra gli ultimi spettatori rimasti.

«Dobbiamo parlare, subito. Non crederai alle tue orecchie», disse Harper una volta arrivata al tavolo della difesa.

STUDIO CARP
Ufficio 421, Condé Nast Building,
Times Square 4, New York

Documento strettamente confidenziale protetto
dal segreto professionale

Scheda giurato

Lo Stato contro Robert Solomon
Tribunale penale di Manhattan

Bradley Summers
Età: 68

Impiegato delle poste in pensione. Vedovo. Buona situazione finanziaria con la pensione statale. Nessun debito. Nessun bene immobile di proprietà. In cattivi rapporti con entrambi i figli (uno vive in Australia e uno in California). Ogni tanto gioca a scacchi al parco. Vota democratici. Nessuna presenza online. Legge il New York Times.

Probabilità che voti «Non colpevole»: 66%
Arnold L. Novoselic

45

Non era la prima volta che Kane riceveva un passaggio su una volante della polizia. Insieme ai suoi compagni giurati era stato accompagnato fuori dal tribunale attraverso una porta laterale. Lungo il marciapiede era schierata una colonna di Ford Crown Victoria blu e bianche del NYPD. Non erano riuscite ad arrivare sul davanti. Gli addetti al traffico erano stati costretti a chiudere metà di Center Street a causa della folla che si era accalcata fuori dal tribunale.

Il poliziotto che lo accompagnò al suo appartamento non aprì bocca. Salirono insieme in ascensore fino al terzo piano. L'agente Locke aspettò in silenzio nell'angusto ingresso dell'appartamento mentre Kane andava in camera da letto a preparare una borsa.

Mutande, biancheria, calzini, due camicie e due paia di pantaloni. Il tutto dentro una borsa speciale. Kane se l'era fatta fare a Las Vegas molti anni prima. In spessa pelle italiana cucita a mano, era ancora perfetta come il giorno in cui l'aveva ritirata al negozio. Ci infilò anche un rasoio, lo spazzolino da denti e le sue pillole. Antibiotici. E anche il termometro digitale, ma non prima di misurarsi la temperatura, che era normale.

Kane tastò l'interno della borsa, passando le mani lungo una cucitura. Trovò la fessura a forma di pollice e tirò. Una manica nascosta foderata di alluminio per ingannare i metal detector. La manica si trovava dietro una targhetta di metallo con il marchio del produttore. I poliziotti avrebbero pensato che il metal detector stesse rilevando il logo di metallo.

Kane recuperò alcune cose essenziali. Piccoli oggetti che costituivano il kit di base di un assassino. Li infilò nella manica nascosta, chiuse la borsa e raggiunse l'agente all'ingresso. Locke stava sfogliando una delle riviste appoggiate sul tavolo.

«Le piace pescare?» domandò Locke.

«Sì, quando riesco», rispose Kane.

«Due volte all'anno vado con un paio di amici sul fiume Oswego. Si pesca bene.»

«Ne ho sentito parlare. Quando si aprirà la stagione vedrò di non farmelo sfuggire», disse Kane.

Durante il viaggio di ritorno a Center Street si scambiarono racconti di pesca. Parlarono entrambi di un grosso pesce che si erano fatti scappare. Le storie dei pescatori erano tutte uguali. Locke riaccompagnò Kane in tribunale dall'ingresso sul retro. Poi se ne andò. Kane era da solo in quella stanza. Gli altri giurati non erano ancora tornati. Il processo non sarebbe stato troppo problematico. Sapeva di aver inquadrato bene i suoi compagni giurati. Andò con il pensiero a ciò che avrebbe fatto dopo. Aveva pianificato da mesi la mossa successiva. Il processo l'aveva portato a domandarsi se fosse il caso di cambiare i suoi piani.

Kane appoggiò una moneta sul tavolo.

Testa e si sarebbe attenuto al suo piano.

Croce e ne avrebbe preparato uno nuovo.

Lanciò la moneta.

Vita e morte volarono nell'aria. Il destino, determinato solo ed esclusivamente dal caso. Kane sarebbe stato prudente a prescindere dal verso in cui sarebbe caduta la moneta. Quell'incertezza lo elettrizzava. La sentiva fin nello stomaco.

La moneta rimbalzò sul tavolo prima di fermarsi.

Croce.

Mise via la moneta e si tuffò su un sandwich. Mentre mangiava pensò all'uomo che avrebbe continuato a vivere la sua vita, risparmiato da quella moneta. Non avrebbe mai saputo nulla dell'orribile sorte a cui era sfuggito. Anzi, Rudy Carp non avrebbe mai nemmeno saputo di essere stato in pericolo.

Certo, ciò significava che qualcun altro avrebbe dovuto pagarne il prezzo.

Kane prese la borsa e uscì dall'aula. Percorse il corridoio fino al bagno e si assicurò che fosse vuoto. Chiuse a chiave la porta del gabinetto, tirò fuori il cellulare usa e getta dalla manica nascosta e fece una chiamata. Il telefono non fece quasi in tempo a squillare.

«Cambio di programma per Rhode Island», disse Kane.

«Quella monetina ti farà finire nei guai un giorno o l'altro. Lascia che indovini, Carp la scamperà» disse la voce.

«La moneta ha fatto una scelta saggia. Flynn sarà su tutti i giornali e su tutti i social network d'America entro domattina. È perfetto. Ora, puoi procurarmi quello che mi serve?» domandò Kane.

«Immaginavo che saresti andato in questa direzione. Si sapeva che Flynn sarebbe finito sotto i riflettori. Credo che rimarrai soddisfatto. Ho lasciato tutto l'occorrente nella tua macchina fuori dal JFK», disse la voce.

«È già tutto pronto?»

«Ho visto un'opportunità. E l'ho colta. In ogni caso, Flynn sta facendo troppe domande. Anderson ha rischiato di commettere un paio di passi falsi in aula. Dobbiamo proteggerlo.»

«Certo, è a questo che servono i soci. Credo che Anderson apprezzerà. Detesta Flynn.»

«Lo so, quasi mi dispiace per quel Flynn. Non ha la più pallida idea di cosa lo aspetti.»

46

La minuscola cabina di consultazione due piani più in basso puzzava di dopobarba scadente e sudore. A Delaney sembrava non fare né caldo né freddo. Per Harper invece fu più problematico, e le ci volle qualche minuto per abituarsi alla puzza. Aveva l'olfatto sensibile.

Entrambe erano cariche di fascicoli e fogli sparsi, che appoggiarono sul tavolo. Harper fu la prima a parlare.

« Le vittime di Richard Pena sono collegate all'indagine di Mr Dollaro », disse.

Sulla banconota trovata nella bocca di Carl Tozer era presente il DNA di Pena, insieme all'impronta digitale e al DNA di Bobby Solomon. Eppure quando la banconota era stata stampata, Pena era già morto da dodici anni. Giustiziato nella Carolina del Nord per quadruplice omicidio. Era un numero di vittime che non passava certo inosservato.

« È stata trovata qualche banconota sulle scene del crimine? » domandai.

Harper e Delaney non risposero subito. Si scambiarono un'occhiata, domandandosi chi di loro dovesse dirmelo. Alla fine Delaney aprì una cartellina e tirò fuori alcune fotografie.

Quattro foto. Quattro donne. Tutte bianche. Tutte giovani. Tutte morte. Tutte trovate su un prato o su un'area erbosa di qualche tipo, stando alle foto. Erano state messe in posa. Con gambe e braccia allargate come se stessero facendo dei salti a stella.

Avevano lividi bluastri sulla gola. Non c'erano altri segni di violenza, benché fosse difficile stabilirlo basandosi soltanto sulle foto. Tutte le ragazze erano completamente vestite. Felpe, cardigan, magliette e jeans.

«Erano tutte studentesse della UNC di Chapel Hill. I loro corpi erano stati scaricati al campus, probabilmente da un furgone. La più grande aveva ventitré anni», disse Delaney.

Uno scricchiolio mi fece perdere la concentrazione. Senza rendermene conto, mi ero aggrappato alla gamba poco salda del tavolo e per poco non l'avevo spezzata in due.

Mi riscossi, cercai di andare oltre la rabbia e guardare davvero le foto. Sulle prime non mi accorsi di niente. Poi, in uno degli scatti, vidi qualcosa spuntare dalla camicia di una delle vittime. Una banconota, infilata nel reggiseno.

Non feci in tempo a vederla che Delaney tirò fuori un'altra foto. Un collage di tutte e quattro le vittime. Una banconota faceva capolino da sotto la stoffa di ciascun reggiseno.

«Merda», dissi.

«La polizia ha fatto in modo che l'informazione non arrivasse ai media. Su una delle banconote sono state trovate tracce di DNA, ma nessuna corrispondenza nel database. Poi però la polizia e la sicurezza dell'università hanno effettuato test del DNA volontari su quattrocento uomini che vivevano o lavoravano al campus. Hanno trovato un riscontro su Richard Pena. Era un custode, ma aveva anche frequentato per un breve periodo una delle vittime. L'ultima, Jennifer Esposito. E sì, sulle banconote c'erano dei segni», disse Delaney.

Prese altre quattro fotografie. Su ciascuna lo stemma era stato colorato negli stessi posti. Stessa punta della freccia, stesso ramo di ulivo, stessa stella.

«Gli agenti hanno fotografato le banconote a fini probatori. Non hanno notato i segni oppure, se li hanno notati, durante il processo non vi hanno dato troppo peso. A inchiodare Pena sono stati il DNA e il fatto che tutte le vittime fossero state strangolate», continuò a spiegare Delaney.

«E Pena ha fornito volontariamente il suo DNA?» domandai.

«Non aveva molta scelta», disse Harper. «L'università ha costretto i membri del personale a sottoporsi al test. Forse Pena credeva che non fosse rimasta alcuna traccia. Era stato attento, dopotutto. Quel riscontro sul DNA è stato sufficiente a farlo condannare a tempo record. Prima degli omicidi, il campus di Chapel Hill era stato terrorizzato da uno stupratore seriale. La polizia non è riuscita ad attribuire gli stupri a Pena, ma leggendo tra le righe ha immaginato che lo stupratore fosse Pena. Doveva avere appena alzato il tiro. La città aveva vissuto nella paura per mesi e non aspettava altro che piazzare qualcuno sulla sedia elettrica. Il processo è durato due giorni. La giuria ci ha riflettuto per un totale di dieci minuti. Si può dire che Pena non abbia avuto una grande difesa. Non poteva permettersi un avvocato, e il difensore d'ufficio o dormiva o se ne infischiava. Le sue richieste di appello sono state respinte duramente e in fretta. Il pubblico voleva vedere quell'uomo morto, e lo Stato lo ha accontentato.»

Ci avevano messo poco. La giustizia tendeva sempre a prendersela comoda, ma non in quel caso.

«Pena ha continuato a sostenere di essere innocente?»

«Fino all'ultimissimo respiro», rispose Harper.

«Come tutti gli altri», aggiunse Delaney.

Allontanai le foto. «In che senso?»

Harper si alzò dalla sedia di fronte a me e passò dietro al piccolo spazio alle spalle di Delaney.

«Ne abbiamo trovati altri», disse Delaney. «Dopo che ve ne siete andati ho ottenuto l'autorizzazione a diramare nuovi avvisi di ricerca. La banconota del caso Solomon mi ha fornito gli argomenti necessari per andare dai miei superiori. Ho trasmesso avvisi a tutti gli sceriffi e a tutti gli uffici della Omicidi della polizia di contea dei tredici Stati della Costa Est. I primi Stati firmatari della Dichiarazione d'Indipendenza. Immagino che l'abbiate capito. Bene. A me ci è voluto un po'. Si trattava di un'ipotesi di lavoro con tre vittime soltanto, non abbastanza per chiedere alle forze dell'ordine di andare a rivangare casi chiusi con condanne solide. Con Solomon, però, il mio direttore mi ha dato il via libera per diramare gli avvisi. Ho ricevuto anche il permesso di inviarli a giudici e cancellieri di tutte le contee di quegli Stati. Un evento senza precedenti. Non l'avevamo mai fatto prima d'ora. E ha dato frutti.»

Avvicinai la sedia al tavolo e guardai Delaney tirare fuori i documenti dalla sua cartellina. Quattro plichi di fogli tenuti insieme da elastici. Me li mise davanti uno dopo l'altro. C'erano ritagli di giornale, rapporti della polizia, documenti per i procuratori distrettuali.

«Un incendio doloso in una chiesa frequentata da afroamericani nella Georgia. Due morti. Una banconota parzialmente bruciata rinvenuta accanto a una tanica di benzina. La banconota era stata usata per appiccare l'incendio, poi il piromane vi ha pestato sopra i piedi per spegnere le fiamme. Le impronte digitali sulla tanica rimandavano a un idiota convinto della supremazia della razza bianca di nome Axel, che aveva appena vinto due milioni di dollari alla lotteria statale.»

Sbatté sul tavolo il plico successivo.

«Lo squartatore della Pennsylvania. Tre donne fatte a pezzi nelle loro case, in parte divorate e mutilate post mortem. Tutte e tre sono state ritrovate nell'arco di due settimane nell'estate del 2003. Le aggressioni sono avvenute in zone diverse dello Stato. C'era una banconota nelle mutande di ciascuna vittima. Jonah Parks, uno schizofrenico paranoico, ha confessato gli omicidi nonostante le proteste della moglie, che gli aveva fornito un alibi. Non è stato sufficiente a salvarlo dal carcere.»

Un altro plico. Un altro cadavere che mi guardava. Stavolta un uomo seduto dietro la ruota di un camion.

«Il Killer Autostoppista. Cinque uomini, tutti camionisti. Hanno fatto salire un autostoppista nel Connecticut e si sono ritrovati morti. Uccisi da un colpo di arma da fuoco alla testa esploso a distanza ravvicinata e poi derubati. Banconota da un dollaro sul cruscotto. I poliziotti hanno pensato che fosse una mancia per il passaggio da parte dell'autostoppista. Le impronte digitali sulla banconota hanno condotto i poliziotti a un girovago che era appena riuscito a sistemarsi dopo la morte di un parente lontano che gli aveva lasciato una cospicua eredità. Non ha mai avuto il tempo di godersela.»

L'ultima.

«Sally Buckner, sedici anni. Maryland. Rapita, violentata, uccisa con un coltello a doppio taglio. Quando hanno recuperato il corpo da sotto la veranda del vicino di casa, gli agenti le hanno trovato la banconota in mano. L'ottantunenne Alfred Gareck ha sempre negato di averla uccisa. Niente DNA, ma sono state trovate prove indiziarie. Il sabato mattina la ragazza andava sempre a fare la spesa per Gareck, che le dava un paio di dollari per il disturbo. Sulla banconota c'erano le impronte digitali dell'uomo. È morto a una settimana di distanza dalla condanna per omicidio», disse Delaney.

Poi scosse la testa. «Lo stemma era scarabocchiato nel solito modo su tutte le banconote. Freccia, foglia, stella. Stiamo ancora aspettando eventuali riscontri da New Jersey, South Carolina, Virginia e Rhode Island. Forse non ha colpito in quegli Stati. O forse l'ha fatto e non l'abbiamo ancora scoperto.»

Eravamo ammutoliti. Harper appoggiò la schiena al muro tenendo lo sguardo fisso a terra. La sentimmo tutti, una presenza nera e maligna. Qualcosa a cui si evita volutamente di pensare. Da bambini tutti avevamo avuto paura di qualcosa.

L'uomo nero, il mostro nell'armadio, o il diavolo nascosto sotto il letto. I genitori ti dicono che è tutto frutto della tua immaginazione. I demoni non esistono. I mostri non esistono.

E invece esistono.

Avevo fatto cose orribili nella mia vita. Avevo fatto del male e avevo ucciso. Ma non avevo avuto scelta. L'avevo fatto per autodifesa. Per proteggere la mia famiglia. Per proteggere gli altri. Non è facile uccidere un uomo, nemmeno in circostanze simili. Sapevo per esperienza che anche Harper aveva premuto il grilletto in vita sua. Aveva ucciso un uomo. Non potevo sapere con certezza se anche Delaney avesse fatto del male a qualcuno, ma non c'era bisogno di vivere quell'esperienza in prima persona per sapere cosa si provava. Ogni tanto era una linea che bisognava oltrepassare.

Ma restava sempre una cicatrice.

Lì invece eravamo di fronte a qualcuno che uccideva per piacere. Per gioco. Con la differenza che quello non era un uomo. Era uno dei mostri.

Sapevo qual era la domanda che volevo fare, ma non trovavo il coraggio di pronunciarla. Avevo le labbra secche. Dopo averle inumidite, deglutii. «Quante sono le vittime?»

Delaney e Harper conoscevano la risposta, una risposta che pesava su entrambe come un macigno. Harper chiuse gli occhi e parlò con un filo di voce.

«Quelle di cui siamo al corrente sono diciotto. Venti se contiamo Ariella Bloom e Carl Tozer.»

«E stiamo contando anche Ariella Bloom e Carl Tozer, agente Delaney?» domandai.

«Credo di sì, ma siamo molto indietro su questo fronte. Ed è un'indagine ancora in corso. Vi sto rivelando queste informazioni perché siete stati voi a venire da me con questo caso. Sono pronta a dire alla corte che l'FBI sta indagando su un possibile legame tra gli omicidi di Bloom e Tozer e un serial killer già noto attivo sulla Costa Est, ma non posso fare di più. Non posso fornire altre prove né altre informazioni. Se Solomon venisse condannato per questi omicidi, mi si chiuderà in faccia un'altra porta. Sapete quanto è difficile riaprire un caso chiuso? Quando è stato emesso un verdetto di colpevolezza, per di più? Praticamente impossibile.»

Calò di nuovo il silenzio.

«C'è qualche legame tra le vittime? Questo killer deve sicuramente avere un modo per sceglierle. Non può essere completamente casuale», dissi.

«Non abbiamo ancora trovato nessun legame», rispose Harper. «Ci stiamo lavorando. Credo che ti sarò più utile se mi concentro su questo aspetto, Eddie. Finora non sono nemmeno emersi legami tra le vittime di ciascuno Stato. Età diverse, genere diverso, etnia diversa, trascorsi diversi.»

Annuii. Aveva ragione. Ma tutto questo non sarebbe stato di alcun aiuto a Bobby durante il processo. Neanche un po'.

«Deve pur esserci un nesso. I segni sulle banconote? Voglio dire, questo tizio sembra essersi imbarcato in una qualche missione oscura. Ha uno scopo. Ha un piano. Ha ucciso venti persone, e la polizia e i federali non si sono nemmeno messi a cercarlo. È riuscito a addossare la colpa di ciascun omicidio a qualcun altro», dissi.

Quella parola, quella strana parola insanguinata: omicidio. Per qualche ragione sembrava essermisi bloccata sulla lingua. La mia mente non voleva lasciarla andare.

Mi presi un momento per elaborare il tutto. Di lì a poco sarei dovuto tornare in aula. Chiusi gli occhi e lasciai vagare la mente. Da qualche parte nel mio inconscio avevo la risposta.

Cominciò lentamente, come un battito sommesso nella stanza. Come la vibrazione dell'anima di un violino. Quasi impercettibile. Provocata soltanto dalla pressione delle dita sulle corde un attimo prima che venga suonata la nota iniziale dell'ouverture. La sentivo. E poi eccola lì, dritto davanti a me.

«Ho bisogno di tempo per esaminare questi casi. Speriamo di ricevere nuovi elementi dagli altri Stati. Se vogliamo usare queste informazioni, dobbiamo organizzarle e trovare il legame tra le vittime. E dobbiamo presentare queste prove a Pryor, se sei disposta a fare un accordo, Delaney. Nel frattempo farò sospendere il processo per oggi. Chiederò a Harry un rinvio a domani. Mi ha fatto capire che posso averlo se ne ho bisogno. E ne ho bisogno. Ne abbiamo bisogno tutti quanti.»

Mentre parlavo, i miei occhi non riuscivano a stare fermi, come i miei pensieri.

Poi il direttore mosse le mani. E la prima nota suonò nella mia mente.

«Di che genere di accordo parli?» domandò Delaney.

«Non ci sarà nessun'altra offerta. Nessuna trattativa. Prendere o lasciare. Domani sarai presente in aula. E potrei chiederti di testimoniare, anche se non credo sarà necessario. Ho bisogno soltanto della tua autorizzazione a condividere questi documenti con il procuratore distrettuale e la tua parola che, se avrò bisogno di te, ripeterai alla giuria quello che mi hai appena detto.»

Lei incrociò le braccia, si voltò verso Harper e poi guardò di nuovo me.

«Ti ho già detto che non posso. Non posso compromettere l'indagine.»

«Non comprometterai niente. Vieni in tribunale. Accetta di essere presente in modo che possa presentarti all'accusa come teste. Ma non dovrai rendere nessuna testimonianza. Se accetti, prometto che avrai il tuo uomo in custodia entro le prossime ventiquattr'ore.»

Delaney dondolò all'indietro sulla sedia, stupita da cotanta sicurezza.

« E come farai esattamente a consegnarmi Mr Dollaro? »

« È questo il bello. Non sarò io a consegnartelo. Se domani andrà tutto bene, Mr Dollaro cadrà dritto tra le braccia dell'FBI, da solo. »

STUDIO CARP
Ufficio 421, Condé Nast Building,
Times Square 4, New York

Documento strettamente confidenziale protetto
dal segreto professionale

Scheda giurato

Lo Stato contro Robert Solomon
Tribunale penale di Manhattan

Cassandra Deneuve
Età: 23

Precedentemente conosciuta come Molly Freudenberger, ha cambiato nome due anni fa. Accettata alla facoltà di scenografia della NYU. Lavora da McDonald's. Finanze solide grazie al supporto dei genitori. Ha abbandonato due corsi universitari in altrettanti anni. Svariate relazioni. Grosso seguito su Instagram. Amante dei gatti. Non ha mai votato.

Probabilità che voti «Non colpevole»: 38%
Arnold L. Novoselic

47

La nuova giurata entrò in aula tintinnando. A Kane cominciava già a dare sui nervi. La cavigliera con i ciondoli che portava al piede sinistro sbatacchiava a ogni minimo movimento. L'avevano notato anche gli altri giurati. Di lì a poco Valerie Burlington e la sua cavigliera sarebbero diventate una lametta su una lavagna persino per il più tollerante dei giurati.

Kane si concesse di immaginare come sarebbe stato mozzarle il piede. Si trovò a fissare le vene che spuntavano dall'abbronzatura artificiale appena sotto la caviglia come vermi su una distesa di fango.

Valerie cominciò a dondolare il piede, ignorando gli schiocchi di labbra e i sussurri che si levarono intorno alle sue orecchie.

Per fortuna, la giuria non dovette aspettare a lungo.

Kane rimase deluso quando il giudice aggiornò il processo all'indomani. Il lato positivo era che avrebbe avuto un altro po' di tempo per se stesso.

Tornarono nella stanza della giuria, raccolsero la loro roba e lasciarono il tribunale dalla porta sul retro. Un pullman giallo li portò fuori da Manhattan insieme a due funzionari del tribunale. Viaggiarono per quasi un'ora sull'autostrada verso il JFK. Ma non erano diretti all'aeroporto. L'unica cosa che abbondava nei pressi del JFK erano gli hotel a prezzo ragionevole. Molti si trovavano nel quartiere Jamaica, una zona residenziale nella parte più borghese del Queens. Sarebbe stato decisamente troppo costoso far alloggiare i dodici giurati più quelli di riserva in un hotel di Manhattan.

Gli hotel preferiti del tribunale erano tre. L'Holiday Inn, il Garden Inn e, quando erano veramente alla canna del gas, il Grady's Inn. Evidentemente erano alla canna del gas, e questo grazie alle premure di Kane. Una settimana prima aveva usato una serie di carte di credito prepagate per effettuare numerose prenotazioni strategiche sia all'Holiday sia al Garden Inn. Entrambi gli hotel erano piuttosto pieni, quindi gli erano bastate cinque o sei prenotazioni in ciascuno. Tutte a nome diverso. Alcune online, altre tramite un telefono usa e getta. A ogni prenotazione, chiedeva espressamente un determinato numero di stanza e un determinato piano.

Il risultato era che, quando il funzionario del tribunale aveva cercato di effettuare la prenotazione di gruppo, né l'Holiday Inn né il Garden Inn erano in grado di offrire quindici camere sullo stesso piano. Era una questione di sicurezza: una guardia doveva presidiare il piano per tenere sotto controllo i giurati in isolamento. Non era possibile tenere d'occhio due o tre piani di un hotel. La sicurezza del tribunale non aveva personale a sufficienza. Nossignore. Una guardia. Un piano. Quelle erano le regole.

Restava soltanto il Grady's Inn. Un piano. Una guardia.

Quando l'autobus si fermò davanti all'hotel e i giurati videro dove avrebbero alloggiato, Kane osservò le loro espressioni deluse.

«Quando hanno tolto l'insegna *Bates Motel*?» disse Betsy suscitando un'ondata di risate nervose nei giurati e nei funzionari del tribunale.

I giurati entrarono in fila indiana nella hall. Sembrava più l'ingresso di un'impresa di pompe funebri. I pannelli di rovere scuro su tutte le pareti risucchiavano la misera quantità di luce che penetrava attraverso lo sporco alle finestre. Kane riconobbe l'odore di minestra di verdure. Il portiere rivolse un cenno del capo a ciascuno dei giurati che gli passarono davanti nell'ingresso. Non prese le loro borse. Per la verità sembrava un po' ubriaco. E puzzava di alcol. Dietro la receptionist attempata era appesa una fila di teste di cervo. La donna era sull'ottantina, e dura d'orecchi. Il funzionario del tribunale avrebbe fatto meno fatica a parlare con uno dei cervi.

Kane si era assicurato di essere di fianco a Manuel mentre aspettavano nella hall. Gli diede una gomitata. Manuel lo guardò. Kane si sporse e gli sussurrò all'orecchio. «So che credi che Solomon sia innocente. Siamo sulla stessa lunghezza d'onda. Non possiamo permettere che finisca dentro per qualcosa che non ha fatto. Ne parliamo dopo, okay?»

Kane annuì con espressione saggia. Manuel ci pensò su, poi alzò con discrezione il pollice come a dire: *va bene*.

Furono distribuite quattordici chiavi. Chiavi vere. Non tessere elettroniche. Era un posto all'antica. Un tempo l'hotel era stato una grande villa. C'erano circa quaranta stanze distribuite su cinque piani. Niente ascensore. I giurati seguirono l'addetto alla sicurezza fino al quarto piano, poi gli sfilarono davanti, entrando nelle loro camere. Kane aveva ricevuto la numero quarantuno, sul lato destro del corridoio. Armeggiò con la chiave nella serratura per il tempo necessario a lasciare che un altro giurato arrivasse alla porta dietro di lui.

Era Valerie. Quando sentì cessare il tintinnio dei gioielli alle sue spalle, si voltò. «Valerie, scusa, ma soffro di emicrania. Questa camera sarà illuminata dal sole già domani mattina presto, e la luce mi scatena il mal di testa. Ti spiace se facciamo cambio?»

Valerie sorrise e diede un buffetto sul braccio a Kane. «Ci mancherebbe, nessun problema, tesoro. Prendi pure la mia camera.»

Kane prese la chiave della stanza trentanove, rivolse un

sorriso riconoscente a Valerie e la ringraziò. Aprì la porta della sua nuova stanza e la chiuse a chiave dietro di sé. Era piccola e sporca. La grossa finestra affacciava su una grondaia che digradava verso sinistra fino a un tetto piatto. Si riusciva giusto a intravedere il giardino sottostante.

Kane buttò la borsa sul letto, si coricò e si addormentò.

Un rumore di colpi contro la porta lo svegliò un'ora dopo. Disse all'addetto alla sicurezza che non si sentiva bene e che non sarebbe sceso a cena. Preferiva dormire. No, non aveva bisogno di un medico.

Riuscì a riaddormentarsi e si svegliò all'una. Fresco, vigile, riposato.

Si cambiò e si misurò la temperatura. Dopo aver preso altri antibiotici, preparò la borsa, indossò un passamontagna e uscì dalla finestra.

STUDIO CARP
Ufficio 421, Condé Nast Building,
Times Square 4, New York

Documento strettamente confidenziale protetto
dal segreto professionale

Scheda giurato

Lo Stato contro Robert Solomon
Tribunale penale di Manhattan

Alec Wynn
Età: 46

Ingegnere di impianti di condizionamento, attualmente disoccupato. Single. Repubblicano. Finanze poco solide, ma situazione non ancora grave. Pochissimi contatti sociali. Tipo solitario. Appassionato di attività all'aria aperta: caccia, pesca, kayak. Porto d'armi valido nello Stato di New York e in Virginia. Possiede tre pistole, due qui e una in Virginia. Regolare licenza per un fucile da caccia con otturatore a cilindro. Tra gli interessi online: Breitbart News, Donald Trump, Partito repubblicano, pornografia estrema e vari siti Internet dedicati all'esercito americano. Non ha mai prestato servizio nell'esercito.

Probabilità che voti «Non colpevole»: 20%
Arnold L. Novoselic

48

Ottenni il mio rinvio in un batter d'occhio. Pryor non obiettò. Avevo tempo fino al mattino del giorno dopo per prepararmi. Quando l'aula si svuotò, restammo soltanto io, Arnold e Bobby. Holten, la cui agenzia di sicurezza privata era sotto contratto con lo Studio Carp, disse che avrebbe continuato a fare da scorta a Bobby. Mi confermò di aver già chiarito con Carp che Bobby poteva tenere la sua squadra di sicurezza fino a domenica. Dopodiché avrebbe dovuto pagare di tasca sua. Era stato gentile da parte di Rudy: se non altro Bobby sarebbe stato al sicuro prima di essere sbattuto in prigione per il resto della sua vita. Oltre a Holten, in corridoio c'erano altre cinque guardie del corpo pronte a scortare Bobby a casa.

«Dove alloggi?» domandai.

«In un posto a Midtown. Una vecchia casa. È un bel quartiere tranquillo. Nella casa c'è persino una vecchia stanza blindata al piano di sopra con una grossa porta di acciaio. Sarò al sicuro lì. Me l'ha presa in affitto Rudy. Ha già pagato fino alla fine del mese. Senti, credi ancora che abbiamo qualche possibilità?»

Era stata una lunga giornata, e Bobby sembrava provato. Avrei potuto dirgli la verità, ma non gli sarebbe stato d'aiuto. Sentivo che sì, avremmo potuto catturare il vero killer. Ma mentre con Delaney dovevo mostrarmi sicuro, sotto sotto dubitavo di tutto. Quel caso continuava a essere in balia della sorte.

«Credo che abbiamo una possibilità. Domani ne saprò di più. Ritengo che Ariella e Carl siano rimasti vittima della fantasia malata di un criminale. L'assassino voleva incastrarti. Al momento non so ancora perché né come ci sia riuscito esattamente. Adesso vai a casa e rifletti. Entro domani dovrai dirmi dov'eri la sera in cui sono stati commessi gli omicidi.»

«Te l'ho già detto, non me lo ricordo. Santo cielo, vorrei tanto saperlo», rispose.

Parlava con lo sguardo rivolto verso il pavimento.

Stava mentendo. Lo sapevo. Se ne accorse anche Arnold.

«Bobby, non hai scelta. Devi dirmelo.»

Bobby scosse la testa. «Te l'ho detto, non me lo ricordo.»

«Speriamo che la tua memoria migliori entro domani mattina. La giuria vorrà sapere dov'eri. Se non saprai dirglielo, ti troverai in un bel guaio», dissi.

Accompagnammo Bobby in corridoio, dove il reggimento di guardie del corpo stava aspettando di portarlo a casa. Bobby promise di cercare di dormire un po' e di prendere le medicine. Circondato dalle guardie, se ne andò verso la folla impazzita.

Era la prima volta che avevo l'occasione di parlare per davvero con Arnold. Lo ragguagliai sulla teoria di Mr Dollaro. Inizialmente era scettico, ma il suo interesse cominciò a crescere a mano a mano che gli fornivo dettagli.

«Secondo te la giuria ci crederà?» domandai.

Lui si sfregò la testa calva e sospirò. «Vale la pena di fare un tentativo. La chiave, adesso che la giuria è in isolamento, è trovare il giurato alfa.»

«Il giurato alfa?»

«Una giuria in isolamento adotta in tempi rapidissimi una mentalità da branco. L'isolamento interrompe le normali vite dei giurati e li catapulta tutti insieme in una situazione stressante di realtà amplificata. Diventiamo 'noi' e 'loro'. La giuria si trasforma in un tutt'uno. Ed emerge un leader. Nota bene che non ho parlato di *maschio* alfa. Molte volte è una donna a guidare il branco dei giurati. Quando avrai capito chi è il giurato alfa, è su di lui che dovrai concentrarti. Se riuscirai a conquistare il giurato alfa, il resto della giuria seguirà il suo esempio.»

Annuii. Aveva una sua logica. D'un tratto fui grato di avere Arnold al mio fianco.

«Grazie, consiglio molto utile», dissi con una certa dose di sincerità. Arnold parve prenderla bene. Gli faceva piacere dare una mano.

«So che non abbiamo avuto il migliore degli... be', insomma, hai capito. Mi dispiace. Credo che tu stia facendo un gran lavoro per Bobby», disse Arnold tendendomi la mano.

La strinsi. Non sono uno che porta rancore.

«Ah, c'era qualcosa che volevo dirti prima», aggiunse Arnold. «Si tratta di uno dei giurati. L'ho visto... ecco, sembrerà un po' strano ma...»

«Spara.»

«È difficile da spiegare. Dunque, diversi anni fa ho visto un film alla televisione. Un horror sull'alta società newyorkese. Forse uno dei personaggi era un avvocato, forse c'era un diavolo, non so. Questo non me lo ricordo. Però mi è rimasta impressa una certa scena. Una ragazza si stava cambiando nel camerino di un negozio e sorrideva alla telecamera. Soltanto per un attimo, la sua faccia cambiava. Quel sorriso si trasformava in... non so, un ghigno malefico. Aveva denti aguzzi e occhi diabolici. L'altro personaggio, l'attrice principale, non era sicura che ciò che aveva visto fosse reale. Capisci? Ecco, è così che mi sento. Ho visto questo giurato e... la sua faccia è cambiata. Mi ha fatto paura. Come se avesse avuto un'espressione quasi impercettibile di... qualcosa. Qualcosa di brutto.»

Arnold stava sudando, e le borse che aveva sotto gli occhi avrebbero potuto contenere cinque chili di patate. Aveva un'aria smunta, stanca. E spaventata.

«Chi era?» domandai.

Mi squillò il telefono. Arnold mi vide tirarlo fuori dalla tasca. Il numero sullo schermo non mi diceva nulla.

«Mi dai un secondo?»

«Senti, lascia perdere. Scusa. Non so più nemmeno cosa vado dicendo. Sono sei mesi che passo quindici ore al giorno su questo caso. È stata una lunga giornata. Rispondi alla tua telefonata e ci vediamo domani.»

«Va' a casa. Riposa un po', Arnold.»

Lo guardai allontanarsi. Lo stress provoca di tutto e di più. Non ne ero sicuro, ma mi sembrava che Arnold avesse avuto un'allucinazione. O forse si era trattato di un effetto ottico dovuto alla luce, qualcosa del genere.

Risposi. Era il tizio dell'autofficina. La mia Mustang aveva un parabrezza nuovo di zecca e aspettava soltanto che andassi a recuperarla. Il conto non mi sembrava drammatico e il meccanico aveva colto l'occasione per mettere a punto il motore e cambiare l'olio. Lo ringraziai e dissi che sarei andato a prenderla appena possibile.

Mi attendeva una lunga notte. Dovevo leggere i fascicoli degli omicidi delle nuove vittime. E analizzare ogni prova entro il giorno dopo. Delaney avrebbe allestito un'unità di crisi nella sede dell'FBI di New York, dove io, lei e Harper ci saremmo incontrati per fare il punto e colazione alle sei dell'indomani mattina. Sarebbe passato un po' prima che avessi modo di andare a riprendere la macchina.

Un taxi mi lasciò in West 46th Street. Niente comitati di benvenuto stavolta. Mentre arrancavo su per le scale, pensai di chiamare Christine. Arrivato al primo piano, avevo deciso di dirle che non mi sarei opposto al divorzio; le avrei dato qualunque cosa volesse. Qualunque cosa fosse meglio per lei e Amy. Arrivato alla porta del mio ufficio, avevo deciso di chiamarla per dirle che la amavo. La amavo più di ogni altra cosa e, una volta chiuso quel caso, avrei mollato.

Invece spensi il cellulare. C'era ancora mezza bottiglia di

whisky sulla mia scrivania. Me ne versai un bicchiere e lo tenni in mano per un lungo istante prima di rovesciarlo nel lavandino e mettermi al lavoro.

Anzitutto passai in rassegna i fascicoli di Solomon. Preparai il mio controinterrogatorio. Poi passai ai fascicoli degli omicidi di Mr Dollaro. Non ero uno psicologo. E nemmeno un criminologo, un analista criminale, un federale o un poliziotto. Le mie competenze in quel campo erano limitate.

Ma due cose le sapevo.

Anzitutto me ne intendevo di inganni. E lì c'era uno schema. Un trucco elementare. Le vittime venivano uccise. Diversi modus operandi in diversi Stati. Le banconote venivano collocate sulla scena del crimine. I poliziotti non vi prestavano attenzione. Non potevo fargliene una colpa. Io stesso, come il NYPD, avevo visto quei segni sulla banconota a forma di farfalla e li avevo ignorati. L'avevamo fatto tutti. Tutti tranne Delaney. Una volta collocata, la prova riconduceva a qualcuno di innocente. E Mr Dollaro si spostava in un altro Stato, in un'altra città, ricominciando da capo.

La seconda cosa di cui mi intendevo erano gli omicidi.

Ero cresciuto circondato da ragazzi che col tempo sarebbero diventati assassini. Quand'ero un truffatore, lavoravo al fianco di killer quasi tutti i giorni. Alcuni uccidevano per soldi. La maggior parte per passatempo. Avevo conosciuto uomini che provavano piacere a uccidere. Ero in grado di distinguerli a un chilometro di distanza. Se respiravo ancora, era soltanto perché mi ero impegnato a entrare nella mente di quegli uomini in modo da sapere come non finire sul loro radar o nel loro mirino.

Quando controllai l'orologio erano le quattro e mezzo del mattino. Avevo le idee molto più chiare. Chiamai Harper.

«Sei sveglia?»

«Adesso sì.» C'era una punta di scontrosità nella sua voce. «Cosa c'è?» domandò lentamente, con la gola secca.

«Ho esaminato i fascicoli. Non ci sono legami tra le vittime.»

«Sbaglio o Delaney te l'aveva già detto ieri?»

«Sì, ma stava guardando le vittime sbagliate», dissi.

Sentii un lamento, seguito da un fruscio di lenzuola. La immaginai raddrizzarsi nel letto, costringendosi a svegliarsi.

«Cosa intendi?»

«Delaney si è concentrata sulle vittime degli omicidi. Ma non credo che fossero il vero bersaglio. L'assassino sta uccidendo in modo da poter incastrare qualcuno per il reato. Il vero bersaglio sono gli uomini condannati per gli omicidi, ne sono convinto.»

«Stesso problema delle vittime degli omicidi. Alcuni di quegli uomini condannati non avevano mai messo piede fuori dal loro Stato.»

«Non si tratta di un legame geografico o sociale. Credo che questi uomini non si siano mai incontrati. Non hanno mai vissuto nello stesso posto, frequentavano gruppi sociali completamente diversi, università diverse, alcuni non sono nemmeno andati all'università. Non ho trovato niente, ma io non sono un agente dell'FBI. Posso basarmi soltanto su quello che leggo nei fascicoli o su Internet. Finora non è granché. Ho trovato qualche articolo online. Ce n'è uno su Axel, per esempio, quello che ha appiccato l'incendio, nel quale si dice che aveva vinto alla lotteria statale, e uno sulle scommesse calcistiche di Omar Hightower...»

«Cosa?» mi interruppe Harper.

Dire qualcosa ad alta voce a volte lo faceva diventare reale. Almeno per me.

«Harper, le vere vittime sono le persone che sono state incastrate. Il killer le ha scelte perché le loro vite avevano appena subito un cambiamento radicale. Omar aveva vinto quei soldi, Axel la lotteria, il girovago condannato per gli omicidi dei camionisti aveva appena avuto un colpo di fortuna con quella grossa eredità... tutte notizie riportate dai quotidiani locali. Ho bisogno che tu e Delaney controlliate tutti i condannati per scoprire cos'è successo. Qualcosa di grosso ha cambiato le loro vite. E il killer se n'è accorto. Per questo li ha presi di mira.»

Harper era già in movimento. Sentii i suoi piedi calpestare il parquet. E poi sentii un'altra voce. Debole. In sottofondo. «Chi è?»

All'inizio non rispose. Quell'esitazione fu sufficiente a farmi sentire un idiota totale.

«Santo cielo, Harper. Scusa, non sapevo che avessi compagnia. Metto giù...»

«Non preoccuparti. È Holten. Non c'è problema», disse.

Per un lungo momento non seppi cosa dire. O cosa provare. Mi trovai a passare il pollice sulla fede che non mi ero ancora tolto. Nel corso degli anni ne avevo consumato il retro a furia di tormentarla.

«Oh, okay, bene, immagino», dissi come un bambino delle elementari.

«Controllo e chiamo Delaney. C'è dell'altro?»

No, era tutto. Mi scusai di nuovo. Riagganciai. Lasciai cadere la testa contro la scrivania, più per l'imbarazzo che per la stanchezza.

Mentre me ne stavo lì così, tornai con la mente alla conversazione che avevo avuto con Arnold il pomeriggio prima. Il processo era già in equilibrio precario, e avevo bisogno di due cose: Arnold con la mente lucida e una giuria equa e imparziale. Basta giurati corrotti.

La preoccupazione di Arnold per lo strano sguardo di uno dei giurati non mi dava pace. Non importava quanto suonasse assurda. Avevo bisogno di sapere di più. Arnold era abituato a lavorare a grossi casi, quindi sapeva che il sonno era un concetto relativo durante un processo per omicidio. Lo chiamai. Rispose dopo pochi squilli.

«Pronto?»

Non sentii traccia di sonno nella sua voce. Sembrava sveglissimo.

«Non ti ho svegliato, vero?»

«Non riesco a dormire», rispose.

«Senti, scusa se ti chiamo a quest'ora. Sono stato in piedi tutta la notte a lavorare. Vorrei cercare di riposare una mezz'ora prima di incontrarmi con i federali. Ma non riuscirò a chiudere occhio se non mi spieghi meglio quello che mi stavi per dire oggi. Su quel giurato. Ti è parso di aver visto qualcosa.»

«Il giurato?» disse Arnold.

«Quello di cui mi hai parlato. Sai, della faccia... che è cambiata. Quella cosa di un attimo di cui non eri sicuro. Potrebbe essere importante, o forse no. Voglio soltanto sapere di chi stavi parlando.»

«Ah, quello.» Si era sintonizzato. «Sì, ecco, come hai detto tu, non so esattamente cos'ho visto. Però è stato come se la sua faccia fosse cambiata per un attimo.»

«Chi era?»

Lui tacque per un momento. Non sapevo perché, ma ero sicuro che fosse importante.

«Alec Wynn.»

Wynn era il patito di armi. L'appassionato di caccia, pesca e Fox News. Mi domandai se gli piacesse dare la caccia anche agli esseri umani, oltre che ai caprioli.

«Grazie, Arnold. So quanto impegno ci stai mettendo. Riposa e ci vediamo domani mattina.»

Lui mi ringraziò e riattaccai. Puntai la sveglia mezz'ora dopo. Mi sarei fatto un sonnellino ristoratore per poi prepararmi e presentarmi all'ufficio dell'FBI per le sei.

Avevo la sensazione che sarebbe stata una lunga giornata.

GIOVEDÌ

49

Quando il sole sorse dall'altra parte del Grady's Inn, Kane si era già fatto la doccia e aveva indossato una maglietta. Sdraiato a letto, si abbandonò al sonno. La ferita alla gamba sembrava pulita. Nonostante le fatiche della notte non aveva sanguinato. Dopo un accurato esame, aveva riapplicato le bende. Nessun segno di infezione. Per sicurezza, Kane aveva preso altri antibiotici e si era misurato la temperatura. Tutto bene.

Immaginava che sarebbe passata un'ora, forse anche un'ora e mezzo, prima che la guardia svegliasse i giurati per la colazione. I suoi muscoli si rilassarono. Prese due respiri profondi e lasciò che la sua mente vagasse nel regno del dormiveglia, dove l'inconscio regna sovrano.

Kane era soddisfatto del lavoro di quella notte.

Di lì a poco la guardia avrebbe cominciato a bussare a tutti. Poi avrebbe insistito contro una certa porta, chiamando a gran voce. E poi sarebbero arrivate le grida.

STUDIO CARP
Ufficio 421, Condé Nast Building,
Times Square 4, New York

Documento strettamente confidenziale protetto
dal segreto professionale

Scheda giurato

Lo Stato contro Robert Solomon
Tribunale penale di Manhattan

Daniel Clay
Età: 49

Disoccupato. Beneficiario di sussidio statale. Senza genitori, senza famiglia, senza amici. Le sue finanze non potrebbero essere messe peggio. Amante dei social network e appassionato di libri di fantascienza e fantasy. Non legge giornali ed evita i siti di news. Fan di Elvis. Fedina penale pulita. Interessato a Scientology, ma non vi è ancora entrato, principalmente per questioni di soldi.

Probabilità che voti «Non colpevole»: 25%
Arnold L. Novoselic

50

Si dicesse pure peste e corna del Federal Bureau of Investigation. Delle sue politiche, dei suoi programmi politici segreti, della corruzione, dello spionaggio di ogni singolo cittadino d'America. Dei suoi errori. Delle vite che toglieva.

Ma alle sei e zero zero di un giovedì mattina, l'FBI mi andava assolutamente a genio. Purché continuasse a rifornirmi di caffè, ero pronto a mantenere una tregua temporanea.

Deponeva anche a favore dei federali la velocità con la quale avevano allestito una centrale operativa per gli omicidi di Mr Dollaro. Delaney aveva portato ai direttori prove a sufficienza da costringerli ad aprire il registro di cassa. Ero stato accompagnato in una grossa stanza senza finestre. Ben illuminata. Scrivanie dappertutto. Su un lungo pannello di vetro centrale che divideva la stanza in due era stata creata una bacheca dedicata agli omicidi. Le fotografie delle vittime, con sotto le loro schede biografiche, erano raggruppate con quelle degli uomini condannati per i rispettivi omicidi. Su tutta la parete si rincorrevano frecce disegnate a pennarello.

«Ne abbiamo un'altra», disse Delaney alle mie spalle.

Avanzò e appese la foto di una ragazza con fitti riccioli neri e un giubbotto di pelle da motociclista. Pallida. Sorriso da cheerleader. Poco più di vent'anni. La foto che comparve accanto a lei ritraeva un uomo alto di mezza età con i baffi. Una foto segnaletica.

«Un professore di inglese condannato per aver ucciso una cameriera nel South Carolina», disse Delaney.

«Quando?» domandai.

«Nel 2014. Il professore aveva appena venduto il suo primo romanzo a una grossa casa editrice di New York. Contratto annullato subito dopo l'arresto», rispose Delaney.

Dall'altra parte della stanza, sulla parete in fondo, erano indicati in sequenza temporale gli omicidi e i processi che avevano decretato la colpevolezza degli imputati. Cominciava tutto nel 1998 con l'omicidio della prima ragazza che aveva portato alla condanna di Pena, per arrivare al caso più recente, quello del professore del 2014.

«Sedici anni», dissi sottovoce.

«Forse», rispose Delaney. «Ci manca ancora qualche Stato. New Jersey, Virginia e Rhode Island. L'elenco delle vittime potrebbe essere più lungo, ma non di molto, immagino. Il nostro uomo si è dato un gran da fare.»

Facevo fatica a concentrarmi sulle foto delle vittime. La vita di ciascuna di loro era stata spezzata in modo spietato, brutale. Uomini e donne. Avevano genitori, amici, alcuni persino figli. Non riuscivo a sopportare tutta quella devastazione. Mi sedetti a una scrivania vuota. La sala brulicava già di federali. Gettare anche solo uno sguardo alla sofferenza scatenata da quel criminale era così doloroso che non riuscivo a metabolizzarla. Era come un incendio all'orizzonte. Come se i volti delle vittime stessero prendendo fuoco. Avevo la sensazione che se mi fossi avvicinato troppo o se avessi fissato uno di quei volti troppo intensamente, sarei stato avvolto dalle fiamme anch'io, che non mi avrebbero lasciato scampo.

Delaney aveva il distacco e la freddezza tipici dei membri delle forze di sicurezza. Osservava i volti delle vittime con occhio clinico.

«Come fai?» domandai.

«Cosa?»

«A guardare tutto questo senza che ti faccia nessun effetto.»

«Oh, mi fa effetto eccome. Farai meglio a crederci. Quando vedo i cadaveri... be', già la semplice gravità dei fatti, l'enormità della sofferenza... possono farti finire in un ospedale psichiatrico se glielo consenti. Così non guardo. Quando fisso una foto, non sto guardando la vittima, sto cercando l'assassino. Sto cercando di sentire il suo odore, di individuare una firma o di scoprire una traccia di qualche tipo. Bisogna ignorare lo scempio e guardare oltre, in cerca del mostro.»

Restammo in silenzio per un po'. Pensai a tutte quelle persone.

«Allora, Eddie ti ha già detto come ha intenzione di beccare questo stronzo?» domandò Harper.

Non mi ero accorto che fosse arrivata. Aveva in mano quelli che sembravano due litri di caffè da asporto. E la tazza era gigantesca. Harper la appoggiò sulla scrivania e si sedette di fianco a me.

«Non ancora», rispose Delaney.

Per la verità non ero sicuro che avrebbe funzionato. Era un azzardo, ma dopo aver pensato tutta la notte a Mr Dollaro, ero piuttosto certo di aver capito il suo gioco.

«Credo che i veri bersagli di Mr Dollaro siano gli uomini incastrati per gli omicidi. I segni sulle banconote. Tre. La mia ipotesi è che la freccia indichi la vittima. Il ramo d'ulivo, per la società, rappresenta la cattura e la successiva condanna del responsabile. Naturalmente dopo che Mr Dollaro l'ha incastrato. E la stella. Quella indica lo Stato. Non può essere diversamente. Ma immaginate di essere quest'uomo.»

Harper bevve un grosso sorso di caffè, mentre Delaney incrociò le braccia e si appoggiò allo schienale. Non ero sicuro che mi avrebbe creduto.

«Quest'uomo ha fatto l'impossibile per incastrare persone innocenti per i suoi omicidi. Ipotizzo che se ne compiaccia. Insomma, pianifichi un omicidio, lo commetti e la polizia non ti cerca nemmeno. È quasi il delitto perfetto, no? Ora, ipotizzando di aver fatto tanta fatica per incastrare qualcuno, non vorresti trattenerti nei paraggi in modo da assicurarti che il tuo capro espiatorio finisca dentro per il reato che hai commesso?»

Delaney prese una penna, avvicinò la sedia al tavolo e cominciò a prendere appunti.

«Cosa intendi con trattenerti nei paraggi?» domandò Harper.

«Credo che assista ai processi. Per questo bastardo non si tratta di un semplice gioco, ma di una missione. Provate a immaginare il senso di potere di startene seduto in un'aula a guardare mentre un altro uomo viene condannato per il crimine che hai commesso tu. La parte migliore è che sei stato *tu* a permettere che accadesse. Il piano si sta letteralmente compiendo alla perfezione davanti ai tuoi occhi. Voglio dire, quest'uomo è veramente bravo a incastrare gli altri. È riuscito a far condannare ogni persona che ha preso di mira. Non riesco a credere che gli avvocati della difesa non siano riusciti a vincere uno solo di quei processi. Ha sempre ottenuto un verdetto di colpevolezza. Probabilmente la cosa lo fa sentire potente. Sono parecchi gli assassini che fanno fuori le loro vittime per giochi di potere. Perché quest'uomo dovrebbe essere diverso?»

Delaney annuiva mentre la sua penna si muoveva furiosamente sulla pagina.

«Hai conosciuto molti killer, Eddie?» domandò.

«Mi avvalgo della facoltà di non rispondere», dissi.

«Copertura televisiva, foto dei processi sui giornali locali, quotidiani nazionali, blog. Possiamo cominciare a cercare quest'uomo», disse Harper.

«E se ho ragione, oggi sarà in tribunale a guardare Bobby. Mandate un gruppetto di federali in aula a osservare il pubblico. Quando comincerò a controinterrogare i testimoni dell'accusa su Mr Dollaro, vedremo se succederà qualcosa.

Con un po' di fortuna lo spaventeremo. Voglio fargli pensare che ha poco da stare tranquillo, con tutte le informazioni che abbiamo sul suo conto. Se è intelligente, si alzerà e salterà sul primo aereo in partenza dal JFK. Dovete soltanto fermarlo prima che esca dall'aula.»

Delaney e Harper si scambiarono sguardi carichi di eccitazione. Sembrava che avessimo un piano. Delaney sfogliò un fascicolo e trovò quello che sembrava un rapporto rilegato.

«Questo è il profilo di Mr Dollaro. L'abbiamo messo insieme stanotte, quindi è approssimativo e dovrà essere integrato. Sono indicati i luoghi in cui sappiamo che è stato basandoci sulle date degli omicidi. E lo aggiornerò in modo tale da includere i periodi coperti dai successivi processi. Credo che tu ci abbia preso in pieno, Eddie. E ho ricevuto il tuo messaggio, Harper. C'è effettivamente un legame tra le persone condannate per i reati di Mr Dollaro. Ci eravamo già arrivati, ma non potevamo confermarlo prima di aver ricontrollato ciascun caso. Bene, ora l'abbiamo fatto.»

Ci consegnò le copie del profilo, e andammo subito a una sezione intitolata «Selezione delle vittime».

Tra i vari gruppi di vittime degli omicidi non ci sono elementi comuni apprezzabili di natura fisica, sessuale o geografica. È probabile che le vittime siano state selezionate per il legame, l'accesso o il rapporto con la persona presa di mira dal soggetto ignoto affinché fosse condannata per quello specifico omicidio o gruppo di omicidi. Le persone che si ritiene siano state incastrate dal soggetto per i suoi reati hanno in comune un tratto insolito: in un periodo di tempo prossimo agli omicidi, avevano tutte vissuto quella che potrebbe ragionevolmente essere descritta come un'esperienza che aveva rivoluzionato la loro esistenza. Ci sono per esempio enormi cambiamenti della situazione finanziaria o personale delle vitti-

me (vincita alla lotteria statale, eredità inaspettata, licenza per un ristorante). Il cambiamento di circostanze è sempre stato significativo.

L'analisi dei segni sulle banconote lasciate sulle scene del crimine e utilizzate successivamente durante i procedimenti, nonché l'esame degli Stati in cui si sono verificati gli omicidi, rivelano una grande capacità di penetrazione psicologica e una grave patologia.

I tredici Stati simboleggiati dalle tredici stelle sulla banconota da un dollaro furono i primi firmatari della Dichiarazione d'Indipendenza, che rappresenta il fondamento giuridico dell'elemento distintivo della vita in America: la possibilità di realizzare un sogno.

Lo schema è chiaro, e la patologia è un desiderio di distruzione di questa stessa possibilità offerta dal sistema di vita americano. È pertanto probabile che il soggetto o qualcuno a lui vicino non sia riuscito a raggiungere uno o più obiettivi ritenuti cruciali. Si tratta di uno schema di vendetta su vastissima scala. La punizione per coloro che hanno cambiato vita è vedere quella stessa vita distrutta da un'accusa per omicidio. Il soggetto prova odio per chi riesce a coronare il sogno di un cambiamento. La banconota a forma di farfalla rinvenuta nell'omicidio Bloom e Tozer potrebbe esserne un simbolo.

Andai all'ultima pagina e lessi la conclusione del profilo.

Genere: maschio.
Età: probabilmente tra 38 e 50 anni.
Etnia: sconosciuta.
Stato di origine: sconosciuto.
Descrizione fisica: considerata la forza necessaria per infliggere le ferite riportate da alcune delle vittime, è probabile che il soggetto ignoto sia forte e in buona forma fisica.

Descrizione psicologica: il soggetto è molto intelligente. Estremamente organizzato. Socialmente abile. Manipolatore. Tratti caratteriali narcisistici. Presenza di sociopatia e psicopatia, anche se il soggetto in apparenza rimane un individuo socialmente abile che avrebbe la capacità intellettuale di nascondere probabili sintomi a chiunque, compresi amici e familiari. La violenza inflitta alle vittime sia prima sia, in alcuni casi, dopo la morte, suggerisce la presenza di una componente sadica. L'attribuzione della colpa dei suoi reati a uomini innocenti potrebbe essere una forma di sadismo emotivo. Elevata probabilità di ossessione psicosessuale per il dolore. Probabile presenza di un disturbo parafilico come il sadismo sessuale. Istruito, probabilmente a livello universitario. Elevata conoscenza delle procedure giudiziarie. Considerata la sua patologia, è probabile che *il soggetto abbia fallito nel settore in cui si proponeva di avere successo oppure che qualcuno a lui vicino non sia riuscito a realizzarsi. In una certa misura è probabile che la povertà abbia ricoperto un certo ruolo in un determinato momento della vita del soggetto. La sua missione è un attacco perverso contro i valori e le aspirazioni americane, molto probabilmente alimentato dal desiderio di vendetta.*

«Crede di uccidere il sogno americano», dissi ad alta voce senza rendermene conto.

Alzando la testa dal profilo, scoprii che le due donne mi stavano fissando.

«Deve aver condotto ricerche sui suoi bersagli. Quotidiani, tv locali, cose del genere. Avete presente, no, la buona notizia alla fine del notiziario della sera? È così che li ha trovati. Li cercherò», disse Harper.

«Ti assegno due dei miei agenti. In questo momento stanno già chiamando vari organi di informazione locale», rispose Delaney.

C'era una certa energia in quella stanza. Delaney sapeva che stava stringendo il cerchio intorno a quel fantasma. Eppure c'era qualcosa che non mi dava pace. La teoria sembrava solida, ma Mr Dollaro si era affidato alla sorte in troppi frangenti. Non poteva essere altrimenti. Fino ad allora aveva ucciso in otto Stati ed era riuscito a far condannare qualcuno in tutti e otto i casi. New York sarebbe stato il nono. E potevano essercene altri che Delaney non aveva ancora scoperto.

Sapevo meglio di chiunque altro che durante un processo penale può succedere qualunque cosa. C'erano troppe variabili persino in un caso con prove scientifiche solide.

Che Mr Dollaro fosse riuscito a ottenere un verdetto di colpevolezza otto volte su otto per pura fortuna?

«Quando sentirete gli organi di informazione locale, assicuratevi di procurarvi tutte le immagini dei processi. Potrebbero esserci video, fotografie del pubblico che ha seguito il processo. Credo che il nostro uomo abbia osservato ogni fase di ciascun procedimento. È possibile che un fotografo, magari anche per puro caso, gli abbia scattato una foto», dissi.

«La vedo dura, ma controlleremo», disse Delaney. «Partecipare alle udienze sarebbe in linea con il suo profilo psicologico. Sono molti i killer che tornano sulla scena del crimine o che portano via trofei dalle loro vittime. È un comportamento che gli permette di continuare a rivivere quel momento di eccitazione. Naturalmente non è come nel momento dell'uccisione. L'esaltazione non è la stessa. Ma qualcosa lo ritrovano comunque.»

Harper si alzò e raccolse i suoi appunti, ansiosa di mettersi al lavoro.

«Sarà sufficiente a far prosciogliere Bobby?» domandò.

«Non lo so. Pryor ha un sacco di prove solide da presentare alla giuria oggi. Sarebbe d'aiuto se Bobby riuscisse a ricordare dove caspita era la sera degli omicidi.»

«Non lo sa davvero?» chiese Harper.

«Dice che era ubriaco e non se lo ricorda.»

«Sicuramente qualcuno l'avrebbe riconosciuto se fosse stato in qualche locale», intervenne Delaney.

«Verrebbe da pensare di sì. Ma ho visto il video della telecamera di sicurezza. Indossava abiti scuri, un cappellino e una felpa con il cappuccio. Molte celebrità riescono ad aggirarsi indisturbate per città come New York, a patto di camuffarsi...»

Le parole mi morirono in gola. Delaney aveva colpito nel segno. Qualcuno avrebbe dovuto riconoscere Bobby. Semplicissimo.

«Delaney, hai un elenco degli analisti della Scientifica di questo edificio?»

«Posso procurarmelo. Perché?»

«Far assolvere Bobby è nell'interesse di entrambi. Ho bisogno del tuo aiuto», risposi.

Sulle prime era diffidente. Incrociò le braccia e si alzò.

«Purché non sia nulla di illegale, potremmo essere in grado di darvi una mano», disse.

«Ah, allora potrebbe esserci un problema.»

Lei mi guardò.

«Tecnicamente è illegale soltanto se veniamo beccati», dissi con un sorriso.

51

L'addetto alla sicurezza del tribunale stava bussando alla porta da quasi dieci minuti. Erano le sette e mezzo. L'odore di minestra di verdure in corridoio era stato sostituito da quello di uova. Quasi tutti i giurati erano già scesi al piano di sotto. Kane, l'addetto alla sicurezza del tribunale, Betsy e Rita rimasero in corridoio a gridare all'occupante della stanza di aprire la porta.

«Porca miseria, dove si è cacciato il portiere con la chiave di scorta?» disse il funzionario. Batté di nuovo il pugno sulla porta, gridando.

In quel preciso istante il portiere con il suo bel carico d'anni sulle spalle sbucò da dietro l'angolo, ansimante, e porse una chiave al funzionario.

«Ce ne ha messo di tempo», commentò quest'ultimo.

Il portiere si strinse nelle spalle.

«Guarda che entriamo», annunciò Betsy.

Come gli altri, Kane era completamente vestito. Si era fatto la doccia, cambiato e truccato in modo da nascondere il livido bluastro sul naso rotto. Si sforzò di tenere a freno l'entusiasmo mentre il funzionario infilava la chiave nella serratura e apriva la porta.

«È sveglio? Sicurezza del tribunale», disse il funzionario entrando nella camera. Kane tolse delicatamente di mezzo Betsy con una gomitata e seguì il funzionario all'interno.

La camera era immacolata. Sul letto c'era un borsone da palestra. Le lenzuola erano state tirate indietro, ma il letto a destra di Kane era vuoto. Dal bagno, dall'altra parte della stanza, proprio oltre il letto, giungeva una luce. Il funzionario si incamminò, chiamando a gran voce.

« Oh mio Dio! » gridò Betsy.

Il funzionario si voltò di scatto, così come Kane. Betsy e Rita si misero a gridare. Avevano lo sguardo fisso sullo stretto spazio tra il letto e la parete sinistra, quella più vicina alla porta. L'addetto alla sicurezza scostò la struttura del letto dalla parete. Si trovarono davanti il corpo di Manuel Ortega. Aveva un lenzuolo stretto intorno al collo. Era scivolato fino ad arrivare quasi per terra. L'altra estremità del lenzuolo era stata legata alla colonna del letto. Sembrava che si fosse strangolato.

Senza perdere di vista Betsy, Rita e l'addetto alla sicurezza, Kane cominciò a incespicare all'indietro coprendosi la bocca con la mano. Con un gesto rapido, mentre loro fissavano inorriditi il corpo di Manuel dando le spalle a Kane, lui si tolse l'asciugamano dalla spalla e coprì il fermo della finestra. In un attimo lo girò, e la finestra fu chiusa dall'interno. Niente impronte, niente DNA. Pulita. Si rimise l'asciugamano sulla spalla e fece un passo avanti.

Sembrava un suicidio. L'addetto alla sicurezza stava già richiedendo l'intervento del NYPD via radio. Manuel aveva gli occhi sbarrati, in fuori. Fissava la moquette beige.

Nelle prime ore di quella stessa mattina, Kane aveva bussato con forza alla finestra di Manuel. Inizialmente scioccato, Manuel l'aveva lasciato entrare senza far rumore.

« Cosa stai facendo? » aveva sussurrato Manuel.

« È l'unico modo che abbiamo per parlare in privato. Sono molto preoccupato per questo caso. Credo che Solomon sia stato incastrato dalla polizia. Dobbiamo assicurarci che venga prosciolto. Non ci credo neanche un po' che abbia ucciso quelle persone. »

« Nemmeno io. Come facciamo? » aveva detto Manuel.

Avevano discusso una strategia per influenzare gli altri giurati. Dieci minuti dopo, Manuel era andato in bagno. Infilandosi i guanti, Kane l'aveva seguito. Aveva afferrato Manuel da dietro, ficcandogli uno straccio in bocca, e aveva fatto scivolare l'altro braccio intorno alla sua gola. Non aveva impiegato molto ad avere la meglio su di lui. Era stata un'operazione rapida e silenziosa, e quando Manuel era morto strangolato, Kane non aveva versato una sola goccia di sudore. Aveva spostato il corpo nello spazio di fianco al letto, legando l'estremità di un lenzuolo intorno alla colonna e l'altra intorno al collo di Manuel per poi stringere forte.

Dopodiché se n'era andato nello stesso modo in cui era entrato. L'unica cosa che non aveva potuto fare era stata bloccare la finestra.

Adesso aveva rimediato.

L'addetto alla sicurezza del tribunale in corridoio, la porta della camera chiusa a chiave e ora anche la finestra bloccata. Quella combinazione avrebbe portato il NYPD a considerarlo un suicidio. Non poteva essere successo in nessun altro modo.

«Tutti fuori», ordinò l'addetto alla sicurezza.

Kane, Betsy e Rita lasciarono la stanza. Si radunarono in corridoio e Kane mise un braccio intorno alle spalle di Rita, che era scoppiata in lacrime.

«Ho bisogno di uscire di qui. È terribile. Che diavolo sta succedendo?» disse Betsy.

Lui parlò dolcemente con entrambe le donne, proponendo che andassero tutti insieme di sotto a prendere qualcosa di forte per calmare i nervi. E così, con il suono delle sirene della polizia che si avvicinavano al Grady's Inn, accompagnò a braccetto le due giurate lungo il corridoio e giù per la scala fino al bar.

La giuria era stata ripulita. Kane non avrebbe avuto difficoltà a influenzare i giurati rimasti. L'ultima possibilità di Robert Solomon di essere assolto era Manuel, che adesso non c'era più. Finalmente, Kane aveva la sua giuria.

STUDIO CARP
Ufficio 421, Condé Nast Building,
Times Square 4, New York

Documento strettamente confidenziale protetto
dal segreto professionale

Scheda giurato

Lo Stato contro Robert Solomon
Tribunale penale di Manhattan

Christopher Pellosi
Età: 45

Web designer. Lavora da casa. Single. Divorziato. Forte consumo di alcol nei weekend (sempre a casa). Pochissima vita sociale. Entrambi i genitori ricoverati in un ospizio in Pennsylvania. Finanze scarse. Ha perso quasi tutti i suoi soldi a causa di investimenti sbagliati prima della Grande recessione. Appassionato di cibo e cucina. In cura con farmaci blandi per depressione e ansia.

Probabilità che voti «Non colpevole»: 32%
Arnold L. Novoselic

52

Prima che Pryor avviasse l'udienza del giorno, ripensai a tutto ciò che era successo quella mattina.

Dopo aver lasciato gli uffici dell'FBI, avevo chiamato Pryor dicendogli che il mio investigatore aveva bisogno di accedere alla casa di Solomon. Lui non aveva obiettato, ma era parso davvero scocciato al telefono.

«Sei proprio diventato una star», aveva detto Pryor.

«Ho lavorato fino a ora. Non ho ancora guardato i telegiornali.»

«Sei la notizia d'apertura su tutti i canali. La tua foto è in prima pagina sul *New York Times*. Cosa si prova?»

Ecco cosa gli rodeva. Voleva starci lui in prima pagina.

«Ti ho già detto che non ho ancora visto niente. Ti sono arrivate le mie email?»

Pryor aveva confermato di aver ricevuto i miei ultimi aggiornamenti. Credeva che mi stessi arrampicando sugli specchi per cercare di attribuire quegli omicidi a un serial killer.

Forse aveva ragione, ma non avevo altro.

Avevamo cominciato la giornata in tribunale con un incontro negli uffici di Harry. Era morto un altro giurato. Manuel Ortega. Il NYPD aveva confermato che si trattava di suicidio. La famiglia era stata informata. Alcuni dei giurati avevano visto il corpo, ma stavano bene. Avevano parlato con un agente incaricato della protezione delle vittime di violenza, che li aveva ritenuti in grado di continuare a prestare servizio nella giuria. Era stata convocata un'altra giurata di riserva, Rachel Coffee. Sia io sia Pryor non avevamo nulla in contrario alla sua nomina. Harry aveva detto di voler chiudere il processo prima che perdessimo altri giurati.

«Questo caso è maledetto. Dobbiamo chiuderlo il prima possibile», aveva detto.

Bobby aveva passato una nottataccia. Non aveva chiuso occhio. Holten e un gruppetto di guardie di sicurezza l'avevano portato in tribunale, e adesso Holten era seduto nella fila dietro di noi. Aveva tenuto un braccio sulla spalla di Bobby per quasi tutta la mattina, sorreggendolo, sussurrandogli parole di incoraggiamento, dicendogli che aveva il miglior collegio di difesa sulla faccia della terra.

Ero grato a Holten. Evidentemente ad Harper piaceva, e lui era stato abbastanza avveduto da capire che la forza d'animo di Bobby era stata giusto sufficiente per portarlo fino a lì. Il serbatoio però era quasi vuoto.

Io e Bobby ci sedemmo al tavolo della difesa e gli dissi che Arnold sarebbe arrivato più tardi. Bobby si guardò alle spalle. Holten gli sorrise, alzò un pugno e con la bocca mimò: *resisti.*

«Va tutto bene, Bobby. Crediamo di sapere chi è stato a uccidere Carl e Ariella. Oggi lo dirò alla giuria. Tu tieni duro», dissi.

Bobby annuì. Non riusciva a parlare. Lo vidi deglutire per mandare giù la paura. Se non altro aveva preso le medicine. E Holten aveva fatto in modo che ci fosse un sandwich caldo ad aspettare Bobby quando era salito sul SUV che l'avrebbe portato in tribunale. Ne aveva mangiato un po'.

Versai a Bobby dell'acqua. Mi assicurai che fosse tranquillo. Poi gli feci la domanda. Era insidiosa, pericolosa, ma non mi sembrava di avere molta scelta.

«Bobby, ho bisogno di sapere dov'eri la sera degli omicidi. Sei pronto a dirmi la verità?»

Lui mi fissò cercando di mettere insieme un po' di indignazione. Ma non funzionò.

«Ero ubriaco. Non mi ricordo.»

«Non ti credo. Questo significa che non ti crederà nemmeno la giuria.»

«È questo il mio problema. Non ho ucciso nessuno, Eddie. Tu mi credi?»

Annuii, ma fui investito da una brutta sensazione. Mi era già capitato di sbagliarmi sui miei clienti.

«Se non me lo dici potrei mollare questo caso. Lo sai, vero?»

Lui fece un cenno del capo. Non disse nulla. Nessuno sarebbe stato così stupido da perdere un altro avvocato nel bel mezzo di un processo per omicidio. Eppure Bobby non parlò. Io gli avevo fatto tutta la pressione che potevo. Non volevo che crollasse. Al tempo stesso, però, non credevo che fosse un assassino. Qualunque cosa stesse tenendo per sé poteva avere più a che fare con un senso di colpa personale. Se fosse stato a casa, forse Ariella e Carl sarebbero stati ancora vivi?

Ci alzammo tutti quando Harry entrò in aula. Chiese che fossero fatti entrare i giurati, e io li osservai attentamente mentre si accomodavano ai loro posti. Stavo cercando due cose. Anzitutto il giurato alfa.

Due donne balzavano all'occhio come potenziali soggetti dominanti. Rita Veste e Betsy Muller. Tra le due, pensavo che la miglior candidata fosse Betsy. Quella mattina avevano entrambe un'aria grave. Capii che avevano pianto. Glielo si leggeva in faccia. Sedevano entrambe in posizioni difensive. Betsy si strinse le braccia intorno ai fianchi e Rita incrociò braccia e gambe.

Forse erano loro le giurate che avevano trovato il corpo di Manuel.

Non avevo prestato molta attenzione agli uomini, ma adesso li guardai attentamente uno per uno.

Lo chef, Terry Andrews, era il più alto dei giurati. Non ce lo vedevo come soggetto alfa. Sembrava del tutto disinteressato al procedimento. Persino distratto. Un uomo preso dai suoi pensieri. Daniel Clay aveva qualcosa tra i denti e osservava il procedimento con scarso interesse mentre si dava da fare con la lingua.

James Johnson chiacchierava con Chris Pellosi. Il traduttore e il web designer avevano caratteri forti, ed entrambi avrebbero potuto aspirare al ruolo di ipotetico leader. Il più anziano dei giurati, il sessantottenne Bradley Summers, si mangiava le unghie fissando il soffitto. Lo presi come un buon segno. Stava pensando. Forse non al caso, ma se non altro aveva una mente in grado di ragionare e analizzare.

Arrivai così all'ultimo uomo, Alec Wynn. L'appassionato di attività all'aria aperta con una collezione di armi. Durante la prima udienza Arnold l'aveva pizzicato con un'espressione carica d'odio sul viso, espressione che aveva subito cercato di nascondere. Wynn sedeva con la schiena dritta. Mani sulle gambe. Attento. Pronto a fare il proprio dovere.

Pensai che il giurato alfa potesse essere lui. Avrei dovuto tenerlo d'occhio.

Pryor aveva chiamato al banco dei testimoni il medico legale, Sharon Morgan. Una signora bionda in tailleur nero attillato. Pur essendo sui cinquanta, aveva mantenuto un aspetto giovanile. E soprattutto, le sue testimonianze di solito colpivano nel segno. Era stata sulla scena del crimine, aveva effettuato le autopsie e trovato la banconota nella bocca di Carl. Pryor cominciò il suo esame illustrando alla giuria le sue qualifiche. Poi arrivarono le domande sulle ferite e sulle autopsie. Il medico legale confermò la causa del decesso di ciascuna delle vittime. Frattura del cranio e lesione cerebrale traumatica per Carl.

«E in relazione alla donna, è stata in grado di stabilire la causa del decesso?» domandò Pryor.

«Sì. L'origine del trauma è senza dubbio il raggruppamento di ferite da arma da taglio nell'area toracica. Sono riuscita a identificare la ferita che ha reciso una vena importante appena sotto il seno sinistro. Il cuore ha continuato a pompare, creando un vuoto. L'aria è entrata nella vena, arrivando rapidamente al cuore e formando un tampone che ha interrotto il flusso sanguigno, con conseguente grave arresto cardiaco. La morte deve essere sopraggiunta nel giro di pochi secondi», disse Morgan.

«Questo spiega l'assenza di segni di difesa sulla vittima?» domandò Pryor.

Le stava mettendo le risposte in bocca, ma non sollevai alcuna obiezione. Nel tentativo di rimediare al danno che avevo fatto ieri, Pryor stava cercando di dimostrare che entrambe le vittime erano state uccise nel letto insieme.

Guardai Wynn annuire. Con Morgan, l'accusa stava guadagnando punti. Pryor caricò una foto post mortem del torace di Ariella. Un occhio inesperto avrebbe potuto immaginare che i cinque fori ovali nell'area del petto fossero stati provocati da colpi di pistola.

«Dottoressa Morgan, ha avuto il tempo di esaminare il coltello recuperato a casa dell'imputato. Cosa può dirci riguardo a questo coltello e alle ferite riportate da Ariella Bloom?»

«Le ferite sono state inferte con un coltello a taglio singolo. Non a doppio taglio. Lo conferma la linea retta con la quale terminano le ferite. Il coltello che ho esaminato è compatibile con le ferite riscontrate. Un'arma a doppio taglio avrebbe creato un foro romboidale. Questo coltello è anche compatibile con la profondità delle ferite.»

Pryor si sedette. Avevo tre domande.

Una avrebbe confermato oltre ogni dubbio la mia teoria delle due aggressioni separate. Le altre domande avrebbero spalancato la porta alla mia arringa di chiusura – e al coinvolgimento di Mr Dollaro. Quando avevo riesaminato il caso il giorno prima, avevo visto altre prove che collegavano quegli omicidi a Mr Dollaro. Era giunto il momento di rivelarne alcune.

Il medico legale rimase in paziente attesa della mia prima domanda. Non aveva intenzione di farsi trascinare in un groviglio di teorie. Era una professionista quando si trattava di testimoniare in aula. E io contavo proprio su quello.

«Dottoressa Morgan, ha già dichiarato che sul torace della vittima c'erano cinque ferite da arma da taglio. Che sono distanziate. Come si vede nella foto, ci sono una singola ferita in mezzo al petto, tra i seni, due ferite orizzontali sotto ciascun seno e altre due ferite sotto le due precedenti su ciascun lato del torace. Le cinque ferite formano alla perfezione le cinque punte di una stella, è esatto?»

Morgan riesaminò la foto.

«Sì», rispose.

Sostituii la fotografia sullo schermo con quella della banconota aperta trovata in bocca a Carl.

«È stata lei a tirare fuori la banconota dalla bocca di Carl Tozer. Quando l'ha esaminata, dopo averla fotografata, ha visto alcuni segni sul sigillo sul retro. Si trattava di una freccia, di un ramo d'ulivo e di cos'altro?»

Lei guardò la foto ingrandita sullo schermo.

«Una stella.»

Due giurate, Betsy e Rita, parvero sporgersi in avanti. Per il momento avrei lasciato il resto alla loro immaginazione.

«Un'altra cosa. La ferita fatale alla testa di Carl Tozer è stata provocata da un trauma da corpo contundente, come ha detto lei. Quando è stata inflitta quella ferita, al momento dell'impatto dovrebbe essersi sentito un gran rumore, no?»

«Quasi sicuramente», rispose Morgan.

Tornai al tavolo della difesa. Stavo cercando la foto delle vittime affiancate nel letto. Non avevo altre domande in programma, ma qualcosa che stava ronzando in un angolo della mia testa parve fare un passo avanti. La foto riempì lo schermo del mio portatile. Eccola. La giuria non l'avrebbe capita in quel momento. Anzi, ne sarebbe stata confusa. E anche Pryor. Decisi che valeva la pena di correre il rischio.

«Un'ultima cosa, dottoressa Morgan», dissi trasferendo le foto delle vittime nel letto sullo schermo dell'aula.

«Ha dichiarato che per entrambe le vittime il decesso deve essere stato quasi istantaneo. Ariella Bloom aveva le mani lungo i fianchi ed era sdraiata sulla schiena. Carl Tozer era sul fianco, rivolto verso di lei, in posizione raccolta, quasi come un cigno. È possibile che l'assassino abbia sistemato le vittime in questo modo subito dopo la loro morte?»

Lei guardò le foto. «Credo di sì», rispose.

«Guardando le vittime in questo scatto, il corpo di Carl Tozer sembra disegnare la forma di un cigno, o magari del numero due?»

«Sì, è vero», confermò lei.

«E Ariella potrebbe essere il numero uno?»

«Potrebbe.»

Lo sapevo. Solo che fino a quel momento non me n'ero accorto. Mr Dollaro aveva ancora un processo da portare a termine. Ariella Bloom, Carl Tozer e Bobby Solomon sarebbero stati la sua dodicesima stella. Aveva disposto i corpi in maniera tale che ricordassero il numero dodici.

Dodici processi. Dodici persone innocenti. Dovevo fermare quell'uomo prima che ci fosse una tredicesima vittima. Guardai in fondo all'aula, dove si era piazzato un gruppetto di agenti dell'FBI. Delaney al centro. Scosse la testa. Nessuno aveva cercato di andarsene. Non ancora. Le porte dell'aula si aprirono ed entrò Harper con un uomo basso in abito grigio, che parlò con Delaney. Harper si diresse verso il lato destro dell'aula e si sedette al tavolo della difesa. Tirò fuori un plico di fogli dalla borsa e me li piazzò davanti. «Avevi ragione», sussurrò.

53

Kane osservò attentamente la reazione degli altri giurati. Le prove presentate dal medico legale erano state così convincenti che se le erano completamente bevute. Soltanto pochi sembravano interessati a Flynn. Quando lo sentì parlare della banconota, Kane si irrigidì. I segni. Tenne a bada l'eccitazione in modo che dal suo viso non trapelasse nulla.

Dopo tutti quegli anni, era possibile che qualcuno avesse scoperto la sua missione?

La posizione delle vittime. Flynn sapeva tutto. Aveva visto la mano di Kane in quelle morti. In tutti gli omicidi che aveva commesso, Kane aveva resistito alla tentazione di mettere le vittime in posa. Quello a casa di Bobby però era stato un omicidio speciale. Bobby era una star. Kane aveva affinato le sue abilità al massimo e aveva sentito il bisogno di una nuova sfida. Qualcuno di intoccabile. Una stella del cinema.

Se solo la donna non fosse morta così in fretta, pensò.

Il primo colpo del coltello l'aveva svegliata, spegnendo la luce dentro i suoi occhi un attimo dopo. La stella di Kane. Gliel'aveva disegnata sul corpo. Ma era finito tutto troppo in fretta, con troppa facilità, e lui aveva bisogno di qualcosa di più. Ariella sembrava in pace, sdraiata sul letto, con le braccia lungo i fianchi. Così Kane aveva trascinato l'uomo di sopra. Il sacchetto sulla sua testa, ben stretto intorno al collo, era un sigillo, che aveva evitato schizzi di sangue per casa, proprio come aveva detto Flynn. Aveva tolto il sacchetto dopo aver sistemato Carl sul letto. Poi, recuperata la mazza dal corridoio, l'aveva messa nel sacchetto, sporcandola di sangue, prima di lanciarla in un angolo in camera da letto.

Dodici era un traguardo importante. Kane aveva piegato le gambe di Carl, sistemando il resto del suo corpo in modo che disegnasse il numero due. Naturalmente l'idea gli era venuta soltanto dopo aver ucciso Ariella. Ormai era vicinissimo a portare a termine la sua missione. Una parte di Kane desiderava che qualcuno sapesse. Che capisse. Vide Flynn guardare la donna in fondo all'aula. E gli altri uomini sparpagliati in giro.

Agenti dell'FBI.

Kane si leccò le labbra.

Finalmente la caccia era aperta. Ma avevano ancora parecchia strada da fare per trovarlo. I federali stavano studiando gli spettatori, non la giuria.

Kane controllò l'orologio e prese un respiro profondo per calmarsi.

Immaginava che ormai avessero trovato il cadavere. Quello che aveva lasciato loro la notte prima, dopo aver fatto visita a Manuel.

Il gioco stava per ricominciare, per l'ultima volta.

54

La mossa successiva di Pryor era inchiodare Bobby, dimostrando che mentiva in base alla sequenza temporale rilevata dall'accusa. Chiamò a testimoniare il vicino di casa, Ken Eigerson. Quarantacinque anni circa, Ken indossava un completo doppiopetto che gli nascondeva la pancia e aveva un riporto che non riusciva a coprire la testa calva. Uno su due non era male. Eigerson confermò che lavorava a Wall Street e che il giovedì tornava sempre a casa alle nove. Il giovedì sera infatti sua moglie insegnava power yoga, e lui doveva per forza rientrare in orario, dal momento che la baby sitter, Connie, aveva bisogno di uscire alle nove per poter prendere l'autobus che l'avrebbe riportata a casa.

«Cosa ha visto dopo essere sceso dalla macchina?» domandò Pryor.

«Ho visto Robert Solomon. Senza ombra di dubbio. Ho chiuso la macchina e mi stavo incamminando verso casa quando ho sentito un rumore di passi alla mia sinistra. Mi sono voltato e l'ho visto. Non gli avevo mai parlato prima di allora. L'avevo visto soltanto entrare e uscire un paio di volte. Ho salutato con la mano e ho detto ciao. Lui ha ricambiato il saluto e fine della storia. Sono entrato in casa. I bambini dormivano e Connie, la baby sitter, se n'è andata.»

«È sicuro che fosse lui?» domandò Pryor.

«Al cento per cento. È famoso. L'ho visto in un film.»

«E come fa a essere così sicuro che fossero le nove quando è tornato a casa?» chiese Pryor.

«Mi sono alzato dalla scrivania del mio ufficio alle otto e

mezzo. Sono andato a prendere la macchina e quando ho parcheggiato ho controllato l'ora sul cruscotto. La settimana prima ero arrivato un pochino in ritardo. Intorno alle nove e dieci. Connie non l'aveva presa bene. Aveva detto che avrebbe perso l'autobus, così le avevo dato cinquanta dollari per il taxi. Sapete quanto è difficile trovare una brava baby sitter? Così la volta dopo mi sono assicurato di tornare a casa per tempo. E ci sono riuscito. Alle nove spaccate ero a casa.»

«Per l'ultima volta, Mr Eigerson, dal momento che è molto importante. Voglio che si renda conto della gravità delle sue affermazioni. L'imputato sostiene di essere arrivato a casa a mezzanotte. Ciò significa che uno di voi due sta mentendo. Mr Eigerson, se ha anche solo un minimo dubbio, questo è il momento di dirlo alla giuria. Quindi glielo chiederò di nuovo. È sicuro di aver visto Robert Solomon entrare in casa sua alle nove della sera degli omicidi?» domandò Pryor.

Eigerson stavolta guardò dritto verso la giuria. «Sono sicuro. L'ho visto. Erano le nove. Sono pronto a giurarlo sulla vita dei miei figli.»

«Il testimone è tutto suo», disse Pryor compiaciuto. Voltò le spalle al giudice e al testimone e tornò verso il tavolo dell'accusa.

Mi alzai in fretta, ignorando il dolore feroce al fianco, e afferrai il braccio di Pryor prima che arrivasse al suo posto. «Aspetti qui, Mr Pryor, se non le dispiace.» Lui cercò di girarsi per guardare il giudice, ma gli strizzai il braccio. Pryor si fermò e mi guardò a denti stretti. Prima che potesse sollevare un'obiezione o ritrarsi, tirai il grilletto.

«Mr Eigerson, ha parlato con Mr Pryor per quasi mezz'ora. Si trovava a circa tre metri da lei, e per tutto il tempo è stato nel suo campo visivo. Mi dica, di che colore è la cravatta di Mr Pryor?»

Pryor schioccò la lingua. Continuai a impedirgli di girarsi. Stava dando le spalle al banco dei testimoni.

«Rossa, credo», rispose Eigerson.

Lasciai andare il braccio di Pryor. Lui strinse gli occhi e si allacciò la giacca sopra la cravatta rosa prima di sedersi al tavolo dell'accusa.

«Oh, credevo fosse rossa. Mi sono sbagliato», disse Eigerson.

«Che giochetto da due soldi», commentò Pryor.

Mi girai verso l'avvocato dell'accusa. «Non le ho chiesto quanto è costata la cravatta. Se però l'ha pagata più di un dollaro e cinquanta, be', l'hanno derubata.»

Un'ondata di risa si diffuse in aula.

«Mr Eigerson, per quanto tempo ha visto l'uomo nella sua via? Due, forse tre secondi?»

«Sì, più o meno.»

«A che distanza era?»

«Cinque metri, forse un po' di più», rispose.

«Avrebbero potuto anche essere una decina?»

Lui ci pensò su.

«Forse non così tanti. Direi più o meno sette.»

«C'era buio?»

«Sì», rispose Eigerson.

«L'uomo che ha visto indossava occhiali scuri e aveva un cappuccio in testa. È corretto?»

«Sì, ma era lui.»

«Era lui perché indossava lo stesso tipo di vestiti che indossa Robert Solomon e perché camminava verso casa sua, è esatto?»

«Era lui», disse Eigerson.

«Dunque, da sette metri di distanza, al buio, ha visto un uomo con un cappuccio in testa e occhiali scuri. È questo ciò che ha visto, giusto?»

«Sì, ed era...»

«Era un uomo che camminava verso la casa in cui abita

Robert Solomon. Per questo ha pensato che fosse l'imputato. Ho ragione?»

Eigerson non disse nulla. Stava cercando la risposta giusta.

«Avrebbe potuto essere chiunque, no? Lei non l'ha visto bene in faccia.»

«Non l'avrò visto bene in faccia, ma so che era lui», replicò spavaldo.

Mentre formulavo l'ultima domanda, mi girai verso la giuria.

«Indossava una cravatta?» domandai.

I giurati risero. Tutti tranne Alec Wynn.

Eigerson non rispose.

«L'accusa non desidera controesaminare il teste e chiama Todd Kinney», disse Pryor.

Eigerson scese dal banco a testa bassa. A Pryor non importava. Era il suo stile. Quasi tutti gli avvocati dell'accusa avrebbero dedicato a Eigerson tutta la mattina. Non Pryor. Sparava testimoni sul banco come fossero palle ultraveloci in una partita di baseball. Se alla giuria non piaceva un testimone, nel giro di poco ne avrebbe avuto un altro. Era una tattica rischiosa. Raffiche fulminee di testimoni. Sicuramente serviva a semplificare le cose, velocizzando il processo e assicurando che la giuria restasse sul chi vive.

Kinney era giovanissimo. Indossava una camicia bianca con cravatta, un paio di jeans e un blazer blu, tutti apparentemente di almeno due taglie troppo piccoli. Persino la cravatta non gli arrivava ai fianchi. Era un ragazzino. Un hipster. Sicuramente sprecato come analista. Sarebbe stato perfetto come agente sotto copertura.

Dopo essersi alzato, Pryor si era messo a picchiettare il piede destro sul pavimento. Gli stavo dando sui nervi. Il colletto della camicia gli tirava. Decisi di aumentare la pressione.

Tornando al mio tavolo mi fermai e gli sussurrai all'orecchio.

«Scusa per la cravatta. È stato un tiro meschino.»

Sentii Kinney avvicinarsi.

«Non salverà il tuo cliente. E se osi toccarmi di nuovo, ti spacco quella maledetta faccia che ti ritrovi», disse Pryor sorridendo al giudice.

«Giuro che non ti toccherò mai più», risposi allontanandomi da Pryor e finendo giusto sulla traiettoria di Kinney. Lui inciampò e io riuscii a reggerlo.

«Chiedo scusa», dissi.

Kinney non rispose. Si limitò a scuotere la testa e a dirigersi verso il banco dei testimoni. Presi posto al tavolo della difesa e lasciai fare Pryor. Dopo aver prestato giuramento, Kinney rispose alle domande di Pryor sulle sue qualifiche e sulla sua esperienza come analista della Scientifica e DNA profiling. Non ci volle molto, e io rimasi tranquillo a guardare. Stavo aspettando che Pryor arrivasse al succo.

«Ha esaminato la banconota trovata nella bocca di Carl Tozer?» domandò Pryor caricando una foto del dollaro piegato a forma di farfalla.

«Sì. Era stata conservata dal medico legale. All'inizio mi sono concentrato sulla presenza di impronte digitali. Ce n'era una ben definita del pollice. Dopodiché ho esaminato la superficie stampata in cerca di DNA. Ho anche prelevato alcuni campioni dall'area intorno alla stampa e dal resto della banconota.»

«Che esito ha dato l'analisi delle impronte?»

«Erano state prelevate le impronte digitali dell'imputato per consentire un confronto. Tra l'impronta del pollice destro dell'imputato e l'impronta rinvenuta sulla banconota c'erano dodici punti di corrispondenza a livello di creste cutanee.»

Mentre Kinney rispondeva, Pryor osservò la giuria. Alcuni avevano capito, altri no.

«Cosa intende con 'dodici punti di corrispondenza a livello di creste cutanee'?» domandò Pryor.

Kinney si tuffò a pesce sulla domanda, ma evitando paroloni scientifici.

«Le impronte digitali di ciascun essere umano sul pianeta sono uniche. Un'impronta digitale è lo schema disegnato dalle creste cutanee sulla superficie della pelle. Il nostro sistema analizza queste creste e le legge in dodici punti strategici. Una corrispondenza di dodici punti significa che due impronte sono identiche. È un fatto scientifico universalmente riconosciuto», spiegò Kinney osservando la giuria.

«È possibile che ci sia stata un'attribuzione erronea di questa impronta?» domandò Pryor. Stava chiudendo le mie linee di attacco una dopo l'altra.

«No, impossibile. Ho effettuato io personalmente i test. In più, il DNA prelevato dall'area con l'impronta si è rivelato essere lo stesso dell'imputato», disse Kinney.

«Come fa a saperlo?»

«Di nuovo, ho effettuato i test personalmente. Avevamo prelevato un campione di DNA dall'interno della guancia dell'imputato. Dopo averlo analizzato, siamo riusciti a ricavare un profilo genetico completo. Questo profilo corrisponde al profilo genetico rinvenuto sulla banconota con una probabilità matematica di un miliardo.»

Kinney era un bravo scienziato. Ma spiegarsi ai giurati non era il suo forte.

«Cosa intende con 'probabilità matematica di un miliardo'?»

«Significa che il DNA sulla banconota corrisponde a quello dell'imputato, e se analizzassimo un miliardo di persone, potremmo ottenere una sola altra corrispondenza per il DNA sulla banconota.»

«Quindi è probabile che il DNA sulla banconota sia quello dell'imputato?»

Non ebbe bisogno di riflettere nemmeno su quella domanda. La risposta giunse chiara, inequivocabile.

«Posso dichiarare con un grado di certezza molto elevato che il DNA sulla banconota appartiene all'imputato.»

«Grazie. La prego di aspettare qui. Mr Flynn potrebbe avere qualche domanda», disse Pryor.

Ne avevo di domande. Eccome. Ma non erano molte quelle che potevo fare a Kinney. Lanciai un'occhiata a Bobby. Sembrava che fosse appena stato investito da un camion. Rudy l'aveva preparato a quella prova, ma sentirla presentata in un'aula davanti a dodici persone che sono lì per giudicarti è devastante. Gli versai un altro po' d'acqua. Gli tremava la mano mentre si avvicinava il bicchiere alla bocca. Bobby conosceva il potere della testimonianza di Kinney. Era un attore, e aveva sentito che qualcosa nel pubblico era cambiato. Non c'erano storie, la testimonianza di Kinney aveva assestato un colpo durissimo a Bobby. Io ero stato coinvolto in quel caso per fare a pezzi testimoni come Kinney. Sapevo sin dall'inizio che non avevamo prove a sufficienza per contestare la sua parola. Il caso dipendeva tutto da quel testimone.

In un processo penale, le prove scientifiche erano la Bibbia.

Io però ero un avvocato difensore. Avevo il diavolo dalla mia parte. E il diavolo non gioca pulito.

Feci del mio meglio per mostrarmi sicuro mentre mi dirigevo verso il banco dei testimoni. Sentivo gli occhi di tutti i giurati su di me. Con la coda dell'occhio vidi Alec Wynn incrociare le braccia. Aveva deciso. Qualunque cosa avessi chiesto al testimone, lui aveva già preso la sua decisione.

«Agente Kinney, prima di rendere la sua testimonianza ha giurato di dire la verità. Le spiacerebbe prendere la Bibbia appoggiata accanto a lei per un momento?»

Sentii la sedia di Pryor stridere e ululare mentre lui la faceva strisciare sul pavimento. Lo immaginai incrociare le braccia con il suo solito ghigno compiaciuto. Sapeva che l'unica linea di attacco contro Kinney era la sua credibilità. Se avessi dimostrato che era un bugiardo, avrei avuto una possibilità. Pryor doveva averlo preparato.

Attieniti alla scienza: i risultati non mentono.

Lui prese la Bibbia nella mano destra e gettò un'occhiata a Pryor dietro di me. Sì, Kinney era stato preparato per quella linea di attacco. Era pronto. E io lo sapevo. Me l'aspettavo. Non gli chiesi se fosse stato disonesto, non gli ricordai il suo giuramento né lo accusai di aver mentito. Pregai soltanto che dicesse la verità.

«Agente, appoggi pure la Bibbia», dissi.

Kinney aggrottò le sopracciglia. Quando la sedia di Pryor borbottò di nuovo, capii che l'avvocato si stava raddrizzando, avvicinandola al tavolo in modo da poter prendere appunti. A questo non era preparato.

Recuperata la Bibbia, la tenni davanti al petto con entrambe le mani e mi girai verso la giuria. Avevo bisogno che vedessero.

«Agente, oggi vari testimoni hanno prestato giuramento su questa Bibbia. Lei stesso l'ha tenuta in mano quando ha giurato. Ora l'ho presa io. Mi dica, agente, se dovesse analizzare questa Bibbia proprio adesso, probabilmente troverebbe le impronte e il DNA di tutti i testimoni di oggi, è esatto?»

«Sì. Ci sarebbero alcune impronte, magari parziali, dei testimoni precedenti, se non sono state cancellate dalle nostre impronte. E troveremmo il DNA di tutti, compreso il suo, Mr Flynn», disse Kinney.

«Sono d'accordo. E anche il DNA della cancelliera, dei testimoni di ieri, e di chiunque abbia toccato questa Bibbia di recente. Da questo libro sarebbe possibile ricavare numerosi campioni di DNA, è esatto?»

« Sì. »

Kinney mangiò la foglia. Iniziò a cucirsi la bocca, dando risposte brevi e secche.

« Se analizzasse questa Bibbia e trovasse soltanto il mio DNA, non lo riterrebbe insolito? » domandai.

D'un tratto alcuni dei giurati parvero molto interessati. Rita Veste, la psicologa infantile, Betsy Muller, l'istruttrice di karate del fine settimana, Bradley Summers, il dolce vecchietto, e Terry Andrews, lo chef, si concentrarono attentamente su me e Kinney. Stavano ascoltando. Alec Wynn teneva le braccia incrociate. Era ancora convinto dalle prove scientifiche. Io avevo qualche domanda che avrebbe potuto fargli cambiare idea.

Kinney rifletté a lungo sulla sua risposta. « Forse », disse alla fine.

Partii all'attacco. Nulla mi avrebbe più fermato adesso.

« Se non trovasse nessun altro DNA oltre al mio sulla Bibbia, uno dei motivi potrebbe essere che qualcuno ha pulito la copertina, è esatto? »

« Sì. »

Riappoggiai la Bibbia sul banco dei testimoni e mi concentrai su Kinney. Era ora di darci sotto.

« Agente, una banconota che circola negli Stati Uniti da alcuni anni dovrebbe presentare centinaia, se non addirittura migliaia, di singole impronte digitali e profili genetici. Cassieri di banca, commessi, semplici cittadini, in sostanza chiunque maneggi contanti nella zona. È d'accordo? »

« È sicuramente possibile, sì. »

« Insomma, è più probabile che possibile, non trova? »

« Va bene, è probabile », replicò lui. In ogni sillaba si era insinuato un pizzico di irritazione.

« La banconota nella bocca di Carl Tozer aveva sopra il suo DNA, il DNA dell'imputato e quello di un terzo soggetto, è esatto? »

« Sì. »

« Quel terzo profilo genetico corrisponde a quello di un certo Richard Pena, giustiziato in un altro Stato prima ancora che questa banconota venisse stampata, è esatto? »

Questa se l'aspettava.

« Ritengo che quel profilo sia un'anomalia. Non era inequivocabile come quello dell'imputato, ed è possibile che provenga da un parente stretto di Mr Pena. Ho controllato i nostri registri di laboratorio e, a quanto ho potuto verificare, il DNA di Pena non ha mai lasciato lo Stato d'origine. Non è mai arrivato nel nostro laboratorio, quindi non c'è nessuna possibile contaminazione. Il DNA deve appartenere a un parente stretto. »

« È possibile. Sapeva che Richard Pena è stato condannato per omicidio plurimo e che sotto la spallina del reggiseno di ciascuna delle sue vittime è stata trovata una banconota da un dollaro, su una delle quali era presente il suo DNA? »

Sentii la giuria mormorare, e a poco a poco il brusio si diffuse anche tra la folla. Per il momento volevo soltanto piantare il seme. L'avrei annaffiato più tardi.

« No, non lo sapevo », disse Kinney.

« Tornando al nostro caso, non sappiamo ancora come mai non ci fossero altre tracce di DNA sulla banconota trovata nella bocca di Carl Tozer. Sappiamo che Mr Pena non l'ha maneggiata e sappiamo che era in circolazione da anni. La verità è che qualcuno ha rimosso il DNA dalla banconota prima che l'imputato la toccasse. È l'unica spiegazione, no? »

« No, non lo accetto. »

« E il motivo per cui è stata ripulita è che in quel modo il DNA dell'imputato sarebbe stato evidente e facilmente recuperabile. In altre parole, qualcuno ce l'ha piazzato sopra perché voleva incastrare Mr Solomon per l'omicidio. »

Kinney scosse la testa.

« Questo non spiega come abbia fatto l'impronta digitale

dell'imputato a finire sulla banconota», replicò Kinney in tono compiaciuto.

«Su questo fronte non posso aiutarla. È possibile che qualcuno gli abbia fatto toccare la banconota senza che lui si rendesse conto del peso di quell'azione. Dopodiché l'ha ripresa e l'ha infilata nella bocca di Carl Tozer.»

Kinney scosse la testa con espressione di scherno. «È un'assurdità.»

A quel punto mi girai verso la giuria. «Agente, controlli la tasca interna della sua giacca dal lato sinistro.»

Stupito, soffiò fuori uno sbuffo d'aria dal naso. Poi si controllò la tasca. Tirò fuori una banconota da un dollaro e la sollevò con un'espressione di orrore allo stato puro stampata in faccia.

«Questa mattina non avevo nessuna banconota nella tasca della giacca!»

«Certo che no, ce l'ho messa io. E adesso c'è sopra il suo DNA.» Tirai fuori un tovagliolo dalla tasca e lo usai per togliere la banconota di mano a Kinney.

«È più facile di quanto pensasse, non crede?»

Tornai al mio posto con la voce di Pryor che mi rimbombava nelle orecchie. Si stava lamentando con Harry, che accolse la sua obiezione.

Non importava. La giuria aveva visto. Alcuni dei giurati ci avrebbero pensato su e avrebbero dubitato della rilevanza della prova del DNA. Con un numero sufficiente di giurati non convinti, forse avremmo avuto una possibilità.

55

Flynn si sedette e Todd Kinney scese dal banco dei testimoni. Il giudice annunciò la sospensione per il pranzo, di cui Kane sentiva un gran bisogno. Temeva che la sua faccia sarebbe crollata se avesse dovuto tenerla sotto controllo ancora a lungo. Sfilò fuori dall'aula insieme agli altri giurati. Gli faceva male la mascella da tanto aveva stretto i denti, e sentiva il sapore di sangue in bocca. Non tanto, giusto un sentore. Si passò un dito sulle labbra e vide un vago accenno di rosso. Doveva essersi morsicato l'interno della bocca in preda alla rabbia. Naturalmente non se ne era accorto.

Kane non provava odio nei suoi momenti più intensi. Quando brandiva un coltello e sentiva una gola serrarsi sotto le sue dita, la paura e il panico sui volti delle sue vittime gli procuravano soltanto piacere. L'odio non aveva alcun ruolo nella sua opera.

Faceva tutto per trarne piacere.

Ascoltando Flynn, Kane aveva cominciato a provare quella vecchia sensazione familiare. Aveva odiato molte cose: le menzogne diffuse dai media, l'idea che fosse possibile migliorare le proprie condizioni, e soprattutto le persone che riuscivano a cambiare vita grazie a un colpo di fortuna. Kane non era stato così fortunato. E nemmeno sua madre. Sì, in parte si trattava di odio. Di vendetta, forse. Soprattutto, però, Kane provava compassione. Compassione per quei poveretti convinti che i soldi, la famiglia, un'opportunità o persino l'amore potessero cambiare qualcosa. Era tutta una menzogna. Per Kane era la grande menzogna americana.

Kane sapeva la verità. Non c'era alcun sogno. Non c'era alcuna possibilità di cambiamento. Soltanto dolore. Lui non l'aveva mai provato, eppure sapeva tutto. L'aveva visto su troppi volti.

I giurati si sedettero intorno al lungo tavolo nell'aula della giuria e un funzionario del tribunale entrò con sacchetti pieni di sandwich e bibite. Kane aprì una lattina di Coca e guardò il funzionario contare il resto e metterlo insieme a uno scontrino. Era andato a comprare il pranzo ai giurati con i soldi della cancelleria. Kane l'aveva visto fare anche da altri in passato. Il funzionario imprecò e disse: « Non ci penso nemmeno a pagare la mancia di tasca mia ». Annotò qualcosa sullo scontrino, prese una banconota da un dollaro e qualche spicciolo e li infilò nello scontrino.

La mente di Kane tornò a una scena di più di un anno prima. Era sdraiato sull'asfalto freddo, con indosso stracci sporchi e un cappello che aveva trovato in un bidone della spazzatura. Il suo numero da senzatetto. Riusciva bene perché la maggior parte dei newyorkesi non faceva caso ai senzatetto. Passare davanti a una persona con la faccia sporca, senza cibo e senza soldi, era normale amministrazione a New York. Alcuni gli davano qualche moneta, altri no. Ed era il modo migliore per tenere d'occhio un bersaglio. A differenza del periodo in cui aveva tenuto d'occhio il sistema postale del tribunale, quel periodo da senzatetto anonimo era durato soltanto pochi giorni e aveva avuto come sfondo un quartiere migliore. Kane si era scelto un posticino all'angolo di West 88th Street. A cinquecento metri da casa di Robert Solomon. Il terzo giorno Solomon gli era passato davanti con l'iPod e le cuffie. Kane gli aveva strattonato la gamba.

« Hai un dollaro, amico? » aveva chiesto Kane.

Robert Solomon aveva infilato la mano nei recessi della tasca e aveva pescato due banconote da un dollaro, allungandole a Kane. Prima di prenderle, lui aveva memorizzato la posizione delle dita di Solomon sulle banconote. Quella sulla banconota in cima avrebbe fruttato una bella impronta succulenta sulla faccia di George Washington. Kane aveva alzato il bicchiere da caffè vuoto e le banconote erano cadute all'interno. Le avrebbe ripulite in seguito con dello spray antibatterico, ma stando attento a conservare l'impronta di Solomon.

Semplicissimo. Facilissimo. Mentre Solomon si allontanava, Kane aveva richiuso il bicchiere con il coperchio e se n'era andato.

Era così che era iniziato quel lavoro.

Kane diede un morso al suo sandwich e guardò gli altri giurati fare lo stesso. Controllò l'orologio.

Mancava poco, ne era sicuro. Non avrebbe potuto fare ciò che aveva fatto senza aiuto. Era importante avere un amico, un altro individuo oscuro al quale Kane aveva concesso di prendere parte alla sua causa. Un individuo che aveva dimostrato il suo valore.

Kane non avrebbe potuto arrivare fin lì senza avere qualcuno all'interno.

56

«Mi dichiareranno colpevole, vero?» disse Bobby.

«Non abbiamo ancora perso, Bobby. Ci resta ancora qualche coniglio nel cilindro», risposi.

«Sei innocente, Bobby. La giuria lo capirà», intervenne Holten.

Bobby era seduto nella sala di consultazione e non aveva toccato cibo. Holten era uscito a comprare dei sandwich. Nemmeno io riuscivo a mangiare. Kinney aveva assestato proprio un brutto colpo a Bobby. Non ne avrebbe retto un altro. Pryor aveva ancora due testimoni. Il tecnico video che aveva esaminato la telecamera di sicurezza con sensori di movimento a casa di Bobby e il giornalista Paul Benettio. Grazie ad Harper sapevo come colpire il tecnico video. Il giornalista non mi preoccupava granché. Sosteneva che Bobby e Ariella non andassero d'accordo.

Erano sposati. Questo non significava che l'avesse uccisa.

Avevo parlato con l'agente portato da Harper. Il tale in completo grigio. Era un esperto di comunicazioni digitali che lavorava per l'FBI. Nonostante la giovane età era preparatissimo e non gli sfuggiva mai niente. Harper me l'aveva presentato come Angel Torres. Mi aveva illustrato quanto era emerso dalla sua visita a casa di Bobby quel giorno. Non sarebbe stata una palla da demolizione per la tesi dell'accusa, ma avrebbe senz'altro aiutato.

«L'agente sulla scena del crimine vi ha visti al lavoro?» domandai.

«No», rispose Harper. «È un tifoso dei Knicks. L'ho tenuto in soggiorno a parlare. Non gli importa granché del suo lavoro. Gli interessa soltanto la media dei punteggi della sua squadra. Torres gli ha mostrato il distintivo dell'FBI e lui si è rilassato.»

«A ogni modo non ci abbiamo messo molto. Tempo cinque minuti ed eravamo già fuori», disse Torres.

«Bene», risposi.

Holten, Torres e Harper erano in piedi a mangiare i loro sandwich. Io invece mi cacciai in bocca qualche altro antidolorifico, che buttai giù con dell'acqua gassata.

Delaney entrò nella sala di consultazione. Aveva con sé un mucchietto di fascicoli.

«Come sta andando con la giuria?» domandò.

Bobby mi fissò in attesa di una risposta positiva.

«Il DNA ci ha dato una bella mazzata, ma lo sapevamo. Forse però sono riuscito ad attutire il colpo. Dobbiamo aspettare e vedere come va. Tieni duro, Bobby. Non abbiamo ancora finito», dissi.

«Hai già detto a Eddie dei giurati?» domandò Delaney ad Harper.

«Stavo per farlo», rispose lei. «Dopo essere usciti da casa di Bobby, io e Torres siamo tornati alla sede dell'FBI. Io ho esaminato la catasta di articoli di giornale che gli agenti avevano recuperato dagli archivi dei quotidiani locali. Ho trovato due storie. La prima è un po' più interessante. Sembra che questa signora sia stata uccisa durante una rapina a mano armata. Faceva parte della giuria del processo di Pena.»

Mi mostrò l'articolo sul cellulare.

Roseanne Waughbasch era una signora di poco più di sessant'anni. Lavorava in un negozio di usato a Chapel Hill, nella Carolina del Nord. Qualche spavaldo le aveva puntato in faccia le canne di una doppietta, facendo fuoco. I ladri non avevano portato via granché dal negozio, giusto il contenuto del registratore di cassa e il barattolo delle donazioni.

Secondo il titolare del negozio se n'erano andati con circa un centinaio di dollari. L'articolo parlava di come si potesse perdere la vita e subire tanta violenza soltanto per un centinaio di dollari e un po' di spiccioli.

«Lo vedi cosa c'è di strano? Guarda la foto», disse Harper.

Osservai la foto della via con il negozio chiuso. Nastro della scena del crimine sulla porta.

E sapevo esattamente cosa c'era di strano. Proprio accanto al negozio dell'usato c'era un minimarket, e all'altro lato un negozio di alcolici. Poco più avanti, la piccola banca locale.

«Non è stato un furto, ma un omicidio», dissi.

«È quello che ho pensato. I negozi dell'usato non hanno molti contanti. Non hanno nulla che valga la pena di rubare e poco che valga la pena di comprare. Se io avessi dovuto rapinare un negozio su quella via, avrei scelto il minimarket. Ci sono buone probabilità che il titolare di un negozio di alcolici sia armato e che una banca abbia numerose guardie di sicurezza, ma non il minimarket. Magari una mazza da baseball. Ed è anche improbabile che il cassiere di un minimarket sia uno spaccone. Chi sarebbe disposto a correre un rischio del genere per così pochi soldi? E poi in un minimarket ci sono parecchi contanti. Molti di più che in un negozio dell'usato.»

«Qual era l'altra storia?» domandai.

«Non ho l'articolo con me. Si trattava di un annuncio sul *Wilmington Standard*. Dopo la condanna di Pete Timson per l'omicidio di Derek Cass, uno dei giurati è scomparso. Non aveva familiari, ma aveva un lavoro. Dal momento che dopo il processo non si è più presentato, il suo capo si è preoccupato. Ha contattato la polizia e ha persino messo un annuncio. Nessuno l'ha mai più rivisto dopo che è uscito dalla stanza della giuria.»

Il dolore alle costole cominciò a placarsi, sostituito da un senso di vuoto al petto e da un bruciore in gola. La teoria di

Delaney su Mr Dollaro era stata fondata sin dall'inizio. Noi però ne avevamo vista soltanto metà. Mi abbandonai un po' sulla sedia, chiusi gli occhi e mi massaggiai il bernoccolo dietro la testa. Avevo bisogno di una scarica di dolore.

Per la prima volta dall'inizio di quel processo avevo paura. Mr Dollaro era molto più sofisticato di quanto avessimo immaginato.

«Stavamo cercando nel posto sbagliato», dissi. «Tutte le persone che ha fatto finire alla sbarra per i suoi reati sono state condannate. Tutte quante. Un processo può sempre prendere un'altra direzione. Persino con le prove scientifiche. Come ha fatto ad assicurarsi di ottenere la sua condanna? Collocare prove sulla scena non bastava. Mr Dollaro non ha assistito ai processi della sicurezza del pubblico. Era nella giuria. È come ha detto Harry: abbiamo un giurato corrotto.»

«Cosa?» dissero Harper e Delaney in coro.

Bobby e Holten si guardarono a bocca aperta.

«In qualche modo è riuscito a garantirsi un posto nella giuria. Il giurato del caso Derek Cass... credo non si sia presentato al lavoro dopo il processo perché era già morto. Probabilmente lo era da parecchio. Almeno dalla settimana prima del processo. Mr Dollaro ha preso il suo posto. Ha investito Brenda Kowolski per strada e in qualche modo ha strangolato Manuel Ortega, oltre ad aver sparato a quella giurata nel caso Pena. Si è sbarazzato di loro perché non avrebbero votato come voleva lui.»

«Uccide i giurati prima della selezione della giuria e ne ruba l'identità. Soltanto così può funzionare. Per questo il giurato è scomparso dopo il processo», disse Delaney con voce gelida. Quella presa di coscienza si stava diffondendo come un vento freddo sulla sua faccia.

«Come faceva a sapere chi erano i potenziali giurati?» domandò Harper.

«Potrebbe aver violato i server del tribunale? O essersi introdotto negli uffici degli avvocati? Oppure in quello del procuratore distrettuale. O magari è riuscito ad accedere in qualche modo all'ufficio corrispondenza? » suggerì Holten.

« È assurdo », commentò Harper.

« No, è Mr Dollaro », rispose Delaney. « Ve l'ho già detto. È un soggetto molto intelligente. Forse il più intelligente che abbiamo mai affrontato. Dobbiamo recuperare l'elenco dei giurati di ciascuno di quei casi. Possiamo verificare i loro documenti d'identità alla motorizzazione, al controllo passaporti, in qualsiasi database. Dev'essere riuscito a modificare il suo aspetto soltanto fino a un certo punto. Cominciamo con il giurato scomparso dopo il processo Cass. Dobbiamo catturare quest'uomo. Sono pronta a testimoniare, Eddie. Farò tutto il necessario », disse Delaney.

Discutemmo della strategia da adottare. Stavolta avremmo osservato la giuria. Ma c'era un rischio. Era mio dovere parlarne al cliente.

« Bobby, se andrà tutto bene, dovremmo riuscire a far annullare il processo per vizio. Al momento puntiamo a questo. Ciò significa che tutto sarà messo in stand-by. Delaney potrà osservare i giurati e tenerli d'occhio fino a quando riusciremo a capire qual è l'assassino. Dobbiamo fermare questo processo. Non possiamo permettere che finisca tutto nelle mani della giuria. Non se l'assassino è seduto su quel banco. Ma devi sapere che potrei non riuscire nel mio intento. Abbiamo una teoria, ma ci mancano le prove. Se il giudice rifiuta di concedere l'annullamento del processo, Pryor potrebbe usare la cosa contro di noi. »

« Cosa intendi? » domandò Bobby.

« Se sosteniamo che c'è un serial killer tra i giurati senza sapere chi è, l'intera giuria si riterrà accusata. La prenderanno tutti sul personale. Di conseguenza è probabile che ti dichiarino colpevole. Se questa strada non dovesse funzionare e non dovessimo riuscire a catturare quest'uomo, potresti finire dietro le sbarre per il resto della tua vita.»

Bobby mi piaceva. Malgrado i soldi e la fama, non era cambiato granché rispetto al ragazzo di campagna che se n'era andato di casa con i risparmi del padre in tasca. Naturalmente aveva i suoi problemi. Chi non li ha? Ma non era arrivato in tribunale su una Bentley. Non aveva dodici lacchè incollati addosso che gli ripetevano quanto fosse figo ventiquattr'ore al giorno. In giovane età aveva scoperto cosa voleva fare nella vita. Aveva avuto la fortuna di essere bravo in ciò che faceva, così aveva seguito il suo sogno, si era innamorato e aveva trasformato quel sogno in realtà. Adesso era un ragazzo che piangeva un amore perduto. Non c'erano soldi o fama che potessero cambiare quel fatto.

«Quest'uomo ha ucciso Ariella, Carl e tutte quelle persone. Voglio che lo catturiate. Fate quello che serve. Non preoccupatevi di me. So che lo prenderete», disse Bobby.

«Dev'esserci un altro modo», intervenne Holten.

Nemmeno io volevo mettere in pericolo Bobby. Ma in quel momento non mi veniva in mente nessun piano alternativo. Sapevo che qualcosa mi stava sfuggendo. Il DNA non mi dava pace sin dall'inizio. Come diavolo aveva fatto il DNA di un morto a finire su una banconota?

Era impossibile.

E non appena mi sovvenne quel pensiero, capii esattamente come aveva fatto il DNA di Pena a finire sulla banconota trovata nella bocca di Carl. Mr Dollaro era molto intelligente.

Ma nessuno è perfetto.

57

Intrecciando le dita sull'addome, Kane espirò lentamente e si preparò a guardare Pryor assumere il controllo del caso. Durante il pranzo i giurati avevano parlato. Sussurri sparsi. Se avessero dovuto emettere un verdetto in quel momento, due terzi dei giurati avrebbero votato colpevole. Kane ipotizzava che gli altri fossero ancora indecisi, ma perlopiù propensi verso la colpevolezza. Si era trovato ad affrontare situazioni peggiori nella stanza della giuria.

Pryor chiamò il primo teste del pomeriggio. Un tecnico di nome Williams che aveva esaminato il sistema di telecamere di sicurezza a sensori di movimento installato a casa di Solomon. Il tecnico confermò di averlo portato via per analizzarlo e di aver trovato un video pertinente.

Lo schermo dell'aula prese vita, mostrando un'immagine in bianco e nero della strada vista da sopra la porta d'ingresso della casa di Solomon. L'orario riportato nell'angolo in basso a sinistra indicava le 21.01. Si avvicinò una figura con un cappuccio in testa. Il viso non si vedeva. Quando l'uomo alzò il braccio, tenendolo sollevato, si scorse il suo mento.

«Cosa sta facendo la figura nel filmato?» domandò Pryor fermando il video.

«Forse sta mettendo la chiave nella porta. È la cosa più probabile, a mio avviso», disse Williams.

Il filmato ripartì. La figura con il cappuccio teneva la testa china e fissava l'iPod. Un filo bianco partiva dal dispositivo e scompariva nel cappuccio. Auricolari. La porta si aprì e la luce della casa illuminò l'immagine. La figura entrava e il filmato terminava.

«Come funziona questo sistema di sicurezza, agente Williams?» domandò Pryor.

«Si attiva grazie a sensori di movimento. La telecamera si accende in automatico quando scatta il sensore di movimento. L'ho testato in laboratorio e confermo che funzionava alla perfezione, come si vede qui. Il sensore ha una portata di tre metri. Qualsiasi movimento entro quel raggio sarebbe stato registrato.»

«L'imputato sostiene di essere rientrato intorno a mezzanotte. E di non aver incontrato il vicino alle nove. Cosa può dire in merito a questa affermazione?»

«Non è possibile. La telecamera lo riprende alle 21.01. Sembra che Bobby Solomon stia entrando in casa usando la chiave della porta principale. Ho controllato il sistema e non ci sono altri filmati successivi a questo.»

Pryor si sedette e Kane guardò Flynn alzarsi. Prima che l'altro potesse cominciare, Kane si distrasse. Guardò alla sua sinistra, verso la sorgente dell'elemento di disturbo. Le porte dell'aula si aprirono ed entrarono due detective del NYPD. Uno era Joseph Anderson, ancora con il braccio ingessato. Kane ipotizzò che l'altro, più anziano, con i capelli grigi impomatati all'indietro, fosse il suo partner. Rimasero entrambi in fondo all'aula.

Kane posò di nuovo lo sguardo su Flynn e pensò ai suoi coltelli. Immaginò l'avvocato legato in un posto lontano e tranquillo. Un posto in cui avrebbe potuto lasciarlo gridare. Si vide scegliere un coltello, lasciando che Flynn lo guardasse. Poi si sarebbe diretto lentamente verso di lui. Kane sapeva come fare in modo che un taglio durasse una vita. Conficcare lentamente l'acciaio nella carne era meraviglioso.

Scosse la testa, cercando di allontanare quella fantasia. Non aveva ancora finito il suo lavoro lì. Neanche lontanamente. Flynn raggiunse Pryor e gli porse un documento rilegato. L'avvocato dell'accusa lo sfogliò. Persino dal banco della giuria, Kane sentì chiaramente le sue parole.

«Come hai fatto a procurarti questa roba?» domandò Pryor.

«Con il permesso del NYPD. Nessuno ce l'ha impedito. E Torres è un agente federale. Aveva un motivo valido. In assenza di obiezioni non è necessario nessun mandato», disse Flynn.

Kane cercò di sentire la risposta di Pryor, ma senza riuscirci. I due uomini si avvicinarono al giudice. Li vide discutere. Dopo qualche istante, il giudice Ford dichiarò: «È ammissibile. Se il NYPD non ha sollevato obiezioni e ha consentito l'accesso, il reperto è ammesso».

58

Mi dispiaceva quasi per il poliziotto a casa di Solomon. Se avesse saputo che l'FBI era lì per un rilievo, avrebbe potuto opporsi. E avrebbe potuto arrestare Harper e Torres. Ma non se n'era accorto. Nessuna obiezione, nessun problema. Harry ammise il mio rapporto tra i reperti.

Santo cielo, ne avevo proprio bisogno.

Bobby ne aveva bisogno. Se non fossi riuscito a ottenere l'annullamento del processo, mi serviva che almeno alcuni giurati votassero a nostro favore.

Mi aggrappai a una copia del rapporto come se mi stessi reggendo a una cima di salvataggio.

«Agente Williams, non si vede il viso di Robert Solomon in quel filmato, vero?»

«Non del tutto. Si vede una parte degli occhiali, della bocca e del mento. Il cappuccio è alzato e copre gran parte della faccia. Ma si capisce che è lui», disse Williams.

Quando Pryor aveva finito il suo esame, aveva mandato indietro il video, fermandolo sulla figura con il cappuccio sulla porta.

«La persona in quel video ha in mano un dispositivo elettronico. Può dire di cosa si tratta?» domandai.

«Sembra un iPod», rispose Williams.

«E potrebbe ricordare alla giuria a che ora è stato registrato questo filmato?»

«Appena dopo le nove della sera degli omicidi.»

Usai i comandi dello schermo per caricare una delle foto della scena del crimine. La vista del corridoio. Scala davanti, tavolo del corridoio sulla sinistra con sopra il telefono, il router WiFi e un vaso. Consegnai a Williams il rapporto preparato da Torres e cominciai.

« Agente, il rapporto che ha davanti a lei è stato preparato oggi dall'agente speciale Torres dell'FBI. È un esame scientifico del router WiFi che si vede in questa foto. Lei aveva esaminato il router? »

« No. »

« L'agente Torres è riuscito a recuperare i dati storici dalla memoria del router usando un'interfaccia. Il tabulato è a pagina quattro. Dia pure un'occhiata », dissi.

Williams girò le pagine e cominciò a leggere. Gli lasciai trenta secondi. Arrivò in fondo e restò lì con un'espressione confusa in faccia.

« L'imputato ha detto alla polizia di essere tornato a casa intorno a mezzanotte. Guardi il dato a metà di pagina quattro, quello contrassegnato dal numero diciotto. Per favore, lo legga », dissi.

« 'Ore 00.03 iPod di Bobby connesso' », lesse Williams.

« E guardi il dato precedente, in corrispondenza del numero diciassette. »

« C'è scritto: 'Ore 21.02 Dispositivo non connesso, Connessione non autorizzata'. »

Presi il telecomando e caricai l'immagine dell'uomo con il cappuccio fuori dalla porta d'ingresso.

« Agente, è ragionevole dedurre che il dispositivo che vediamo in questa immagine sia il dispositivo che ha cercato di connettersi al router nella casa dell'imputato? »

« Non posso averne la certezza », rispose.

« Ovvio. Ma conferma che sarebbe una strana coincidenza se non si trattasse di questo dispositivo? »

Williams deglutì. « Confermo. »

« Perché se qualcuno si fosse vestito in modo da assomigliare a Bobby Solomon per accedere a casa sua, questo qualcuno avrebbe saputo anche che Bobby va sempre in giro con un iPod. E un iPod fornirebbe anche una buona scusa per nascondere la faccia alla telecamera, no?»

«Non lo so. Forse», rispose Williams.

«Esatto, forse. E se questa persona fosse riuscita ad accedere alla proprietà, potrebbe semplicemente aver staccato la corrente alla telecamera, che in questo modo non avrebbe ripreso nessun altro uscire di casa.»

«Può essere, ma non ho prove che lo dimostrino», disse Williams.

«Sul serio?»

Lui rimase in silenzio a pensare. «Sul serio», rispose.

«Va bene, agente Williams, vorrei che mostrasse alla giuria il filmato che riprende l'arrivo della polizia e il suo accesso alla proprietà attraverso la porta d'ingresso.»

Le labbra di Williams mimarono la parola merda.

«Non c'è. Il filmato dell'imputato che entra nella proprietà è l'ultima registrazione sul dispositivo.»

«Ma sappiamo per certo che la polizia è stata sulla scena del crimine. Se non è stata ripresa dalla telecamera, e se il mio cliente non è stato ripreso dalla telecamera quando è tornato a casa a mezzanotte, è soltanto perché qualcuno l'ha spenta in un momento precedente durante la serata, esatto?»

Lui si spostò sulla sedia. Williams si era arrampicato sugli specchi in cerca di risposte e aveva finito per impantanarsi.

«È possibile. Voglio dire, sì, potrebbe essere successo.»

Avrei potuto spingermi oltre, ma mi stavo muovendo su un terreno instabile. Per il momento volevo che la giuria considerasse almeno la possibilità che fosse stato qualcun altro. Torres ci aveva dato quella speranza. Accidenti, avrei dovuto pensarci prima a esaminare quel router.

Pryor condusse un rapido riesame.

«Agente, non abbiamo informazioni sulla portata di quel router, esatto?» domandò.

«Ecco, no, non ne abbiamo. È possibile che il router abbia rilevato un dispositivo da un'auto di passaggio», disse Williams.

Non male. Pryor si sistemò la cravatta e si risedette.

«C'è soltanto un problema», dissi guardando Harry.

«Una sola domanda, Mr Flynn, niente di più», rispose Harry.

Feci ripartire il filmato. Guardammo di nuovo i quarantacinque secondi di registrazione. Quando la fermai, vidi che Williams aveva già capito cosa stavo per chiedergli, ma non gli veniva in mente niente da dire.

«Agente, a beneficio del verbale, può confermare che questo filmato mostra la strada e che non ci sono auto di passaggio o pedoni?»

«Confermo», disse Williams con un sospiro.

Con lui avevo finito.

59

Kane cominciò a spostare il peso sulla sedia, sentendosi a disagio per la prima volta. Si maledisse in silenzio per non aver pensato al router WiFi. Quell'avvocato era una sciagura. Kane era abituato agli alti e bassi di un processo. Gli era già capitato, ma non così. Tra tutti gli avvocati difensori che aveva visto in azione, Flynn era decisamente il migliore. Si domandò se Rudy Carp sarebbe stato alla sua altezza. A quel punto, comunque, era una questione marginale.

Sentì Pryor annunciare il suo ultimo testimone. L'avvocato dell'accusa era un bulldozer in confronto ad altri. Era un metodo efficace. In un processo di parecchi anni prima, Kane aveva dovuto ricordare a gran parte dei giurati la testimonianza che avevano ascoltato settimane prima. Si erano dimenticati quasi tutte le prove più importanti. Con Pryor non sarebbe successo.

Il giornalista salì sul banco, prese la Bibbia e prestò giuramento. Kane si domandò cosa avrebbe avuto da dire. Molto poco. D'altra parte però, Pryor era uno che sapeva fare il suo gioco; forse non sarà stato all'altezza di Flynn, ma poco ci mancava. Una cosa su cui Kane aveva imparato a fare affidamento erano i metodi subdoli degli avvocati dell'accusa.

Aveva la sensazione che Pryor stesse per giocare un asso che aveva nella manica dall'inizio del processo.

Anzitutto Pryor passò in rassegna le referenze di Benettio. Il giornalista aveva buoni contatti a Hollywood e conosceva l'ambiente dall'interno.

«Cosa può dire alla giuria sul rapporto tra l'imputato e la seconda vittima, Ariella Bloom?» domandò Pryor.

«Si erano sposati da poco, dopo essersi conosciuti e innamorati sul set di un film. Il loro matrimonio si era rivelato un'alleanza potente. A Hollywood funziona così. Basti pensare a Brad e Angelina. Poco tempo dopo il matrimonio Robert e Ariella avevano cominciato il loro reality show. Ed erano stati entrambi scritturati come protagonisti di un film di fantascienza. Gli studios li stavano coprendo di soldi. Era proprio grazie al loro matrimonio che ce l'avevano fatta.»

«E com'erano i rapporti tra loro?»

«Be', a Hollywood circola sempre qualche pettegolezzo. È la natura della bestia. Ci sono sempre quelli che sollevano dubbi su una relazione. Io sono uno di loro. In questo caso violerò il segreto giornalistico. Avevo una fonte. Proprio al cuore della loro relazione. Mi ha detto che si erano sposati per pura convenienza. Certo, andavano d'accordo. Ma erano più come fratello e sorella, data l'omosessualità di Robert Solomon.»

60

Amo l'America. Amo New York. Amo i miei concittadini. A volte però alcuni mi deprimono. Non la gente comune, ma soprattutto i media. Perché a dispetto del gran numero di canali televisivi, di quotidiani e di siti di news disponibili, il sistema mediatico non rende un buon servizio agli americani. L'aula era perlopiù gremita di giornalisti. Ed erano stati i loro sussulti a riecheggiare per tutta l'aula quando Benettio aveva detto che Robert era omosessuale.

In precedenza quegli stessi giornalisti non avevano battuto ciglio nemmeno quando Pryor aveva mostrato le foto del corpo di Ariella, le sue ferite, la sua giovane vita fatta a pezzi e messa in bella mostra in alta definizione. Ma bastava svelare che un personaggio famoso non aveva il classico stile di vita eterosessuale, e impazzivano.

Bobby scosse la testa e io gli sussurrai che si sarebbe aggiustato tutto. Lui annuì e disse che andava bene.

«Mr Benettio, si tratta di affermazioni piuttosto forti. E non compaiono né nella sua relazione né nella sua deposizione. Perché?» domandò Pryor.

«Volevo proteggere la mia fonte. Adesso che il processo è cominciato mi sento in dovere di rivelare la verità.»

«E chi è la sua fonte?»

«Era Carl Tozer. Mi ha raccontato come andavano veramente le cose in quella coppia. Ariella l'aveva sempre sospettato. Era persino andata a letto con Carl. Ariella e Robert in realtà conducevano vite separate. Stavano insieme per le telecamere, ma niente di più. Credo che...»

«Obiezione, vostro onore», dissi, ma prima che Harry potesse zittirlo, Benettio continuò, parlandogli addirittura sopra.

«Sono fermamente convinto che Robert Solomon abbia scoperto che Carl era in contatto con me e per questo abbia ucciso sia lui sia Ariella. Robert viveva nella menzogna e non riusciva ad affrontare la realtà. Fare coming out a Hollywood avrebbe stroncato la sua carriera. Robert lo sapeva. Così ha giocato d'anticipo uccidendo le due persone che avrebbero potuto dire a tutti la verità», affermò Benettio.

Sollevai un'altra obiezione: erano soltanto congetture. Harry l'accolse e invitò la giuria a ignorare tutto ciò che aveva detto il testimone. Troppo tardi. Benettio non aveva taciuto nemmeno mentre io parlavo con Harry. La giuria aveva sentito tutto. Il danno era fatto.

«Non ho altre domande», disse Pryor.

Sapevo che se avessi controinterrogato Benettio lui avrebbe cercato di tirare fuori di nuovo quella storia. Era inutile. Il giudice aveva chiesto alla giuria di ignorarlo. Non sarebbe servito a nulla mettere sotto processo i gusti sessuali di Bobby. Dissi a Harry che non avevo altre domande.

«L'accusa ha terminato», disse Pryor.

Era ora di decidere. Pryor mi aveva già detto di non voler controinterrogare il tale del materasso, Gary Cheeseman. E il rapporto di Torres sul router WiFi era già stato ammesso tra i reperti, quindi Pryor non poteva ignorarlo.

Avevo soltanto due veri testimoni. Delaney e Bobby.

«La difesa chiama l'agente speciale Paige Delaney», dissi.

Per più di un'ora Delaney spiegò la situazione alla giuria. Mr Dollaro, presentato in tutta la sua terrificante gloria. Esaminammo nei dettagli ciascun caso, ciascuna vittima, le banconote e le prove che rimandavano alla persona innocente che il killer voleva incastrare per i suoi crimini, i segni su ciascuna banconota e la psicologia dell'assassino.

Per tutto il tempo tenni d'occhio la giuria. Specialmente gli uomini. Ascoltavano tutti, rapiti dalla testimonianza di Delaney. Daniel Clay, il disoccupato patito di fantascienza, era ipnotizzato. L'età poteva corrispondere, ma non mi sembrava un uomo in grado di fare una cosa del genere. Lo si capiva dal suo sguardo. Ogni omicidio di cui riferiva Delaney sembrava provocargli un moto di disgusto. No, non era lui. Anche se la sua identità sarebbe stata facile da rubare.

Quanto al traduttore, James Johnson, c'erano molte corrispondenze. Aveva l'età giusta, e non sarebbero stati in molti a notare una sua eventuale assenza di qualche giorno. Lavorava da casa. Anche lui, però, fissava Delaney come incantato. Dal suo linguaggio del corpo e dal suo modo di muovere le labbra, capii che le credeva. E che era spaventato. No, non si trattava di James.

Terry Andrews, lo chef, e Chris Pellosi, il web designer, erano altri possibili candidati al ruolo di Mr Dollaro. Uomini la cui identità poteva tranquillamente sparire per un breve periodo. Andrews però era molto alto. Pensavo che per il killer sarebbe stato faticoso imitare un uomo di quella statura in così tante occasioni. Pellosi era una possibilità.

Il pensionato sessantottenne Bradley Summers non rientrava nella fascia anagrafica del killer. E sembrava popolare tra gli altri giurati. Era come se lo rispettassero, forse a causa della sua età.

Restava Alec Wynn. L'ingegnere a spasso. Appassionato di attività all'aria aperta. Un uomo che possedeva armi e amava starsene per conto suo.

L'uomo che era stato notato da Arnold per il repentino cambio di espressione.

Arnold non era ancora arrivato in tribunale, e mi appuntai mentalmente di chiamarlo. Stavo andando a naso, e in realtà ero talmente abituato a difendere cause per conto mio da non aver notato la sua assenza fino a quel momento. Ma avevo bisogno di lui. Volevo la sua opinione su Wynn.

Mi piazzai davanti alla giuria e feci la mia ultima domanda a Delaney. Ci eravamo preparati.

«Agente Delaney, come ha fatto Mr Dollaro ad assicurarsi che gli altri uomini fossero condannati per i suoi reati? Sicuramente un processo penale può sempre volgere a favore dell'imputato anche in presenza di prove solide contro di lui.»

Delaney non mi stava guardando. Stava facendo i controlli finali. C'erano alcuni agenti in fondo all'aula. Harper era al tavolo della difesa a lavorare e ad ascoltare il procedimento. Aveva il portatile aperto e aveva ricevuto articoli per tutto il pomeriggio. Ritagli e brevi filmati dei processi degli uomini che erano stati condannati per i reati di Mr Dollaro. Doveva aver sentito la mia domanda, dal momento che chiuse il portatile e fissò la giuria.

Delaney mi gettò un'occhiata, mi rivolse un cenno del capo e poi entrambi guardammo verso la giuria mentre lei cominciava a parlare. Io ero concentrato su un uomo soltanto. Alec Wynn. Aveva una mano sulle gambe incrociate e si accarezzava il mento. Ascoltava attentamente ogni parola che usciva dalle labbra di Delaney.

Eravamo arrivati al dunque. Ne avevamo discusso, valutando i pro e i contro. E alla fine avevamo deciso che non c'era altra soluzione.

«L'FBI ritiene che il serial killer, Mr Dollaro, si sia infiltrato nelle giurie nominate per giudicare quei casi e le abbia manipolate affinché emettessero verdetti di colpevolezza.»

Doveva esserci stato qualche tipo di reazione da parte degli spettatori. Respiri sonori, manifestazioni involontarie di incredulità. Qualcosa. Ne ero certo. Eppure io non sentii nulla. Non sentivo altro all'infuori del cuore che mi martellava nelle orecchie. Ero concentratissimo. Conoscevo ogni centimetro della faccia di Wynn. Vedevo il suo petto alzarsi e abbassarsi, le sue mani, persino il lieve tremolio della sua gamba che si accavallava sopra l'altra.

Mentre Delaney rispondeva, l'espressione di Wynn cambiò. Sgranò gli occhi, aprì le labbra.

Pensavo che l'avrei capito. Fare un'affermazione del genere sarebbe equivalso a smascherare Mr Dollaro davanti a tutti. Avrebbe dovuto reagire come se qualcuno gli avesse sbattuto un'asse di legno in testa.

E invece ero ancora dubbioso.

A poco a poco tornai a prendere coscienza del mondo. Fui travolto all'improvviso da suoni, odori, sapori e dal dolore alle costole, come se fossi appena emerso dopo un'apnea.

Gli altri giurati reagirono in modo simile. Nel rendersi conto che un uomo del genere era libero come l'aria, alcuni si mostrarono increduli, altri scioccati e terrorizzati.

Chiunque fosse Mr Dollaro, era rimasto impassibile. Non si era tradito. Diedi un'ultima, lunga occhiata ad Alec Wynn.

Non potevo esserne sicuro.

C'era un'ulteriore domanda. Una domanda che l'ultima risposta di Delaney non poteva non sollevare. Avrei potuto formularla seduta stante, ma non lo feci. In caso contrario, avrei potuto dare l'impressione di voler chiedere un annullamento del processo. E di puntare il dito in segno d'accusa contro la giuria. Sarebbe stato meglio se la domanda fosse uscita dalla bocca di Pryor.

Lo lasciai fare.

«Non ho altre domande», dissi.

Senza nemmeno lasciarmi il tempo di tornare al mio posto, Pryor sparò la sua prima munizione. Era come un cane da corsa all'apertura dei cancelli di partenza.

«Agente speciale Delaney, sta sostenendo che Ariella Bloom e Carl Tozer potrebbero essere stati vittima di questo serial killer?»

«Sì», rispose Delaney.

«E ha dichiarato che questo Mr Dollaro sceglie le sue vittime, le uccide e poi falsifica scrupolosamente determinate prove allo scopo di incastrare persone innocenti?»

«Esatto», confermò Delaney.

«Ma a giudicare dall'ultima domanda posta da Mr Flynn, lei ritiene che quest'uomo faccia molto di più. Crede che si infiltri nelle giurie chiamate a esprimersi sugli imputati innocenti per assicurarsi che vengano dichiarati colpevoli?»

«Credo di sì.»

Pryor si avvicinò alla giuria e appoggiò le mani sulla balaustra. Quella posizione trasmetteva un messaggio ben preciso: lui stava con i giurati, erano tutti dalla stessa parte.

«Quindi, di conseguenza, lei ritiene che questo serial killer sia in aula in questo preciso momento. E che sia seduto in questa giuria?»

Trattenni il respiro.

«Prima che risponda alla domanda, agente speciale Delaney, voglio conferire con entrambi gli avvocati nel mio ufficio. Subito», disse Harry.

61

Per quanti fossero i processi cui aveva assistito Kane, in ciascuno succedeva sempre qualcosa di nuovo. Quello però era un concentrato di prime volte.

Kane si sentiva davvero coinvolto nel processo. Non un semplice giurato, ma una parte in causa vera e propria. Finalmente l'FBI aveva capito il suo gioco. Quell'agente, Delaney, sembrava astuta. I suoi occhi erano acuti. Kane sentiva che celava dentro di sé un'intelligenza vivace. Un'avversaria degna? Forse.

Era inevitabile, pensò. Dopo tutti quegli anni, tutti quei cadaveri, tutti quei processi. Alla fine qualcuno aveva unito i tasselli. Lui di certo non aveva reso le cose facili, anzi. Ma aveva fantasticato che forse un giorno, molto dopo la sua morte, qualcuno sarebbe stato abbastanza intelligente da scoprire il suo gioco.

E che in qualche modo quel qualcuno avrebbe stabilito il collegamento. Tutti avrebbero visto e apprezzato la sua opera come mai nessun altro aveva fatto. La sua missione. La sua vocazione. Rivelata al mondo.

Non si aspettava che succedesse così presto. Non prima che avesse completato il suo capolavoro.

Un'altra novità arrivò dal giudice.

Prima di ordinare agli avvocati di andare nel suo ufficio privato, Harry Ford diede istruzioni alla responsabile della giuria. Ciascun giurato doveva rimanere separato dagli altri. Per fortuna non c'erano processi in corso nelle aule adiacenti, e di conseguenza stanze, uffici dei giudici, dei cancellieri e aule stesse erano liberi. C'erano spazi in abbondanza per tenere i giurati separati. La responsabile della giuria chiamò alcuni addetti alla sicurezza che la aiutassero a scortare i giurati nelle rispettive stanze.

Kane non aveva mai visto niente del genere. Il giudice voleva evitare che la giuria implodesse e che i giurati cominciassero a dubitare gli uni degli altri e a sospettare che uno di loro potesse, anche solo ipoteticamente, essere un assassino.

Gli addetti del tribunale impiegarono un po' a radunarsi, poi ciascuno di loro prelevò un giurato dall'aula. Quello che accompagnò Kane era un giovanotto pallido con i capelli chiari che avrà avuto al massimo venticinque anni. Scortò Kane fuori dall'aula e lungo il corridoio, fino a un piccolo ufficio accanto al corridoio principale. Kane si sedette su una poltrona davanti allo schermo spento di un computer. L'addetto alla sicurezza chiuse la porta.

Un'altra novità. Con il senno di poi, a un certo punto doveva succedere. Eppure per Kane fu una sorpresa.

Avrebbe voluto darsi alla fuga. L'FBI stava stringendo il cerchio. La sua vera identità sarebbe stata svelata. Kane si guardò intorno nel piccolo ufficio. Due scrivanie, entrambe rivolte verso una parete con appeso un calendario. Nessuna delle due si sarebbe potuta definire ordinata. Cucitrici, post it e penne erano disseminati tutt'intorno alle tastiere, e sul bordo delle scrivanie o sul pavimento erano impilate montagne di fascicoli. Kane si prese la testa tra le mani.

Avrebbe potuto aspettare il corso degli eventi senza fare nulla. Ancora poco e la giuria avrebbe dovuto esprimersi sul caso.

Oppure avrebbbe potuto bussare alla porta e chiedere all'addetto alla sicurezza di entrare. Gli sarebbe bastato un minuto per richiudere la porta e spezzargli l'osso del collo. La divisa gli sarebbe andata un po' stretta, ma immaginava di potersela cavare se si fosse cambiato in fretta e fosse uscito dritto dalla porta, incamminandosi lungo il corridoio. Gli sarebbe bastato tenere la testa bassa o girare la faccia verso il muro quando avesse visto una telecamera.

Detestava non sapere cosa fare. Qualunque decisione avesse preso, sapeva che in futuro avrebbe potuto pentirsene. Passare il resto della sua vita in una cella a mangiarsi le mani per non essersi dato alla fuga oppure ritrovarsi lontano da New York, in una caffetteria, a immaginare cosa sarebbe potuto succedere se avesse resistito un altro po'?

Prese una decisione. Si alzò e bussò alla porta. L'addetto aprì e infilò la testa nella stanza. Aveva proprio un'aria da ragazzino.

«Mi scusi, potrei avere un bicchiere d'acqua?» domandò Kane.

«Certo», rispose l'addetto.

Fece per chiudere la porta, ma Kane lo bloccò. «Aspetti, la lasci socchiusa, per favore. Divento claustrofobico in posti come questo.»

L'addetto annuì e se ne andò. Kane si sedette. Ansimava. Il sangue gli bolliva sotto la pelle. La trepidazione per quanto stava per succedere gli scatenò una scarica di adrenalina. Visualizzò chiaramente la scena. Il ragazzino avrebbe messo il bicchiere d'acqua sul tavolo, Kane gli avrebbe afferrato il polso con una mano, torcendolo, e avrebbe conficcato le dita tese nella sua gola. Da lì, sarebbe stata soltanto una questione di logistica. Se il ragazzino fosse caduto, Kane gli si sarebbe messo sopra, l'avrebbe girato a pancia in sotto per poi afferrargli il mento e inginocchiarsi sulla sua schiena, tirando bruscamente all'indietro. Se invece il ragazzino fosse rimasto in piedi, Kane avrebbe dovuto mettersi alle sue spalle, strappargli la pistola e stringergli le braccia intorno al collo per poi spingerlo avanti e dare uno strattone all'indietro, verso sinistra.

Sentì quasi lo scricchiolio delle sue vertebre.

L'addetto tornò nell'ufficio con un bicchiere d'acqua di plastica.

«Lo metta pure sulla scrivania, per favore», disse Kane.

Grazie al ticchettio degli scarponcini sul pavimento, riuscì a percepire i movimenti dell'altro senza difficoltà. Tenne lo sguardo fisso davanti a sé e guardò l'addetto appoggiare l'acqua sul tavolo seguendone il riflesso nello schermo del computer.

Poi allungò di scatto la mano e gli afferrò il polso.

62

«In nome di Dio, si può sapere cosa sta succedendo qui?» tuonò Harry prima ancora di arrivare alla scrivania.

Eravamo tutti in piedi nel suo ufficio. Harry era arrabbiato, ma anche preoccupato. Pryor partì all'attacco senza lasciarmi nemmeno il tempo di aprire bocca. Aveva preso fuoco, trasformandosi comprensibilmente in un concentrato di indignazione. O di quella che voleva sembrare la rettitudine di un avvocato di lungo corso.

«La difesa si sta arrampicando sugli specchi, vostro onore, ecco cosa sta succedendo. Sa che le prove per questo caso sono troppo solide per riuscire a smontarle. Quindi sta cercando di far annullare il processo. Lo sa lei e lo so anch'io. Ma non otterrà un annullamento lanciando accuse a caso contro una giuria senza avere la minima prova, nossignore.»

«Se avessimo avuto delle prove saremmo venuti da te, Harry», dissi. «Ascoltate, l'FBI non va certo in giro a testimoniare per la difesa nei processi per omicidio sulla base di una semplice intuizione. Lo sapete. Se l'agente Delaney ha ragione, e l'assassino è seduto tra i giurati, far proseguire questo processo è una madornale ingiustizia nei confronti del mio cliente. Non voglio puntare il dito contro una giuria che ha in mano il destino di Solomon, ma ne sono già successe troppe in questo processo. Due giurati sono morti e uno è stato cacciato per potenziale manipolazione della giuria. Dobbiamo guardare il quadro generale.»

«E quale sarebbe? Un giurato corrotto che in realtà è il vero assassino di questo caso? È assurdo», commentò Harry.

« È possibile » dissi.

« È ridicolo », disse Pryor.

« Basta! » esclamò Harry. Ci voltò le spalle, andò alla scrivania e tirò fuori una bottiglia di scotch invecchiato dodici anni insieme a tre bicchieri.

« Non per me, giudice », disse Pryor.

La bottiglia restò sospesa sopra un bicchiere e Harry tenne lo sguardo inchiodato sull'avvocato dell'accusa. Non disse nulla. Si limitò a fissarlo. L'espressione sul viso di Harry era di stoica disapprovazione mentre il silenzio cominciava a diventare imbarazzante.

« Soltanto un goccio », disse Pryor.

Harry riempì i tre bicchieri e ne porse uno a me e uno a Pryor. Li scolammo. Tutti. Pryor tossì e avvampò. Non era abituato ai liquori di un certo livello.

« Quando ero un giovane difensore, ricordo di essermi trovato in questo stesso ufficio con il vecchio giudice Fuller. Era un personaggio. Nel cassetto della scrivania aveva una calibro 45. Diceva sempre che nessun avvocato dovrebbe tenere un'arringa di chiusura in un processo per omicidio senza prima aver bevuto almeno tre dita di scotch », disse Harry.

Appoggiai il bicchiere vuoto sulla scrivania. Harry aveva preso la sua decisione.

« Sono preoccupato per questo caso e anche per questa giuria. Non devo spiegare a nessuno di voi quanto sia difficile per me prendere questa decisione. In definitiva, però, devo seguire le prove. C'è un sospetto riguardo a un membro di questa giuria. Non sono nella posizione di valutare questo sospetto. La corte non è in possesso di prove in grado di convincermi che la giuria sia compromessa. Signor Pryor, non mi fa piacere, ma sono tenuto a seguire la legge. Mi dispiace, Eddie. Devo respingere la tua richiesta. L'accusa ha altre domande per l'agente Delaney? »

« No. »

« La difesa desidera chiamare altri testimoni? » domandò Harry.

« No, non chiameremo a testimoniare l'imputato », risposi.

Io non facevo mai testimoniare i miei clienti. Se si arrivava al punto di lasciare che fosse il cliente a dichiarare la sua innocenza, il processo era già perso. Si poteva vincere – oppure perdere – soltanto basandosi sulle prove. Non credevo che Bobby avesse grandi possibilità con la giuria. Lasciare che Pryor lo facesse a pezzi chiedendogli dove si trovasse quella sera non avrebbe fatto altro che ridurle ulteriormente.

L'unica chance era un'arringa di chiusura in grande stile. Alla Clarence Darrow, uno dei pochi avvocati in grado di aprire una bottiglia di scotch e nel contempo vincere quasi tutte le cause grazie all'arringa di chiusura. È l'ultima cosa che la giuria sente prima di ritirarsi in camera di consiglio e decidere il destino dell'imputato. Darrow aveva salvato più di una vita con il potere della parola.

A volte un avvocato difensore può far leva solo sulla propria voce. Il guaio, nel mio caso, era che si trattava della stessa voce che troppo spesso aveva ordinato al barman « solo un altro bicchiere », la voce che aveva distrutto un matrimonio, la stessa che aveva mandato tutto a rotoli. Adesso però quella voce doveva salvare una vita.

Le parole non pesano mai così tanto come quando vengono pronunciate per qualcun altro. In quel momento, quel peso mi opprimeva il petto, e se fosse stato emesso un verdetto di colpevolezza, non mi avrebbe mai abbandonato.

« Possiamo chiudere questo caso oggi. Ho solo una richiesta. »

« E sarebbe? » domandò Harry.

« Devi dire a Delaney il nome del poliziotto che ha in custodia i bloc-notes sequestrati alla giuria. »

63

«Tutto bene?» domandò l'addetto alla sicurezza con l'aria da ragazzino.

Kane strinse momentaneamente la presa. Le dita dell'altra mano si allungarono, rigide. Erano una lama di carne, tendini e ossa. Pronta a essere conficcata in gola al funzionario.

Esitò.

Qualche altra ora.

Lasciò la presa. «Le chiedo scusa, sono solo un po' spaventato. Grazie per l'acqua.»

Kane vuotò il bicchiere di plastica e guardò l'addetto che se ne andava chiudendosi la porta alle spalle. Sospirò e fissò lo schermo nero del computer davanti a sé. I suoi pensieri corsero a Gatsby, che tendeva le mani verso le acque nere e irrequiete e la luce verde, fioca e lontanissima. Se si fosse arreso in quel momento, se non avesse portato a termine la sua opera, allora altre persone avrebbero sprecato la loro vita in cerca della luce verde, continuando a sognare nella speranza di qualcosa di migliore.

Non c'era nessuna speranza. I sogni di Kane erano sempre stati cupi. Brulicanti di mostri e ragazzini che scavavano sottoterra in cerca di ossa.

Non dovette aspettare a lungo. L'addetto riportò Kane in aula, dove si ricongiunse agli altri giurati. Il giudice annunciò che la difesa aveva terminato. Erano quasi le cinque, ma entrambi gli avvocati ritenevano di poter tenere le arringhe di chiusura prima delle sei. I giurati sarebbero potuti rientrare nel loro alloggio a riflettere sul caso, ripresentandosi in tribunale il mattino seguente per emettere il verdetto.

Kane era elettrizzato dalla velocità di quel processo. Fu felice di aver lasciato in vita l'addetto alla sicurezza. Non doveva scappare. Non ancora. Non prima che fosse tutto finito.

Mentre Pryor si alzava dalla sedia per rivolgersi alla giuria, sull'aula calò un senso di immobilità. Kane ne sentì il peso. L'avvocato dell'accusa spezzò il silenzio con un ammonimento.

« Vi assicuro, e lo dico a ciascuno di voi, che la decisione che prenderete diventerà parte delle vostre vite. So che è così. Dovete prendere la decisione giusta. Se doveste sbagliare, sarà come avere un ago che si fa strada nelle vostre vene ogni giorno un po' di più. Fino ad arrivare al cuore. La vita di un uomo è nelle vostre mani. Questo è ciò che vi dirà la difesa. Probabilmente Mr Flynn ve lo ripeterà più volte. Ma in realtà avete molto di più nelle vostre mani. Avete nelle vostre mani il destino di ogni abitante di questa città. Ci affidiamo alla legge affinché ci protegga. Affinché punisca quanti potrebbero toglierci la vita. Non onorare questa responsabilità significherebbe sminuire la nostra stessa natura. Non fare il nostro dovere significherebbe dimenticare le vittime. E mettiamo in chiaro una cosa: il vostro dovere in questo caso, se avete ascoltato attentamente tutte le prove, è dichiarare l'imputato colpevole. »

64

Guardai Bobby rimpicciolire davanti ai miei occhi. A ogni parola pronunciata da Pryor, sembrava diventare sempre più piccolo, più fragile, come se la vita dentro di lui stesse man mano evaporando per ogni attimo che passava.

Pryor ricordò alla giuria i punti fondamentali. Bobby non aveva detto a nessuno dove si trovasse la sera degli omicidi. Sulla mazza da baseball c'erano le sue impronte. Aveva mentito sull'ora in cui era rientrato a casa. Sulla banconota infilata nella bocca di Carl era stata trovata una sua impronta digitale, oltre al suo DNA. Aveva un movente, un'occasione e il sangue di Ariella addosso, e per giunta il coltello che aveva usato per uccidere non era mai uscito di casa. La teoria su un altro assassino? Un trucco della difesa. Niente di più.

Quando Pryor tornò a sedersi, aveva la faccia sudata. Aveva dato il massimo per ben mezz'ora.

Era il mio turno.

Ricordai ai giurati che il router WiFi in casa di Solomon aveva registrato la presenza di un dispositivo sconosciuto esattamente allo stesso orario in cui la persona vestita come Bobby era arrivata alla proprietà. Ricordai loro che chiunque si fosse introdotto in casa a quell'ora doveva aver spento il sensore di movimento della telecamera di sicurezza. Alcuni dei giurati, in particolare Rita e Betsy, sembravano seguire il mio ragionamento.

Wynn tenne per tutto il tempo le braccia incrociate.

Gli omicidi non potevano essere avvenuti nel modo descritto dall'accusa. Con ogni probabilità Carl era stato sorpreso alle spalle. L'assassino gli aveva messo un sacchetto sulla testa per poi colpirlo con la mazza che Bobby teneva all'ingresso. Era questo il motivo per cui Ariella dormiva ancora quando il killer si era introdotto in camera sua. E ricordai la banconota ripulita da tutte le tracce di DNA eccetto quelle di Bobby e di un uomo deceduto molti anni prima.

«Signori giurati, Mr Pryor vi ha ricordato qual è il vostro dovere. Consentitemi di chiarire alcuni punti. L'unico dovere che avete è nei confronti di voi stessi. La sola domanda che dovete porvi è questa: siete sicuri che Robert Solomon abbia ucciso Ariella Bloom e Carl Tozer? Ne siete *davvero* sicuri? Io credo che Mr Eigerson non possa essere sicuro di aver visto l'imputato quella sera. Io dico che non possiamo essere sicuri che la banconota trovata nella bocca di Carl Tozer non sia stata in qualche modo alterata dalle analisi della Scientifica. Ma quel che dico io non importa un accidente. Conta soltanto ciò che sapete. In cuor vostro, sapete di non poter essere sicuri che sia stato Robert a uccidere quelle persone. Ora non dovete fare altro che dirlo.»

I minuti successivi della mia vita mi appaiono ora come una macchia indistinta. Un attimo prima stavo parlando alla giuria, e l'attimo dopo raccoglievo le mie cose e salutavo Bobby. Sarebbe andato via con Holten e la sua squadra di sicurezza. L'indomani mattina avremmo avuto il nostro verdetto, forse. La giuria fu accompagnata fuori e l'aula cominciò a svuotarsi. Harry si era chinato a parlare con la cancelliera. Erano rimaste soltanto poche persone in aula. Delaney e Harper mi stavano aspettando. Sembravano aver capito che avevo bisogno di un po' di tempo per far sedimentare i pensieri. Avevo dato tutto nel discorso finale. Il mio cervello era ridotto in poltiglia.

Misi a tracolla la borsa del portatile e spinsi il cancelletto che separava l'area degli spettatori dal resto del tribunale. Delaney e Harper erano di fronte a me. Mi sentivo stanco.

Dolorante. Distrutto. Eppure sapevo che mi aspettava un'altra nottata di lavoro. C'era ancora una possibilità di arrivare a un punto di svolta nel caso di Mr Dollaro. Avevo il brutto presentimento che fosse l'unica occasione di Bobby.

Alla mia sinistra si mosse qualcosa. In fretta. In basso. Lo intravidi soltanto con la coda dell'occhio. Qualcuno era appostato in ginocchio nella fila di posti alla mia sinistra. Mi voltai per vedere cosa stesse succedendo, ma non fui abbastanza veloce.

Un pugno mi prese in pieno la mascella. Sentii Delaney gridare. E anche Harper. Stavo già cadendo. Il pavimento ora era vicinissimo. Allungai le mani e riuscii a fare in modo di non fracassarmi la testa, ma l'impatto delle costole sulle piastrelle mi fece gridare. Non riuscivo a respirare. Tra un'ondata di dolore e l'altra, percepivo vagamente ciò che stava succedendo intorno a me. Harper fu scaraventata per terra. Atterrò sulla schiena. Udii un suono di passi alle mie spalle; Harry stava correndo a vedere che diamine stesse capitando.

Sentii una presa salda intorno ai polsi, poi mi ritrovai con le braccia piegate dietro la schiena. Capii all'istante cosa stava succedendo. Avevo alle spalle un numero di arresti sufficiente da sapere come lavorano i poliziotti. Non feci in tempo a formulare quel pensiero che avvertii la fredda stretta delle manette prima intorno al polso sinistro e poi al destro. Avevo le braccia bloccate dietro la schiena. Due mani sotto le ascelle mi trascinarono all'indietro e mi sollevarono da terra. Cercai di parlare, ma la mia mascella ringhiò in segno di protesta. Il pugno l'aveva quasi slogata.

Riuscii ad allungare il collo all'indietro, verso sinistra.

Il detective Granger. E dietro di lui, Anderson.

« Eddie Flynn, la dichiaro in arresto. Ha il diritto di rimanere in silenzio... » disse Granger. Mi spintonò continuando a recitare la pappardella. Davanti a noi, sulla porta dell'aula, c'era un poliziotto in divisa con le mani sulla fondina.

« Non potete farlo », gridò Harry. « Fermatevi all'istante. »

« Possiamo farlo e lo stiamo facendo », replicò Anderson.

Harper si rialzò e Delaney accorse in suo aiuto.

« Sono un'agente federale, che diavolo state facendo? Qual è l'accusa? » disse Delaney.

« Non è una questione che riguarda i federali. Non avete giurisdizione qui. Stiamo portando quest'uomo in un distretto di polizia del Rhode Island per interrogarlo », disse Granger.

Adesso il dolore andava e veniva. E ogni volta che arrivava, mi stritolava i polmoni. Alzai lo sguardo e notai che il poliziotto in attesa in fondo al corridoio indossava una divisa leggermente diversa. Distretto di polizia del Rhode Island. Anderson e Granger avevano un agente di collegamento. Avrebbero effettuato l'arresto per poi portarmi in un altro Stato.

« Qua... qual... qual è l'accusa? » riuscii a dire. Se fossi stato io a domandarlo, avrebbero dovuto dirmelo. Avevo il diritto di sapere. Il solo sforzo di tirare fuori quelle parole per poco non mi mandò in blackout. Granger mi strattonò le braccia, scatenando una nuova scarica di dolore infernale nelle mie costole. I piedi cominciavano a diventare pesanti. Ero quasi svenuto quando sentii la risposta di Anderson.

« È in arresto per l'omicidio di Arnold Novoselic. »

Santo cielo. Arnold. Fino a un paio di giorni prima non mi sarebbe dispiaciuto sapere che Arnold era finito all'altro mondo. Ma non adesso. Gli avevo parlato quella notte. Scoprire che era morto fu uno shock tale che il fatto di essere appena stato arrestato passò in secondo piano.

« Perché mai Eddie dovrebbe uccidere il suo consulente per la selezione della giuria? » disse Delaney. Mi stava seguendo, bersagliando Anderson di domande.

« Forse dovrebbe chiederlo a Flynn », disse Anderson. « Gli chieda come mai non si è messo i guanti quando ha infilato tredici banconote da un dollaro nella gola di Novoselic. »

65

L'autobus uscì dal parcheggio sul retro del tribunale. I giurati non parlavano. Stavano soppesando le argomentazioni finali del caso. Perlopiù sembravano felici che la vicenda volgesse al termine. Mentre l'autobus passava davanti al tribunale, Kane guardò dal finestrino giusto in tempo per vedere la polizia trascinare fuori Flynn e spingerlo dentro un'autocivetta.

Si concesse un sorriso. I vantaggi dell'amicizia.

Era andato dal quartiere Jamaica di New York fino all'appartamento di Arnold Novoselic, nel Rhode Island, a tempo di record. Sulle prime il consulente per la selezione della giuria non voleva farlo entrare. Kane gli aveva detto di avere una rivelazione. Informazioni dall'interno su un giurato corrotto chiamato a esprimersi sul processo Solomon. Era una prospettiva troppo succulenta perché Arnold potesse resistervi. Kane era entrato nel suo lussuoso appartamento, gli aveva chiesto un bicchiere d'acqua e l'aveva strangolato da dietro per poi sdraiarlo sul pavimento della cucina. Si era portato le banconote in un sacchetto di plastica recuperato dal vano portaoggetti di un'auto rubata che aveva nascosto in un parcheggio a lungo termine dell'aeroporto JFK. Aveva dovuto lavorare in fretta e si era servito di un cucchiaio per spingere alcune banconote in fondo alla gola di Arnold, assicurandosi però di lasciarne spuntare una dalla bocca. Su quella banconota aveva colorato con una penna rossa tutte le stelle, le frecce e le foglie d'ulivo dello stemma. La banconota finale.

La banconota con sopra le impronte e il DNA di Eddie Flynn.

Quella che avrebbe fatto finire Eddie Flynn dietro le sbarre proprio quando la sua carriera legale stava per entrare nella stratosfera. Tutti i notiziari e i giornali parlavano di lui. L'avvocato più in voga di New York City. Kane l'aveva previsto.

Il sogno americano di Eddie Flynn era giunto al capolinea.

66

Granger mi tolse le manette, mi ordinò di girarmi e mi ammanettò con le mani sul davanti. Era un piccolo atto di clemenza. Avere le mani ammanettate dietro la schiena mi avrebbe schiacciato ancora di più le costole. Tempo due isolati e sarei svenuto. Granger mi spinse la testa in basso per farmi salire sul sedile posteriore di un'autocivetta presa dal parco macchine dei detective. Puzzava di cibo andato a male e i sedili in pelle erano strappati.

Il pensiero di Arnold, morto ammazzato con la gola riempita di soldi, mi fece accapponare la pelle. Mr Dollaro mi aveva incastrato. Proprio come aveva fatto con tutti gli altri.

Feci una fatica immane per calmarmi. Dovevo ignorare il dolore e pensare.

La portiera del guidatore si aprì e Granger salì a bordo. Il poliziotto del Rhode Island si sedette davanti a me nel posto del passeggero. Sentii l'auto abbassarsi quando Anderson si piazzò alla mia sinistra. Aveva ancora il braccio ingessato. Lo guardai in faccia e vidi qualcosa che mi spaventò.

Anderson stava sudando. E tremava. Granger si immise nel traffico e partì. Non riuscivo a staccare gli occhi da Anderson. Ci ero andato giù pesante con lui in aula. E gli avevo anche conciato la mano piuttosto male. In quel momento mi sarei aspettato di vederlo gongolare, mentre assaporava la vittoria. Granger e Anderson avrebbero dovuto sparare una battuta dietro l'altra e farsi beffe della mia difesa. Avrebbero dovuto spaventarmi. Dirmi che era finita, che avrei passato il resto della mia vita dietro le sbarre.

E invece l'aria nell'abitacolo era carica di tensione. Mi fece ripensare a tutte le volte in cui ero stato seduto nel retro di un furgone o a bordo di qualche macchina ad aspettare di dare il via a una truffa.

«Grazie per averci permesso di prelevare quest'uomo», disse Granger.

«Ci mancherebbe. Buonasera, Mr Flynn. Sono l'agente Valasquez», disse il poliziotto del Rhode Island prima di rivolgersi di nuovo a Granger. «Sono felice che il vostro distretto mi abbia messo in contatto con voi. Ci siamo risparmiati un po' di rogne con la giurisdizione. Ho capito subito che avevate la fregola di mettere le mani su Flynn.»

«Oh, sì. E non è la prima volta», rispose Granger. Quando guardò nello specchietto, anziché un'espressione compiaciuta e soddisfatta, vidi qualcos'altro. Nervosismo. Il suo sguardo si muoveva avanti e indietro, freneticamente. Controllava la strada e il marciapiede, e poi guardava Anderson, assicurandosi al tempo stesso di tenere d'occhio il collega del Rhode Island, Valasquez.

Sapevo che c'era in ballo qualcosa. Non sapevo però se Valasquez ne fosse al corrente. Immaginavo di no.

Mentre avanzavamo lungo Center Street, mi appoggiai all'indietro e avvertii il contatto con il telefono, che era nella tasca della giacca. Nessuno mi aveva perquisito. Immaginavo che tra tutti e tre gli agenti, considerando la loro età e il modo in cui si comportavano, dovessero avere complessivamente una cinquantina d'anni di esperienza.

Anche dopo dieci anni di servizio, per un poliziotto sarebbe stato insolito dimenticare di perquisire un sospettato. La cosa mi innervosì. Granger fece un paio di svolte e ci dirigemmo verso nord, il che non fu di alcun aiuto alla mia ansia. Avrebbero dovuto portarmi nel Rhode Island. Il tragitto più breve era in direzione sud, dritto su FDR Drive per poi costeggiare il fiume fino allo sbocco sulla I-95. Nessun poliziotto della Omicidi di New York avrebbe preso un'altra strada. Gli agenti conoscevano la città meglio di chiunque altro.

«Dove stiamo andando?» domandai abbassando lentamente le mani e facendo scivolare entrambe le braccia verso destra, sopra la giacca, in direzione della maniglia.

«Chiudi il becco», disse Granger.

«Baciami il culo», replicai.

«Obbedisci. Chiudi quella cazzo di bocca», intervenne Anderson.

Non obbedii.

«Se stiamo andando nel Rhode Island, perché non siamo su FDR Drive?» domandai.

Il poliziotto davanti a me sul sedile del passeggero si voltò e fissò Granger.

«Mi scoccia ammetterlo, ma l'avvocato non ha tutti i torti», disse Valasquez controllando l'orologio.

«Troppo traffico. A quest'ora sarà un ingorgo unico», rispose Granger.

Gli ultimi raggi di sole stavano scomparendo in fretta. Ogni auto che incrociavamo aveva i fari accesi. La volante continuava a tenerli spenti. Granger svoltò a sinistra. Adesso eravamo diretti a ovest. Con una serie di rapide curve a destra e a sinistra ci mantenemmo in quella direzione.

Guardai fuori dal finestrino. «Tra West 13th Street e 9th Avenue? Cosa ci facciamo nel Meatpacking District?»

«Scorciatoia», rispose Granger.

L'auto prese una strada laterale sulla sinistra. Le nuvole di vapore illuminate dai lampioni che uscivano dai tombini facevano pensare che sotto Manhattan si celasse l'inferno.

«Ho bisogno di fermarmi solo un attimo», annunciò Granger.

Era giunto il momento. Granger non doveva fermarsi da nessuna parte. E io non sarei mai arrivato nel Rhode Island.

Anderson si sporse verso di me. Stava tirando fuori qualcosa dalla giacca con la mano sinistra. A causa del gesso al braccio destro, poteva usare una mano sola. Quando si raddrizzò, vidi qualcosa luccicare nella sua mano sinistra. Mi lanciò l'oggetto ai piedi, poi ricacciò la stessa mano nella giacca. Ebbi giusto un attimo per vedere. Ma mi bastò. Tra i miei piedi c'era una piccola pistola.

«Arma!» gridò Anderson. Quando tirò fuori la mano dalla giacca, aveva la pistola spianata. Mi avrebbe ucciso invocando la legittima difesa. Ecco perché non ero stato perquisito. Tutti quei pensieri si affollarono nella mia mente mentre mi tuffavo verso Anderson. Gli diedi una testata sul naso e gli afferrai il braccio destro con entrambe le mani. Le manette mi si conficcarono nei polsi mentre gli spingevo il braccio sinistro verso il basso.

Stava lottando con ogni riserva di energia. Mi alzai di scatto dal sedile e sferrai una gomitata in piena nuca a Granger, che accusò il colpo affondando però il piede sull'acceleratore. L'auto balzò in avanti e io fui scaraventato all'indietro sul sedile.

Un dolore pazzesco. L'adrenalina però mi tenne in gioco.

Anderson intanto si stava sporgendo per cercare di raccogliere la pistola. Doveva essere finita sotto il sedile di Granger. Lo vidi allungare il braccio nel tentativo di recuperarla. L'auto sussultò ancora e fuori dal finestrino di Anderson apparve un'esplosione di scintille. Probabilmente stavamo strisciando la fiancata di un'auto in sosta.

Anderson si raddrizzò e mi puntò contro la pistola.

Poi la sua testa all'improvviso schizzò verso il tetto della macchina. Dalla pistola partì un colpo e una pioggia di vetri mi investì la faccia. Aveva centrato il mio finestrino. Fui sbalzato in aria e atterrai di schiena sul sedile. Mi raddrizzai e vidi che Valasquez si stava tenendo la testa. Non aveva allacciato la cintura. E adesso c'era un lampione piantato contro il cofano dell'autocivetta.

Prima che Anderson potesse sparare un altro colpo, mi portai le ginocchia al petto, puntai le braccia contro la portiera dietro la mia testa e scagliai le piante dei piedi verso la faccia di Anderson. La spinta partì dalla schiena, poi ci misi le braccia, i pettorali, gli addominali e le gambe. Il mio corpo si distese come un arco che avesse appena scagliato una freccia. Colpii con tutta la mia forza, ma anziché la faccia, gli presi il torace. L'impatto fu tale da scaraventare Anderson fuori dalla portiera, facendolo rotolare in strada.

Con quell'ultimo calcio però avevo finito le batterie. Cercai di sedermi, ma il dolore era troppo intenso. Mi lasciai ricadere e provai a gridare. Non servì a nulla. Dovevo filarmela da quell'auto, ma non riuscivo nemmeno a raddrizzarmi. Respiravo affannosamente e un'ondata di dolore atroce mi investiva ogni volta che prendevo fiato.

«Morirai, brutto figlio di puttana», disse Granger. Alzai lo sguardo e lo vidi uscire dalla portiera del guidatore, che si era aperta durante l'impatto. Sentii lo scricchiolio dei suoi passi sui vetri sparsi per strada. Pur vedendolo solo dal finestrino laterale, mi accorsi che stava tirando fuori l'arma dalla fondina da spalla. Scavalcò Anderson. «È armato!» gridò mentre sparava un colpo.

Mi coprii la testa.

Non sentii il proiettile né la scarica di dolore, ma soltanto uno spruzzo caldo in faccia.

Valasquez gridava, tenendosi la spalla.

Granger aveva sparato a lui. Sentii di nuovo la detonazione della pistola di Granger e vidi un foro nella testa di Valasquez.

«Hai appena ucciso un poliziotto. Ecco cosa succede quando minacci uno di noi di doversela vedere con gli Affari

Interni. Hai voluto provocarci? Adesso ti becchi una pallottola», disse.

Poi vidi la faccia di Granger. Si era accovacciato. Teneva la pistola con due mani. Il mirino puntato contro la mia testa. Anderson era sdraiato sul marciapiede. Riuscivo giusto a vedere il suo braccio alzato alle spalle di Granger.

Avrei voluto gridare, ma non uscì alcun suono. E a ogni modo, non l'avrei comunque sentito. Sentivo soltanto il sangue martellarmi nelle orecchie, come l'oceano. Il mio battito era un'onda sonora dentro la testa.

Mi bastò pensare a mia figlia per diventare una furia. Quell'uomo la stava privando di suo padre. Un padre di merda, ma pur sempre un padre. Appoggiai una mano sul sedile sotto di me, strinsi i denti e feci appello alle ultime energie per tirarmi su. La piccola pistola che Anderson aveva lanciato nel vano piedi distava giusto pochi centimetri dalla punta delle mie dita, ma era come se si trovasse dall'altra parte di un campo da calcio.

A quel punto persi la presa sul sedile e crollai. Inclinai la testa verso Granger.

Quel bastardo aveva il sorriso stampato in faccia. Raddrizzò il braccio, aggiustò il tiro e poi scomparve alla mia vista in uno scoppio di scintille, metallo e rumore.

Scrollai la testa. Chiusi gli occhi. Poi li riaprii. Vidi la fiancata di una macchina. Una macchina blu che fece retromarcia, a tutta velocità. Sentii il ruggito familiare di una V8. L'auto uscì dal mio campo visivo. La portiera alle mie spalle si aprì e vidi il viso di Harper sopra di me. Aveva gli occhi sgranati e ansimava. In una mano teneva il telefono. Sullo schermo si vedeva il mio nome. Avevo premuto il tasto del comando vocale sul cellulare e pronunciato il nome con il quale avevo salvato il suo numero in rubrica.

«Mi devi una macchina nuova», disse con gli occhi lucidi. Mi appoggiò delicatamente una mano sul petto.

« Baciami il culo », dissi.

Prima che Harry comparisse accanto ad Harper, sentii la sua voce.

« Allora, Eddie sta bene? » le domandò.

Udii delle sirene in lontananza, sempre più vicine.

« Sto bene, Harry. »

« Grazie a Dio. Ricordami di non salire mai più su una macchina con Harper. Sto per avere un infarto », disse.

« Delaney ha chiamato il Dipartimento di polizia del Rhode Island. Mr Dollaro ti ha incastrato. Sistemeremo tutto », disse Harper.

Sapevo che Delaney sarebbe stata convincente.

« Anderson e Granger...? »

« Non ce la faranno », disse Harper.

Annuii, chiusi gli occhi, sentii il sapore del sangue in bocca e deglutii. Mi attendeva una lunga nottata.

VENERDÌ

67

Le due e diciassette del mattino.

Sdraiato a letto, Kane fissava il soffitto. Era troppo eccitato per dormire. Non aveva mai portato a termine due missioni così ravvicinate. Il rischio era enorme, ma adesso che cominciava a intravedere il coronamento del suo sogno, aveva deciso che ne valeva la pena. Per tutta la sua vita si era sentito in un certo senso invulnerabile.

Era speciale. Proprio come gli diceva sempre sua madre.

Da qualche parte sul pianerottolo doveva esserci un vecchio orologio. Kane ne udiva il flebile ticchettio. In una stanza buia e silenziosa, in piena notte, tutti i suoni si amplificavano in modo innaturale. Girò la testa per controllare la sveglia digitale sul comodino.

Le due e diciannove.

Sospirò. Non aveva senso cercare di dormire. Scostò di colpo le coperte e appoggiò i piedi per terra. La ferita alla gamba stava guarendo bene. Prima di andare a letto si era cambiato la benda. Non c'erano pus, odori o brutti rigonfiamenti intorno al taglio.

Stiracchiò la schiena alzando le mani verso il soffitto e sbadigliò.

Fu allora che lo sentì. Kane rimase impietrito. L'orologio continuava a ticchettare da qualche parte in corridoio, ma c'era anche qualcos'altro.

Movimento. Piedi sulle scale. Parecchi. Kane si alzò in silenzio. Indossò biancheria, pantaloni e calzini.

Mentre si allacciava le scarpe, sentì le assi del pavimento

scricchiolare. Una volta, due, tre. In corridoio, nella seconda o terza fila di assi, ce n'era una sconnessa. Lo aveva notato il giorno prima.

Non avendo nemmeno il tempo di prendere una camicia, si infilò il coltello nella tasca dei pantaloni e andò senza far rumore verso la porta. Avvicinò l'orecchio allo stipite, trattenne il respiro e rimase in ascolto. C'era qualcuno in corridoio. Lentamente, Kane guardò dall'occhiello.

Fuori dalla sua camera c'erano quattro uomini della SWAT. Giubbotto antiproiettile nero in kevlar. Giacche, guanti, caschi con telecamere laterali e un fucile d'assalto ciascuno. Kane si allontanò piano dalla porta, appoggiò la schiena contro la parete accanto e si sforzò di controllare il respiro. L'avevano trovato. Dopo tutti quegli anni, finalmente ce l'avevano fatta. In un certo senso era orgoglioso. Finalmente l'FBI aveva capito. Sperava che almeno uno di quegli agenti riconoscesse il suo metodo e comprendesse il suo lavoro.

La sveglia digitale sul comodino segnava le due e ventitré.

Prese un respiro profondo e soffiò fuori l'aria. Quando sentì la squadra speciale sfondare la porta di legno e gridare di mettersi a terra, cominciò a correre.

68

Controllai l'orologio.

Le due del mattino.

Mi stavo congelando le chiappe sul retro di un mezzo di comando dell'FBI, poco più che un furgone con il pianale di acciaio e una sfilza di monitor su un lato.

Seduto dal lato opposto, soffiavo su una tazza di caffè bollente, che stringevo con entrambe le mani in modo da scaldarmele. Da quindici ore tiravo avanti soltanto a caffè e morfina. Anche se entrambi facevano il loro dovere, al momento la morfina era in leggero vantaggio. Mi sentivo stordito, ma il dolore si era attenuato. La serata non era stata così terribile come temevo. Quattro ore in una stazione di polizia ed ero stato rilasciato. Se la mia versione dei fatti non fosse stata confermata da un giudice della Corte Suprema, da un'investigatrice privata con un passato da federale e da una capo analista del Bureau, due giorni in cella non me li avrebbe tolti nessuno. Alla fine era stata Harper a risolvere tutto. Non soltanto aveva risposto alla mia chiamata, ma l'aveva anche registrata.

Nel giro di un'ora gli Affari Interni del NYPD si erano uniti all'indagine e avevano prodotto un fascicolo lungo un metro su Anderson e Granger. Erano riusciti in un batter d'occhio ad accedere ai registri telefonici, alle segreterie, agli SMS e ai messaggi WhatsApp di Anderson e Granger. C'era tutto. Quei due avevano il terrore che, di fronte a una condanna all'ergastolo per l'omicidio di Arnold, avrei cercato di consegnarli al procuratore distrettuale in cambio di una riduzione della pena. Nel mondo dei poliziotti corrotti, della mafia e di qualsiasi altra organizzazione criminale, non esiste modo più veloce di finire ammazzati che un arresto.

Lo sapevo per certo.

Il piano era di uccidermi, dopodiché Anderson avrebbe preso la piccola pistola e conficcato due pallottole dietro la testa di Valasquez. L'avrebbero incolpato di non avermi perquisito. Era tutto nei loro messaggi e nelle loro segreterie. Non avevano avuto il tempo di sbarazzarsi dei cellulari usa e getta di cui si erano serviti.

Anderson e Granger avevano colto la palla al balzo appena avevano sentito che un Dipartimento di polizia del Rhode Island era in possesso di prove scientifiche su di me. Chissà se Mr Dollaro aveva previsto che Anderson e Granger avrebbero cercato di ammazzarmi. Lui aveva un modus operandi diverso. Puntava a un processo pubblico, clamoroso. Non avrebbe voluto che mi beccassi una pallottola sul sedile posteriore di un'autocivetta.

I referti preliminari della Scientifica arrivati dopo tre ore avevano confermato che i colpi contro Valasquez erano stati esplosi dall'esterno dell'auto con l'arma di Granger, il quale era risultato positivo al test per i residui di polvere da sparo. Io no.

Sarei dovuto tornare a rilasciare una deposizione dettagliata agli Affari Interni in modo che potessero spazzare come un tornado il resto della Omicidi, ma per il momento si erano accontentati di lasciarmi andare dopo che il medico mi aveva visitato dandomi qualche antidolorifico.

Una volta usciti, io e Harper avevamo trovato una sfilza di chiamate senza risposta da parte di Delaney. Harper l'aveva richiamata ed eravamo andati in Federal Plaza. Delaney aveva chiesto a Harry di partecipare. L'FBI aveva fatto progressi, e per ottenere il mandato di perquisizione federale di cui aveva bisogno sarebbe stato necessario l'aiuto del giudice.

Quello era successo alcune ore prima. In quel momento mi stavo ibernando a bordo di quel furgone parcheggiato sulla strada a una corsia che portava al Grady's Inn. Le portiere posteriori si aprirono ed entrò Harry, seguito da June, la stenografa del tribunale. Era una signora sui cinquant'anni in camicia color avorio, gonna pesante e spesso cappotto di lana. Aveva con sé la sua macchina per stenografare dentro una borsa portatile e, a giudicare dalla sua espressione, si portava dietro anche un grosso carico di risentimento per essere stata costretta a uscire da sotto le coperte e presentarsi lì alle due del mattino.

«C'è anche Pryor. L'ho visto parcheggiare», disse Harry.

Annuii bevendo un sorso di caffè. Harry tirò fuori una fiaschetta e bevve una generosa sorsata. Ognuno ha i propri metodi per scaldarsi. June si sedette accanto a Harry, aprì la borsa e si piazzò la macchina sulle gambe.

Pryor salì a bordo, seguito da Delaney. Prendemmo posto sui sedili pieghevoli lungo un lato del furgone. Era un mezzo di grosse dimensioni e c'era spazio a sufficienza per altre quattro o cinque persone, a patto di ricordare di abbassare la testa una volta dentro. Delaney si sedette su uno sgabello girevole di fronte ai monitor e si mise una cuffia con microfono sulla testa. «Squadra Fox, rimanete in attesa di ordini.»

«Vi dispiace dirmi esattamente perché sono qui?» domandò Pryor.

«Sta mettendo tutto a verbale, June?» chiese Harry.

Lei si limitò a storcere le labbra, ma a rispondere alla domanda di Harry bastò la ferocia con cui si avventò sui tasti della macchina per stenografare.

«Mr Pryor, questa seduta del processo dello Stato contro Solomon sarà messa agli atti. Ho richiesto la sua presenza perché sto per autorizzare le forze dell'ordine a intervenire in relazione a un giurato di questo caso. Ora, dal punto di vista giuridico, in base alle regole dell'isolamento, la giuria è sotto la mia tutela ed è sottoposta alla mia esclusiva autorità fino all'emissione di un verdetto. Poiché non abbiamo ancora un verdetto, se qualsiasi membro delle forze dell'ordine o ente governativo desidera parlare con un giurato, è necessaria la mia autorizzazione. Ho voluto qui lei e Mr Flynn in modo che poteste sollevare eventuali obiezioni e che poteste essere testimoni di questo intervento nel caso in cui avvenga. Ci troviamo qui dietro richiesta dell'FBI e per la sicurezza dei giurati. La situazione rischia di andare fuori controllo e l'FBI ritiene inopportuna, per ragioni di tempo, un'azione in tribunale. L'operazione deve essere autorizzata in loco. Chiaro?»

«No. Cosa sta succedendo?» disse Pryor.

«Mr Dollaro è davvero un membro della giuria», dissi.

Un tonfo riecheggiò nel furgone: la testa di Pryor aveva sbattuto contro il tetto. Era un avvocato nato, e gli avvocati sostengono le loro argomentazioni in piedi. Tornò a sedersi, massaggiandosi la testa.

«Si sta facendo gettare fumo negli occhi, signor giudice. Autorizzare questa interferenza con la giuria significa dare credito a quanto sostiene l'imputato. In sostanza sta dicendo che la difesa ha ragione. Giudice, non può farlo», disse Pryor.

«Posso eccome, Mr Pryor. Vuole chiedere l'annullamento del processo per vizio?» domandò Harry.

E con ciò lo zittì. Sapeva di avere ottime ragioni. Doveva soltanto valutare se in quel modo avrebbe fatto pendere l'ago della bilancia a mio favore.

«Se la corte è d'accordo, riservo la mia posizione su un eventuale annullamento del processo fino a domani mattina, vostro onore», rispose con prudenza Pryor.

«Bene. Ora, sulla base delle informazioni riferitemi dall'agente speciale Paige Delaney, autorizzo l'arresto del giurato conosciuto come Alec Wynn», disse Harry. «Abbiamo ragione di credere che Alec Wynn sia il serial killer soprannominato Mr Dollaro, il cui modus operandi consiste nell'incastrare uomini innocenti per i suoi reati lasciando sulle scene del crimine banconote che creano una falsa pista. Dopodiché Mr Dollaro uccide un potenziale membro della giuria del processo di quell'uomo innocente e si impossessa della sua identità per assicurarsi che venga emesso un verdetto di colpevolezza. Le prove schiaccianti presentatemi questa sera dall'agente Delaney sono...»

Conoscevo già quelle prove. Delaney le aveva illustrate a me e ad Harper in Federal Plaza. Tornava tutto.

Harry proseguì a beneficio del verbale. «Ho autorizzato un esame scientifico di tutti i bloc-notes dei giurati rimasti in mio possesso in seguito a un ordine di ricusazione del giurato Spencer Colbert. L'FBI ha sequestrato i bloc-notes con il mio permesso e, secondo la dichiarazione giurata dell'agente Delaney, il primo bloc-notes sottoposto a esame è stato quello del giurato Alec Wynn. L'agente conferma che questo bloc-notes è stato selezionato per primo sulla base di una prova presentata dall'avvocato della difesa Eddie Flynn, che ha destato un legittimo sospetto.»

Pryor fissò lo sguardo prima su di me e poi su Harry. Stava fumando di rabbia.

«A beneficio del verbale, Mr Flynn, qual è la prova che ha fornito all'agente Delaney?»

«Ho riferito il contenuto di una mia telefonata con Arnold Novoselic, il consulente per la giuria assunto dalla difesa. Aveva notato attività sospette da parte di questo giurato...»

«Obiezione», disse Pryor. «Attività sospette?»

«Aveva notato qualcosa di strano nell'aspetto del giurato. Le sue espressioni facciali. Arnold era un esperto di linguaggio del corpo, tra le altre cose, e aveva ritenuto quel comportamento sufficientemente insolito da informarmene», dissi.

«Tutto qui? Volete autorizzare l'arresto di un giurato sulla base di una testimonianza *de auditu* su un'espressione facciale?» disse Pryor. Stava mettendo le mani avanti. Voleva che le sue obiezioni fossero agli atti, caso mai quell'operazione si fosse rivelata un fiasco.

«No», intervenne Delaney. «L'impronta digitale ottenuta dal bloc-notes di Alec Wynn è una prova inoppugnabile. Le impronte rilevate su quel bloc-notes combaciano con quelle di un sospettato presente nel database nazionale di nome Joshua Kane. I dettagli di cui disponiamo su questo individuo sono pochi. Nessun luogo o data di nascita, nessun indirizzo corrente. Sappiamo però che è ricercato in relazione a un triplice omicidio con incendio doloso. Di questi reati conosciamo soltanto lo Stato in cui furono commessi: la Virginia. Abbiamo richiesto il fascicolo e stiamo aspettando di riceverlo dal Dipartimento di polizia di Williamsburg. La richiesta è stata effettuata due ore fa e abbiamo già sollecitato la trasmissione varie volte. A breve dovrebbero arrivarci il fascicolo e una foto di Kane.»

Harry annuì.

«Sulla base dell'identificazione tramite impronta digitale e del possibile nesso con il caso di Mr Dollaro, autorizzo l'arresto del giurato Alec Wynn. Signori avvocati, qualche dichiarazione?» domandò Harry.

«No», risposi.

«Voglio che la mia obiezione sia messa a verbale. Questo intervento non è altro che un colpo al cuore di un giusto processo», replicò Pryor.

«Bene. Agente Delaney, può procedere», disse Harry.

«Squadra Fox, abbiamo il via libera», annunciò Delaney girandosi sulla sedia per guardare i monitor.

C'erano cinque schermi distribuiti su metà lunghezza del furgone. Quattro trasmettevano le immagini delle telecamere montate sui caschi di una piccola squadra SWAT. L'altro schermo mostrava la casella di posta elettronica di Delaney, che la aggiornava a intervalli di pochi secondi. Più informazioni avesse avuto su Kane, meglio sarebbe stato. Le immagini riprese dalle quattro telecamere sui caschi della SWAT si muovevano su e giù. Si udiva il tonfo degli scarponi per terra e poi, quando gli agenti svoltarono un angolo, apparve il Grady's Inn. Un hotel vecchio. Molto vecchio. Il genere di posto in cui poteva andare soltanto qualcuno che aveva deciso di morire.

Il primo uomo della squadra mostrò il distintivo a un portiere che sembrava più vecchio dell'hotel. Gli uomini poi parlarono sottovoce con il responsabile del turno di notte alla reception, controllarono il numero di camera di Alec Wynn e dissero al responsabile di non fare nessuna chiamata. Salirono lentamente le scale. Osservai la scena da una delle telecamere degli agenti al centro del gruppo. Quello davanti a lui mostrò il distintivo e salutò l'addetto alla sicurezza del tribunale che sorvegliava il corridoio. Dopodiché gli agenti sussurrarono alla guardia di mettersi alle loro spalle, spiegando di avere un mandato di arresto per Alec Wynn emesso dal giudice. La guardia confermò il numero di camera e la squadra SWAT avanzò lentamente.

Si fermarono fuori dalla porta. Accesero le torce, probabilmente collocate sotto la bocca dei fucili d'assalto.

Il caposquadra fece il conto alla rovescia, partendo da tre.

L'orologio delle telecamere sui caschi segnava le 2.23 del mattino.

Tre.

Due.

Dlin. Un'email contrassegnata come urgente arrivò all'indirizzo di Delaney.

Uno.

La porta si spalancò e le torce illuminarono Wynn ai piedi del suo letto, a petto nudo, con gli occhi sbarrati. D'istinto alzò le mani.

«FBI! Giù, a terra, subito!»

Lui si inginocchiò, con mani tremanti, e allargò le braccia sul pavimento. Nel giro di pochi secondi fu perquisito e ammanettato.

«Ne ho abbastanza», disse Pryor. Si alzò, si riallacciò il cappotto e scese dal furgone sbattendo la portiera. Rivolsi di nuovo l'attenzione ai monitor. Uno degli uomini della squadra speciale trascinò Wynn in piedi e l'altro lo guardò. Noi avevamo la visuale completa.

«Santo cielo, per favore, non fatemi del male. Non ho fatto niente», disse Wynn. Aveva la faccia coperta di lacrime e muco, e tremava di paura dalla testa ai piedi.

L'agente di fronte a Wynn fece un passo indietro e lo vedemmo portarsi la mano alla faccia. Imprecò sottovoce proprio mentre vedevamo dove si era posato il suo sguardo.

Sul cavallo dei pantaloni di Wynn cominciò a formarsi una chiazza scura, che diventò sempre più grande e prese a scendere lungo una gamba. Wynn aveva perso il controllo delle funzioni corporali. Tremava, in preda al panico, e non riusciva quasi a spiccicare parola.

Delaney imprecò e controllò l'email. Arrivava dal Dipartimento di polizia di Williamsburg. Era un sunto del fascicolo di Joshua Kane. Io e Harry ci alzammo e ci sporgemmo sopra la spalla di Delaney. Kane era ricercato in relazione all'omicidio e allo stupro di una liceale di nome Jennifer Muskie e di un altro studente di nome Rick Thompson. Entrambi erano stati visti per l'ultima volta la sera del ballo di fine anno. La terza vittima era Raquel Kane, sua madre. La polizia sospettava che Joshua Kane avesse rapito, stuprato e ucciso Jennifer per poi nascondere il suo corpo nell'appartamento della madre. Dopodiché aveva ucciso la madre e dato fuoco all'intera casa.

Il fascicolo proseguiva spiegando che il corpo di Rick Thompson era stato trovato in un lago artificiale insieme alla sua macchina.

C'era anche una foto segnaletica in bianco e nero di Kane. Si trattava di una scansione di bassa qualità, nella quale era difficile distinguere bene i suoi lineamenti. Ma una cosa era certa: non assomigliava a Wynn.

Guardai di nuovo il monitor. Wynn era completamente crollato. Piangeva, invocando pietà. Non era una farsa. Joshua Kane doveva avere le palle rivestite d'acciaio per commettere quei reati e infiltrarsi in tutte quelle giurie. Invece quel Wynn sembrava non essere nemmeno in grado di trovarsele con una mano, le palle.

«Merda», dissi. Tirai fuori il telefono e aprii il registro delle chiamate, scorrendolo fino a quando trovai quella che avevo fatto ad Arnold alle quattro e mezzo del mattino precedente. Non eravamo stati in linea a lungo. Immaginavo che Arnold fosse a casa sua, nel Rhode Island. Anche ignorando per tutto il tragitto i limiti di velocità e ipotizzando che il traffico fosse scarso o inesistente, Kane avrebbe impiegato circa due ore e un quarto per tornare dal Rhode Island al JFK.

«Delaney, di' all'agente della squadra speciale di chiedere all'addetto alla sicurezza a che ora ha svegliato i giurati per colazione ieri mattina», dissi.

Lei riferì la richiesta e uno degli agenti andò in corridoio, dove lo vedemmo parlare con l'addetto.

«Direi intorno alle sette meno un quarto, sette al più tardi», rispose.

Non poteva aver ucciso Arnold dopo la mia chiamata, essere tornato indietro, aver nascosto una macchina ed essersi infilato nella sua camera del Grady's Inn in così poco tempo.

«Abbiamo preso l'uomo sbagliato», dissi.

Delaney rimase in silenzio. Stava ancora leggendo l'email su Kane. Harry cominciò a massaggiarsi la testa e bevve un altro sorso di whisky dalla fiaschetta.

«Questa notte Arnold mi ha detto al telefono che il giurato con un atteggiamento sospetto era Wynn. Ma ripensandoci, credo che Arnold fosse già morto quando l'ho chiamato. Al telefono non ho parlato con Arnold, ma con Kane.»

«Kane?» disse Delaney.

«Non avrebbe fatto in tempo a tornare all'hotel dal Rhode Island. Non è possibile, a meno che non avesse già ucciso Arnold. Mr Dollaro ha fatto in modo che ci concentrassimo su Wynn», dissi.

«Santo cielo», disse Delaney. Prese il cellulare e fece una chiamata. Chiunque ci fosse all'altro capo, rispose.

«Il bloc-notes che abbiamo esaminato. Aveva sopra il nome di Alec Wynn. Controlla tutti i bloc-notes e fammi sapere se ce n'è un altro con sopra il suo nome», disse Delaney.

Mentre aspettavamo, continuò a scorrere le pagine del fascicolo originale scansionato inviatole dal Dipartimento di polizia di Williamsburg.

La vidi sussultare. Aveva trovato qualcosa.

«Di sicuro non è Wynn», disse fissando lo schermo. All'altro capo del telefono una voce confermò che c'erano due bloc-notes con il nome di Alec Wynn. Kane aveva scritto il nome di Wynn sul proprio.

Mi avvicinai per controllare cosa stesse guardando Delaney.

Jennifer Muskie e Raquel Kane erano state uccise nel 1969. In quel preciso istante capii chi era in realtà Joshua Kane. E lo capì anche Delaney. Doveva agire in fretta, mettere da parte l'incredulità e intervenire, subito.

Delaney sbraitò alla squadra speciale di lasciar perdere Wynn, indicando loro un altro bersaglio.

Il mio telefono emise un *bip*. Era un messaggio di Harper; stava arrivando e aveva trovato una foto di Mr Dollaro tra i vecchi ritagli di giornale. Fece seguito al messaggio con il nome di un giurato.

Era lo stesso che avevo in mente anch'io.

Brutto figlio di puttana.

69

Mentre la squadra speciale sfondava la porta della camera accanto a quella di Kane, lui aprì lentamente la finestra e sgusciò sul tetto. Non c'era tempo di scendere un passo dopo l'altro fino all'estremità.

Ogni secondo era prezioso. Si lasciò scivolare a pancia in su, allungando le braccia dietro di sé. Era a torso nudo e le tegole gli graffiarono la pelle. Non provò dolore, ma soltanto una sensazione di sfregamento lungo la schiena. Giunto al bordo, si aggrappò alla grondaia con entrambe le mani per attutire la caduta e si tuffò in un cumulo di neve alto tre metri sul retro dell'hotel.

Si rialzò, rotolò fuori dalla neve e corse verso gli alberi, lontano dalle luci che vedeva davanti a sé. Lampeggianti rossi, bianchi e blu. Una squadra di sicurezza proprio davanti all'ingresso della strada che portava al Grady's Inn. Senza esitare, Kane partì di corsa proprio a sinistra delle luci. Il suo respiro affannoso disegnava una nuvola di nebbia nella gelida aria notturna. Pur essendo nudo dalla vita in su, non soffriva minimamente. Non pativa il freddo e il caldo come le altre persone. Eppure, anche se i suoi sensi erano smorzati, l'aria fredda lo fece rabbrividire.

Sul limitare degli alberi vide i fari di un veicolo che lasciava l'hotel. Una Aston Martin Bianca. Kane si lanciò in mezzo alla strada e agitò le braccia. L'auto si fermò e dal lato del guidatore scese Art Pryor.

«Mr Summers, si sente bene?» disse Pryor. «Cosa ci fa qui fuori con questo freddo? Si prenderà un malanno.»

Kane si coprì il petto con le braccia, tremando.

«I-i-il suo cappotto, per favore», disse.

Pryor si tolse il cappotto di cachemire e lo mise sulle spalle di Kane.

«Ho sentito degli spari, delle grida. Mi sono spaventato e sono fuggito», disse Kane.

«Salga, la porto in un posto sicuro», disse Pryor.

Infilando le braccia nelle maniche del cappotto, Kane girò intorno alla macchina fino al lato del passeggero e salì. Pryor si sedette al volante e quando si voltò verso il giurato che conosceva come il sessantottenne Bradley Summers, inorridì nel vederne il petto. Kane aveva fatto scivolare il cappotto in modo che Pryor potesse ammirare la sua opera.

«Mio Dio», disse Pryor.

Erano in pochi ad aver visto il petto di Kane, e Pryor ebbe il privilegio di poterlo apprezzare in tutta la sua gloria sotto le luci dell'abitacolo di una macchina. Il petto di Kane era un ammasso di cicatrici bianche. Un groviglio di linee intricate in rilievo disegnava lo stemma degli Stati Uniti d'America. Un'aquila stringeva frecce e rami d'ulivo. I suoi artigli si estendevano sui lati dell'addome di Kane. Lo scudo e le stelle sopra la testa dell'aquila erano raggruppati sullo sterno.

«Andiamo via di qui. C'è un Holiday Inn un paio di chilometri più avanti. Parcheggia lì e non ti farò niente», disse Kane tirando fuori il coltello dalla tasca dei pantaloni e appoggiandoselo sulle gambe.

Nel vederlo, Pryor caricò troppo sull'acceleratore e mandò il motore su di giri. Kane gli disse di calmarsi. Si immisero sulla strada e dopo qualche minuto raggiunsero l'Holiday Inn. Per tutto il tempo Pryor non fece che ansimare, implorando Kane di risparmiarlo.

Si fermarono in un angolo sul retro del parcheggio deserto, fuori vista. L'Holiday Inn distava circa un chilometro.

«Mi servono i tuoi vestiti e la tua macchina. Il portafoglio te lo lascio. L'Holiday Inn è dall'altra parte del parcheggio. Se non collabori, dovrò ricorrere alla forza.»

Pryor non se lo fece ripetere due volte. Si spogliò e lanciò i vestiti sul retro della macchina come da istruzioni di Kane.

«Adesso scendi», ordinò Kane.

Appena aprì la portiera, Pryor fu travolto dal gelo. Senza nient'altro addosso all'infuori di calze e scarpe, tremava dal freddo.

«Il portafoglio», disse Pryor.

Kane si spostò sul sedile del guidatore, chiuse la portiera, abbassò il finestrino e lanciò il portafoglio sull'asfalto.

Pryor si avvicinò e si chinò per raccoglierlo. Quando si alzò, si trovò faccia a faccia con Kane, che lo stava fissando.

Restò immobile, con le gambe tremanti. Poi Kane gli tirò fuori il coltello dall'occhio sinistro e lasciò cadere il suo corpo.

Si infilò in fretta i vestiti di Pryor. Gli andavano larghi, ma non importava granché. Dopo pochi minuti, Kane era diretto verso Manhattan a bordo dell'Aston Martin. Non poteva permettere all'FBI di interferire con il suo piano. Aveva un uomo da uccidere.

E nulla poteva fermarlo.

70

Quando la squadra speciale fece irruzione, scoprì che la stanza occupata da Bradley Summers era vuota. La finestra era aperta. Il caposquadra uscì sul tetto, si guardò intorno e vide alcune impronte di piedi che si dipartivano da un cumulo di neve smossa. Per sicurezza, Delaney ordinò una perquisizione completa dell'hotel e dell'area circostante. Ci volle mezz'ora, e una volta finito i federali ebbero tre certezze: erano riusciti a mandare su tutte le furie ogni ospite dell'hotel, le impronte portavano alla strada che si allontanava dall'hotel e non c'erano segni che Mr Dollaro fosse tornato sui suoi passi.

Joshua Kane si era volatilizzato.

La velocità con cui lavorava l'FBI era al tempo stesso seducente e inquietante. Terminata la perquisizione, fu subito diramato un allarme a tutte le forze di sicurezza. Arrivò Harper. Aveva trovato due fotografie nei ritagli di giornale. Su entrambe, nello sfondo, si vedeva quello che sembrava lo stesso uomo, sulla sessantina. In una usciva da un tribunale, nell'altra entrava. Colore di capelli diverso, vestiti diversi, ma i tratti del viso erano all'incirca gli stessi. Summers era identico a quell'uomo fatta eccezione per il naso gonfio. Sul mezzo di comando, io e Delaney studiammo le foto. Harry stava ancora cercando di contattare Pryor al cellulare. Per Bobby si profilava un annullamento del processo, poco ma sicuro.

«Dove può essere scappato?» domandò Delaney esaminando le foto.

«Magari a casa di Bradley Summers?» suggerì Harper.

«Ho mandato un agente sul posto, ma mi sembra improbabile. Se quest'uomo l'ha fatta franca per tutto questo tempo, significa che non è tipo da commettere errori da principiante.»

«È incredibile. Voglio dire, è una storia che va avanti da decenni», rispose Harper.

Il fatto che le forze dell'ordine l'avessero lasciato fare mi dava veramente sui nervi. Forse era così che andavano le cose. Le squadre Omicidi di ogni città erano quasi sempre oberate di lavoro. Raccoglievano le prove e a quel punto seguivano una pista. Non avevano tempo di farsi troppe domande. In un certo senso non era nemmeno colpa loro. Erano state manipolate da un killer intelligentissimo e spietato, e semplicemente non avevano avuto il tempo di valutare possibili alternative. Eppure Mr Dollaro doveva aver avuto una buona dose di fortuna per arrivare fino a quel punto. Aveva fatto moltissime vittime. Tutto per sostenere una specie di idea malata partorita solo dalla sua mente.

Pensai a ciò che sapevo di Kane. Gli omicidi. I processi. Le vittime. Il suo modus operandi e lo stemma degli Stati Uniti.

Era impossibile che abbandonasse il campo. No, voleva completare la sua missione.

«Harper, chiama Holten. Subito. Questo pazzoide è determinato e meticoloso. Cercherà di portare a termine la sua opera alle sue condizioni. Credo che stia puntando a Bobby», dissi.

Tre minuti più tardi ero sul sedile del passeggero dell'auto presa a noleggio da Harper, con le mani spalancate sul cruscotto mentre seguivamo il furgone della squadra speciale zigzagando nel traffico in scia delle sirene.

«Prova a richiamare Holten», dissi.

Harper usò il comando vocale del cellulare, che sbatacchiava dappertutto in un vano del cruscotto. Vidi lo schermo illuminarsi e riflettersi sul parabrezza, dopodiché il segnale risuonò attraverso il sistema Bluetooth della macchina.

Nessuna risposta.

«Riprovo di nuovo con Bobby», dissi.

Lo chiamai.

Il suo cellulare doveva essere spento. Se non altro quello di Holten squillava. Bastava che rispondesse a quel maledetto telefono.

«A ogni modo la polizia sarà per strada ormai», disse Harper.

Prima che ce ne andassimo, Delaney aveva richiesto al NYPD di recarsi con urgenza a casa di Bobby per controllare che stesse bene. Sarebbero arrivati da un momento all'altro. Aveva anche chiesto a un agente operativo di Federal Plaza di andare sul posto per assicurarsi che non ci fossero vie d'accesso alla casa.

Il viaggio in macchina da Jamaica a Midtown Manhattan di solito durava circa un'ora. Noi percorremmo la Queens Midtown Expressway in meno di dieci minuti, dopodiché il familiare skyline si stagliò davanti ai nostri occhi. Allo sbocco del tunnel, il palazzo delle Nazioni Unite era illuminato come in una cartolina.

Il cellulare di Harper suonò. Era Delaney.

«Mi hanno appena chiamata dal NYPD. Hanno parlato con la sicurezza di Solomon. Tutto tranquillo. Ho chiesto al Dipartimento di polizia di mandare via la volante e ho detto al mio agente di tornare indietro. Terremo le sirene accese fino alla fine del tunnel, dopodiché spegneremo tutto. Io mi sposterò su un'autocivetta per perlustrare la zona. Kane non è ancora arrivato a casa di Solomon, e non voglio spaventarlo nel caso in cui sia nei paraggi a tenere d'occhio la proprietà.»

« D'accordo, ma non c'è niente di male se andiamo a fare una visitina anche io e Eddie, no? » disse Harper.

« Prima lasciate fare un giro a me. Poi vi farò sapere. Ho appena avuto i risultati della Scientifica sul profilo genetico che abbiamo prelevato dal bloc-notes di Wynn con sopra le impronte di Kane. L'elaborazione del DNA non è ancora completa e richiederà un'altra decina di ore, ma dai risultati preliminari emerge una corrispondenza con Richard Pena, il nostro uomo morto il cui DNA è stato trovato sulla banconota nella bocca di Tozer. Quando il profilo sarà completo, ne avremo la certezza. Harper, devi aggiornarmi su tutto quello che hai scoperto riguardo al profilo di Pena. Deve esserci un qualche collegamento con Kane », disse Delaney.

Appena entrammo in galleria, cadde la linea. Non importava. Non sarei comunque stato in grado di staccare le mani dal cruscotto, non con la guida di Harper, che stava incollata al veicolo della squadra speciale a centoventi all'ora con altre macchine e un muro a pochi centimetri da noi, su entrambi i lati. Avrei voluto chiedere ad Harper qualcosa sul DNA di Pena e su ciò che aveva scoperto, ma avevo troppa paura di finire spiaccicato contro il muro se l'avessi distratta.

Quando uscimmo dal tunnel, il panico passò. Svoltammo su 38th Street, a un isolato di distanza dalla casa affittata da Bobby, e aspettammo. Quella zona di Midtown era piuttosto tranquilla, abitata perlopiù da professionisti. Le macchine lungo il marciapiede erano SUV di lusso oppure auto sportive di dentisti in crisi di mezza età.

« Sei arrivata a qualche conclusione con il DNA di Pena? » domandai.

« Sì. Richard Pena è stato identificato come il killer di Chapel Hill sulla base del suo profilo genetico. Il suo DNA corrispondeva a quello trovato su una banconota. Quattrocento uomini nella zona avevano fatto un esame del DNA. Pena era uno di loro. L'agente di polizia di Chapel Hill ha dichiarato che, essendosi presentati così in tanti, i campioni di DNA da prelevare sarebbero stati troppi da gestire. Così avevano dovuto addestrare gli agenti della sicurezza del campus a prelevare campioni dai docenti, dal personale e dagli studenti. Un agente di sicurezza di nome Russell McPartland aveva testimoniato di aver prelevato il campione di Pena, per poi sigillarlo e consegnarlo alla polizia. Un poliziotto di Chapel Hill sta passando in rassegna i fascicoli del personale dell'università proprio in questo momento.»

«Com'è che i poliziotti si prodigano tanto per te?»

«So essere convincente», rispose lei sfoderando un sorriso.

Non ne dubitavo. Immaginavo che Russell McPartland fosse un altro falso nome di Joshua Kane. Non era possibile commettere tutti quegli omicidi senza mai lasciare la minima traccia. Prima o poi quell'uomo doveva essersi lasciato dietro il suo DNA. Ipotizzavo che si fosse procurato un lavoro nella sicurezza del campus sotto falso nome. Un lavoro che gli avrebbe garantito libero accesso al corpo di una studentessa pronta a fidarsi. Sapendo che c'era un killer a piede libero, molte ragazze vulnerabili avrebbero avuto maggiori probabilità di dare fiducia a un agente di sicurezza del campus che le avesse avvicinate o che si fosse offerto di accompagnarle a casa. Ma poi aveva combinato un guaio. Kane doveva aver lasciato il suo DNA su una delle banconote trovate su una vittima. Doveva averlo capito appena il Dipartimento di polizia aveva richiesto i campioni di DNA degli uomini della zona. Kane però aveva sfruttato la cosa a proprio vantaggio. Aveva prelevato un campione da Pena, il custode. Passare un bastoncino di cotone dentro la guancia di Pena e chiuderlo in una provetta sigillata era stato un gioco da ragazzi. Kane però doveva aver sostituito il campione di Pena con il suo. Quindi il campione di Kane era stato erroneamente registrato come quello di Pena. Il profilo genetico di

Pena in realtà era quello di Kane. Pena non poteva permettersi un difensore, e nessuno avrebbe mai difeso lo strangolatore di Chapel Hill pro bono. Nessun difensore d'ufficio a quei tempi avrebbe fatto fuori tutto il suo budget per un riesame del DNA.

Per questo il campione sulla banconota nella bocca di Tozer era risultato essere quello di Pena. Essendo già morto, Pena non poteva certo aver toccato quella banconota. Quel DNA era sempre stato di Kane, che l'aveva etichettato alla fonte come quello di Pena.

Piuttosto scaltro.

Immaginavo che gli addetti alla sicurezza del campus avessero un tesserino identificativo con tanto di foto registrato nei fascicoli personali. Stavo aspettando che il contatto di Harper recuperasse una foto di Kane sul tesserino identificativo di Russell McPartland.

Non c'era altra spiegazione.

Il telefono di Harper squillò e lei rispose. Dall'impianto stereo della macchina uscì la voce di Delaney.

«Abbiamo perlustrato la via e un raggio di cinque isolati. Di Kane non c'è traccia. C'è qualche persona in giro, ma niente di insolito. Gente che torna da discoteche e locali, coppie di tossici con le coperte sulle spalle in fondo all'isolato, c'è persino un tizio parcheggiato fuori dal pub O'Brien che dorme della grossa sul sedile del passeggero di un'Aston Martin. Stiamo controllando, ma Kane non c'è. Non ancora.»

«Posso andare a vedere come sta Bobby?» dissi.

«Certo, ma non metterci troppo», disse Delaney prima di riagganciare.

«Vai tu. Ti lascio giù e vado a cercare parcheggio sulla strada», disse Harper.

Proseguimmo fino a 39th Street; la casa di Bobby era a metà della via. Pensai a come avrebbe reagito a ciò che avevo da dirgli. Ero abbastanza sicuro di poter portare il suo caso fuori dal tribunale se i federali avessero catturato Mr Dollaro quella notte. Erano successe così tante cose. Arnold era morto e non avevo nemmeno avuto il tempo di rendermene conto. In qualche modo, Kane era riuscito a incastrarmi per l'omicidio di Arnold con un'altra banconota.

«Ferma l'auto», dissi.

«Perché?» ribatté Harper.

«Fermati qui. Chiama quel poliziotto di Chapel Hill. Kane non ha contato solo sulla fortuna per tutti questi anni.»

Harper chiamò il poliziotto. Aspettammo. Quando rispose, disse di aver appena trovato il fascicolo sulla guardia di sicurezza del campus di nome McPartland. L'avrebbe mandato via email ad Harper il mattino seguente, ma lei lo convinse a scattare delle foto con il cellulare e a mandargliele via SMS. Il poliziotto aveva acconsentito. Chiamai Delaney e le spiegai tutto.

Finalmente tutti i tasselli erano andati al proprio posto. Ne discutemmo per dieci minuti, dopodiché Harper mi fece scendere dalla macchina davanti a casa di Bobby. Era un anonimo edificio di arenaria. Un quartiere perfetto per nascondersi da una bufera mediatica.

Salii i gradini e bussai alla porta d'ingresso. Mi soffiai nelle mani mentre il freddo mi graffiava le guance. Quando Holten aprì la porta, sentii il caldo riversarsi fuori dalla casa.

Indossava ancora i pantaloni neri dell'abito e la cravatta. La giacca se l'era tolta. Mi rassicurò vedere che aveva ancora l'arma da fianco. Una Glock dentro una fondina appesa alla cintura.

«Tutto bene?» domandò.

«Mi sento uno straccio. Bobby come sta?»

«Entra, è di sopra. Novità?»

Entrai, passando davanti a Holten, e fui immediatamente

grato quando mi chiuse la porta alle spalle. Ero senza cappotto, e nel breve tragitto dalla macchina alla porta mi ero congelato. Per fortuna la morfina stava facendo ancora il suo dovere, altrimenti il dolore delle costole rotte mi avrebbe paralizzato.

Il corridoio era buio, ma dagli angoli del soggiorno filtrava una luce. Sentii la cronaca di una partita di baseball alla televisione. Mi feci da parte, lasciando che Holten mi superasse.

«Vai da lui. È al secondo piano. Ho registrato la partita, giusto per recuperare. Insomma... non mi sento così esposto sapendo che i federali sono parcheggiati qui fuori. Tanto vale che mi rilassi un po'», disse Holten.

Annuii. «Certo. Sono state giornate dure. Credo che finalmente le cose volgano a favore di Bobby. Spero che presto sarà tutto finito.»

Holten si era appena girato e stava per tornare in soggiorno. Lo vidi lasciarsi cadere su un grosso divano davanti a uno schermo piatto gigante. «L'avete preso Mr Dollaro?»

«Forse. Dovremmo avere abbastanza elementi per assicurarci un annullamento del processo, se non altro. Se lo catturiamo, penso che potremmo ottenere un'assoluzione per Bobby.»

Vidi Holten aprire una bottiglia di birra e offrirmela.

«Ne vuoi una? Sembri averne bisogno.»

Aveva ragione. Ne avevo bisogno. Non di una sola, ma venti.

«No, grazie», dissi.

Salii al primo piano e seguii il corridoio fino alla scala che portava al secondo, poi chiamai Bobby.

Nessuna risposta. Arrivato in cima alle scale, sentivo di nuovo freddo. Le luci erano spente e immaginai che Bobby fosse a letto. Un vento gelido mi sfiorò la guancia. La finestra affacciata sulla strada era aperta. Mi incamminai senza far rumore in quella direzione. Guardai fuori. Aperta di circa una spanna, la finestra dava sulla scala antincendio. Sporsi fuori la testa e mi guardai intorno. Sulla scala antincendio sopra e sotto di me non c'era nessuno.

Appena rimisi la testa all'interno, una mano mi coprì la bocca, tirandomi all'indietro. Per un attimo non mi mossi. Ero già senza fiato. Il mio istinto fu di afferrare il polso, fare un passo indietro e voltarmi di scatto, bloccandogli il polso dietro la schiena.

Fu allora che sentii qualcosa di affilato contro la mia schiena. La punta di un coltello.

Abbassai gli occhi verso la finestra. L'immagine riflessa nel vetro era quella del giurato Bradley Summers. Anche se era dietro di me, vidi la sua faccia. Lui stava fissando a sua volta il riflesso, e il suo sguardo incrociò il mio. Dal piano di sotto giungevano le voci distanti dei commentatori alla televisione.

Non osavo muovermi. Sapevo come sarebbe finita se l'avessi fatto. Kane mi avrebbe conficcato quella lama nella schiena.

Avevo ancora il cellulare in tasca. Se fossi riuscito a raggiungerlo, forse avrei potuto far partire una chiamata vocale ad Harper, come avevo fatto dal sedile posteriore dell'autocivetta soltanto poche ore prima.

Tutti quei pensieri mi fluttuarono in mente in un istante. Poi mi resi conto che probabilmente Kane stava facendo gli stessi identici pensieri. Mi stava studiando dal vetro, controllava la mia reazione. La sua testa si avvicinò e sentii il suo respiro nell'orecchio mentre sibilava.

«Non muoverti. Non pensare nemmeno di fare qualcosa o chiamare aiuto. Stanotte morirai, Flynn. L'unica domanda è quanto sarà lenta la tua morte e se ucciderò anche la tua bella investigatrice. Se vuoi che sia una cosa rapida e indolore, posso accontentarti. Devi soltanto fare quello che ti dico.»

71

Kane sentiva il battito del cuore di Flynn. Con la mano sinistra premuta con forza sulla sua bocca, gli stava stringendo il braccio intorno al collo. Eccola di nuovo, quella scarica, quella magnifica vibrazione, viva e pulsante, quel tamburellio familiare di paura e adrenalina.

«Sto per togliere la mano. Tu farai esattamente quello che ti dico. Non gridare. Non dire nulla. Una parola, un sussurro, e ti uccido. Dopodiché ucciderò lei, l'investigatrice. Stavolta però lo farò lentamente. Le staccherò la pelle fino a quando mi implorerà di lasciarla morire. Se hai capito, annuisci», disse Kane.

Flynn fece un cenno del capo.

Kane lasciò la presa e tolse la mano dalla bocca di Flynn, che prese un respiro profondo. Evidentemente il panico stava per soffocarlo.

«Voglio che tiri fuori il telefono con una mano e lo appoggi per terra», disse Kane.

Flynn infilò la mano nella tasca della giacca, tirò fuori il cellulare e lo lasciò cadere. Rimbalzò due volte sulla spessa moquette senza fare rumore.

Kane fece un passo indietro. «La porta alla tua destra. Aprila ed entra.»

Flynn si voltò, aprì la porta ed entrò in una camera buia. Dal momento che le tende non erano tirate, la luce dei lampioni riusciva a diffondere un bagliore giallo e fioco. Sulla destra c'era un letto, e dritto davanti a Flynn una pesante porta di ferro.

Era chiusa. Appena sopra la porta c'era una telecamera di sicurezza con un puntino rosso. Era puntata verso il basso, per registrare i movimenti nella zona antistante.

Kane andò verso la porta e aspettò sulla soglia.

« Solomon è riuscito a entrare nella stanza blindata prima che potessi raggiungerlo. Devi convincerlo a uscire. Ti sta guardando sulla telecamera. Digli che me ne sono andato. Digli che c'è qui la polizia e che è al sicuro. Fallo uscire di lì, subito. »

Flynn non si mosse. Kane lo vide studiare il tavolo accanto alla porta. C'erano sopra una lampada e un telefono. Il cavo del telefono passava dietro il tavolo per finire in una presa per la linea fissa. Di fianco alla porta della stanza blindata un passacavo arrivava alla stessa presa. Il passacavo era stato strappato dalla parete e il cavo che andava al telefono fisso era stato tagliato. Si trattava di una stanza blindata vecchio stile, probabilmente costruita prima che venisse installata la connessione telefonica. Non c'era altro modo: il cavo doveva uscire dalla stanza per arrivare alla presa. Kane ne era ancora riconoscente. Era riuscito a tagliarlo prima che Solomon potesse usare il telefono interno alla stanza blindata.

« Stai perdendo tempo. Digli che è al sicuro. Fallo uscire. »

Flynn fece un passo avanti e si mise davanti alla porta.

« Diglielo », gli intimò Kane.

Alzando la testa, Flynn guardò verso la telecamera. « Bobby, sono io, Eddie. »

Kane invertì la presa sul coltello e avanzò lentamente nella stanza, attento a non farsi riprendere dalla telecamera.

« Bobby, ascoltami molto attentamente. Sei al sicuro. Davvero. Ora, c'è qualcosa che devo chiederti di... » disse Flynn.

Kane tirò fuori una lunga lingua viscida e se la passò sulle labbra. Bramoso di uccidere, sentì il suo battito accelerare.

«Bobby, qualunque cosa accada, non aprire questa porta», disse Flynn.

Idiota, pensò Kane.

Sarebbe arrivato comunque a Solomon. Magari non quella notte, ma presto ci sarebbe riuscito. In quel momento, però, l'avvocato doveva pagare. Kane strinse l'impugnatura del coltello ancora più forte e sentì la prima ondata di calore scatenata dall'afflusso del suo sangue. Poi vide l'avvocato afferrare la cravatta e portarsela sopra la bocca e il naso.

Fu allora che la finestra alla sua sinistra si frantumò e la stanza si riempì di gas lacrimogeno.

Non appena il primo candelotto esplose nell'angolo della camera, sentii i vetri andare in frantumi tutt'intorno a me. Due agenti federali della SWAT con maschere antigas fecero irruzione dalla finestra. I vetri del corridoio esplosero e vidi un'altra squadra speciale atterrare alle spalle di Kane. L'agente più vicino a me mi allungò una maschera e io riuscii a inginocchiarmi e a strisciare in un angolo per infilarmela. Gli occhi avevano già cominciato a bruciarmi prima che riuscissi a legarmi il nastro di velcro dietro la testa.

Gli agenti si identificarono e gridarono a Kane di lasciare il coltello e mettersi a terra. Non riuscivo a vederli. Con la finestra della camera e del corridoio distrutte e il vento invernale, nel giro di un attimo la stanza si era trasformata in una nuvola di fumo bianco impenetrabile. Le finestre la stavano risucchiando verso l'esterno, ma per quei primi momenti non vidi niente di niente.

Un'ondata di fuoco automatico. Il tintinnio dei bossoli che si riversavano a terra. Poi nulla. Sentii un gemito e il rumore di qualcosa di pesante che cadeva per terra. Poi gli spari ricominciarono. Due raffiche assordanti. Vidi i lampi degli spari nel fumo, ma senza riuscire a capirne la direzione.

Una figura si mosse rapidamente in quella nebbia. Vidi soltanto una sagoma abbassarsi nell'angolo della stanza per poi rialzarsi. Dopodiché sentii un rumore di vetro infranto e vidi un arco di fumo entrare dalla finestra. Passi sulla scala. Pesanti. Veloci.

Il fumo si diradò un altro po'. Mi alzai e rischiai di inciampare nel corpo di un agente riverso a terra. Era quello che mi aveva dato la maschera antigas. Aveva la gola squarciata. Ed era disarmato. Dietro di lui c'era un secondo agente a faccia in giù. Poi, in corridoio, vidi Kane sopra il cadavere dell'ultimo agente che aveva fatto irruzione dalle finestre del secondo piano. A terra, sulla moquette, sussultava. Kane gli svuotò addosso il resto del caricatore. L'agente rimase immobile. Kane lasciò andare l'arma, recuperò il coltello e venne verso di me.

Aveva gli occhi arrossati e lacrimanti, ma sembrava non importargliene nulla. Vidi una chiazza scura sulla sua camicia, all'altezza dell'addome. Era stato colpito prima di riuscire a uccidere il primo agente e sottrargli l'arma.

Eppure, non sembrava turbato né rallentato nei movimenti. Neanche un po'.

Che caspita era quell'uomo?

Ci separavano circa tre metri. Il rumore dei passi sulle scale diventò più intenso. Indietreggiai fino a quando le mie gambe andarono a sbattere contro la porta d'acciaio della stanza blindata. Kane avanzò con passo deciso.

Tirai fuori la Glock di Holten dalla tasca e sparai diritto al petto di Kane. Avevo sfilato l'arma a Holten quando mi aveva dato le spalle per chiudere la porta. Lo sparo fece arretrare Kane di qualche passo, ma, come per miracolo, lui rimase in piedi. Abbassò lo sguardo e vide l'enorme impatto della ferita. Alzò la testa e aprì la bocca. Dalle labbra gli uscì un fiotto di sangue, e ricominciò a venire verso di me.

Un altro sparo lo prese alla spalla. Nemmeno stavolta si fermò.

Due metri e mezzo. Aveva ancora il coltello in quella maledetta mano.

Tirai il grilletto un'altra volta, poi un'altra e un'altra ancora. Con il primo proiettile lo mancai, poi lo colpii allo stomaco e al petto, e di nuovo quel bastardo continuava a venire avanti.

Due metri. I passi erano in corridoio adesso.

Puntai verso il basso e feci fuoco due volte. Il primo sparo andò a vuoto, il secondo gli fece scoppiare il ginocchio, e lui cadde. Cominciò a strisciare, ansimando e sputando sangue.

Un metro. Lui affondò il coltello e mi conficcò la lama nella coscia. In quell'ultimo momento gli occhi di Kane cambiarono. Si addolcirono, rilassandosi. Quasi come se si fosse tolto qualche peso mentre fissava la canna della Glock.

Tirai il grilletto un'ultima volta e gli feci saltare la testa.

Mentre il dolore mi investiva, mi cedettero le ginocchia. Avevo un lungo taglio sulla coscia destra e sentii i pantaloni impregnarsi di sangue. La mia mente cominciò a vagare. La stanza si inclinò. Dovevo essermi accasciato a terra. Vidi la pistola di Holten davanti a me. Probabilmente l'avevo lasciata cadere. Alzai lo sguardo e scoprii che Holten era sopra di me. Ansimando, si chinò e recuperò l'arma.

Guardandolo, lessi la determinazione sul suo viso. Espulse il caricatore e lo controllò. Erano rimasti almeno un paio di proiettili. Non riuscivo a respirare con quella maledetta maschera addosso. Me la strappai.

«Martedì, alla panetteria. Ci siamo visti a colazione prima di andare sulla scena del crimine», dissi.

Holten si inginocchiò e fissò il corpo di Kane.

«Non riesco a crederci», disse Holten.

Scosse la testa, guardando il cadavere.

«Non c'era nessuno come lui. Era impossibile fargli del male. Non provava nessun dolore. Credevo che non fosse nemmeno umano», proseguì Holten.

«Nella panetteria, hai preso i soldi che avevo preparato per pagare il conto e poi me li hai restituiti dicendo che avresti pagato tu. Hai preso una delle banconote con le mie impronte e l'hai data a Kane. L'hai aiutato a incastrarmi. L'hai sempre aiutato», dissi.

Lui si alzò e si girò verso di me. Sulle sue labbra spuntò un sorriso.

Era un sorriso perverso, malvagio. Avevo visto la foto che il poliziotto di Chapel Hill aveva mandato ad Harper. Holten non era cambiato di una virgola. Volevo che sapesse che la sua copertura era saltata, che non aveva più senso nascondersi dietro un falso nome. Il dolore era così forte che mi si stava spezzando la voce. Ma in qualche modo riuscii a parlare. «Hai scambiato il campione di DNA di Richard Pena con quello di Kane a Chapel Hill, non è vero, agente Russell McPartland?»

Lui reinserì il caricatore, mise un colpo in canna e mi puntò la pistola alla testa.

Strinsi i denti e lo guardai dritto negli occhi.

Il suo corpo cominciò a sussultare e il vetro infranto rimasto fissato al telaio della finestra si tinse di un rosso intenso prima che il corpo di Holten cadesse fuori.

Delaney e Harper erano fianco a fianco nel corridoio. Abbassarono le armi. Udii Delaney chiamare i soccorsi e sulla stanza calò di nuovo l'oscurità. Cercai di aprire gli occhi, ma scoprii di non riuscirci. Avevo la testa pesante ed ero coperto di sudore. Sentii la schiena scivolare lungo la porta e non potei in alcun modo arrestare la caduta. Stavo affondando vorticosamente.

Prima di perdere i sensi, avvertii una mano sulla guancia. Non riuscivo a capire le parole. Qualcuno stava bussando con forza contro una porta di metallo. Era Bobby, che chiedeva se fosse sicuro uscire. Cercai di dirgli che andava tutto bene. Cercai di dirgli che non sarebbe andato in tribunale l'indomani, che il processo contro di lui era finito, ma non riuscii a trovare le parole.

73

Nelle otto settimane trascorse dalla sparatoria in 39th Street, era emerso il quadro completo dei reati di Mr Dollaro. Ero troppo debole per incontrare Delaney, ma lei aveva chiamato Harry per spiegargli tutto. Stavo trascorrendo la convalescenza nel suo appartamento, e lui mi raccontò tutta la storia.

Kane era stato un killer prolifico, e il suo DNA era stato rinvenuto su altre tre scene del crimine. Un uomo di nome Wally Cook era scomparso la settimana del processo. Il DNA di Kane era stato trovato sulla gomma tagliata della macchina di Cook, parcheggiata nel suo vialetto di casa. Il cadavere dell'uomo era stato bruciato, ma le impronte dentali avevano permesso di identificarlo. Era sull'elenco dei potenziali giurati per il processo Solomon. Anche Pryor era stato trovato morto al volante della sua Aston Martin parcheggiata proprio sulla via di Bobby.

Kane era fuggito dal Grady's Inn, aveva incontrato Pryor, si era impossessato dei suoi vestiti e l'aveva ucciso. Gli aveva messo un cappotto addosso e un cappello sulla faccia per coprire l'orbita priva del bulbo oculare.

Anche se non sarebbe mai stato possibile dimostrarlo in via definitiva, si riteneva che Kane avesse anche ucciso i giurati Manuel Ortega e Brenda Kowolski.

Delaney aveva anche ottenuto ulteriori informazioni su Holten, il cui vero nome era Russell McPartland. Era stato congedato con disonore dall'esercito dopo una serie di accuse per molestie sessuali. Benché non ci fossero prove, quelle accuse avevano dato al comando la spinta sufficiente per sbattere fuori McPartland per una serie di infrazioni minori, quasi tutte architettate dai suoi colleghi. McPartland si era procurato un lavoro come agente di sicurezza alla UNC di Chapel Hill poco prima che il campus diventasse teatro di una serie di stupri brutali. Era a tutti gli effetti un poliziotto, e le ragazze si fidavano di lui vedendolo accorrere in loro soccorso. Quando era stata trovata la prima vittima dello strangolatore di Chapel Hill, si era creduto che lo stupratore avesse alzato la posta, ma adesso l'FBI aveva cambiato idea. Delaney era convinta che Kane avesse cercato McPartland e minacciato di denunciarlo a meno che non l'avesse aiutato a nascondere i suoi crimini.

I due lavoravano bene insieme. McPartland aveva un passato nella sicurezza e disponeva di contatti nella polizia. Tutte risorse di cui Kane aveva bisogno. E naturalmente conosceva le persone giuste quando si trattava di modificare documenti d'identità. Kane non aveva avuto solo fortuna per tutti quegli anni: era stato aiutato.

Poi erano cominciate le assoluzioni. Alcune postume, la maggior parte no. Gli uomini condannati per i reati di Mr Dollaro erano stati scarcerati e avevano intrapreso la lunga strada per ottenere il risarcimento dei danni per condanne illegittime. Qualunque somma avessero ottenuto, però, non sarebbe bastata a restituire loro la vita.

Sdraiato sul divano di Harry, guardavo una replica dopo l'altra di *New York New York*. Bobby mi telefonava ogni giorno, voleva ringraziarmi per avergli salvato la vita. Anche in quel caso Harry era così gentile da starlo a sentire per poi riferirmi le sue parole. E avevo visto l'intervista di Bobby alla CNN. Parlava del dramma di essere stato processato per un reato che non aveva commesso. Parlava della sua epilessia e di come l'avesse nascosta all'industria cinematografica. E parlava anche della sua sessualità. Aveva detto al giornalista che la notte in cui Ariella e Carl erano stati uccisi lui era in compagnia di un uomo. Un altro attore. Un'altra celebrità che viveva una doppia vita. Parlava di come ne fosse ancora tormentato e del fatto che avesse nascosto quella vicenda a chiunque, persino ai suoi avvocati, per vergogna.

L'America perdonò Bobby, Hollywood no. Sentii la porta di casa aprirsi e vidi Harry entrare con un sacchetto marrone a forma di bottiglia.

Lo appoggiò sul tavolino insieme a un mucchietto di posta, prese due bicchieri e versò un drink per ciascuno.

«Cosa guardi?»

«*New York New York*», risposi.

«Mi è sempre piaciuta quella serie», disse Harry.

Sorseggiò il suo whisky, poi appoggiò il bicchiere. «Bobby Solomon vuole assumerti.»

«Per fare cosa?»

«Sta lavorando a una puntata pilota per Netflix su un genio della truffa che diventa avvocato», disse con un sorriso.

«Non funzionerà mai.»

Harry vide che stavo fissando la posta, così la prese e la portò via.

«C'è qualcosa per me?»

Lui non rispose. Avevo visto una grossa busta marrone dall'aria familiare.

«Dammela, Harry.»

Lui sospirò, recuperò la busta marrone e me la riportò.

«Non devi farlo per forza adesso», disse.

Aprii la busta, tirai fuori i fogli e mi misi a sedere. La gamba mi faceva ancora un male infernale, ma stavo guarendo. Stando al medico, nel giro di poche settimane avrei potuto fare a meno del bastone. Adesso sentivo soltanto un dolore sordo. I fogli sul tavolino davanti a me facevano molto più male. Harry teneva un barattolo pieno di penne sul tavolo.

Ne presi una, sfogliai alcune pagine e firmai le carte per il divorzio e l'affidamento.

Poi vuotai il bicchiere, sentendo la prima botta dell'alcol dopo parecchio tempo. Harry mi riempì di nuovo il bicchiere.

« Posso parlare con Christine », disse.

« No. Per loro è meglio così. Lontane da me, saranno al sicuro. È così e basta. Quand'ero nella casa di Bobby a Midtown e Kane minacciava di uccidere me e Harper, ero quasi felice. Se fossi stato con Christine e Amy, avrebbe minacciato di uccidere loro, o peggio. Meglio che mi stiano alla larga. »

« Bobby ti ha pagato bene. Potresti ritirarti da questo gioco, Eddie. Fare qualcos'altro. »

« Che altro potrei fare? Non sono nella forma ideale per rimettermi a fare il truffatore. »

« Non intendevo quello. Sai, potresti scegliere un'altra carriera. Qualcosa di legale. »

La prima pubblicità della pausa era il trailer di un documentario su Bobby Solomon e Ariella Bloom. I media stavano battendo il ferro finché era ancora caldo.

Dopo il trailer vidi un'altra pubblicità di un'intervista con Rudy Carp. Rudy aveva sbandierato la vittoria del caso Solomon in tutti i talk show e su tutti i canali televisivi. Non mi importava. Gliela concessi. Era inutile combattere per la gloria con un avvocato come lui. Io non avevo accettato il caso per farmi pubblicità. Era l'ultima cosa di cui avessi bisogno.

« Rimarrò in circolazione come difensore per un altro po' », dissi.

« Perché? Guarda cosa ti è costato tutto questo, Eddie. Perché farlo? »

Non lo stavo nemmeno guardando, ma sapevo che Harry conosceva già la risposta.

« Perché posso. Perché devo. Perché ci saranno sempre gli

Art Pryor e i Rudy Carp in questo settore. Qualcuno deve fare la cosa giusta.»

«Non devi sempre essere tu», replicò Harry.

«E se tutti dicessimo così? E se nessuno difendesse chi ne ha davvero bisogno perché si aspetta che lo faccia qualcun altro? Qualcuno deve pur stare dall'altra parte della barricata. E se io cado, qualcuno dovrà venire a prendere il mio posto. Io non devo fare altro che rimanere in piedi il più a lungo possibile.»

«Ultimamente in piedi ci stai molto poco. Harper vuole vederti.»

Lasciai che il silenzio si intensificasse.

Raccolsi le carte dell'avvocato di Christine e le reinfilai nella busta. La mia mente tornò in quella stanza a Midtown. Mi tolsi la fede e la lasciai cadere dentro la busta. Per Amy e Christine era meglio che fossi solo, senza famiglia. Erano troppo per me. E le amavo troppo.

Avevo tenuto la fede di Christine nel portafoglio. In quel momento non sapevo cosa farmene. Sarei andato fino in fondo con il divorzio, accettando qualsiasi richiesta di Christine, naturalmente. Era la soluzione migliore. Per loro.

Vuotai il bicchiere, me ne versai un altro e mi sdraiai di nuovo sul divano.

«Allora, cos'hai intenzione di fare?» domandò Harry.

Tirai fuori il telefono e pensai di chiamare Christine. E avrei tanto voluto farlo, ma non avevo la più pallida idea di cosa dirle. D'altra parte sapevo di avere parecchie cose da dire ad Harper, ma credevo fosse meglio che restassero non dette.

Fissai a lungo il telefono prima di scegliere un numero e chiamarlo.

FINE